Erik Hauser • Das Erbe der Wölfe

Über den Autor:

Erik Hauser schreibt am liebsten in Cafés oder in seinen Freistunden während der Schulzeit.
Seine Geschichten zeichnen sich durch einen ironischen Grundton und manchmal durchaus makabren Humor aus.

Erik Hauser

Das Erbe der Wölfe

Roman

Fabylon

Dieser Titel ist auch als fabEbook erschienen.

Herausgegeben von: Alisha Bionda
Lektorat: Alisha Bionda & Uschi Zietsch
Cover: Agentur Michael Steinmann
Grafiken: iStock/Filio, Refluo
Satzlayout: Stefan Friedrich, Garching
Herstellung: booksfactory
Vermittelt durch Agentur Ashera
ISBN 978-3-946773-40-5

www.fabylon.de

In Memoriam
Peter Bews
(1944-2020)

***

Für alle mutigen Russinnen und Russen,
die sich in ihrem Land gegen die gegenwärtige
»Herrschaft der Wölfe« auflehnen.

INHALT

PROLOG

Was ihr später vor allem in Erinnerung bleiben sollte, war nicht das Fauchen oder Knurren, nicht das geifernde Maul, die gebleckten Zähne oder blutbeschmierten Krallen, sondern der Ausdruck seiner Augen. Es lag etwas schwer zu Deutendes darin, eine geheime Botschaft, die nur sie und ihn etwas anging. Wann immer sie davon erzählt, stockt sie an derselben Stelle, jener Stelle, an der sie versucht, sich darüber klarzuwerden, was er ihr, jenseits von Worten, hatte sagen wollen.

»Er wollte, dass ich abdrücke, er wollte es!«

Ich tätschle ihre Hand an dieser Stelle.

»Es ist alles schon so lange her.«

Ihr Blick kehrt sich nach innen, in ihrer Erinnerung wandert sie zurück in eine andere Zeit, auf einem Pfad, auf dem ich ihr nicht folgen kann. Sie blickt zum Fenster der Kate hinaus, über die Wiese hinweg auf die neue moderne Siedlung auf der anderen Seite des Dorfbachs, aber sie sieht nicht die Häuser mit ihren frisch gestrichenen Holzwänden, die verzierten Fensterrahmen, die sauber geschrubbten Verandaböden aus dicken Eichenbohlen. Sie sieht auch nicht, wie ich verstohlen, aus dem Augenwinkel, nach ihr schiele, mich fragend, wie lange ihre Reise in die Vergangenheit, in eine Epoche der Geschichte unseres Dorfes, die im Gedächtnis der Alten als die Zeit der Wölfe lebendig geblieben ist, diesmal wohl dauern wird; Minuten, Stunden, eine Ewigkeit? … Mit schräg gelegtem Kopf lauscht sie dem fernen Heulen der Wölfe in der Steppe, das jedes Mal von weiter her zu kommen scheint, wie aus längst vergangenen Tagen.

Nach einer Weile, die sehr unterschiedlich dauern kann, erwacht sie wieder wie aus einer Trance und fährt in ihrer Erzählung an genau der Stelle fort, an der sie zuvor aufgehört hat.

»Ich habe abgedrückt. Die Flinte machte einen Riesenlärm. Es hat mir fast die Schulter abgerissen. Als sich der Rauch verzogen hatte, sah ich ihn …«

Wie viele Male schon habe ich ihr gelauscht. Ohne dass mir das Geschehen einsichtiger geworden wäre, die Zusammenhänge klarer. »… auf dem Boden, in seinem Blut. Er sah so … friedlich aus, gar nicht wie ein …« Selbst nach all den Jahren scheut sie sich, das Wort auszusprechen, will es ihr nicht leichtfertig über die Zunge. (Und auch mich hält eine unbestimmte Scheu davor zurück, dem Grauen einen Namen zu geben. Es wäre zu einfach.)

Es ist Zeit, ihre Geschichte der Nachwelt zu überliefern. Was ich nicht aus ihrem eigenen Mund habe, habe ich aus den Berichten der alten Leute zusammengetragen, die sich noch erinnern, als Kinder davon gehört zu haben. Anderes, was im Verborgenen geblieben ist, habe ich dem inneren Zusammenhang des Geschehens entsprechend ergänzt.

Ob sich die Geschichte wirklich so zugetragen hat?

Eine nichtige Frage. Denn wenn es sich nicht so zugetragen hat, dann war alles nur eine bedeutungslose Ansammlung von Grausamkeiten, eine sinnlose Anhäufung von Leid. Eine Geschichte, nicht wert, weiter erzählt zu werden.

Aber von Anfang an …

TEIL 1

Alles fing erneut an – und viel schlimmer als beim ersten Mal –, als die Narodniki in unser Dorf kamen.

Schon vorher machten Geschichten über sie die Runde: In Kondratowo sollten sie einen Gutsbesitzer in den Fluss geworfen haben, in Suboja Poljana das Messgeschirr aus der Kirche geklaut, und in Jaschenko einen Polen ordentlich verprügelt haben. Sie zogen übers Land, nächtigten in Ställen, Scheunen oder unter freiem Himmel. Sie halfen den Bauern bei der Aussaat, versorgten das Vieh und stellten sich beim Mähen so ungeschickt an, dass der eine dem anderen mit der Sense beinahe ein Bein abgeschnitten hätte. Sie lästerten Gott und den Zaren und alles, was heilig ist. In Selenginsk reparierten sie einen wurmstichigen Stall fürs Vieh und in Chor errichteten sie einen Zaun, den der erste Sturm umblies. Sie hatten keine Religion und keinen Glauben. Auf den Rubelscheinen, mit denen sie zahlten, hatten sie der Zarin Elisabeth einen Tatarenbart aufgemalt. Wohin sie kamen, wiegelten sie die Bauern auf, stifteten Unfrieden und Aufruhr. Sie saßen nächtelang in den Schenken, tranken und führten gotteslästerliche Reden. Sie hatten in St. Petersburg studiert und kannten nicht den Unterschied zwischen einem Stier und einem Bullen. Ihre Hemden waren weniger rot als grau vom Schmutz und Unrat der Landstraßen, über die sie zogen. Sie waren wie wilde Tiere, ungezähmt und gefährlich, immer hungrig und auf der Suche.

Sie waren Narodniki, Rothemden, Studenten, die aufs Land gingen, den unwissenden Bauern die neuen Ideale von Freiheit, Brüderlichkeit und Gemeingut zu predigen.

Als sie das erste Mal den Fuß über die Schwelle von Obnoskis Schenke setzten, nahm das Unheil seinen Lauf.

1

In Obnoskis Schenke saßen an jenem Abend wie üblich die Zecher um den Ofen und wärmten sich am Feuer und ihren vom Branntwein erhitzten Geschichten.

»Gestern ist der große graue Wolf wieder um die Herde geschlichen«, sagte Spiridon, der Schäfer.

»Nicht möglich – der Jäger hat ihn doch erlegt. Wir haben alle sein Fell gesehen, aufgespannt vor seiner Hütte.«

»Es ist kein gewöhnlicher Wolf.«

»Was meinst du?«

Spiridon zuckte mit den Schultern. »Nur so.«

Eine Weile war es still in der Schankstube und die Zecher lauschten dem gleichmäßig fallenden Regen, der auf das Dach prasselte.

»Mein Großvater ist mal so einem begegnet«, bemerkte nach einer Weile der alte Alexej, der jeden Abend in Obnoskis Schenke saß, weil seine junge Frau – seine vierte – es nicht leiden konnte, wenn er die Füße vorm Ofen ausstreckte und sie mit seinen Krähenaugen auf Schritt und Tritt verfolgte. Alexej war so alt, dass er sich noch an den Tag erinnerte, als der Urgroßvater des jetzigen Zaren – Gott hab ihn selig – das Dorf besuchte und von der Kutsche aus Almosen an die am Wegesrand aufgereihten Leibeigenen regnen ließ; in einer Truhe unter allerlei Krimskrams und entzweigegangenem Geschirr bewahrte er auch noch ein Büschel Haare vom Kopf seines Ur-Urgroßvaters auf, das diesem anlässlich des Dekrets von Peter dem Großen, dass kein Russe mehr einen Zopf tragen dürfe, abgeschnitten worden war. Ganz genau erinnerte er sich noch an den Tag des Zarenbesuchs und wo er bei dieser Gelegenheit gestanden hatte; nur welche seiner Frauen – die erste oder die zweite? – damals hinter ihm gestanden hatte, das konnte er nicht mehr mit Bestimmtheit sagen.

»Auf der Straße nach Nishni-goray war es … im Hungerwinter 1742«, fuhr der alte Alexej fort, »oder war es im darauffolgenden Jahr? … also jedenfalls war er, so erzählte mein Großvater, auf dem Weg von unserem Dorf zum Pferdemarkt nach Nishni-goray … nein, nach Trobezkoje muss es gewesen sein … damals gab es ja noch keinen Pferdemarkt in Nishni-goray … mein Großvater, müsst ihr wissen, verkaufte nämlich Pferde, damals … er war sehr geschickt mit Pferden, weshalb ihn sein Gutsherr, der Fürst … wie hieß er doch gleich –?«

»Erzähl weiter, Väterchen, halt dich nicht mit Unwichtigem auf«, drängte ihn ein junger Bauer, dessen Zeit aufgrund seiner Jugend knapp bemessen war.

»Ja, ja … also mein Großvater … er war auf dem Weg … wie gesagt … als da auf einmal … an einer dunklen Wegkreuzung … es war Vollmond … ein solcher … aus dem Gebüsch springt … auf ihn zu … mein Großvater … er hatte ein volles Geldsäckel bei sich, vom Verkauf der Pferde (hab ich erwähnt, dass mein Großvater für den Fürsten Pferde verkaufte?) … der fiel ihn also an … aber mein Großvater … ein echter Russe, groß und kräftig, wie man heutzutage so leicht keinen mehr findet … und auch damals nicht … der zog also die Reitpeitsche (die führte er immer mit sich) … und er ließ sich nicht lange bitten und bläute ihm das Fell grün und blau … geschrien hat er, der Wolf, mein Großvater solle ihn loslassen … aber mein Großvater … ihr kanntet ihn nicht, aber wenn der einmal so richtig in Fahrt war … und totgeschlagen hätte er ihn vielleicht … wenn ihm der Wolf nicht im letzten Moment noch ausgeschlupft wäre … und nur sein Fell in den Händen meines Großvaters zurückgelassen hätte … ein großer, schöner, warmer Wolfspelz. Letztes Jahr haben ihn die Motten gefressen, sonst könnt ich ihn euch noch zeigen. Jawohl, so war das.«

»Und der Wolf hat geschrien, er solle ihn loslassen?«

»Gewiss doch.«

»Und ist dann ohne Fell davongerannt?«

»So sagte mein Großvater.«

Die Zecher schwiegen. Der eine oder andere wiegte wohl zweifelnd den Kopf, aber niemand wagte, dem Alten zu widersprechen. Wo Rauch ist, da findet sich auch ein Feuer, sagt man bei uns noch heute, und so dachten wohl auch viele in Obnoskis Schenke.

Draußen erklangen Schritte über dem Prasseln des Regens. Die Schritte näherten sich. Wer das wohl sein mochte? Kein Russe bei Sinn und Verstand springt doch bei Nacht und Regen im Freien herum, wenn er es drinnen, vor dem Ofen, warm und gemütlich haben kann.

Die Schritte polterten die Treppe hoch. Im nächsten Moment flog die Tür von Obnoskis Schenke auf und herein patschten zwei triefende, pudelnasse Gestalten, die den Regen von ihren Mänteln schüttelten und den Matsch von ihren Stiefeln stampften.

»Was für ein Unwetter«, schimpfte der eine, »keinen Hund würde man bei so einem Sturm auf die Straße jagen.«

»Wohl war, Boris«, erwiderte der andere, »aber die Revolution fragt nicht nach unseren Wünschen, und wir, die wir in ihrem Namen unterwegs sind, müssen unsere persönlichen Bedürfnisse vor dem Wohl des Großen und Ganzen zurückstecken.«

Der mit Boris Angeredete seufzte. »Manchmal wünschte ich, die Revolution würde sich etwas beeilen und wir könnten uns wieder gemütlich auf dem Sofa ausstrecken – oder von mir aus auch auf den harten Bänken vor dem Katheder des alten Poljagow hocken und seinen angestaubten Ansichten lauschen. Alles wäre besser als hier in der Einöde in Matsch und Dreck herumzustapfen und sich bei diesem Wetter den Tod zu holen.«

Die beiden Fremden schälten sich aus ihren Mänteln und zogen die Studentenmützen von ihren Köpfen, und nun sah man besser, welch seltsame Vögel ein kalter Wind in die Schankstube von Obnoskis Schenke geweht hatte. Der eine war groß und hager und hatte blondes Haar, das ihm wild in die Stirn fiel, und eine feurig gezackte Mensurnarbe auf der rechten Wange. Der andere war kleiner, ein wenig untersetzt, und versteckte sein breites Tatarengesicht hinter einer großen runden Brille. Beide waren nach großstädtischer Art glattrasiert. Das Rot ihrer Hemden war von Schmutz und Staub der Landstraße blass geworden.

Ein Bauer spuckte heimlich auf den Boden und stieß seinen Nachbarn in die Seite. »Feine Pinkel.«

»Moskauer Studenten«, stimmte sein Nachbar zu und spuckte ebenfalls heimlich auf den Boden.

Der mit dem Tatarengesicht rieb sich die Brillengläser trocken und blickte ebenso verwundert die Gäste in Obnoskis Schenke an wie diese ihn. »Seid gegrüßt, Kameraden«, sprach er, »habt ihr vielleicht ein Plätzchen am warmen Ofen für zwei nasse, frierende Menschenkinder?«

Die Zecher rutschten unruhig hin und her, stießen sich die Ellbogen in die Seite, blickten sich gegenseitig verlegen an – aber weg vom Ofen wollte keiner.

»Komm, Boris, da ist noch etwas frei, bei der Tür«, sagte der mit der Narbe auf der Wange.

»Wie du willst, Andrej«, willigte der Tatar ein und folgte seinem Kameraden zu dem Tisch in der Ecke. Man sah, dass der Größere der beiden beim Gehen sein rechtes Bein ein wenig hinterher schleifte, als bereite es ihm Schmerzen.

Obnoski, der Wirt, verteilte mit einem schmutzigen Lappen die toten Fliegen und den Schmutz auf der Tischplatte. »Was beliebt, die Herrschaften?«

»Habt Ihr Tokaier?«

»Tokaier, gewiss.«

»Und Rheinwein?«

»Auch das, alles, was den Herrschaften beliebt – Rheinwein, Franzosenwein, Italienischen, sogar Champagner könnt Ihr haben –, wenn ihr nur lange und tief genug in den Krug blickt, den ich euch hinstelle«, sprach Obnoski der Wirt, dem der Schalk im Nacken saß. »Manche, die zu tief hineingeschaut haben, versichern mir, dass auf dessen Grund sogar Meerjungfrauen und Delphine schwimmen.«

»Ihr macht Euch über uns lustig?«, fuhr der blonde Student auf. Die Narbe auf seiner Wange zuckte leicht.

»Aber nein, aber nein, ganz und gar nicht, Euer untertänigster Diener«, beeilte sich Obnoski zu versichern. Obnoski der Wirt war, um die Wahrheit zu sagen, kein mutiger Mann. Des Nachts schloss er sich und seine goldglänzenden Münzen und Rubelchen in seinem Zimmer ein und zog die Bettdecke über den Kopf und lauschte auf das Knarren der Dielen und das Rütteln des Windes an den Fensterläden, immer in Angst und Sorge, Räuber könnten in sein Haus eindringen und ihm sein Hab und Gut wegnehmen. In dunklen Nächten, wenn der letzte Gast gegangen war, ängstigte er sich vor dem leisesten Geräusch, denn er glaubte zudem an Gespenster und böse Geister.

»Hier, ihr Herren, wohl bekomm's«, beeilte er sich daher zu sagen und stellte rasch einen Krug seines billigen Fusels und zwei schmutzige Gläser auf dem Tisch ab und machte sich aus dem Staub – in die Sicherheit hinter seinem Tresen, der aus nichts weiter bestand als einem über zwei Tische gelegten Brett im rückwärtigen Teil der Schankstube.

Die beiden Studenten schnupperten misstrauisch an dem Krug wie Hunde an einem vergifteten Knochen.

»Nun, wenn in Rom …«, seufzte der Tatar. Er füllte sein Glas und prostete den anderen Gästen zu. »Auf das Volk und seine Gebräuche!«

»Auf die Revolution, die uns alle zu Brüdern macht!«, rief der blonde Student begeistert. Rief's und leerte sein Glas in einem Zug und bekam einen hochroten Kopf und prustete und spuckte über den Tisch hinweg auf den Boden.

Die Bauern am Ofen lachten und schlugen sich auf die Schenkel. Was für ein Spaß! Einen solchen Spaß hatte es in unserem Dorf nicht mehr gegeben, seit der Tunichtgut Suchanow sturzbetrunken über die Schwelle von Obnoskis Schenke ins Freie gewankt und in das eiskalte Wasser des Dorfbachs auf der anderen Straßenseite gestürzt war.

Der blonde Student schaute böse zu den Bauern hinüber.

»Lass, reg dich nicht auf«, besänftigte der Tatar seinen Kameraden, »du weißt, was sonst passiert.«

Man sah wohl, wie es im Gesicht des fremden Studenten zuckte und er sich nur noch mit Mühe beherrschen konnte. Die Flammen im Ofen und der Schein der flackernden Kerzen auf den Tischen wetteiferten mit der feuerroten Narbe auf seiner Wange. Ein banges Gefühl beschlich die anwesenden Bauern, denen der blonde Student nicht ganz geheuer war.

»Ihr Herren kommt von weither?«, fragte Obnoski, bei dem als erstem die Neugierde die Oberhand über seine Ängstlichkeit gewonnen hatte, aus der Deckung seines Tresens hervor.

»Von Tarangog«, antwortete der Tatar.

»Dann seid ihr wohl auch an Nishni-goray vorbeigekommen, unserem Nachbarort. Und habt die Straße durch den Wald genommen?«

»Wohl.«

»Ach, und seid ihr da vielleicht einem Wolf begegnet ... einem großen grauen?«

Die beiden Studenten blickten sich erschrocken an. »Ein Wolf? Wie das? Wieso fragt Ihr?«

»Ach, nichts, nur, weil man sagt, es treibe sich ein solcher in dem Wald zwischen Nishni-goray und unserem Dorf herum.«

Die Studenten schüttelten die Köpfe. »Nein, wir haben keinen Wolf gesehen.«

Eine Weile war es still in der Schankstube, bis auf das Prasseln der Holzscheite im Ofen und dem Plätschern des Regens auf dem Dach.

»Gibt es denn viele Wölfe bei euch?«, fragte der scheeläugige Tatar endlich in die Runde.

Spiridon nickte. »Im Winter kommen sie – und reißen mir die Schafe.«

»Mir haben sie einmal ein Füllen aus dem Stall geholt«, fügte ein Bauer hinzu.

»Und mir die Milch aus den Kannen gesoffen«, ein anderer.

»Und bei mir hat einmal einer des Nachts zum Fenster der Kammer reingeschaut, als meine Alte gerade ihren Rock auszog. Sie hat einen Schrei getan, dass der Wolf die Hinterläufe in die Hand genommen hat und davongesprungen ist, als wär der Teufel hinter ihm her«, ein dritter.

»Und was tut ihr dagegen?«, wollte der Tatar wissen.

»Wie? Was meint ihr Herren: was wir dagegen tun? Die Wölfe kommen und gehen, das ist der Lauf der Dinge. Das Jahr über belästigen sie uns kaum, nur im Winter, da ist es schlimm.«

»Noch viel schlimmer wär's, wenn wir den Jäger nicht hätten«, fügte ein anderer Bauer hinzu, »er hält uns die Biester so gut es geht vom Leibe.«

Die in der Schankstube Versammelten nickten. Ja, wenn es den Jäger nicht gäbe, darin waren sich alle einig, könnte man im Winter keinen Fuß vor die Tür setzen; aus Angst, einem Wolf in den Rachen zu fallen, könnte kein Kind unbeschadet die Straße überqueren und kein Weib unbehelligt zur Kirche gehen. Dem Jäger war es zu verdanken, dass keine solchen Zustände herrschten und die Wölfe es nicht zu bunt trieben, und im ganzen Dorf schätzte man den unwirschen Waldschrat, der selber mehr einem wilden Tier denn einem Menschen glich.

»Was ist er denn für ein Kerl, euer Jäger? Sicher ein mächtiger Bursche, groß wie ein Riese und stark wie ein Bär, dass er euch all die Wölfe vom Leib hält.«

»I wo, ein schmächtiges Kerlchen, dünn wie ein Binsenrohr, mit einem struppigen Bart und auf einem Auge halb blind. Da hat ihn eine Wildkatze gestreichelt.«

»Trinken tut er aber für zwanzig.«

»Schießen tut er auch noch ganz passabel, vor allem wenn er vorher getrunken hat. Der Lärm seiner doppelläufigen Flinte allein kann ein ganzes Wolfsrudel in die Flucht schlagen.«

Die beiden Studenten schauten sich belustigt an. »Das ist ja wahrlich ein Teufelskerl. Da braucht ihr euch vor keinem Wolf zu fürchten.«

»Da sprecht ihr wahr, ihr Herren. Ohne unseren Jossip Antonowitsch würde es hier anderes aussehen.«

Wie der Wirt das sagte, rüttelte ein Windstoß am Gebälk der Schenke und ein heftiger Regenguss prasselte gegen die Fensterläden, dass es klang, als würden tausend Musketen darauf abgefeuert.

II

Wie ein achtlos hingeworfenes Band schlängelt sich von unserem Dorf die Landstraße nach Nishni-goray entlang karger Felder und dunkler Wälder. Die ersten vier oder fünf Werst folgt sie dem Lauf eines Bachs, dann macht sie einen scharfen Knick nach Westen, erklimmt einen steilen Hang und führt danach im Zickzack in ein steiniges Tal, ehe sie wieder hügelwärts ansteigt, nach Nishni-goray hinein. Auf dieser staubigen Landstraße ging an einem Tag Ende Juni eine zierliche Gestalt in einer blau-gemusterten Kattunbluse und einem roten Rock entlang, gebückt unter der Last eines Tragejochs mit zwei vollen Milchkannen daran. Neben ihr her trottete eine große Hündin mit rostbraun gesprenkeltem Fell, deren spitze Schnauze und Ohren entfernt an einen Wolf erinnerten. Es war heiß, die Sonne brannte von einem beinahe wolkenlosen Himmel, und die Gestalt ächzte unter dem Gewicht des Jochs und der Kannen. Alle paar Schritte blieb sie stehen, verschnaufte ein wenig und wischte sich die vom Schweiß verklebten blonden Haarsträhnen, die sich unter ihrem Kopftuch hervorgestohlen hatten, aus der Stirn. Wie sie an den Feldern vorbeikam, riefen ihr die Bauern, die dort mähten, von Ferne allerlei Schmähworte zu. Das Mädchen senkte den Kopf und versuchte, die Rufe und das Gejohle nicht zu beachten. Einzelne Wortfetzen, wie »Suchanows Balg«, »das Trinkermädel«, oder »Wolfsbrut«, drangen dennoch an sein Ohr. Das Mädchen starrte angestrengt auf seine vom Staub der Straße schmutzigen Bastschuhe, nur einmal warf es einen scheuen Blick auf eine Gruppe von Mähern, unter denen die roten Hemden zweier junger Burschen hervorstachen. Das waren die Narodniki, die seit ein paar Wochen in unserem Dorf waren und mit den ansässigen Bauern zusammen auf den Feldern arbeiteten, bei der Aussaat und der Ernte halfen, und abends in Obnoskis Schenke, wie man hörte, lasterhafte Reden führten, Aufstand und Aufruhr predigend.

Rasch schritt das Mädchen weiter. Das Gejohle und die Rufe verfolgten sie noch eine Weile. Ein Bauernbusche bückte sich, las einen Stein auf und warf ihn nach dem Hund. »Ruhig, Slatka, beachte sie nicht. Lauf einfach weiter«, sprach das Mädchen unter ihrem Kopftuch hervor auf ihre Hündin ein. Endlich machte die Straße einen Knick und die Bauern und ihr Schimpfen blieben dahinter zurück. Erleichtert atmete das Mädchen auf. Die ersten Werst von unserem Dorf nach Nishni-goray, wo es seine Milch auf dem Markt verkaufte, waren jedes Mal ein Spießrutenlaufen für »Suchanows Balg«, wie die Galina Alexandrowna, die Tochter von Suchanow dem Trunkenbold, allgemein gerufen wurde. Mit ihrer Großmutter, der Maria Petrowna, bewohnte sie eine kleine Kate am Rand unseres Dorfs, die, zusammen mit den paar Desjatinen Land rechts und links des Dorfbachs, auf dem die Kate stand, das einzige war, das ihr liederlicher Vater im Laufe seines nutzlosen Lebens nicht versoffen oder verspielt hatte.

Galina hob den Kopf. Ihre schlanke Gestalt straffte sich und ihre Schritte griffen weiter aus. Jetzt, wo das Dorf und die höhnenden Bauern hinter ihr lagen, wurde es ihr wieder leichter ums Herz. Auch Slatka, ihre Hündin, bemerkte den Stimmungsumschwung ihrer Herrin und tollte ausgelassen vor ihr her, schnupperte an den Sträuchern und unter den Bäumen und verschwand immer mal wieder für kurze Streifzüge in dem Waldstück, das auf der rechten Seite an die Straße grenzte. Auf den bereits abgeernteten Feldern zur Linken hockte ein Schwarm magerer Krähen und pickte auf dem Boden nach ein paar Krümel. Die Hündin sprengte über das Stoppelfeld, und die Krähen stoben kreischend und flügelschlagend auf, wie ein alter schwarzer Mantel voller Löcher gegen den blauen Himmel. Galina lachte aus vollem Hals. »Lass, Slatka, du wirst doch keine fangen. Sie sind zu schlau für dich.«

Die Sonne schien weiter unbarmherzig aus einem blauen Himmel herab. Galina hatte noch nicht einmal die Hälfte des Wegs nach Nishni-goray zurückgelegt. Nach einer Weile hielt das Mädchen an. Es stellte die schweren Milchkannen auf dem Boden ab, legte das Tragejoch quer darüber. Galinas Schultern schmerzten und ihre wunden Hände brannten wie Feuer. Mit unverhohlenem Abscheu betrachtete sie die vollen Kannen. Was musste die Kuh heute so viel Milch geben? Etwas weniger hätte es doch auch getan. Sofort bereute sie den Gedanken wieder. Sie wusste, wie dringend das Geld vom Verkauf der Milch gebraucht wurde, und so wenig es auch war, es half das Überleben zu sichern. Ohne die paar Rubel vom Milchverkauf könnten sie sich kein Saatgut leisten, kein Stückchen Fleisch für die Suppe, kein Feuerholz für den Ofen, von dem Stoff zum Ausbessern der alten Kleider oder dem Stroh zum Decken der Hütte ganz zu schweigen. Galina seufzte. Sie bückte sich und stemmte das Tragejoch wieder mühsam in die Höhe. Langsam ging sie weiter, unter dem Gewicht der vollen Kannen schwankend. Die Krähen hüpften müde auf den abgeernteten Feldern oder hockten auf den Bäumen, den Schnabel im Gefieder vergraben. Die Sonne brannte Galina auf den Rücken, ihr schmaler Schatten kroch ihr voran auf dem staubigen Weg, floss zäh wie Pech über die Steine, plumpste in die Mulden und Unebenheiten und kletterte mühsam wieder heraus. Slatka lief mit hängender Zunge nebenher. »Ja, ich weiß, du hast auch Durst«, sprach Galina zu der Hündin, »warte, bis wir in Nishni-goray sind, dann bekommst du was.«

Aus dem nahen Wäldchen drang Vogelgezwitscher. In den Ästen raschelte es. Sehnsüchtig blickte Galina zum schattigen Waldboden, dem kühlen Moos zwischen den Stämmen der Birken und Pappeln. »Nur für ein Minütchen«, sprach sie zu sich selbst, verließ den Weg und ging in den Wald hinein. Im Schatten einer Pappel ließ sie das Joch von den Schultern gleiten und setzte sich ins weiche Moos. »Nur kurz, nur ganz kurz, nur für einen Moment.« So versicherte sie sich, während ihr schon die Augen zufielen. Im Glanz der Sonnenstrahlen, die durch das Blätterdach als einzelne silbrig glänzende Bänder fielen, war das Letzte, was sie sah, ihre Hündin Slatka, die neben dem Joch mit den Kannen auf den Hinterläufen hockte; aus ihren unergründlichen dunklen Augen blickte sie Galina traurig ins Gesicht, so als wisse sie um deren schweres Los und wolle ihr Trost zusprechen.

Im Traum lief Galina einen steinigen Weg entlang auf eine ferne Hütte zu. Diese stand am Waldrand auf Hühnerbeinen, und weißer Rauch stieg aus dem Schornstein in die Höhe. Galina war auch im Traum noch müde, sehnte sich nach Schlaf und Ruhe von der Anstrengung. Aber obwohl sie sich furchtbar anstrengte, kam sie der Hütte keinen Saschin näher. Mit jedem Schritt, den sie sich auf ihr Ziel zubewegte, machte die Hütte auf ihren Hühnerbeinen anscheinend einen Schritt von ihr weg, in den Wald hinein. Und je schneller Galina lief und rannte, desto hastiger schwankte die Hütte zurück, zog sich tiefer und tiefer in den Wald zurück. Im Traum lief Galina in einem fort durch den Wald und wünschte sich, unter der Pappel im weichen Moos liegend zu erwachen. Die Hütte stakste auf ihren dürren Hühnerbeinen durchs dichte Unterholz davon, Galinas Blicken entschwindend. Galinas Beine wurden schwer und schwerer, und als sie an sich hinunterblickte, sah sie, dass ihre Füße bis zu den Knöcheln im weichen Untergrund eines Sumpfs steckten. Beim Herausziehen entstand ein schmatzendes, schlurfendes Geräusch. Vergeblich versuchte Galina, dem Sumpf zu entkommen. Die Oberfläche der grün-schwarzen Brühe kräuselte sich und warf Blasen, aus den wässrigen Linien und welligen Verwerfungen formten sich die Umrisse eines Gesichts, eines Gesichts mit spitzer Schnauze und langen Zähnen; aus dunkel brennenden Augen starrte das Sumpfgesicht das Mädchen an; laut schmatzend platzten die Blasen wie giftige Eiterbeulen …

Von dem Geräusch erwachte Galina. Verwirrt blickte sie um sich. Vor ihr auf dem Boden lag das Tragejoch, eine Kanne war umgestürzt und die verschüttete Milch versickerte im feuchten Moos, über der anderen kauerte die Hündin, steckte ihre Schnauze tief in die Kanne hinein und schlabberte die Milch mit ihrer langen Zunge heraus. Galina sprang auf die Füße. »Weg! Fort mit dir! Was fällt dir ein? Böser Hund! Böse! Böse!« Slatka machte einen Satz rückwärts, den Schwanz zwischen die Hinterbeine geklemmt. »Was hast du angestellt? Du böser, böser Hund!«

Galina ging auf Slatka zu, die rechte Hand zur Faust geballt. »Na warte, du …!«

Das Tier duckte sich, wich noch einen Schritt zurück. Seine dunklen braunen Augen huschten unsicher von Galina zu der umgestürzten Kanne. Verlegen leckte es sich die letzten Reste Milch von den Lefzen.

»Du böser, böser Hund!«

Im letzten Moment, ehe Galinas Hand sie zu fassen bekam, drehte sich die Hündin um und flüchtete in den Wald.

»Oh nein, Slatka, lauf nicht weg. Lass mich nicht allein. Ich tu dir doch nichts!«

Aber zu spät. Die Hündin war schon im Unterholz verschwunden.

Galina sank am Fuß der Pappel auf die Knie. Was sollte sie jetzt tun? In der umgestürzten Kanne war nur noch ein kümmerlicher Rest Milch, und auch die andere Kanne war fast bis zum Grund geleert. Die Großmutter würde mit ihr schimpfen. Was hätten sie sich alles von dem Erlös der verkauften Milch leisten können! Jetzt würden diese Rubel an allen Ecken und Enden in der Wirtschaft fehlen. Schlimmer noch: die Großmutter hatte ihr vertraut, hatte sie alleine auf den Markt geschickt, in der Hoffnung auf einen satten Gewinn, und jetzt würde sie statt mit Taschen voller Geld mit leeren Händen zurückkehren. Galina schlug die Hände vors Gesicht. Zwischen ihren Fingern kullerten salzige Tränen hervor und fielen auf den Waldboden, wo sie sich neben der Milch im Moos verloren.

Eine ganze Weile verharrte Galina so in sich selbst gekehrt am Fuß der Pappel. Von den nahen Feldern tönte das raue Krächzen der Krähen herüber. Galina war unfähig, sich zu erheben, ihren Kummer abzuschütteln. Wie konnte sie sich je wieder unter die Augen der Großmutter trauen?

Auf einmal raschelte es im Unterholz. Galina hob den Kopf. »Slatka? – Slatka, bist du das?«

Angestrengt versuchte Galina, das dichte Unterholz mit den Augen zu durchdringen. Alles war wieder still – bis auf das Krächzen der Krähen, das wie von weither, aus einer anderen, sonnigeren Welt, klang. Schon wollte Galina sich das Tragejoch wieder auf die Schultern stemmen und aus dem Schatten der Bäume heraus auf die Landstraße, in das helle Licht des Tages, treten, da raschelte es erneut nicht weit von ihr entfernt im Unterholz.

»Slatka, bist du das? Komm da raus. Warum versteckst du dich?«

Die Geräusche kamen hinter einem Gestrüpp aus Brombeerbüschen und Schlehdorn hervor. Vorsichtig näherte sich Galina dem Gebüsch, das ihr wie eine dichte, undurchdringliche Hecke die Sicht versperrte.

»Slatka, her zu mir. Ich bin dir nicht mehr böse, hörst du?«

Wieder raschelte es, und etwas – ein dunkler Schatten – flüchtete tiefer ins Unterholz hinein. »Slatka, lauf nicht weg. Ich tu dir nichts!«

Hastig schob Galina den Vorhang aus Dornen und Gestrüpp auseinander, steckte Kopf und Oberkörper durch die entstandene schmale Öffnung. »Slatka, bleib ...«

Was sie sah, ließ ihr Herz gefrieren. In einer flachen Mulde zwischen Strauchwerk und Luftwurzeln lag der Kadaver eines Lamms, das weiße Fell von frischem rotem Blut glänzend. Galina war, als würde ihr jemand den Boden unter den Füßen wegziehen. Wie in ihrem Traum schien sie im Erdboden versinken zu wollen, steckten ihre Füße unentrinnbar in dem weichen Untergrund wie in einem Sumpf fest. Langsam sank sie vor dem Kadaver auf die Knie.

»Slatka, oh mein Gott, was hast du getan?«

Im Gestrüpp gegenüber regte sich etwas. »Slatka?«

Die Blätter des Schlehdorns bogen sich zur Seite, aber aus dem Gebüsch trat kein Hund, sondern ein Mensch aus Fleisch und Blut hervor. In dem dämmrigen Zwielicht unter dem Laubdach der Bäume glänzte das verwaschene Rot seines Hemdes wie ein fahler Brand. Unwillkürlich fasste sich Galina an ihr Herz. Einer der Rothemden! Seine Stirn war düster umwölkt, ungläubig starrte er auf das tote Lamm und das fremde Mädchen, das davor kniete.

»Was -? Wer ...?«

»Bitte, bitte, verratet mich nicht«, brach es aus Galina heraus. »Es wird nicht wieder vorkommen, das verspreche ich. Das war das erste Mal. Sie hat es nicht absichtlich getan, ganz bestimmt nicht.«

Der Narodnik wischte sich mit dem Handrücken über die Stirn, als wolle er einen bösen Traum verscheuchen. »Wovon redest du?«

»Slatka, mein Hund, sie ist mir davongerannt, in den Wald. Ich wollte ja nur kurz ... ein Viertelstündchen ... aber dann bin ich eingeschlafen ... ich wusste ja nicht ... bitte, bitte, sagt es niemandem. Die Leute im Dorf dürfen es nicht erfahren. Oder sie werden sie töten. Bitte ... ich tue auch alles, was Ihr wollt«, schluchzte das Mädchen und streckte flehend die Hände aus.

Der Narodnik schwankte noch immer auf seinen zwei Beinen hin und her wie ein Mensch, der gerade aus einem Traum erwachte. Auf seiner rechten Wange zuckte eine hässliche Narbe, als sei sie lebendig.

»Dein Hund, sagst du?«

»Ja, aber es war keine Absicht, ganz bestimmt nicht. Sie ist doch noch so jung. Sie hat es nicht besser gewusst. Ich bitte Euch!«

»Schon gut, hör auf zu flennen. Ich helfe dir. Steh auf.«

Der Narodnik machte einen Schritt auf sie zu. Unwillkürlich duckte sich Galina, wie ein Hund, der die Schläge seines Herrn fürchtet.

»Was ist? Wovor hast du Angst? Was haben sie dir erzählt? Dass wir Narodniki Blut trinken, rauben und morden und kleine Kinder fressen?«

»Nein«, log Galina.

»Du musst auch nicht alles glauben, was man erzählt. Wie heißt du?«

»Galina.«

»Galina. Ich bin Andrej.« Der Narodnik streckte eine Hand aus. Sie war überraschend weich, feucht von kaltem Schweiß.

»Komm, wir verscharren den Kadaver, damit ihn niemand findet. Such Äste und Laub, das wir darüberlegen können.«

Zögernd erhob sich Galina. Die zuckende Narbe auf der Wange des fremden Menschen war ihr unheimlich, und sie wagte es nicht, ihm direkt die Augen zu blicken. Nur zu froh war sie daher, dass sie seinem Auftrag nachkommen konnte und im Unterholz nach dem Verlangten suchen durfte. Ein Häuflein morscher Äste und Zweiglein in den Armen, an denen noch welke Blätter klebten, kehrte sie zurück. Andrej kniete auf dem Boden und scharrte mit beiden Händen Erde und Laub auf den Kadaver. Er schaute nur flüchtig auf, als Galina ihr Häuflein in die Mulde kippte. »Gut. Aber wir brauchen mehr. Es soll natürlich aussehen. Hier kommt zwar selten jemand her, aber trotzdem …« Der Narodnik hielt einen Moment in seiner Arbeit inne und betrachtete nachdenklich die einzelnen Teile des blutig zerrissenen Tierkörpers, die noch unter der dünnen Schicht Erde und Laub hervorschauten. »Was für eine Verschwendung. Wie viele arme Familien, Kinder und ihre Mütter, hätten von diesem Lamm satt werden können.«

Galina blickte den fremden Menschen verwundert von der Seite an. Was für seltsame Sachen er sagte. Und wieso war er so besorgt um das Schicksal anderer Leute, die ihn nichts angingen?

»Träum nicht, Mädchen, die Sonne geht schon unter, ich muss zurück sein, bevor die anderen merken, dass ich weg war. Ich möchte nicht, dass sie wissen, dass ich …« Andrej hielt inne, warf einen kurzen prüfenden Seitenblick auf das Mädchen. »Was hattest du eigentlich hier im Wald zu suchen? Bestimmt hast du keine Pilze gesucht, oder?«

Galina fühlte, wie eine leichte Schamröte ihr Gesicht überzog. Ihre Hände schoben sinnlos Erde und die Zweige auf dem Kadaver hin und her, ohne dass die Mulde dadurch gefüllt worden wäre.

»Ich hab dich gesehen, heute Morgen, wie du die Landstraße entlang gegangen bist – mit deinem Hund. Wieso rufen dich die Leute ›Trinkermädel‹?«

Galina fühlte, wie sich ihre Kehle zuschnürte. »Es ist – wegen dem Vater«, antwortete sie stockend, »Alexander Suchanow, er war …«

»Ein aufrechter Proletarier, der sich tapfer gegen die Unbill des ihm auferlegten Schicksals zur Wehr setzte. Er führte den Klassenkampf auf die einzige Art und Weise, die ihm angesichts seiner historischen Situation möglich war. Niemand sollte etwas Schlechtes über ihn sagen oder ihn verachten.«

Galina blickte Andrej verblüfft an. Sie hatte wenig von dem verstanden, was er da mit seinen gelehrten Worten zum Ausdruck hatte bringen wollen, aber sie hatte doch verstanden, dass er ihren Vater verteidigte und ihn gegen seine Schmäher in Schutz nahm. Der Narodnik blickte ihr einen Moment in die Augen, dann wandte er sich rasch ab und scharrte wieder Erde und Laub auf den Kadaver. Eine Weile arbeiteten Galina und er schweigend nebeneinander, einmal berührten sich kurz ihre Hände und Galina zuckte wie vom Blitz getroffen zurück. Andrej schien es nicht bemerkt zu haben. Zufrieden klopfte er die Erde auf dem Grab des toten Lamms platt.

»So, das genügt. Das wird so schnell keiner finden. Das Laub und das Holz sind schön feucht, dann vermodert der Kadaver schneller. In ein paar Wochen ist nichts mehr von ihm übrig als ein paar Knochen.«

Galina schielte heimlich zu dem Narodnik hinüber. Seine Stirn war feucht von Schweiß, im Eifer der getanen Arbeit strahlte sein Gesicht und er sah auf einmal trotz der hässlichen Narbe, die seine ebenmäßigen Züge entstellte, beinahe schön aus. Mit seinem verwuschelten Blondschopf und der scharfen Nase ähnelte er sogar ein wenig – wenn auch nur ganz entfernt – dem Prinzen aus Galinas Märchenbuch.

»Ah, so, genug. Ich kann nicht mehr«, stöhnte Andrej und stemmt sich mühsam in die Höhe, eine Hand auf Galinas Schulter.

»Was ist? Was habt Ihr?«

»Es ist nichts, meine Knochen sind eingerostet, ich habe wohl zu lange auf dem feuchten Boden gekniet. Kümmere dich nicht darum.«

Der Narodnik humpelte zu der Pappel hinüber und ließ sich an deren Stamm zu Boden gleiten. »Oje, ich bin vollkommen am Ende. Den ganzen Tag auf dem Feld, in der prallen Sonne. Wie ihr Bauern das nur aushaltet.«

Sein Blick fiel auf die beiden Milchkannen. »Was hast du da? Ich bin am Verdursten.«

»Es ist nichts mehr übrig, alles verschüttet. Slatka – sie hat alles leergetrunken.«

»Ach, wie schade, ich hatte gehofft … na, macht nichts.« Andrej zuckte die Schultern und lehnte sein Gesicht mit der rechten Wange gegen den glatten Stamm der Pappel. »Ich muss nur ein wenig zu Kräften kommen. Es geht gleich wieder.«

Galina spürte, wie ihr erneut die Schamröte ins Gesicht stieg. Wie konnte sie nur so gemein sein! Dieser fremde Mensch hatte ihr geholfen, die Spuren von Slatkas Tat zu beseitigen, ohne ihn wäre sie verloren gewesen, und sie war nicht einmal bereit, ihn dafür zu entschädigen? Rasch eilte sie zu der zweiten, noch halbvollen Kanne. »Hier, da ist noch etwas übrig.«

Andrej nahm die Kanne dankbar entgegen. Im Sitzen hob er sie hoch, legte den Rand des Gefäßes an seine Lippen und trank in gierigen, tiefen Zügen. So gierig trank er, dass ein Teil der Milch rechts und links von seinen Mundwinkeln herabrann. Galina fühlte einen Stich im Herzen. Jetzt geht auch noch das letzte bisschen Milch flöten und gurgelt eine fremde Kehle hinunter, ging es ihr durch den Sinn. Mein ganzer Besitz, heute habe ich kein Glück. Im selben Moment schalt sie sich dafür. Ich bin ein schlechter Mensch, wie die Babuschka gesagt hat. Und dann kam ihr noch ganz zum Schluss, wie der bittere Nachgeschmack einer unreifen Frucht, der Gedanke: wenigstens muss ich jetzt nicht mehr die vollen Kannen den weiten Weg nach Nishni-goray schleppen.

»Ah, das war gut.« Andrej warf die leere Milchkanne neben sich ins Moos. »Ohne dich wäre ich verdurstet. Ich danke dir, Galina Alexandrowna.«

Galina senkte beschämt den Kopf. Er weiß nicht, was für ein schlechter Mensch ich in Wahrheit bin, dachte sie.

»Warum – warum habt Ihr mir geholfen?«, fragte sie.

Der Narodnik lächelte verlegen. Seine spitze Zunge leckte die letzten Milchspuren von seinen Lippen. »Nun, nur so – wir Kinder des Proletariats müssen doch zusammenhalten, nicht wahr?«

Galina wusste nicht recht, was er damit meinte, aber sie verstand doch, dass der Narodnik sie als seinesgleichen ansah, sich mit ihr als verbunden betrachtete. In die Dankbarkeit, die sie für ihn fühlte, mischte sich noch ein anderes, neues Gefühl, das ihr seltsam und beinahe ein wenig unheimlich war.

Andrej lehnte mit geschlossenen Augen an dem Stamm. Eine Weile beobachtete Galina sein bekümmertes, von Dornen zerkratztes Gesicht, das so anders war als die bärtigen Mienen der Dorfleute; über seine Stirn zog das wechselnde Schattenspiel der im Wind schwankenden Äste und Blätter der Bäume; irgendwo krächzte ein Steinhäher.

Abrupt riss der Student die Augen auf.

»Was? Wie? Ich muss eingeschlafen sein. Was für ein seltsamer Traum!«

Er fasste das Mädchen ins Auge, als sähe er es zum ersten Mal. »Du bist noch hier?« Mühsam zog er sich am Stamm der Pappel in die Höhe. »Wir sollten gehen, es ist nicht gut, bei Nacht draußen zu sein. Hier gibt es Wölfe.«

»Wölfe?« Galina fasste sich in plötzlichem Schreck an die Kehle. »Seid Ihr sicher?«

»Ich habe ihr Heulen gehört.« Wieder fuhr sich Andrej in der für ihn typischen Weise über die Stirn. »Oder habe ich das auch nur geträumt?«

Einen Moment stand er sinnend an den Stamm der Pappel gestützt. Dann verzog ein schiefes Grinsen seinen Mund. »Aber du musst keine Angst haben, Mädchen. Wölfe sind gar nicht so gefährlich, wie man gemeinhin denkt. Die Landbevölkerung macht sich da ganz falsche Vorstellungen, ihr seid noch zu sehr alten Mythen und Märchen verhaftet. Du glaubst doch auch nicht mehr an Geister oder die Baba Jaga?«

Ohne zu antworten senkte Galina beschämt den Kopf.

Andrej seufzte. »Na gut. Lass uns gehen. Es ist schon spät.«

Er machte einen Schritt, knickte auf dem rechten Bein ein.

Sofort sprang Galina hinzu. »Lasst Euch helfen.«

»Es ist nichts.« Beinahe unwirsch wehrte der Narodnik ab. »Es geht schon.«

Aber diesmal ließ Galina keinen Widerspruch gelten. Flink schlüpfte sie unter Andrejs rechten Arm, bot ihre eigene Schulter als Stütze dar. Trotz seines anfänglichen Widerstrebens ließ es der Narodnik geschehen, und gemeinsam wankten sie auf der von der untergehenden Sonne in rötlichen Glanz getauchten Landstraße zurück ins Dorf, vorbei an den verlassenen Feldern und den schwarzen Krähen, die mit bösen Knopfaugen ihren Schritten folgten. Wie auf eine stillschweigende Verabredung hin bogen sie kurz vor dem Dorf auf einen Trampelpfad entlang des Dorfbachs ab, den neugierigen Blicken der Dorfbewohner verborgen. In Sichtweite von der Hütte des Trödlers Isaak, bei dem die beiden Narodniki ihre zeitweilige Unterkunft gefunden hatten, hielt Andrej an. »So, bis hierhin, das reicht. Ich danke dir noch einmal, Galina Alexandrowna, du bist eine wahre Freundin des Volks, deines Vaters würdig.«

Eine Welle widersprüchlicher Empfindungen wühlte Galina auf, und sie war froh, dass die Dunkelheit ihr Gesicht verbarg. Schnaufend kletterte Andrej die flache Uferböschung empor, das rechte Bein leicht nachschleifend. Vor der Dorfscheune, deren Giebel aus Galinas Perspektive wie der Bug eines schwarzen Schiffes über den Rand der Böschung emporragte, hielt er noch einmal an und drehte sich um.

»Mach's gut, Galina Alexandrowna«, er winkte ihr von oben zu, »und denk immer dran: Es waren die gesellschaftlichen Umstände, die deinen Vater zum Trinker machten. In anderen Verhältnissen wäre er vielleicht ein Minister oder König geworden.«

Galina fühlte sich seltsam leicht und beschwingt, zugleich aber auch bedrückt, als sie langsam am Dorfbach entlang zurück zum Ausgang des Dorfes wanderte. Noch immer spürte sie auf ihrer Schulter den Druck von Andrejs Arm wie eine vertraute Last. Ganz anders als das Tragejoch, das ihre Schulter wundgescheuert hatte. Das Tragejoch! Siedendheiß überkam sie die Erinnerung: Sie hatte es, zusammen mit den Milchkannen, im Wald liegenlassen! Eiligen Schrittes rannte Galina den Weg zurück, den sie am Vormittag bei hellem Sonnenschein nach Nishni-goray genommen hatte. Inzwischen war es so dunkel geworden, dass die gemähten Wiesen und Ackerfurchen wie die schwarzen Wellen eines versteinerten Meeres wirkten. Schläfrig schlugen die Krähen auf den Bäumen mit den Flügeln, als sie unter ihnen vorbei hastete. Eine ganze Weile tapste Galina im Dunkeln unter der breiten Pappel umher, ehe sie die Milchkannen, beschienen vom Licht des aufgehenden Mondes, auf dem Moos silbrig glänzen sah. Sie bückte sich, das Joch und die Kannen aufzuheben, da gewahrte sie zwei bösartig funkelnde Augen, die sie aus dem Gebüsch, hinter dem das Schaf begraben lag, unverwandt anstarrten. Lautlos formten Galinas Lippen ein Stoßgebet an ihren Schutzheiligen, wie es sie die Babuschka gelehrt hatte. Im nächsten Moment teilte sich das Gebüsch und ein gedrungener Schatten sprang auf sie zu.

Galina fühlte eine kalte Hundeschnauze an ihrem Hals und ihren Wangen und eine feuchte Zunge, die über ihr Gesicht leckte. »Slatka, du bist es! Du hast mir aber einen Schrecken eingejagt. Wo kommst du her? Wo warst du denn die ganze Zeit?«

Galina strich über das Fell der Hündin, das klebrig und feucht war, als sei sie durch Tau gelaufen. Aus Slatkas Mund strömte der Geruch von Aas. Im Mondschein, der durch das Blätterdach drang, sah Galina zwischen den Brombeersträuchern den Kadaver des toten Schafs, das wieder zur Hälfte aus der Bodenmulde herausgezerrt worden war, den blutig gebissenen Kopf mit den glasigen Augen wie zwei blank polierte Messingsteine.

»Oh nein, wie konntest du nur?«, hauchte Galina entsetzt. »Jetzt fängt alles wieder von vorne an, die alten Geschichten, die Sache mit dem Wolf und meinem Vater. Wie soll das bloß enden?«

III

Vier Jahre zuvor, als noch niemand im ganzen Land auch nur von den Ideen der Narodniki gehört hatte, war Alexander Suchanow, Galinas Vater, beim Verlassen von Obnoskis Schenke sturzbetrunken in den Dorfbach gestürzt.

Damals lebten er, seine verwitwete Mutter Maria Petrowna und Galina in einer Kate am Dorfrand auf einem Stückchen Land, durch das der Bach noch als kümmerliches Bächlein eine Schlaufe zog, ehe er sich, breiter und mächtiger geworden, aus dem Dorf heraus hin zu Woronzows Mühle wälzte. Alexander Suchanow war zu Lebzeiten ein aufrechter Trinker vor dem Herrn gewesen, der lieber in der Kneipe hockte, als sich zu Hause um die Wirtschaft zu kümmern oder auf dem Feld mit anzupacken. Im Sommer verschwand er oft für ganze Tage und Nächte, streifte mit seiner Flinte in den Wäldern umher, angeblich auf der Suche nach Wildbret, aber in Wahrheit, weil er das Schreien des hungrigen Kindes zu Hause nicht mitanhören konnte. Galinas Mutter war bei der Geburt gestorben, und nun sorgte ihre Babuschka, die alte Maria Petrowna, mehr schlecht als recht für das Kleine. Galina war noch keine zwölf Jahre alt, als ihr Vater zur Tür der Kneipe hinaus torkelte und in den Dorfbach stürzte. Man fand seine Leiche tags darauf in den Rädern des Mühlrads. Wie im Leben, so machte er auch noch im Tode seinen Mitmenschen das Leben schwer, war doch das Mühlrad blockiert, und der Müller und seine Gehilfen mussten der steif gefrorenen Leiche erst Arme und Beine abhacken, bevor sie den Rest des Körpers mühsam aus den Speichen des Mühlrades hervorziehen konnten. Als man Galinas Vater so stückweise nach Hause brachte – als erstes erreichte der linke Arm, von einem flinken Müllerburschen befördert, sein Zuhause, noch vor den Beinen und dem Rest des Körpers – brach Maria Petrowna in ein herzzerreißendes Klagen aus beim Anblick der einzelnen Teile, obwohl sie zu Lebzeiten nicht müde geworden war, das lebendige Ganze als Tunichtgut und Taugenichts und ihr als von Gott auferlegte Geißel zu schelten. Aber so ist es eben mit den unnützen Menschen wie mit den unnützen Dingen, die bloß im Weg herumstehen und an denen man sich allenthalben stößt – ist man sie endlich los, so dauert es einen doch und man beklagt ihren Verlust gerade so, als ob sie zu Lebzeiten etwas getaugt hätten.

Und so saß Maria Petrowna neben dem Toten, den man wieder zusammengeflickt und in der Mitte der Stube auf dem großen Holztisch aufgebahrt hatte, drei Tage lang, wie es bei uns Sitte ist, und bejammerte den Tod ihres einzigen Sohnes, ihr eigenes Schicksal und das ihrer Enkelin, sowie den traurigen Lauf der Welt im Allgemeinen. Von fern und nah kamen die Leute herbei, um ihr Beileid auszusprechen und einen Blick auf den aufgebahrten Leichnam zu werfen. Beim Hinausgehen drückten sie ihre Gesichter in die Taschentücher oder schmutzigen Ärmel ihrer Joppen und Hemden; der eine oder andere konnte ein Grinsen nicht verbergen. Wie sich bei der Betrachtung der Leiche nämlich herausstellte, hatte Wassilij der Schneider, kurzsichtig wie er war, das rechte Bein an die linke Hüfte genäht und umgekehrt. Aber so sagt man bei uns: auf dem falschen Fuß hüpft es sich schneller zum Teufel, und niemand zweifelte daran, dass der Weg des Trinkers Suchanow von hier schnurstracks in die Hölle führte.

Für die kleine Galina war das Ganze eine aufregende und beängstigende Angelegenheit zugleich. Noch nie zuvor waren so viele Menschen zu Gast in der Kate gewesen, drängten sich die Gaffer ja beinahe Schulter an Schulter, um einen Blick auf den Toten zu werfen. Dass es sich bei dem Toten um ihren Vater handelte, war ihr nur halb bewusst; so selten war dieser in ihrer kurzen Erinnerung anwesend gewesen, dass sie ihn mehr wie einen fremden als einen ihr vertrauten Menschen betrachtete. Allein, dass der fremde stumme Gast den Tisch belegte, an dem sie ansonsten mit ihrer Großmutter die Mahlzeiten einnahm, ärgerte sie ein wenig. Wann würde er endlich wieder gehen? Warum schaffte man ihn nicht fort? Mit jedem Tag, den der Leichnam länger auf dem Tisch lag, breitete sich ein unangenehmerer Geruch in der Kate aus. Nächtens lag ein zitternder Schein von den brennenden Opferkerzen auf seinem bläulichen Gesicht, der seine Züge schärfer und härter hervortreten ließ. Wenn Galina etwas bedrückte, so war es die Tatsache, dass ihre Babuschka, anstatt wie gewohnt emsig im Haushalt zu werkeln und sich um die Kuh in ihrem Verschlag und die Hühner im Hof zu kümmern, den lieben, langen Tag auf einem Schemel saß und still vor sich hin brütete. Wann würde sie wieder lachen und fröhlich sein? Ängstlich beobachtete Galina ihre Großmutter und zählte die Tage, bis ihr stinkender Vater aus der Kate verschwand.

Am Tag der Beerdigung stand sie neben ihrer Großmutter vor der Grube, in die man den Sarg gesenkt hatte. Mit großen Augen blickte sie in das Grab hinunter, auf die schlichte Holzkiste aus sechs Fichtenbrettern. »Babuschka«, flüsterte sie, ihre Großmutter am Ärmel zupfend, »wie kommt er da wieder heraus?«

»Wer, mein Kind?«

»Der Blaue.«

Maria Petrowna war es, als berühre eine kalte Hand ihre Schulter. »Er kommt nicht mehr heraus, Kind.«

»Gar nicht mehr?«

»Erst am Tag des Jüngsten Gerichts, wenn Gott über alle Menschen richtet, dann kommen er und alle Verstorbenen wieder aus ihren Gräbern hervor, um über die Erde zu wandeln und gerichtet zu werden.«

»Und wann ist das, Babuschka?«

»Wer kann das wissen? Nicht einmal der Metropolit in Moskau weiß das. Vielleicht bald, vielleicht nicht so bald. Aber sicher früher als manch einer es erwartet.«

Die kleine Galina verstand nicht recht, was die Großmutter ihr sagen wollte. Sie blickte sich auf dem Friedhof des Dorfes um, wo unter Platanen und zwischen Brombeerhecken die schiefen Grabsteine der Verstorbenen standen, und sie stellte sich vor, wie am Tag des Jüngsten Gerichts die Toten in ihren gewöhnlichen Alltagskleidern aus den Gräbern kletterten, sich gegenseitig begrüßten und sich unter dem Schatten der Bäume niederließen, um miteinander zu plaudern und darauf zu warten, gerichtet zu werden. Aus irgendeinem Grund stellte sie sich das Richten wie die Bescherung zu Weihnachten vor, wenn jeder der Toten ein in Papier eingeschlagenes Päckchen als Geschenk erhalten würde. »Das wird lustig, Babuschka«, flüsterte sie.

Die Alte nickte beiläufig. Sie hatte wohl nur mit halbem Ohr zugehört, da nun mit gesetzten Schritten nacheinander das ganze Dorf am offenen Grab vorbeimarschierte und ein jeder nach alter Sitte eine Handvoll Erde auf den Sarg warf. Es erfreute das schlichte Gemüt der Maria Petrowna mit Genugtuung, dass so viele gekommen waren, ihrem Sohn die letzte Ehre zu erweisen. War sie tatsächlich so leichtgläubig oder wollte sie es nicht wissen? –, dass die allermeisten nur erschienen waren, weil die Beerdigung des Trinkers eine willkommene Abwechslung im Alltagstrott war und man sicher sein wollte, dass er tatsächlich unwiederbringlich in die Erde komme. Der Pope stimmte das Totengebet an, der Diakon schwang sein Weihrauchgefäß und die graue Schlange der Trauergäste schob sich langsam vorwärts.

Der Tag der Beisetzung von Alexander Wassiljewitsch Suchanow war einer dieser strahlend klaren Wintertage gewesen, wie sie ab und zu bei uns vorkommen. Die Sonne schien aus einem beinahe wolkenlosen blauen Himmel, und auf den Dächern der Häuser glänzte der frisch gefallene Schnee vom Vortag wie Zuckerwatte. Auch der ansonsten eher unansehnliche, verkommene Friedhof mit seinen zerbröckelnden grauen Grabsteinen zwischen matschig-braunen Wegen wirkte an diesem Tag wie festlich eingehüllt unter einer Decke aus weißem Schnee. Nur die beiden Totengräber, Nikifor und Sergej, schimpften über den hart gefrorenen Boden, der ihnen das Ausheben der Grube erschwert hatte. Gott sei Dank hatten sie seit dem Morgengrauen aus einer großen Korbflasche mit Wodka, den ihnen Maria Petrowna aus den Resten des weltlichen Besitzes ihres Sohnes als legitimes Erbe hatte zukommen lassen, auf das Wohl des Verstorbenen angestoßen, sodass sie der Mühsal ihrer Tätigkeit nach einer Weile weniger achteten und sogar während der Arbeit das eine oder andere fröhliche Lied pfiffen.

»Eine schöne Beerdigung«, meinte Nikifor, dessen Augen halb vor Rührung, halb von dem genossenen Branntwein feucht glänzten.

»Du hast Recht«, pflichtete ihm Sergej bei, indem er einen kräftigen Zug aus der Korbflasche nahm, »ich hab keine so schöne mehr gesehen, seit sie den ›fetten Karpfen‹ zu Grabe getragen haben.«

Pjotr Stepanowitsch Karpin, oder auch der ›fette Karpfen‹, wie ihn die Bauern hinter seinem Rücken nannten, war einer der letzten alteingesessenen Gutsbesitzer gewesen, die noch ihr Gut selbst bewirtschaftet – oder besser: heruntergewirtschaftet – hatten und der vor Gram über die Befreiung der Leibeigenen in seinem eigenen Haus gestorben war. Bei seiner Beerdigung erschienen die Verwandten von nah und fern, um, wie man sagte, auch noch das restliche Gut, Haus und Habe zu versaufen.

»Was weißt du von der Beerdigung des fetten Karpfen – warst du etwa dabei?«

»Nein. Man hat es mir erzählt. Der Wein floss in Strömen und draußen vor dem Gutshaus kippte man selbst den Pferden Wodka statt Wasser in die Tröge.«

»Ach was, du lügst. Wer hat dir das erzählt?«

Sergej fühlte sich in die Enge getrieben. Er zog die Stirn kraus und durchforschte sein Gedächtnis nach dem Namen desjenigen, von dem er diese Geschichte gehört haben mochte. »Ich weiß nicht, ich glaube …«

»Na siehst du, nichts weißt du.«

»Sascha!« Sergejs Gesicht hellte sich auf, wie ihm plötzlich die einzige Person in den Sinn kam, die Nikifor nicht mehr anzweifeln konnte. »Sascha hat es mir erzählt, er war dabei!«, verkündete Sergej triumphierend und wies mit der Korbflasche in der Hand dorthin, wo die Trauergäste noch immer am offenen Grab vorbeigingen.

»Ach was, das glaub ich nicht«, meinte Nikifor und spuckte neben sich in den hart gefrorenen Schnee.

»Doch … ganz bestimmt … jetzt erinnere ich mich …« Sergej kam richtig in Fahrt, nun, wo er nicht mehr befürchten musste, dass man seinen Kronzeugen widerlegen konnte. »Drei Tage und drei Nächte haben sie das Ableben des fetten Karpfen gefeiert – die Verwandten aus Moskau, Kiew und Sewastopol und woher sie alle waren. Die ganze Zeit spielte die Musik und man hörte das Gesinge und Gestampfe der Männer beim Tanzen und das Gekreisch der losen Weiber. Und auch für die draußen vor den Türen – die Bauern, Diener und Landstreicher – fiel noch genug ab.«

»Ach, sei doch still!«, schnitt ihm Nikifor das Wort ab, der es nicht leiden konnte, dass sein Kumpan mehr Ahnung vom Treiben in der großen Welt hatte – wenn auch nur in seiner Einbildung – als er selbst. Für eine Weile schwiegen die beiden und nahmen nur ab und zu, um sich zu wärmen, einen Schluck aus der Korbflasche.

»Schau nur, wer alles gekommen ist: der Starost und seine Keifzange von Weib.«

»Hoho, wo die mit Worten zubeißt, wächst hernach kein Gras mehr!«

»Und Stipe höchstpersönlich, sieh nur!«

Sergej wies mit der Kuppe seines schmutzigen Zeigefingers auf die untersetzte, kräftige Gestalt des Gutsverwalters, der gerade vor Maria Petrowna und ihrer Enkelin stand, um seine Aufwartung zu machen. Stipe – oder eigentlich Stepan Wladimirowitsch Gromow – verwaltete schon seit so langer Zeit die Ländereien des Fürsten Dolgorukij, dass man ihn, Stipe, in unserem Landkreis gemeinhin als den Besitzer des schmucken Herrenhauses und der dazu gehörenden Wirtschaftsanlagen und Felder ansah, und nicht den meist abwesenden, in Sankt Petersburg residierenden Adligen.

»Möchte wissen, was er so lange mit der Alten zu schwatzen hat?«

»Na, bestimmt geht es um das Stück Land, auf dem die Hütte der Alten steht – Stipe würde es nur zu gerne seinen eigenen Ländereien zuschlagen.«

»Meinst du?«

»Natürlich! Die Hütte würde er zu Brennholz machen und auf dem freien Platz eine Baumschneidemaschine aufstellen, wie man sie jetzt in den westlichen Landesteilen hat, mit der kann er den Wald schneller zerlegen und die handlichen Stämme dann auf dem Bach abtransportieren. Außerdem könnte er dem Müller so das Wasser sperren, wenn der aufmüpfig werden wollte.«

»Woher willst du das wissen?«

Jetzt war die Reihe an Nikifor, mit seinem Wissen aufzutrumpfen. Er lehnte sich in seiner »aristokratischen« Haltung gegen den Stamm der Kiefer – das Kinn in die löchrigen Wollhandschuhe gestützt, den löchrigen Kaftan wie den purpurnen Mantel eines Königs um seine Schultern geschlungen, den Blick leicht schräg nach oben gewandt, so wie er es als Kind öfters auf den Porträts in der Ahnengalerie seiner Herrschaft gesehen hatte, als sein Vater noch als leibeigener Kammerdiener im Haus des Fürsten Sorgin gedient hatte. »Ich weiß es eben.«

»Nun sag schon!«

Noch mehr als mit seinem geheimen Wissen hinterm Berg zu halten, liebte Nikifor es, dieses auszuplaudern. Vor allem, wenn der Wodka ihm die Zunge gelockert hatte. »Sascha selbst hat es mir erzählt«, flüsterte er geheimnisvoll.

»Sascha?« Nun sah sich Sergej in der Position desjenigen, der schwerlich gegen einen Toten argumentieren konnte. »Das glaub ich nicht.«

»Wenn ich's dir sage: Stipe selbst kam zu Sascha und hat ihm tausend Rubel und drei Flaschen Branntwein obendrauf versprochen, wenn er ihm das Stückchen Land mit der Hütte darauf überschreibt. Vor vier Tagen.«

»Ist's möglich?«

»Und er war auch schon drauf und dran einzuschlagen, denn was ist schon so ein Stückchen Land gegen tausend Rubel und drei Flaschen Branntwein?«

»Du sagst es, gütiger Gott – drei Flaschen!«, staunte Sergej und leckte sich die Lippen.

»Gewiss, wenn ihn nicht im letzten Moment das schlechte Gewissen gezwackt hätte, was dann aus der Alten und aus seiner Tochter würde.«

»Was einem ein schlechtes Gewissen doch übel mitspielen kann«, jammerte Sergej, der im Geiste drei große Flaschen Branntwein, wie bauchige Galeeren, auf einem Fluss davonschwimmen sah.

»Ach, die Flaschen, die hatte er schon eingesteckt, der Fuchs, unser Sascha, nur den Vertrag hatte er noch nicht unterschrieben und die Rubelchen noch nicht erhalten. Aber die drei Flaschen, die hatte ihm

Stipe schon vorher vorbeigebracht, vermutlich, weil er das Geschäft ölen wollte, wenn du verstehst, was ich meine …« Nikifor vollzog die Gebärde des Trinkens nicht nur im angedeuteten Sinne, sondern indem er die Korbflasche selbst an die Lippen legte, was Sergej sofort an seinen eigenen großen Durst erinnerte.

»He, gib her, versauf nicht alles allein!«

»Nicht so hastig, du verschüttest doch alles. Sollte mich im Übrigen nicht wundern, wenn dieses Schätzchen hier, das die Alte uns gegeben hat, eine der drei Flaschen ist, die Stipe unserem Alexander hat zukommen lassen.«

»Meinst du?«

»Nu, woher sonst sollte unser Sascha einen so gut gefüllten Krug mit Wodka haben? Erinnerst du dich, wann es das letzte Mal war, dass er auch nur eine Kopeke für ein Gläschen Schnaps sein eigen nannte?«

»Du hast Recht.« Sergej nickte zustimmend. »Stipe, ich trink auf dein Wohl, und auch auf dich, Sascha, alter Fuchs.«

»Auf unseren Wohltäter!«, stimmte Nikifor ein, nachdem er die Flasche wieder aus Sergejs Händen entgegengenommen hatte, und prostete in Richtung des Gutsverwalters. »Was hat er nur immer noch mit der Alten zu quatschen? Hält die ganze Gesellschaft auf!«

Und tatsächlich: Es schien, als habe Stipe, den die ganze Welt nur als unnahbar und hartherzig kannte, der einem den Tag Aufschub zum Einbringen der Ernte verweigerte, das neue Saatgut für das Doppelte seines Wertes weitergab und altes, schimmeliges Mehl für neues verkaufte, als habe dieser selbige Stipe Zeit für Worte des Mitleids gefunden. Jedenfalls stand er so, mit dem Rücken zur übrigen Gesellschaft, dicht vor Maria Petrowna, der trauernden Mutter, hielt ihre Hand fest und flüsterte ihr ins Ohr. Was hatte er nur zu flüstern, der alte Halunke? Nikifor und Sergej hätten die halbe Branntweinflasche dafür gegeben, um hören zu können, was Stipe der Maria Petrowna zuraunte, und auch die übrige Gesellschaft spitzte die Ohren und lauschte, konnte aber nichts vernehmen.

Nur die kleine Galina, die sich ängstlich an die Seite ihrer Babuschka drückte, war Zeuge der halblaut geführten Unterredung.

»Ach, Maria Petrowna«, sagte Stipe, »welch trauriger Anlass für unser Wiedersehen. Am Grab eines Toten.«

»Ja, an seinem Grab«, entgegnete flüsternd die Angesprochene und hielt den Kopf gesenkt.

»Nun, nun, kein Grund zum Verzweifeln.« Stipe beugte sich tiefer zu Maria Petrowna herab und gab seiner Stimme einen einschmeichelnden Klang. »Ich werde vielleicht bald Gelegenheit haben, Euch gute Nachrichten zu überbringen, die Euch über Euren Verlust trösten mögen.«

»Ach«, seufzte die trauernde Mutter, »wenn Ihr ihn gekannt hättet …«

»Aber gewiss hab ich ihn gekannt. Wie hätte ich ihn nicht kennen sollen? Hab sogar mit ihm gesprochen.«

»Ihr habt mit ihm gesprochen?«

»Natürlich! Was glaubt Ihr denn?«

»So wisst Ihr?«

»Pst! Nichts weiter, hier haben die Gräber Augen und Ohren. Ich werde Euch aufsuchen, dann können wir alles besprechen.«

»Gut. Ihr wisst ja noch, wo meine Hütte steht, hoffe ich. Sie hat sich in den letzten zwanzig Jahren nicht von der Stelle gerührt.«

»Gewiss, gewiss. Gehabt Euch wohl, Maria. Mein Beileid. Möge Gott seiner Seele gnädig sein.«

Das Letzte hatte Stipe so laut gesprochen, dass es auch die Übrigen hören konnten. Dann entfernte er sich mit raschen, entschlossenen Schritten und strebte seiner Kalesche zu, die außerhalb des Friedhofs, wie es einem großen Herrn zukam, samt Kutscher auf ihn wartete.

»Da schau, da rennt er davon, als ob der Teufel hinter ihm her wäre!«, lästerte Nikifor, die Korbflasche an den Lippen.

»Er wird wissen, wovor er davonläuft«, setzte Sergej hinzu, die Augen neidisch auf seinen Kumpan und die Korbflasche gerichtet.

»Ich sage dir, Sergej, sein Weg führt direkt in die Hölle. Erinnerst du dich, wie er einmal mit einer vollen Flasche Wodka neben sich auf dem Kutschbock an uns vorbeifuhr und uns auch nicht ein einziges Schlückchen davon abgab? Geiz ist eine Todsünde. Das steht schon in der Bibel!«

»Jawohl, und wer könnte das besser wissen als du!«

»Was meinst du damit?«

»Nichts, nichts, Brüderchen, nur dass du lesen kannst, ich aber nicht. Nun gib mir auch noch einen Schluck aus der Flasche, meine Kehle ist schon ausgetrocknet.«

Nikifor musterte seinen Kumpan misstrauisch. »Dass du mir aber ja nicht das Ganze in einem Zug leerst. Völlerei ist nach dem Geiz die schlimmste Sünde. Auch das steht in der Bibel.«

»Was da nicht alles steht, in der Bibel. Und was für ein Glück, dass du das alles lesen kannst«, gab Sergej zurück.

Nikifor beäugte seinen Kumpel noch misstrauischer, ob sich nicht hinter seinen Worten eine geheime Spitze verberge, reichte ihm aber dennoch, wenn auch widerwillig, die Korbflasche.

»So ist es, du hast vollkommen Recht. Vergiss es bloß nicht!«, ermahnte er ihn

Inzwischen war auch der letzte Trauergast an dem offenen Grab vorbeigeschritten und hatte sein Häuflein Erde zu dem vergänglichen Elend in der Grube beigetragen, und es blieb nichts mehr zu tun, als sich zusammen mit der trauernden Mutter und ihrer Enkelin zum Leichenschmaus ins Wirtshaus zu begeben. Dem sich die meisten voller Erleichterung anschlossen, war es doch mittlerweile empfindlich kalt geworden und außerdem kündeten Wolken am Horizont einen drohenden Sturm an.

Auf dem menschenleeren Gottesacker blieben einzig Nikifor und Sergej zurück, die beiden Totengräber, deren Amt es nun war, das Grab zuzuschütten. Vor der offenen Grube verharrten sie, auf ihre Schaufeln gestützt, und blickten nachdenklich auf den aus rohen Brettern gezimmerten Holzsarg hinab, in dem die sterblichen Überreste ihres einstigen Kumpans und Saufbruders ruhten.

»Ja«, meinte Nikifor nach einer Weile bedächtig, »so ist es nun gekommen, dass du da drunten liegst, Sascha, und wir hier oben stehen. Und während du da drunten liegst und dich von der Mühsal des Lebens ausruhst, müssen wir uns hier in der Kälte deinetwegen abrackern.«

»Aber wir sind dir deswegen nicht böse«, beschwichtigte Sergej sofort, »hast du uns doch, Bruder, eine gute Flasche Branntwein hinterlassen.«

»Warst ein guter Kerl, Sascha, hast deinen Brüdern manches Mal ein Gläschen ausgegeben, obwohl du selbst nichts zu beißen hattest.«

»Und hast noch über den Tod hinaus an uns gedacht! Sascha, du Guter, du Gütiger, du Wohltäter, du.«

»Du hast es verdient, dass wir um dich trauern.«

»So ist es – und darum trinken wir auch auf dein Wohl, ehe wir mit der Arbeit anfangen«, ergänzte Nikifor und schnappte sich die Korbflasche von Sergej.

»Gib her – auch ich will gleich noch ordentlich schuften, wirst schon sehen!«, fiel Sergej ein, der fürchtete, ins Hintertreffen zu geraten, und riss Nikifor die Flasche aus den Händen.

»Nicht so hastig, Bruder.«

»Gewiss doch.«

»Ich sorge mich nur um deine Gesundheit. Es ist nicht gut, zu hastig zu trinken.«

»Du hast Recht: auf die Gesundheit!«

»Auf die Gesundheit!«

So ging die Korbflasche von Hand zu Hand, und die beiden Totengräber schwankten am Grab hin und her und wären ein ums andere Mal beinahe hineingefallen, wenn ein gütiges Schicksal sie nicht davor bewahrt hätte. Und wieder hielt Nikifor, noch bevor es mit der Arbeit losging, auf den Spaten gestützt inne und blickte melancholisch, aber schon ein wenig versöhnt mit dem Lauf der Welt, auf den Sarg hinab.

»Hattest ein schönes Leben, Kamerad, Bruder – und auch eine schöne Beerdigung. Nur schade, dass du selbst nicht teilnehmen konntest. Es hätte dir bestimmt gefallen.«

»Die schönste Beerdigung, seit sie den fetten Karpfen unter die Erde gebracht haben«, stimmte Sergej zu. »So wahr ich hier stehe und damals dabei war – wie du bezeugen kannst.«

»Und hast gut für deine Gäste gesorgt. Ein ganzer Krug Branntwein. Auf dein Wohl, Sascha, Liebster.«

»Gesundheit – und ein langes Leben«, fiel Sergej lauthals ein und schwenkte die Korbflasche, die er von Nikifor ergattert hatte, begeistert hin und her.

»Nun gut, nun reicht es aber. Jetzt wollen wir anfangen zu arbeiten. Ich höre es schon unten in der Flasche gluckern.«

»Du hast Recht, Nikifor, wenn wir nicht aufpassen, ist schwupp-diwupp die Arbeit getan und kein Schlückchen in der Flasche mehr übrig.«

»So ist es, Sergej, lassen wir also die Flasche Flasche sein und machen uns an die Arbeit.«

»Ja, an die Arbeit.«

»Also los! Aber vorher noch ein letztes Schlückchen, um uns für die Plackerei zu stärken, gewissermaßen.«

»Aber nur ein winziges!«

»Nun, es ist auch nicht mehr viel übrig.«

»Dann also!«

»Auf dich, Sascha, Bester, Herzallerliebster!«

»Gesundheit!«

»… Und ein langes Leben!«

Nachdem sich die beiden Totengräber so ein letztes Mal gestärkt hatten, begannen sie Schaufel für Schaufel langsam und bedächtig den am Vortag aufgeschütteten Hügel wieder abzutragen und die Erde in die offene Grube zurückzuschütten. Doch schon nach wenigen kurzen Würfen mit der Schaufel hielt Sergej erneut inne. »Weißt du, Nikifor, Brüderchen«, sagte er, einen nachdenklichen Blick auf die fast leere Korbflasche werfend, die zu Füßen des aufgeworfenen Erdhügels gelandet war. »Ich frage mich gerade, wenn das da eine der drei Flaschen ist, die Sascha von Stipe bekommen hat, wo sind dann die anderen zwei?«

»Die anderen zwei?«

»Ja, nun eben, von drei, die anderen zwei, wenn es insgesamt drei Flaschen waren, dann fehlen, meine ich, noch zwei, nicht wahr? Ich meine … ich frage ja nur so, gewissermaßen aus mathematischer Korrektheit, verstehst du?«

»Die anderen – zwei?«, wiederholte Nikifor bedächtig und kratzte sich am Kinn. »Ja, du hast Recht: Wo sind die?«

Nikifor blickte mit zusammengezogenen Brauen düster in die Grube hinein, wo unter einer dünnen Schicht Erde noch immer die kahlen Bretter des Sarges sichtbar waren, als könne die Antwort auf seine Frage aus dem Grab kommen.

»Er wird sie doch nicht …?«

Die beiden Totengräber blickten einander betroffen an.

Nikifor erholte sich als Erster von dem Schlag.

»Hundsfott, Lump, Verräter«, schimpfte er ins Grab hinein, »hast alles alleine gesoffen! Dass dich der Teufel hole!«

Sergej warf wütend die Schaufel hin. »Glaub ja nicht, dass ich noch einen Finger für dich rühre!«

»Kanaille, Mistkerl, Mongole. Wenn du nicht schon tot wärst, man müsste dich erschlagen!«

»In saurer Milch ertränken!«

»In Butter und Fett wälzen und bei lebendigem Leibe braten!«

»In der Hölle sollst du schmoren!«

»Verdursten!«

»Wie konntest du uns das antun? Haben wir nicht alles mit dir geteilt? Unser letztes Hemd, den letzten Fetzen Stoff, den wir am Leibe trugen, den letzten Schluck Wodka? Und so zahlst du es uns heim, du Elender?! Du Judas, du …«

»Du Pharisäer!«

»Du Kain! – Du Abel!«

»Du Schuft, du Schurke, du Schwein, du, du, du – elender Säufer!«, schloss Nikifor mit der schlimmsten Beschimpfung, die ihm einfiel, und spuckte voll Verachtung auf den Boden.

So standen sie, die beiden ehrlichen Trinker vor dem Herrn, vor dem Grab ihres einstigen Saufbruders und konnten sich nicht fassen ob der Gemeinheit, die ihnen der Tote angetan hatte. Nikifors Blick fiel auf die Korbflasche.

»Ha, du verruchter Schurke, den letzten Schluck, den trinke ich dir zum Trotz! Da, schau her.«

»Warte«, rief Sergej rasch aus, »ich will ihm auch trotzen! Gib mir die Flasche!«

»Nein, ich zuerst.«

»Lass schon los!«

In dem Gerangel wären die beiden Gerechten um ein Haar in die Grube gestürzt, stattdessen entglitt die Korbflasche ihren Händen und zerschellte mit einem entsetzlich nassen Geräusch auf den glatten Brettern des Sargs. Voll ungläubigen Entsetzens starrten die beiden Totengräber auf die Scherben und die Lache hinab, die die noch frische Erde dunkel färbte und zwischen den Ritzen der Sargbretter versickerte.

»Oh nein«, heulte Nikifor auf und raufte sich die wenigen Haare, »der gute Wodka! Sieh dir das an! Jetzt kriegt der Antichrist auch noch den letzten Rest!«

»Was bist du nur für ein Unmensch«, jammerte Sergej, »betrügst uns auch noch um den letzten Schluck! Aber warte nur …« Er drohte mit der Faust in die Grube hinab. »Das wird dir noch leidtun! Wer zuletzt lacht!«

Nikifor schüttelte dumpf ergeben den Kopf, wie man es tut, wenn unbelehrbare Kinder einem einen Streich gespielt haben.

»Warst ein übler Kerl, Alexander Suchanow, und es ist besser, dass du jetzt tot bist.«

»Jawohl. Und ich hoffe nur, dass es auch so bleibt bis in alle Ewigkeit!«, legte Sergej nach und spuckte zur Bekräftigung ebenfalls auf den Boden neben dem Grab.

Nachdem sie so ihren Herzen Luft gemacht hatten, wankten die beiden Totengräber von dannen, ohne die Grube, wie es ihre Aufgabe gewesen wäre, ordentlich zuzuschütten. Zurück blieben ein offenes Grab, zwei achtlos weggeworfene Schaufeln und ein halb begrabener Toter, auf dessen Sarg ein Häuflein Erde und die Scherben einer zertrümmerten Wodkaflasche lagen.

Einsam und verlassen wie zuvor lag der Gottesacker im rötlichen Licht der Abendsonne. Vom Wirtshaus drang schwach Gesang herüber. Ein Wind erhob sich in der Steppe und wehte feinen Pulverschnee über die Gräber. Auf den Bäumen hockten die Krähen und hatten die Schnäbel unter ihr schwarzes Gefieder gesteckt. Auf einmal ging ein Zittern durch die Reihen der schwarzen Kutten und misstrauisch äugten sie unter ihren Federn hervor. Was sahen die Vögel? Regte sich da etwas unter den Bäumen am Waldrand? Zwischen den Büschen und Sträuchern? Schlich da nicht ein Schatten über das Gräberfeld, näherte sich etwas geduckt der offenen Grube? Übertönt von dem Gesang aus dem Wirtshaus und dem Pfeifen des Windes – knackte da nicht ein herabgefallener Ast, knirschte da nicht die gefrorene Erde unter dem Tritt weicher Pfoten?

Dunkle Wolken bedeckten den Himmel, schon fielen die ersten schwachen Schneeflocken. Auf dem verlassenen Grab kauerte eine trächtige Wölfin und scharrte mit den Pfoten. Von einer erwartungsvollen Unruhe erfasst, schlugen die Krähen auf den Bäumen mit den Flügeln und reckten die Hälse, ihre dunklen Augen beobachteten gespannt, was da unten vorging. Die Wölfin schleuderte die Erde auf dem Grab zur Seite, ihre scharfen Krallen kratzten mit einem hohlen, hölzernen Geräusch über den Sargdeckel. Die Krähen schlugen aufgeregt mit den Flügeln. Aus den dicken, schwarzen Wolken fiel der Schnee in einem endlosen Strom kalter weißer Flocken. Es schien, als wolle es nie mehr aufhören zu schneien.

»Was ist das für eine Geschichte mit dem Wolf und dem Mädchen?«

»Ach, Ihr Herren, das wisst Ihr nicht?«

In der Schankstube saßen die Bauern wieder um den Ofen, den beiden Rothemden gegenüber. Der eine von beiden, der mit dem Gesicht eines Tataren, stieß seinen Kameraden in die Seite und flüsterte ihm zu:

»Pass auf, Andrej, jetzt bekommen wir eine dieser Volkssagen zu hören, wie sie so typisch für den russischen Bauern sind.«

Die Züge des Angesprochenen verdüsterten sich, ohne dass es sein Nachbar bemerkte. »Mir wäre es lieber, diese rückständigen Bauerntölpel würden sich mehr um die wirklichen Probleme der neuen Zeit kümmern als alten Unsinn und Aberglauben weiterzutragen«, entgegnete er unwirsch.

»Ach was, hab dich nicht so. Hör zu …«

Der Starost des Dorfes, ein Männlein mit Segelohren so breit, dass sie zu beiden Seiten seines schmalen Schädels abstanden wie die Henkel eines Kruges, beugte sich vertraulich zu den Rothemden hinüber. »Ihr seid gelehrte Herren … gewiss … Ihr kennt Euch in allem besser aus als wir ungebildetes Volk«, hob er in seiner umständlichen Art an, »weshalb Ihr auch wisst … so es Euch bekannt ist … dass es … wie man so sagt … zweierlei Arten von Wölfen gibt … solche auf vier und solche auf zwei Beinen.«

Der Starost machte eine bedeutungsvolle Pause.

»Was meint Ihr?«

»Nun, eben dass … wie man sich erzählt … und auch Kryllow sagt so …es solche gibt … die außen Mensch und innen Wolf sind … und dass ein solcher eben der Vater jenes Mädchens war … und sein Geist jetzt in den Hund des Mädchens gefahren ist.«

Ein kalter Wind rüttelte an den Fensterläden, und der eine oder andere der Gäste schaute heimlich über die Schulter, ob sich nicht eine platte Hundeschnauze gegen die Scheiben drückte und zwei hungrige Augen hereinblickten..

»Ich hab gehört … auf dem Markt in Nishni-goray erzählte man sich's … in Österreich … da sollen sie ein ganzes Dorf auf dem Gewissen haben … in den Nacken gebissen haben sie die Leute und ihnen das Blut ausgesaugt … man hat den Leibarzt der dicken Königin geschickt, es zu untersuchen..«

»Das waren Vampire, nicht Werwölfe«, schaltete sich Kornilow, der Pferdehändler, ein. Im Dorf betrachtete man ihn als Mann von Welt, war er doch der einzige, der aufgrund seines Berufes über die Grenzen des Gouvernements hinaus kam. Sein Wort galt viel bei den Bauern, und wenn er einer alten Schindmähre den Stammbaum eines reinrassigen Arabers attestierte, glaubte man ihm dies ohne Vorbehalt. »Vampire saugen Blut, Werwölfe reißen ihren Opfern die Kehle heraus, so …« Kornilow demonstrierte das, indem er mit zwei Fingern seinen Adamsapfel unter seinem Doppelkinn vorschob. »Und dann wird so ein Gebissener selbst zum Werwolf und läuft mit herausgerissener Kehle herum und jedes Mal, wenn er ein Schlückchen trinken will, läuft es ihm übers Kinn und auf die Brust.«

»Unsinn, was redest du da?«, fuhr der Student mit der Narbe hitzig auf. »Was soll das? Aberglauben und Märchen! Nur eine Art von Menschen gibt es, die inwendig Wölfe sind, und das sind die kapitalistischen Ausbeuter und Gutsbesitzer, die den Bauern das Leben schwermachen und ihnen auch noch das Nötigste, was sie zum Leben brauchen, nehmen!«

So heftig war der unerwartete Ausbruch, dass alle in Obnoskis Schenke verstummten und den Studenten anblickten, dessen Narbe wie ein Lindwurm unter der Haut zuckte und Feuer zu speien schien.

Kornilow, der es nicht leiden konnte, wenn jemand seine Expertise anzweifelte, stülpte seine Unterlippe nach vorne.

»Es gibt also keine Werwölfe?«

»Erfindungen der Bourgeoisie, das Volk besser in Angst und Knechtschaft zu halten.«

»Und Vampire?«

»Auch nicht.«

»So, und warum hängen wir dann Knoblauch über die Türschwelle? Und schließen den frisch Gestorbenen die Augen? Und bringen Gaben ans Grab zum Totensonntag? – Warum? Damit die dort drunten liegen nicht aus dem Grab steigen und die Lebenden aufsuchen, darum!«

»Das ist doch alles Unfug. Es nützt überhaupt nichts.«

»Bei mir hängt das ganze Haus voller Knoblauch. Noch nie hat ein Vampir den Fuß über meine Schwelle gesetzt!«, erklärte der alte Alexej.

»Aber doch nicht wegen des Knoblauchs!«, stöhnte der Narodnik.

»Aber ein Gespenst, das wohnte lange Jahre bei uns im Haus«, fuhr der alte Alexej nachdenklich fort, »das Gespenst meines Großvaters. Nachts ist es durchs Haus geschlichen, hat gejammert und Tische und Stühle verrückt. Morgens war die Milch in den Kannen sauer. Dagegen hat der Knoblauch nichts genutzt. Der Pope musste kommen, es auszutreiben. Dann erst hatten wir Ruhe.«

»Wer weiß, wer bei euch durchs Haus geschlichen ist, vielleicht der Nachbarkater. Und Milch wird eben manchmal sauer, wenn sie zu lange steht.«

»Der Nachbarkater, ja, ja, man hat ihn erschlagen, das Vieh«, sinnierte der alte Alexej, »er hat auch noch meine zweite Frau, die Agnetha Wladimirowna, verhext, dass unser Kind tot geboren wurde und ihre Brüste austrockneten und keine Milch mehr gaben.«

Der Narodnik verdrehte die Augen ob so viel Unverstand. Wie musste es in diesen Köpfen aussehen, diesen dicken, runden Bauernschädeln, in denen der Aberglaube vergangener Jahrhunderte saß und Staub ansetzte? Wie sollte man darin den Funken der Aufklärung entzünden, wie die Flammen der Revolution schüren?

»Man hätte den Kater gleich erschlagen sollen, dann hätten wir das Geld für den Popen gespart«, erkannte der alte Alexej im Rückblick.

Der Lindwurm auf der Backe des Narodniks zappelte, als wolle er gleich aus der Haut des Menschen fahren und auf die unwissenden Bauern losgehen. Der blonde Student schlug mit der geballten Faust auf den Tisch. »Ihr unwissenden Bauerntölpel!«

Wer weiß, was noch geschehen wäre – vielleicht hätte der Narodnik in seinem Zorn den Bauern eine solche Angst eingejagt, dass sie in ihm selbst den Leibhaftigen erkannt hätten –, wenn nicht in eben jenem Moment Tatjana, die Tochter des Schankwirts, die Stube betreten hätte.

Wie immer, wenn Tatjana erschien, hefteten sich die Augen der Anwesenden auf ihre schlanke, vollbusige Gestalt. Tatjana, die Leichtfüßige. Tatjana, die Glutäugige. Lästerzungen behaupteten, sie könne unmöglich die Tochter Obnoskis sein. Zigeuner hätten das Kind damals auf der Schwelle der Kneipe ausgesetzt oder Waldgeister hätten es in der Wiege mit einem anderen vertauscht. Wie dem auch sei: Tatjana sah ihrem Vater in keiner Weise ähnlich, sie hatte lockiges schwarzes Haar, eine aufrechte gerade Gestalt, und in ihren schwarzen Augen brannte ein heißes Feuer. Nur die etwas platte und fleischige Nase erinnerte an ihren Vater, den feisten Schankwirt.

»He, Tatjana, schenk mir ein.«

»Tatjana, ich hab Durst!«

»Tanz die Kamarinskaya, Tatjana!«

»Tatjana, Täubchen, komm zu mir!«

So riefen die Zecher in Obnoskis Schenke durcheinander, und ein jeder wollte der Erste sein, dem Tatjana den leeren Krug nachfüllte. Obnoski sah es mit Zufriedenheit. Er liebte sein Kind, seine einzige Tochter, aufrichtig, und nie im Leben wäre es ihm in den Sinn gekommen, sie für weniger als einen großen Haufen Rubelscheine unter die Leute zu lassen. Wenn Tatjana den Schankraum betrat, dann floss der Wein in Strömen, gossen sich die Zecher den Branntwein gleich fässchenweise hinter die Binde und so mancher ließ ein halbes Vermögen in Obnoskis Schenke zurück.

»He, Tatjana, Täubchen, setz dich auf meinen Schoß, ich will dich mit Pfefferkuchen mästen.«

»Halt‘s Maul, du Schwein, oder ich steck dir die Pfefferkuchen in den eigenen Rachen, dass du daran erstickst, du Hund!«

Erschrocken hielt die Menge für einen Moment in ihrem Gelage inne. Wer da gesprochen hatte, das war kein anderer als der Gutsverwalter, dessen hitziges Wesen bei allen Anwesenden bekannt und gefürchtet war. Stepan Wladimirowitsch Gromow, oder auch nur Stipe, wie er allgemein genannt wurde, saß an dem Ehrentisch vor dem Ofen, wo er trotz der Wärme seinen feinen Pelz anbehielt. In seiner Jugend war er ein hitziger Bursche gewesen, dem keine Frauenschürze entging, und auch noch später hatte er es bunt getrieben; aber mit zunehmendem Alter floss sein Blut immer träger und kühler durch seine Adern, musste er sich beständig warm anziehen, um nicht zu frieren. Trotzdem war er noch immer eine imposante Erscheinung, und niemand wagte es, dem Gutsverwalter dumm zu kommen. Tatjana betrachtete er als die seine, und wer auch nur einen Gedanken daran verschwendete, mit ihr anzubandeln, dem verging dieser Gedanke beim Anblick des grimmigen, die Fäuste ballenden Gutsverwalters. Neben ihm saß Grigorij, der Sohn seiner verstorbenen Frau, ein schmächtiges, blasses Bürschchen, kaum der Rede wert, so wenig ähnlich seinem Vater wie die Sonne dem Mond. Neben dem in seinen Pelz gehüllten Gutsverwalter wirkte Grigorij, dem der Bart gerade anfing zu sprießen, wie ein nackter hilfloser Welpe neben einem Bären.

Wie Tatjana durch den Schankraum tanzte, die Krüge zu füllen, folgte Grigorij ihr mit schmachtenden Blicken wie ein Hündchen. Stipe grollte. »Sie ist nichts für dich. Lass die Finger von ihr!« Grigorij errötete, einem Mädchen gleich. »Vater, ich bitte dich …« – »Halt's Maul, oder es setzt was!«

Stipe schlürfte den Branntwein in gierigen Zügen aus seinem Krug. Auch sein Blick hatte sich an Tatjanas Gestalt festgesaugt, in seinen Augen lag ein kaltes Feuer. Mit den Fingern strich er sich durch den mit Grau versetzten Bart, schmatzte mit den Lippen. »Ein solcher Happen ist nur für den, der sich nicht daran verschluckt.«

Grigorij schlug die Wimpern nieder.

Als Tatjana an den Tisch der Narodniki kam, streckte auch der mit der Narbe auf der Wange, der in ein Streitgespräch mit seinem Kameraden verwickelt war, ohne aufzublicken die Hand mit dem Krug aus. Tatjana hielt mitten in der Bewegung inne. Sie war es nicht gewohnt, von den Zechern in ihres Vaters Schenke missachtet zu werden. »Will Er seinen Krug füllen, ohne mich eines Blickes zu würdigen?«, herrschte sie den blonden Studenten an. »Es mag so Sitte sein in Moskau oder Petersburg, aber nicht hier bei uns, auf dem Land. Wir sind einfache Leute, zu einfach vielleicht für die studierten Herrschaften.«

Der blonde Student hob den Kopf. Die Blicke der beiden jungen Menschen trafen sich, und im selben Moment schlugen der Krug und die Kanne unversehens mit einem lauten Knall zusammen. Wie zufällig berührten sich dabei die Hände Andrejs und Tatjanas.

Aus der Ecke vor dem Ofen verfolgte Stipe die kleinste Bewegung mit Augen wie ein Luchs, in denen sich das Rot des Feuers spiegelte.

Am Morgen nach der Beisetzung von Alexander Suchanow machte sich die Witwe Avdotja wie gewöhnlich noch vor dem ersten Hahnenschrei auf den Weg, um das Grab ihres vor zwanzig Jahren verblichenen Ehegemahls, des seligen Jefremow Iljanowitsch, aufzusuchen. Wie sie das Tor zum Friedhof aufstieß, war es ihr gleich, wie sie später sagte, als liege in dem Quietschen der rostigen Angeln eine Warnung vor dem, was ihr zustoßen sollte. Sie hatte noch kaum ihren

Fuß auf den heiligen Boden gesetzt, als der Hahn – möglicherweise von dem quietschenden Tor aus seiner Ruhe geschreckt – schon einen ersten heiseren Schrei ausstieß, der – so meinte Avdotja hernach – geeignet gewesen wäre, die Toten aus ihren Gräbern zu wecken. Tief verschneit und einsam bot sich der Gottesacker dem sehenden Auge Avdotjas dar – und auch in dem Glasauge, das sie seit ihrer Kindheit in der leeren linken Augenhöhle trug, spiegelten sich, unsichtbar für sie selbst, nichts weiter als verschneite Wege, schräg stehende, halb unter Schnee verborgene Grabsteine und winterlich kahle Bäume. Der Hahn krähte ein zweites Mal, gerade in dem Moment, als Avdotja das Grab des Seligen erreicht hatte. »Ach, ach«, jammerte sie, »da liegst du nun und kümmerst dich um nichts – fast wie zu Lebzeiten. Siehst du denn nicht, wie schlimm es hier aussieht? Alles eingeschneit, man kann deinen Namen gar nicht mehr lesen. Was sollen denn die Leute denken?«

So sprach die Witwe Avdotja und wischte mit einem Büschel Reisig, das sie immer mit sich führte, den Namenszug auf der Grabplatte frei. Seit zwanzig Jahren sprach die Witwe Avdotja so mit ihrem verstorbenen Gatten, als sei er noch lebendig. Zum einen tat sie es aus Respekt dem Toten gegenüber, zum anderen, weil sie die Streitgespräche mit ihrem verblichenen Gatten, die sie zu seinen Lebzeiten so gehasst hatte, jetzt, nach seinem Tode, aufrichtig vermisste – und weil sie nun, da er still und stumm in seinem Grab lag, immer das letzte Wort haben konnte.

»So eine Unmenge von Schnee. Ach, was du mir wieder für eine Arbeit machst. Und alles muss ich alleine machen! Niemand hilft mir, du am allerwenigsten …«, klagte Avdotja also wie fast jeden Morgen.

An diesem Morgen aber war es ihr, als ob der Verstorbene aus dem Grab heraus antworte, ein unverständliches Grummeln und Brummeln, wie es schon zu Lebzeiten seine Eigenart gewesen war.

»Ja, ja, brumm du nur«, meinte die Witwe, »wirst doch nicht wieder lebendig davon.«

In ihrem Herzen aber machte sich eine unbestimmte Furcht breit. Wie alle alten und abergläubischen Weiber in unserem Dorf glaubte Avdotja an Dämonen und Gespenster und daran, dass ein geweihtes Ikonenbild an der Tür böse Geister fernhalte. Seit ihrer Kindheit auf dem linken Auge blind, vermeinte sie in ihrem Glasauge allerlei Hexenblendwerk erspähen zu können, welches beidäugig Sehenden verborgen bliebe.

Auch jetzt kniff sie ihr rechtes Auge ein wenig zu, während sie gleichzeitig die linke Augenhöhle mit dem Glasauge darin weit aufriss

– und sah nichts außer einem verschwommenen Grabstein und einer verwaschenen weißen Fläche dahinter.

»Ach, mein Verehrter«, sprach sie, ein wenig beruhigt, »musst dich nicht lange mehr sorgen, bald werde ich auch zu dir ins Grab hinabsteigen und meinen Platz neben dir einnehmen.«

Wieder knurrte und grollte es in ihrer Nähe, als wolle der Verstorbene erstmalig seit zwanzig Jahren sein Missfallen an diesem Arrangement zum Ausdruck bringen.

Die Geräusche kamen von einem kürzlich ausgehobenen Grab, neben dem sich noch der frische Erdhügel wie der weiße Buckel eines schlafenden Bären abhob. Zitternd schlich Avdotja näher und lugte vorsichtig, das rechte Auge halb zugekniffen, über den Rand des Erdhügels. Was sie sah – oder zu sehen glaubte – ließ ihr das ohnehin kalte Blut in den Adern noch weiter erstarren. Mitten auf dem Brettersarg, lang hingestreckt wie Wanja auf dem Ofen, lag ein großer grauer Wolf, der mit Klauen und Zähnen eine Seitenwand des Sargs aufgerissen hatte und gerade dabei war, den Leichnam daraus hervorzuziehen. Avdotja wusste nicht, was schrecklicher an der Sache war: der Wolf mit seinen langen spitzen Zähnen oder der halbe Arm, der aus dem Sarg herausragte, als winke er ihr zu.

Der Wolf, als er seinerseits die Witwe bemerkte, ließ von dem Toten ab und senkte den Kopf. Es war, als schäme er sich für seine Tat. Und dann, sagte Avdotja, leckte er sich ein wenig verlegen über die Lefzen und sprach ungefähr so: »Verzeiht, Großmütterchen, aber in den kalten Wintertagen ist so leicht nichts anderes zu finden. Das versteht Ihr doch, oder?«

Dass die Witwe Avdotja nicht auf der Stelle der Schlag traf, sondern dass sie im Gegenteil sich noch die Zeit nahm, den Isegrim, dem ein Teil des Arms aus dem Maul hing, genauer in Augenschein zu nehmen, ehe sie die Beine in die Hand nahm und hurtig davonrannte, spricht alles in allem für ihre Geistesgegenwart und ihren gesunden Menschenverstand.

»Der Werwolf, der Werwolf!«, kreischte sie, ihre Röcke mit beiden Händen hochraffend, den ganzen Weg vom Friedhof zum Dorf. In ihrem Rücken, vor dem weiten flachen Horizont der Steppe, drehten sich die Flügel von Woronzows Mühle im Morgenrot wie die Arme eines stummen Riesen.

VII

»Da kommt dein Galan wieder.«

Galina hielt in ihrer Arbeit inne. Über den Henkel des Korbs, an dem sie gerade flocht, schielte sie zu dem Rand der Wiese hin, von woher der Narodnik mit festen Schritten auf die Kate zustrebte. Sein rotes Hemd tanzte fröhlich über dem welligen Gras und den bunten Blumen und dem allgegenwärtigen Klatschmohn, während unter den braunen Ledersohlen seiner Stiefel die Maiglöckchen und Veilchen in den Staub sanken.

»Kaum abwarten kann er es, der Stürmische«, seufzte die Großmutter, »ja, ja, die Jugend, sie ist halt ungeduldig.«

Verschämt blickte Galina zur Seite. Was musste die Babuschka nur so einen Unsinn zusammenschwatzen? Hatte sie keinen Funken Verstand im Gehirn? Überhaupt – was sollte das heißen: Galan? Nur weil der Narodnik seit jenem Tag, da sie ihm im Wald begegnet war, hin und wieder bei ihnen vorbeischaute, musste das doch nicht bedeuten, dass …

»Galina, schau, was ich dir mitbringe, ich habe es in Tarangog auf dem Markt erstanden, es ist den ganzen weiten Weg vom fernen Schweden bis hierher zu uns gereist.«

Der Narodnik hielt ein schmales Kästchen in die Höhe, das mit roten und gelben Streifen verziert war und auf dem Buchstaben in einer Galina unbekannten Schrift eingeprägt waren. Galinas Herz schlug höher.

»Was ist das, Andrej?«

»Du wirst staunen. Ein Engländer namens Walker hat sie erfunden. Den Frauen im Westen sind sie mittlerweile unentbehrlich. Und jetzt kommen sie auch zu uns – das ist der Fortschritt, Galina, die neue Zeit – ah, Maria Petrowna, ich habe Euch gar nicht bemerkt, seid gegrüßt, Mütterchen.«

»Und Ihr ebenso, Andrej Nikolajewitsch, wir haben Euch schon vermisst.«

»Wie gesagt, der letzte Schrei aus Schweden, wo die Arbeiter sie massenweise in einer Fabrik herstellen«, plapperte der Narodnik weiter, ohne die Worte der Maria Petrowna zu beachten, »aber auch bei uns werden sie sich bald in jedem Haushalt finden.«

Galina blickte betreten auf das geöffnete Schächtelchen, das Andrej ihr unter die Nase hielt. Darinnen lagen, fein säuberlich nebeneinander und übereinandergestapelt, mehrere Reihen kleiner zugespitzter Hölzchen, an deren einem Ende jeweils eine rötliche Wulst hing, wie ein Tropfen geronnenen Bluts.

»Warte, bis du siehst, was sie können. Man nennt sie Streichhölzer. Sie bringen Licht auch in die kleinste Hütte«, fuhr der Narodnik in seiner Begeisterung fort, ohne die wachsende Niedergeschlagenheit Galinas zu bemerken.

»Die riechen aber – merkwürdig«, rügte Maria Petrowna, die mittlerweile herangekommen war und, kurzsichtig wie sie war, ihr Gesicht zu dem Schächtelchen herabbeugte und an den Hölzchen roch. »Wie, sagtet Ihr, heißen die?«

»Streichhölzer. Die Deutschen nennen sie auch Schwefelhölzer oder Luzifer.«

Maria Petrowna warf die Hände in die Luft. »Ach, gütiger Gott im Himmel, bewahre uns. Nein, damit will ich nichts zu tun haben.« Auf dem Absatz machte die Alte kehrt und hastete zum Gemüsebeet hinter der Kate, wo sie sich an den Zwiebeln und Radieschen zu schaffen machte.

Andrej und Galina blieben alleine bei der Bank vor der Hütte zurück. »Ach, die sture russische Bauernseele, nie wird sie sich den neuen Gegebenheiten anpassen, immer im Alten, Hergebrachten verhaftet bleiben.« Andrej knirschte mit den Zähnen. »Ich hoffe, du bist anders, nicht so rückständig wie deine Babuschka.«

Galina stieg eine leichte Röte ins Gesicht.

»Oder glaubst du etwa auch noch an Gespenster, die Baba Jaga und den Wir?«

»Nein, Andrej Nikolajewitsch«, log Galina.

»Na, siehst du. Du wirst schon merken, wie einfach das Feuermachen damit ist. Ich zeig es dir. Setzen wir uns.«

Andrej fischte eines der Hölzchen heraus und strich mit dessen rotem Köpfchen an der Seitenfläche des Schächtelchens entlang. Mit einem Knacken brach das Hölzchen entzwei.

»Ach, verflucht. Ich war zu heftig. Gleich nochmal.«

Ein zweites Mal rieb Andrej mit einem der Hölzchen an der Seite des Schächtelchens und ein zweites Mal brach das Köpfchen ab.

»Was ist bloß –? Ich verstehe das nicht! Sonst hat es doch immer geklappt. … So, pass auf, gleich wirst du staunen!«

Diesmal gab es ein leises Zischen und ein Rauchwölkchen, das in der klaren Maienluft verpuffte.

Galina musste unwillkürlich lachen beim Anblick der verdutzten Miene des Studenten, der das Hölzchen mit dem abgebrannten schwarzen Köpfchen zwischen spitzen Fingern in die Höhe hielt.

»Glaub mir, ich weiß auch nicht, warum es heute nicht funktioniert. Es ist wie verhext.«

»So lass doch, Andrej, wer braucht schon diese komischen Dinger aus Schweden? Es geht auch ganz gut ohne die.«

»Nein, nein, der Fortschritt lässt sich nicht aufhalten«, beharrte der Student. »Von nichts und niemandem. Also gleich noch einmal. So, pass auf – Ha!«

Zischend stieg eine kleine Flamme in die Höhe. Noch ehe sie Zeit gehabt hätte, sich zu entfalten, warf der Narodnik das Hölzchen schon achtlos neben sich ins Gras und zertrat es. »So, und jetzt du. Du musst es lernen. Es verlangt etwas Übung, aber wenn man es einmal kann … Hier, nimm die Schachtel …«

Andrej presste Galina das merkwürdige Kästchen zwischen die vom Korbflechten wunden Finger. »Reib das Hölzchen an der rauen Fläche der Schachtel, hier, siehst du?«

»Ich weiß nicht …«

»Probier es. Ich helfe dir.«

Galina berührte mit dem roten Köpfchen des Streichholzes die Reibefläche der Schachtel. »Nicht so zaghaft.«

Andrejs Finger schlossen sich um die ihren und übten einen sanften, aber bestimmten Druck aus. Auf einmal spürte Galina einen Stich in der Fingerkuppe, als habe man sie mit einer Nadel gestochen.

Eine winzige Stichflamme schoss empor.

»Autsch!«

Im selben Moment ließen Galina und Andrej das brennende Streichholz fahren, so dass es in einem kometenhaften Bogen zu ihren Füßen auf den Boden fiel, wo es zischend verlöschte.

»Du hast dich erschreckt!«

»Ihr habt Euch wehgetan, Andrej?«

Der Student lachte verlegen. »Nicht der Rede wert. Aber du musst nicht so schreckhaft sein, Galina, das passt nicht zu einem Mädchen wie dir. Deine Generation wird Seit' an Seit' mit uns Männern stehen, wenn ein roter Sturm das Alte von seinem Thron fegt. Da ziemt es sich nicht, vor einer kleinen Flamme zusammenzuzucken. Mutig und unerschrocken werdet ihr den Unterdrückern die Stirn bieten, den Klassenfeind in die Knie zwingen und euer Joch abschütteln.«

»Das klingt sehr fortschrittlich.«

Andrej sah sie von der Seite an. »Gewiss, das ist es auch. Eure Generation wird die erste sein, die frei und ungezwungen dem Mann die Hand zur gleichberechtigten Partnerschaft wird reichen können, nicht länger eingepfercht in die überholten Konventionen von Anstand, Sittsamkeit, Ehestand und Mutterpflicht.«

»Ach«, seufzte Galina, »so ist das also, ich verstehe.«

»Ja, genau … so …« Der Student stocherte verlegen mit der Stiefelspitze in der Erde herum, dann zeigte er auf die Schachtel in Galinas Händen. »Nun weißt du ja, wie es geht … kannst es also in Zukunft selber anzünden.«

»Nun, ich danke schön, Andrej Nikolajewitsch«, erwiderte Galina, spürbar frostig, »auch wenn es wirklich nicht nötig gewesen wäre. Auch ohne die schwedischen Hölzer prasselt bei uns stets ein fröhliches Feuer im Ofen, danken wir dem lieben Herrgott, dass er uns zu essen und genug Brennholz beschert hat.«

Die Narbe auf Andrejs Wange zuckte. »Wie kannst du nur dein Unglück so gleichmütig ertragen? So wird sich nie etwas ändern, auf ewig werdet ihr in Knechtschaft leben. Das Holz zum Feuermachen fehlt euch, wo sich doch die Reichtümer Russlands, seine Wälder, Seen und Flüsse vor eurer Nase ausbreiten, und eure Unterdrücker in Saus und Braus leben. Dieser – wie heißt er noch gleich: Stipe, dem fehlt es an nichts und Feuer im Ofen macht ihm eine Schar Bediensteter! Du solltest dich empören, Galina, empören und dein Joch abschütteln. Nicht einfach alles ertragen und ergeben mit dem Kopf nicken!«

»Ja, Andrej.«

»Ich werde euch Holz besorgen, so viel, dass ihr damit eure ganze Hütte abbrennen könntet, wenn ihr es wolltet.«

»Das musst du nicht, Andrej.«

»Doch. Jemand muss den Mächtigen Paroli bieten. Ihnen zeigen, dass wir uns nicht alles gefallen lassen. Pass auf, gleich morgen –« In der Ferne ertönte ein Schuss, und der Narodnik zuckte zusammen. »Was war das?«

Auch Galinas Hände waren vor Schreck an ihre Brust gefahren und bleich wie der Tod stand sie da, mit bebenden Lippen. »Der Jäger, er ist gekommen …«

»Der Jäger? Wie das? Ich dachte, er kommt erst im Spätjahr, zur Ernte? Was hat er –?«

»Slatka, mein Hund! Babuschka, Babuschka, wo ist Slatka? Lass sie nicht heraus. Der Jäger, er ist im Wald unterwegs!«

Maria Petrowna kam hinter der Kate hervorgewackelt und rang die Hände. »Ach, Gott, du Gütiger, dein Hund, er hat sich losgerissen, von dem Strick, an dem du ihn angebunden hast. Ich konnte ihn nicht halten. Er wird immer ganz toll, wenn dein Galan kommt, das weißt du doch … Ihr müsst verzeihen, verehrter Herr Studiosus«, wandte sie sich direkt an den Narodnik, »aber der Hund ist dumm, er versteht nichts von menschlichen Angelegenheiten, er merkt nur, dass das Mädchen und Ihr … und da ...«

»Ich muss sie finden, sie zurückbringen. Bevor sie dem Jäger über den Weg läuft!« Ehe die Großmutter sie zurückhalten konnte, war Galina schon losgespurtet und über den wackligen Steg auf die andere Seite des Bachs balanciert.

»Gott, Kind, nein – nicht wieder in den Wald, ich bitte dich! Du weißt doch, was das letzte Mal passiert ist!«

Galinas blaues Kleid verschwand zwischen den Bäumen und dem Gestrüpp.

Auch der Narodnik hatte es mit einem Mal eilig. »Ich muss gehen, Maria Petrowna, ich danke für Eure Gastfreundschaft. Gehabt Euch wohl!«

»Ach, so bleibt doch noch«, jammerte die Alte, »sie wird ja hoffentlich gleich wieder zurückkommen. Sie ist ein kleines dummes Kind. Vernarrt in ihren Hund. Aber sie wird schon noch merken, was in Euch steckt.«

Aber der Narodnik ließ sich nicht zurückhalten. Mit schnellen, entschlossenen Schritten hastete er davon und verschwand hinter den Häusern am Dorfrand.

XIII

Avdotja schwor Stein und Bein, dass ihre Begegnung mit dem höflichen Wolf die reinste Wahrheit gewesen sei. Trotzdem glaubte ihr nicht jedermann im Dorf. Obwohl die Mehrheit der Meinung zuneigte, dass es durchaus seltene Fälle geben könne, in denen ein Wolf sich der Sprache bemächtige, so bezweifelten viele doch ernsthaft, dass die Witwe Avdotja, schwerhörig wie sie nun einmal war, überhaupt in der Lage gewesen sein könne zu hören, was so ein sprechender Wolf ihr zu sagen gehabt hätte. Es sei denn, er hätte mit Donnerstimme gesprochen und ihr direkt ins Ohr geschrien. … Als man aber nachsehen ging, wie sich die Sache verhalte, fand man tatsächlich die Grube, in der Alexander Suchanow liegen sollte, nicht zugeschüttet und den Sarg darinnen aufgebrochen. Aus einer Lücke zwischen zwei morschen zersplitterten Sargbrettern lugte der Tote heraus, ein eingefrorenes Grinsen im Gesicht. als ob er sich noch einen letzten Scherz erlaubt hätte. Der linke Arm war unterhalb des Ellbogens abgetrennt, man fand ihn weder in der Nähe des Grabs noch auf dem Friedhofsareal; es war, als führe dieser Teil des Verstorbenen ein Eigenleben und wolle nicht mit dem Rest des Körpers, dem er zu Lebzeiten angehört hatte, zusammen in die Erde. Ohne Zweifel hätte sich der gerechte Volkszorn über den beiden Totengräbern, Nikifor und Sergej, entladen, die ihre Arbeit so nachlässig verrichtet hatten, doch waren die zwei Schwerenöter unauffindbar. Tatsächlich hatten sie sich von dem für die halb erledigte Arbeit erhaltenen Handgeld noch am gleichen Abend in Obnoskis Schenke hemmungslos betrunken und waren danach in irgendeinem Stall oder irgendeiner Scheune ihren Rausch ausschlafen gegangen. In der Zwischenzeit hatte man den widerspenstigen Leichnam wieder in sein Behältnis zurückbefördert und den Deckel ein zweites Mal auf den Sarg genagelt – diesmal mit einer doppelten Reihe kräftiger Sargnägel, damit es dem Toten nicht noch einmal so leicht fiele, daraus zu entkommen.

Schon bald richtete sich die Stimmung im Dorf gegen eine andere Person, die man mitverantwortlich für das Geschehene machte: Maria Petrowna. Wieso hatte sie nur drei Totenmessen für den Verstorbenen lesen lassen, anstatt derer drei mal drei, wie es bei besonders schweren Fällen (wie der Verstorbene nun einmal unleugbar einer gewesen war) für das Heil der toten Seele unerlässlich war? Warum war der Sarg nur aus billigem Fichtenholz verfertigt? Wieso hatte sie nicht am Grab ausgeharrt, bis auch das letzte Klümpchen Erde auf den Sarg gefallen war? So rächten sich jetzt Geiz und Bedenkenlosigkeit. Beim Leichenschmaus hatte sie auch geknausert: nur drei Gänge, und der wenige Branntwein vom Billigsten. Wie konnte man da erwarten, dass der Tote ruhig in seinem Grab bliebe? Nur zu gut erinnerte man sich daran, welche Mengen guten Wodkas der Selige an einem einzigen Abend in sich hineinkippen konnte. Wieso sollte die ihm zu Ehren versammelte Trauergesellschaft mit weniger auskommen? Und überhaupt, die Leichenfeier! Das Brot war trocken, die Pilmeni aufgeweicht. Der Kwass sauer, das Bier schal. Die matschigen Kartoffeln hätten die Schweine nicht gefressen. Avdotjas Gebiss war darin steckengeblieben. Das Kraut war verkocht, außerdem zu wenig davon dagewesen. Überhaupt war auf der Feier zu viel getrunken und gesungen worden. Der Nachbar hatte einem ins Ohr gegrölt und seine Spucke aufs Tischtuch verspritzt. Wo blieb da der Anstand? Aber was konnte man schon von der Trauerfeier für einen solchen Trunkenbold, wie es der Verstorbene gewesen war, erwarten?

Maria Petrowna ertrug diese Schmähungen scheinbar ungerührt, aber in ihrem Inneren zerbrach etwas. Die Veränderung, die mit ihr vorging, war für Außenstehende kaum wahrnehmbar, tatsächlich schien sie allem Anschein nach noch immer die alte, leutselige, gelegentlich zu Übertreibungen und kräftigen Worten neigende Person, als die man sie kannte; doch in ihren Worten lag eine schlecht verhohlene Bitterkeit, und ihr Lachen klang seltsam hohl und gegenstandslos. Gegenüber ihrer Enkelin zeigte sie sich seit jenem Tag von einer unnachsichtigen Strenge, ja beinahe grausamen Härte. Denn obwohl sie ihre Enkelin im Grunde ihres Herzens aufrichtig liebte, meinte sie doch, verhindern zu müssen, dass die Kleine wie ihr Vater wurde. Heimlich gab sie sich selbst die Schuld an dem liederlichen Lebenswandel ihres missratenen Sohnes, den sie durch ihre Güte und Nachsichtigkeit auf den falschen Weg gebracht zu haben meinte. Dabei blutete ihr Herz, wenn sie die Kleine morgens in die Kälte hinausschickte, Wasser vom Fluss zu holen, oder von ihr verlangte, vor dem Zubettgehen noch die Stube zu fegen und Holz für den Ofen aufzuschichten. Wenn sie in der strengen Kälte draußen vor der Hütte die schweren Kannen voll Milch herumtrug, wollte Maria Petrowna drinnen vor dem warmen Ofen am liebsten vor Gram in Tränen ausbrechen. In Wahrheit machte Galina all dies – die Kälte, die harte Arbeit, das morgendliche frühe Aufstehen – viel weniger aus, als Maria Petrowna meinte. Das Mädchen war nur froh, dass ihre Babuschka nicht mehr trübsinnig vor sich hinstarrte und die Zeit mit der blau gefrorene Leiche in der Stube vorbei war.

XIIII

Galina stolperte über Wurzeln und Bodenwellen. Unter dem dichten Blätterdach der Birken und Fichten klang das Zwitschern der Vögel und das leise Murmeln des Dorfbachs gedämpft wie im Innenraum einer großen Kirche. In Galinas Ohren hallte noch immer der Knall des Schusses, den der Jäger abgefeuert hatte. Worauf? Waren die Wölfe dieses Jahr früher als gewohnt gekommen und taten sich an den jungen, frisch geworfenen Mailämmern gütlich? Oder lag Slatka irgendwo zwischen Blättern und Moos im eigenen Blut, von der Kugel des Jägers verwundet? Galinas Herz krampfte sich zusammen. Die Hündin war ihr ein und alles, sie wollte sich gar nicht vorstellen, was ihr zugestoßen sein mochte.

Der Wald war Galina unheimlich. Die Babuschka hatte ihr die Gefahren, die dort lauerten, in den lebendigsten Farben ausgemalt: Räuber, die die jungen Mädchen entführten, wilde Kosaken, gefährliche

Tiere, die Baba-Yaga, die Menschenfleisch verschlang (am liebsten das von kleinen Kindern), und der Trischka, der kam, um das Ende der Welt anzukündigen – aber in dem Moment, da der dumpfe Knall den friedlichen blauen Himmel zerrissen hatte, war sie ohne zu überlegen losgerannt, hinein in den dunklen, unheimlichen, verbotenen Wald. Zuerst war der Wald auch gar nicht so unheimlich gewesen, wie ihr die Großmutter weismachen wollte, die Bäume standen erst noch vereinzelt, ließen genug Sonnenlicht zwischen ihnen hindurch, und wenn Galina einen Blick über die Schulter zurück warf, konnte sie hinter der Baumgrenze das Dorf, die Felder mit dem sich im Wind wiegenden Weizen und die kleine windschiefe Kate im Mittagsglanz erkennen, wo die Babuschka noch immer, die Hände im Schoß gefaltet, regungslos dastand. Der Student war verschwunden. Es war Galina gleich, sollte er hingehen, wo der Pfeffer wuchs, sie konnte gut auf ihn verzichten, den eingebildeten Schnösel mit seinen neumodischen Streichhölzern. Sofort bereute sie den Gedanken wieder. Hatte er ihr nicht geholfen, Slatkas böse Tat zu verdecken, das tote Schaf unter Erde und Laub zu verbergen? Und später, als man es doch entdeckt hatte, da hatte er, anders als befürchtet, geschwiegen, hatte nicht, wie es eigentlich seine Pflicht gewesen wäre, den Täter entdeckt. Eine Welle widersprüchlicher Gefühle durchströmte sie, wenn sie an Andrej dachte. Aber sie hatte jetzt keine Zeit, sich Gedanken über den überheblichen Narodnik zu machen – sie musste ihren Hund finden.

»Slatka! Slatka, wo bist du?«

Galina lauschte in die Stille hinein. Kein freudiges Bellen, kein Winseln antwortete ihr. Nirgends auch nur eine Spur von Slatka. Ihr Hund war wie vom Erdboden verschwunden. Auch die Vögel zwitscherten nicht mehr fröhlich wie zu Beginn in den Bäumen, sondern hockten stumm und geduckt in den Kronen der Birken und Fichten, und im Laub zu ihren Füßen huschte lautlos eine Blindschleiche davon. Galina blickte sich hilflos nach allen Seiten um. Bis hierher war sie blindlings in die Richtung gelaufen, aus der der Schuss gekommen war, nun verließ sie ihr siebter Sinn und sie wusste nicht mehr weiter. Mit mildem Schrecken wurde ihr bewusst, dass sie schon viel zu tief in den dunklen, unbekannten Forst eingedrungen war, und dass schon lange nicht mehr das vertraute Plätschern des Dorfbaches an ihr Ohr klang und auch kein heller Lichtstrahl mehr durch das dichte Blätterdach der hohen Tannen und Birken drang. Alles hier war von trübem Licht erfüllt, wie unter einer getönten Glaskuppel, und selbst ihre Schritte klangen gedämpft auf dem weichen Moos. »Slatka! Slatka, so zeig dich doch!!«

War das ihre Stimme, die da so schrill und schreckhaft widerhallte? Galina verstummte.

Hinter einem Baumstamm, ein paar Schritt entfernt, erklang mit einem Mal ein verhaltenes Winseln. »Slatka! Da bist du ja, unartiges Hündchen, komm sofort her.«

Galina eilte in Richtung des Geräusches; schon sah sie das rostbraune Fell der Hündin durch das Blattwerk des Unterholzes hindurch schimmern, erkannte den gekrümmten Rücken und den steif zwischen die Hinterbeine geklemmten Schwanz. »Slatka, was …?«

Galina wollte sich gerade bücken, die winselnde, zitternde Hündin in die Arme zu schließen, da brach aus dem Unterholz hinter dem Baumstamm ein gewaltiger Bär hervor. Vor Schreck wich Galina zurück, stolperte rücklings über eine Wurzel und fiel zu Boden. Im nächsten Moment thronte der Bär über ihr, den Rachen geifernd geöffnet, die Tatzen mit den spitzen Klauen zum tödlichen Schlag erhoben – irgendwo bellte und knurrte Slatka aus sicherer Entfernung – irgendwo hallte ein Donnerschlag von fernem Gewitter – und irgendwo, so kam es Galina jedenfalls vor, klapperte auch die Babuschka mit ihrer Milchkanne und rief Galinas Namen – aber niemand antwortete darauf; das Gebrüll des Bären zerriss die Luft, Geifer tropfte aus seinem Maul auf Galinas Kleidchen, regungslos starrte sie in die Augen des wilden Tieres, die wie Glasmurmeln waren, in denen sich weiße Blitze entluden; sie sah ihr kommendes Ende vor sich, die Babuschka würde an diesem Abend und an vielen Abenden noch vergeblich nach ihr rufen; wie ihr Vater, der Taugenichts, dessen Bild als aufgebahrte Leiche mit den vertauschten Beinen mit einem Mal in ihr aufstieg. Würde der Wald ihr Schicksal sein? Würde sie sterben, ohne je zu etwas getaugt zu haben? Auf einmal knallte ein Schuss mitten in das Gebrüll des Bären hinein. Der Bär brüllte nicht mehr, sondern brummte verwundert und reckte die Nase. Ein zweiter Schuss aus einer doppelläufigen Flinte schüttelte seinen Körper. Jetzt reagierte das Tier nicht nur überrascht, sondern wütend. Sein Gebrüll war eine Herausforderung an den neuen, unbekannten Gegner. Galina sah, wie aus zwei kleinen Löchern in seiner Brust Blut floss und sein zottiges, braun-schwarzes Fell beschmutzte. Der Bär schwankte, sein massiger Körper drohte, auf sie zu fallen und sie unter sich zu begraben – in einer neuerlichen Vision sah sie sich selbst aufgebahrt im Wohnzimmer der kleinen Kate. Man hatte ihre zerschmetterten Glieder wieder zusammengeflickt, dabei aber seltsamerweise den Kopf unter das linke Jochbein gelegt – da sprang ein grauer Schatten mit einem einzigen Satz an ihr vorbei und dem Bären an die Kehle.

Zuerst glaubte Galina, ein anderes wildes Tier – ein großer grauer Wolf – habe sich auf den Bären gestürzt. Die beiden Gestalten – die massige des Bären und die schlankere, gedrungenere des Angreifers – verschlangen sich ineinander, führten einen wilden Tanz auf, der Boden erzitterte unter ihrem Stampfen. Erde, Moos und Holzstücke flogen auf, die Luft war erfüllt vom Gebrüll und Knurren und dem keuchenden Atem der beiden Kontrahenten. Dann sah Galina etwas aufblitzten, das sich mehrmals in die Kehle des Bären bohrte. Ein Schwall Blut spritzte aus der offenen Wunde, das Brüllen des Bären endete in einem gurgelnden Kehllaut, noch einmal fuhren seine klauenbewehrten Tatzen ziellos durch die Luft, dann sackte der gewaltige Körper zusammen und schlug krachend auf dem Waldboden auf.

Das alles hatte nur wenige Sekunden gedauert. Galina saß wie betäubt, mit dem Rücken gegen einen Baumstamm gelehnt. Sie konnte noch nicht begreifen, was vorgefallen war. Der Leib des Bären, der noch immer groß und bedrohlich wirkte, lag verkrümmt vor ihr auf dem Waldboden, ein leises Zittern lief über sein Fell und ein letzter Rest seines heißen Atems rasselte ersterbend aus seinem Maul. Vor dem Bär kauerte eine zweite Gestalt, die sich allmählich aufrichtete. Ein Mensch, trotz der Jahreszeit so in einen grauen Pelzmantel und Mütze gehüllt, dass er mehr wie ein wildes Tier denn wie ein menschliches Wesen anmutete. Der Mann drehte sich um, wischte sein bluttränktes Messer an einem Ärmel ab und herrschte Galina in rauem Ton an: »Was machst du hier im Wald? Weißt du nicht, dass es gefährlich ist? Hast du nicht mehr Verstand als dein dummer Hund?«

Eine leise Erinnerung regte sich in Galina beim Klang der barschen Stimme. Ihr Retter kniff sein linkes Auge zusammen. »Ach, du«, meinte er herablassend. Dabei stieß er einen Haufen Moos und Erde nach Slatka, die nun, da die Gefahr vorüber war, aus ihrem Versteck herausgekommen war und abwechselnd den toten Bären und den lebendigen Menschen anknurrte.

Galina erkannte in der dürren, zotteligen Gestalt Jossip Antonowitsch, den Jäger, dem sie zum ersten Mal fast auf den Tag genau vor vier Jahren begegnet war.

Wie der Wind und der Regen, so kam Jossip alljährlich auf seiner Wanderung in das Dorf. Mit dem Zug der Vögel, wenn sich der Sommer dem Ende zuneigte und die erste Ahnung von Schnee in der Luft lag, kam auch dieser menschliche Zugvogel, der knorrige, brummige, in Pelze gehüllte Tiermensch, und ließ sich in seiner Hütte im Wald für den Winter nieder. Seine Felle spannte er auf Holzgestellen vor der Hütte zum Trocknen auf oder bot sie auf den Märkten der

Umgebung zum Kauf an: Dachs, Marder, Kaninchen, Wolf, auch ein Bärenfell oder das gestreifte Fell einer Wildkatze waren bisweilen darunter. Die reisenden Pelzhändler, die mit ihren Schlitten kamen, boten hohe Summen für Hermelin, und der Deutsche in seinem sagenhaft großen Kaufhaus in Wladiwostok, so hieß es, kaufe alles auf, was ihm angeboten werde. Aber Jossip war zufrieden damit, seine Geschäfte wie seit eh und je mit den Bauern und Tagelöhnern und den reichen Gutsbesitzern der Umgebung zu tätigen. Er war ein schweigsamer, merkwürdiger Geselle, dieser Jäger. Er kam und ging wie der Schnee und der Tau, und mit wenigen im Dorf hatte er je mehr als ein Dutzend Worte gewechselt. Die alten Weiber bekreuzigten sich, wenn sie ihn sahen, und wichen auf die andere Straßenseite aus; eine sibirische Wildkatze hatte ihm einst die rechte Gesichtshälfte zerkratzt, so dass sein rechtes Auge merkwürdig starr zwischen narbigen Hautlappen hervor glotzte. Wenn ein Kind im Dorf etwas ausgefressen hatte oder abends nicht schlafen gehen wollte, dann drohte man ihm mit Jossip, dem Jäger: »Jossip wird dich holen, wenn du nicht Ruhe gibst«; »Wir schicken dich zu Jossip, wenn du nicht deinen Brei isst«; »Na warte, wenn Jossip Antonowitsch davon erfährt!« Nur der Pope, der hatte keine Angst vor dem Jäger; wie ein Magnet zog es ihn zu dem Waldschrat hin, den er mit allerlei Bibelsprüchen traktierte und zum Bereuen seiner Sünden aufforderte, wann immer er ihm begegnete; er schien es als seine Aufgabe anzusehen, sein heiliges Ziel im Leben, diesen einen Menschen zurück in den Schoß der Kirche zu holen. Jossip jedoch widerstand ihm wie der Fels der Brandung – wie Regentropfen perlten die Worte des Popen an ihm ab, er murmelte höchstens ein paar ärgerliche Worte in seinen Bart, spuckte auf den Boden oder zuckte mit den Schultern. Nie sah man sein bärtiges, zerkratztes Gesicht in der Heiligen Messe, und es mochte wohl wahr sein, was der Pope von der Kanzel predigte: dass Jossip Antonowitsch ein unreines, Gott nicht gefälliges Leben führe und er den Tieren, die er jage, mehr gleiche als den Menschen, unter die er einst geboren ward.

Und so ging ein jeder, wo er konnte, dem unheimlichen Jäger aus dem Weg. Aber im Winter, wenn die Wolfsrudel und ausgehungerten Wildkatzen ums Dorf strichen, war man froh um Jossip, der Fallen stellte und mit seiner Flinte die schlimmsten Plagen fernhielt. Und wenn am Morgen nach einer langen, stürmischen Winternacht wieder einmal ein Wolfsfell vor seiner Hütte zum Trocknen hing, dann rieben sich die einfachen Leute im Dorf die Hände und nickten einander grinsend zu, war es doch sonnenklar, dass ein Wolf, dessen Balg auf einem Holzrahmen ausgespreizt war, keine Schafe mehr riss. Und manch einer, der sich ansonsten lieber die Hand hätte abhacken lassen, als sie dem Jäger zum Gruß zu reichen, erstand eine Pfote des erlegten Tieres oder, wenn es für mehr schon nicht reichte, wenigstens einen Zahn – wusste man doch, dass solche Dinge, an die eigene Tür gehängt, vor allerlei Unheil schützten, auch wenn es der Pope für Aberglauben erklärte.

An diesem Tag aber, da rettete Jossip Galina das Leben.

Am Tag nach der Beerdigung Alexander Suchanows pochte es zur Mittagszeit an der Tür von Maria Petrownas Kate. Es war Stipe, der Gutsverwalter. Kaum dass Galina, die auf das ungestüme Klopfen hin herbeigeeilt war, ihr Gesichtchen durch den schmalen Türspalt streckte, schob er sie auch schon beiseite und zwängte sich in die enge, vom Holzofen erwärmte Stube. Maria Petrowna, die am Spinnrocken vor dem Ofen saß, schaute erstaunt von ihrer Arbeit auf.

»Ah, Ihr … ist's möglich … ich hätte nicht geglaubt … rasch, Galina, ein Stuhl für den Herrn, und setz den Samowar auf!«

»Nicht nötig, nicht nötig«, wehrte Stipe mit einer Handbewegung rasch ab. »Ich brauche nichts.«

»Hätte ich gewusst, dass Ihr … so rasch …« In offensichtlicher Verlegenheit zupfte Maria Petrowna die Falten ihres Rocks zurecht, dessen abgewetzte Stellen und vielerlei Flicken sich nur mit Mühe verbergen ließen; mit einer Hand steckte sie, ohne sich dessen recht bewusst zu sein, eine widerspenstige graue Locke, die sich unter ihrem Kopftuch hervorgestohlen hatte, wieder zurück.

Mit finster zusammengezogenen Brauen musterte Stipe die enge Stube, von den schwarz verkohlten Dachbalken über dem Ofen bis zu dem mit Stroh bedeckten Boden aus gestampfter Erde, über den die Hühner sprangen. Maria Petrowna war sich dieser Inspektion peinlich bewusst, sie wünschte sich, sie hätte den leeren Milchkübel vor der Ofenbank sauber ausgewischt und den Boden gefegt und die Hühner nach draußen gejagt. Aber nun war es zu spät.

Die Kuh, die in einem abgetrennten Verschlag neben der Wohnstube untergebracht war, streckte, neugierig geworden, ihren Kopf über die niedrige Zwischenwand und muhte den seltsamen Besucher an, der da unbeweglich mitten in der Stube stand.

»Ihr lebt noch immer mit dem Vieh zusammen unter einem Dach?«

Maria Petrownas Gesicht rötete sich wie mit Feuer übergossen. Auch Galina fühlte eine ängstliche Beklommenheit in sich aufsteigen. Der fremde Gast in dem dicken Pelz und mit der Zobelmütze auf dem Kopf jagte ihr mehr Angst ein, als es selbst der blau gefrorene Tote in ihrer Stube vermocht hatte. Stipes neue englische Lackstiefel scharrten auf dem Boden, zwischen den Strohhalmen und dem Hühnerkot. Was wollte der hohe Herr in ihrer Kate? Es musste sich jedenfalls um etwas Besonderes handeln. Denn wer hätte je davon gehört, dass der Gutsverwalter die Hütte eines einfachen Bauern betrat? Das kam noch seltener vor als Tauwetter im Januar oder dass die Schwalben schon zu Mariä Lichtmess davonflogen. Hatte Stipe etwas zu sagen, so fuhr er mit der Kalesche vor die Tür desjenigen und ließ ihn herausrufen, so machte er das. Und derjenige durfte dann einen Bückling vor der Kalesche machen und sich vor dem hohen Herrn in den Staub werfen. Oder Stipe kam hoch zu Ross und schlug mit der Reitgerte an die Tür oder die Scheibe. Zwar munkelte man im Dorf, dass er sich in mancher Kammer, wo ein junges Weib oder eine hübsche Tochter zu Hause war, besser auskannte als der Hausherr – aber nur unter vorgehaltener Hand. Niemand im Dorf hätte es gewagt, so etwas in aller Öffentlichkeit zu behaupten.

Stipe klatschte ungeduldig mit seiner Reitpeitsche gegen sein Knie. »Nun gut, zum Geschäft. Ich bin, wie du siehst, selbst gekommen, dir das Geld für die mickrige Hütte und die paar Desjatinen Land, worauf sie steht, vorbeizubringen. Fünfzig Rubel hab ich dem Seligen dafür versprochen, und die fünfzig Rubel sollst du auch haben. Hier, nimm.«

Stipe hielt Galinas Babuschka ein Bündel schmutziger Rubelscheine entgegen, das er aus den Tiefen seines Pelzes hervorgekramt hatte.

»Was ist? Lang schon zu.«

»Deshalb seid Ihr also gekommen?«

Stipe wurde wieder ungeduldig. »Weshalb soll ich sonst gekommen sein? Etwa um der alten Zeiten willen?«

Stipe lachte laut auf, ein hässliches, meckerndes Lachen. »Maria, an uns beiden ist die Zeit nicht spurlos vorbeigegangen, wie dir ein Blick in den Spiegel leicht beweisen kann. Also wozu die vielen Worte? Nimm das Geld, sag ich dir, soviel würde ein anderer für das karge Land und die paar Bretter, die diese Hütte zusammenhalten, nicht bezahlen.«

»Und wo sollen wir dann leben, das Kind und ich?«

»Was weiß ich? Du bist findig und landest immer auf den Füßen wie eine Katze.« Wieder stieß Stipe sein meckerndes Lachen aus. »Dir wird schon was einfallen. Und dann – das Paradies ist das hier nun wahrlich auch nicht. Du wirst froh sein, aus diesem Schweinestall herauszukommen. Und fünfzig Rubel sind immerhin fünfzig Rubel.«

Maria Petrownas Gestalt straffte sich. »Ich kann das nicht nehmen, Stepan Pjotrowitsch.«

»Was heißt, du kannst nicht? Ich bin selbst gekommen, in eigener Person – um der alten Zeiten willen, nur um der alten Zeiten willen, Maria …«, flötete Stipe der Hartherzige auf einmal mit einer Stimme, die Butter hätte zum Schmelzen bringen können. Er spürte wohl, dass er mit Maria Petrowna kein so leichtes Spiel haben würde. »Ob du willst oder nicht: das Stück Land und die Hütte darauf gehören jetzt mir.«

»Ich kann nicht glauben, dass Sascha es dir tatsächlich verkauft hat, sein väterliches Erbgut.«

»In die Hand versprochen hat er es mir. Zwei Tage vor seinem – Unglück.«

»Er hat nie etwas davon erwähnt.«

Stipe zog die Stirn kraus. »Was soll das, Maria? Gilt ein Handschlag nichts mehr unter ehrlichen Leuten? Fünfzig Rubel für das Land und die Hütte darauf, so war es abgemacht.«

»Unter ehrlichen Leuten. Aber du weißt ja selbst am besten, wie viel ein Versprechen wert ist – unter ehrlichen Leuten.«

Stipe zuckte beinahe unmerklich zusammen, als wären Maria Petrownas Worte Nadelstiche, die ihn an einer empfindlichen Stelle trafen. »Du wirst doch nicht wieder die alten Geschichten aufwärmen wollen? Ein einmal gegessenes Gericht kann man nicht ein zweites Mal verspeisen und ein gutes Wässerchen fließt nur in einer Richtung die Kehle hinunter. So ist das nun mal. – Und außerdem hab ich dem Seligen zur Besiegelung unseres Geschäfts auch schon drei Krüge Branntwein überlassen.«

Maria Petrownas Gesicht verhärtete sich. »Die drei Krüge Wodka hast *du* ihm gegeben?«

»Jawohl, so war es, dass Gott mich strafe, wenn ich lüge. Drei Krüge meines besten Branntweins, aus der großen Güte meines Herzens, weil es mir so beliebte, hab ich ihm gleich mitgegeben, zur Anzahlung und als Unterpfand für unser Geschäft. Hättest sehen sollen, wie er sie sich gleich unter den Mantel gesteckt hat und damit verduftet ist, der holdselige Halunke, dein Sohn.«

Alle Farbe war aus dem Gesicht der Alten gewichen. Ihre Stimme, eben noch kräftig und beinahe jugendlich voll, kam dumpf und hohl aus ihrer Brust wie aus einem Grab. »So bist du also auch noch schuld an seinem Tod!«

»Was redest du da für einen Unsinn? Wie soll ich schuld an seinem Tod sein?«

»Hast ihm die drei Flaschen gegeben, dass er sich betrunken hat und in den Dorfbach gestürzt ist! Weißt du überhaupt, wem du das angetan hast? Wessen Kind …?«

»Halt's Maul, alte Vettel! Was kümmert es mich, wessen Sohn er ist? Mag sein Vater der dahergelaufene Schuster gewesen sein, dem diese Hütte einst gehörte, oder ein anderer deiner verflossenen Liebschaften. Was schert es mich?«

»Fort mir dir! Geh mir aus den Augen! Ich kann deinen Anblick nicht länger ertragen!«

Galina staunte nicht schlecht. Was war nur in ihre Babuschka gefahren? Von einem alten gebeugten Mütterlein, das vor dem reichen Gutsverwalter katzbuckelte, hatte sie sich in eine bösartige, Gift speiende Megäre verwandelt. Stipe, der in seinem Leben so manchem wütendem Weib ins Auge geblickt hatte, wich vorsichtshalber einen Schritt zurück.

»Übertreib es nicht, Maria!«

»Hinaus, hinaus mit dir, sag ich. Du – Satan!«

»Was fällt dir ein!«

Bleich vor Wut, zitternd, mit bebenden Lippen kam die Alte auf ihn zu. Und Stipe, der große starke Stipe, der noch jeden Gegner mit einem drohenden Blick und einem Knallen der Nagaika in die Schranken verwiesen hatte, der wich zurück vor dem schwachen, ohnmächtigen, zitternden alten Weib.

»Du wirst es noch bereuen, das sag ich dir. Die Hütte gehört mir, nach Recht und Gesetz. Ich hab noch immer gekriegt, was ich wollte.«

»Verschwinde! Und wage es nicht, noch einmal einen Fuß über diese Schwelle zu setzen.«

Stipe duckte sich, um nicht mit dem Kopf an dem niedrigen Türsturz anzustoßen. Im Hinausgehen drehte er sich noch einmal um, ein Grinsen auf den dünnen Lippen, und fasste Galina ins Auge, deren Anwesenheit er bislang mit keinem Wort und keiner Geste zur Kenntnis genommen hatte.

»Das ist sie also – seine Tochter! Ein hübsches Ding. Pass nur auf, dass dir das Täubchen nicht eines Tages davonfliegt, Maria. Geradewegs in den Rachen des Fuchses oder in die Krallen des Eichelhähers. Du weißt ja selber, was dort draußen alles lauert.«

»Ungeheuer!«

Maria Petrowna riss den Feuerhaken von der Wand und machte Anstalten, auf den Gutsverwalter loszugehen. Schneller als hereingekommen, stürzte er aus der Kate hinaus, Reißaus nehmend vor der Wut einer alten zittrigen Frau. Kaum war Stipe über die Schwelle der Hütte nach draußen entkommen, sank das Feuer, das Maria Petrowna bis dahin angetrieben hatte, in sich zusammen. Erschöpft ließ sie sich auf die Ofenbank fallen. Galina wusste nicht recht, was sie tun oder sagen sollte.

»Babuschka?«

Maria Petrowna hob matt den Kopf.

»Babuschka, was ist dir?«

»Nichts, mein Kind, nichts.« Maria Petrowna wischte sich das Gesicht mit dem Zipfel ihres Rockes sauber, strich sich die Wangen glatt und steckte die ausgebrochenen Haarsträhnen wieder unter ihr Kopftuch zurück. Nur kurz hatte der Moment der Schwäche gedauert, dann war sie wieder die Alte, funkelte ihre Enkelin an. »Mach, dass du an die Arbeit kommst. Hörst du nicht, wie die Kuh muht? Sie ist voller Milch und will gemolken werden.«

»Ja, Babuschka.«

Maria Petrowna schaute ihrer Enkelin nach, wie diese mit der Milchkanne zum Verschlag eilte, die Tür öffnete, die Kuh an die Wand zurückdrängte, sich rasch durch die schmale Öffnung hindurchzwängte, die Milchkanne unter die prallen Euter stellte und mit geübten Griffen begann, dem Tier das Wertvollste, was es zu geben hatte, abzunehmen – eine volle Kanne Milch. Genug für zwei Menschen, um einen ganzen Tag, vielleicht zwei oder drei, davon satt zu werden, wenn man keine besonders hohen Ansprüche stellte, nicht zu hastig löffelte, vielleicht noch irgendwo ein Stückchen Brot fand, um es in die Brühe hineinzubrocken. Genug für zwei Menschen jedenfalls, eine Alte, die nicht mehr viel zum Leben brauchte, und ein junges Mädchen, das noch nicht viel mehr aß als ein Spätzchen.

Die Alte wackelte mit dem Kopf. »Wir werden es schon schaffen«, flüsterte sie zu sich selbst, »ohne – ihn! Ganz bestimmt werden wir das!« Der alte Trotz, der unerschütterliche Glaube, ein unverzagter Mut loderten in Maria Petrownas Augen, wie sie ihrer Enkelin von der Ofenbank aus hinterherschaute. »Nein«, setzte sie leise, aber bestimmt hinzu, »sie kriegst du nicht, sie nicht. Nicht, solange ich lebe.«

Ein paar Tage nach dem Besuch des Gutsverwalters weckte Galina das Geräusch menschlicher Stimmen vor der Kate. Der Tag war noch nicht richtig angebrochen und nur ein schwacher rötlicher Schimmer drang durch das schmale Fenster in die Stube. Neben ihr ächzte und stöhnte ihre Babuschka und wälzte sich im Schlaf auf die andere Seite. Welche Träume mochten sie plagen? Galina selbst stand noch unter dem Eindruck, den die kürzlichen Ereignisse – der Tod und die Beerdigung ihres Vaters, das Erscheinen des Gutsverwalters in ihrer Kate – auf ihre kindliche Seele gemacht hatte. Noch halb im Schlaf glaubte sie daher anfangs an eine Fortsetzung ihres eigenen verworrenen Albtraums, in dem ein Mensch in einem Wolfspelz Jagd auf sie gemacht und mit einer Flinte auf sie geschossen hatte, als sie in einer der Stimmen vor der Hütte den rauen Bass des Gutsverwalters erkannte.

»Und? Hast du ihn?«

»Sie.«

»Meinetwegen. Sie oder er, was schert's mich?«

Durch einen merkwürdigen, schwer zu erklärenden Umstand drangen die Stimmen klar und deutlich hinter der geschlossenen Ofentür hervor, so als stünden die beiden Männer auf dem Dach der Hütte und sprächen in den Kamin hinein. Galina streckte die Beine unter dem Fell hervor, sprang vom Ofen herunter auf den vom Stroh gewärmten Boden und eilte hastig zum Fenster. Tatsächlich. Da standen die beiden Männer der Kate gegenüber auf der anderen Seite des Flusses und unterhielten sich, nicht wissend, dass jedes ihrer Worte in der glasklaren Morgenluft über den Fluss trug bis an Galinas Ohren.

»War trächtig. Hat geworfen.«

»Und?«

»Das hier ist das letzte.«

Galina sah, wie einer der Männer einen Sack oder einen Beutel aus grobem Leinen hochhob, in dem sich etwas bewegte, zappelte und strampelte.

Der Gutsverwalter stieß sein meckerndes Lachen aus. »Was willst du mit ihm machen?«

»Mit ihr. Es ist ein Weibchen. Und nur ein halber Wolf. Ein Bastard. Die Mutter muss mit einem Streuner, einem gewöhnlichen wilden Hund …«

»Was du nicht sagst, zeig her …«

Der Gutsverwalter beugte sich neugierig über den zappelnden und strampelnden Sack. Mittlerweile war Galina zur Tür gelaufen, hatte den Riegel zurückgeschoben und war, nur in ein grobes Baumwollhemd gehüllt und mit Bastschuhen an den Füßen, ins Freie geeilt. Was sich da auf der anderen Seite des Flüsschens wenige Schritt von der Hütte entfernt abspielte – und welches Geheimnis das zappelnde Bündel barg – hatte sie so neugierig gemacht, dass sie kaum auf die morgendliche Kälte achtete, die ihr die Gänsehaut auf Arme und Beine trieb und die Frostbeulen ins Gesicht. Merkwürdigerweise waren die Stimmen der beiden Männer im Freien nur noch undeutlich zu vernehmen, und sie konnte nur noch einzelne Wortfetzen verstehen.

Ohne dass die Männer sie bemerkten, war Galina die flache Uferböschung hinuntergeklettert. »Hallo, Väterchen, was habt ihr da?«, rief sie, von Neugier übermannt.

»Ha, was …?«

Die beiden Männer fuhren herum. Ungläubig starrten sie auf das halbnackte, in seinem dünnen Baumwollhemdchen zitternde Kind, das da am gegenüberliegenden Ufer stand, mit den Füßen beinahe schon im Wasser.

»Da soll doch! Was tust du da? Hat dich die verrückte Alte so herausgelassen?«

»Wer ist das Mädchen?«, fragte Stipes Begleiter, ein zotteliger bärtiger Geselle, dessen rechtes Auge aus einer zernarbten Höhle heraus starrte.

»Das ist die Kleine von Suchanow dem Säufer, den wir letzte Woche begraben haben. Die Enkelin der verrückten Alten, die da auf meinem Land sitzt.«

»Suchanows?«

»Saufen und Kinderkriegen, das ist alles, mehr kriegen Leute wie er ja nicht zustande – autsch!«

Stipes Hand zuckte zurück, als habe der Sack mit einem Mal Zähne bekommen. Das strampelnde Bündel plumpste auf den Boden und kullerte die Uferböschung hinunter. Ehe die beiden Männer sich noch von ihrem Schreck erholt hatten, war ein unbeholfener tapsiger Welpe, nicht älter als ein paar Wochen, aus dem nur lose zusammengeschnürten Behältnis geklettert und aufs dünne Eis des Bachs gesprungen.

»Na warte, dich kriege ich!«

Der Jäger legte die Flinte an die narbige Wange.

»Lass, verschwende keine Kugeln. Sieh doch.«

Der Welpe war mit den Hinterbeinen im dünnen Eis eingebrochen und versuchte vergebens, sich mit dem Oberkörper auf eine der glatten Eisschollen zu ziehen. Eine Welle schwappte über ihn und drückte seinen Kopf unter Wasser.

»Schau, das Vieh ersäuft!«

»Nein!«, rief Galina und stürzte sich ohne nachzudenken in den eisigen Bach. Dieser war an der Stelle nicht mehr als knietief, dafür aber war der Grund glitschig und uneben und die eisige Kälte des Wassers legte sich augenblicklich um Galinas Beine. Schon nach wenigen Sekunden hatte das Mädchen das Gefühl, auf Stelzen aus gefrorenem Eis anstatt der eigenen Beine aus Fleisch und Blut zu laufen. Trotzdem stakste sie tapfer in die Mitte der Furt, wo der Welpe verzweifelt gegen das Ertrinken kämpfte. Mit einem entschlossenen Griff packte Galina den Wolfshund im Genick und hob das tropfende Bündel aus dem Wasser.

Den beiden Männern am anderen Uferrand stand vor Staunen der Mund offen.

»Da soll doch …! Der Teufel hat's gesehen!«

»Soll ich …« Der Jäger visierte über Kimme und Korn.

»Du wirst das Kind treffen.«

»Ach, was.« Der Jäger spuckte verächtlich auf den Boden, senkte aber dennoch sein Gewehr. »So wenig Zutrauen habt Ihr zu mir.«

Mittlerweile war Galina ans Ufer zurückgekehrt und kletterte mit dem tropfenden Bündel in den Armen die Böschung empor. Der Welpe wehrte sich kaum noch und zuckte nur schwach mit den Hinterläufen. Wahrscheinlich war er durch den Todeskampf im eisigen Wasser betäubt und halb erstarrt – oder vielleicht war ihm bewusst, dass das fremde Wesen, das ihn in den Armen hielt, ihm kein Leid zufügen wollte. Jedenfalls verharrte er still und Galina erklomm ohne Schwierigkeiten den Uferrand. Hinter ihr krachten die Eisschollen: Stipe und der Jäger wateten in ihren hohen Stiefeln durch die flache Furt zu ihr herüber.

Galina wusste nicht, was sie tun sollte. Der beherzte Sprung in den Dorfbach, die Rettung des Tieres vor dem Ertrinken – das alles war, ja, so schien es ihr, beinahe ohne ihr eigenes Zutun erfolgt. Aber was als Nächstes zu geschehen hatte, das blieb ihrem kindlichen Verstand verschlossen. Ihr war kalt, sie spürte ihre Beine kaum noch, das einzig Warme war das durchnässte Bündel Fell, das sich zitternd an ihre Brust drängte.

»Ah, du hast ihn. Gut, gib ihn uns.«

»Nun mach schon. Oder glaubst du, wir wollen ewig hier stehen, in der Kälte?«

Galina drückte das zitternde Bündel Fell unwillkürlich fester an sich.

»Nun gib schon her!«

Stipe streckte die Hand nach dem Welpen aus.

»Was treibst du hier, Stepan Wladimirowitsch? Hast du nicht schon genug Schaden angerichtet? Was willst du jetzt noch mit dem Kind?«

Stipes Hand zuckte zurück, als habe der Welpe ihn ein zweites Mal gebissen.

In der Tür zur Kate stand Maria Petrowna, den Reisigbesen in der Hand drohend erhoben, das vom Schlaf faltige Gesicht zu einer Maske des Abscheus verzogen. »Schäm dich, hast du keinen Funken Ehrgefühl im Leib? Keinen Anstand? Keine Scham?«

»Sei doch still, alte Vettel. Was glaubst du?«

»Was ich glaube? Wie kannst du nur!«

»Es geht um den Wolf«, fiel Stipes Begleiter ein. »Sie kann ihn nicht behalten.«

Behalten! Es war, als habe der Jäger ungewollt das Stichwort geliefert. Galina lief zu ihrer Großmutter und zupfte sie am Hemdsärmel. »Babuschka, Babuschka. Warum kann ich es nicht behalten?«

»Was? Aber das ist doch …«

»Ein Hündchen, Babuschka, sieh nur. Bitte, bitte, lass mich das Hündchen behalten.«

»Aber Kind, das geht nicht. Siehst du nicht, es ist ein Wolf!«

»Ein halber«, bemerkte der Gutsverwalter spöttisch. »Die Mutter hat's wohl nicht so genau genommen mit ihrer Wolfsehre – sie hat mit den Hunden geheult. – Rück ihn raus, den Bastard, wir ersäufen ihn im Fluss, wie er‘s verdient!«

Hätte man Maria Petrowna gesagt, dass man sie selbst oder ihre Kinder und Enkelkinder ertränken wolle, die Veränderung, die mit ihr vorging, hätte nicht schrecklicher sein können. Jeder einzelne Muskel, jede einzelne Falte und Runzel zuckte und zitterte in ihrem vor Wut kochenden Gesicht, ihre wuchtige Gestalt bebte. »Verschwindet, ihr Gesindel!«, rief sie. »Macht, dass ihr wegkommt, ehe ich euch eigenhändig ins Wasser stoße!«

Maria Petrowna schüttelte den Besen drohend gegen die beiden Männer, die vor Verblüffung einen Schritt zurückwichen.

»Weg mit euch Unrat, sage ich!«

Stipes Begleiter hob die Flinte, unsicher, was zu tun sei. Stipe schüttelte beinahe unmerklich den Kopf. »Schon gut, Alte«, brummte er, »reg dich nicht auf. Behalte den Wolf, du wirst schon sehen, was du davon hast. Viel Freude wirst du jedenfalls nicht damit haben.«

Damit drehte sich Stipe abrupt um und stapfte davon, so wie er gekommen war. Sein Begleiter blieb noch einen Moment stehen und musterte mit seinem grimmigen Blick Galina und das Wolfskind in ihren Armen. »Er wird dir Ärger machen«, prophezeite er und spuckte auf den Boden vor die Füße des Mädchens, »aber zieh ihn nur groß – ich hol ihn mir, sobald sein Fell fest und groß genug ist, dass es einen guten Preis bringt.« Dann machte sich auch Stipes Begleiter ohne einen weiteren Blick zurück von dannen, stapfte durch die Furt auf die andere Seite und tauchte im gegenüberliegenden Birkenwäldchen unter.

Maria Petrowna atmete schwer. Sie starrte noch eine geraume Weile auf das Wäldchen, worin der Jäger verschwunden war, ohne recht zu begreifen, welch einen Sieg sie davongetragen hatte. Der großmächtige Gutsverwalter und sein Jäger – beide hatte sie in die Schranken verwiesen und mit nicht mehr als einem Reisigbesen und der ihr innewohnenden Festigkeit vertrieben. Allmählich beruhigten sich ihre Gesichtszüge, kühlte der Vulkan, der in ihrem Inneren getobt hatte, wieder ab. Ihr Blick fiel auf ihre Enkelin, die starr und steif wie ein Eisklumpen vor ihr stand, mit nichts weiter bekleidet als einem groben Leinenhemdchen.

»Mein Gott! Was stehst du hier herum!«, rief Maria Petrowna, aus ihrer Starre erwachend. »Du holst dir noch den Tod! Marsch ins Haus, dass du dich wärmst!«

Galina wollte schon losspringen, da hielt sie ein scharfes Wort ihrer Großmütter zurück.

»Den Wolf lass draußen!«

»Aber Babuschka …«

»Keine Widerrede. Ein Wolf gehört nicht mit Menschen unter ein Dach.«

Die Kleine sah ihre Großmutter aus großen runden Augen an. Das durchnässte Bündel Fell in ihren Armen regte sich kaum noch, nur schwach klopfte das Herz des Welpen gegen ihre Brust, wie ein Schmetterling, dessen zarte Flügelchen in der Abendkühle im Todeskampf vibrierten.

»Aber Babuschka, so sieh doch«, bettelte Galina mit Lippen, die sich bereits blau verfärbten, »es ist ein Hündchen, sieh doch hin!«

Galina hielt ihrer Babuschka den Welpen entgegen. Der Wolfsmischling hob den Kopf und versuchte zu knurren, aber es kam nur ein klägliches Winseln dabei heraus.

»Nichts da! Du hast ihn gerettet, jetzt lass ihn wieder laufen. Soll er sich selbst durchs Leben schlagen – wie wir alle.«

»Aber er ist noch zu jung. Und zu schwach.«

»Er ist ein Wolf. Er wird schon durchkommen.«

»Sie!«, verbesserte Galina, der mit einem Mal die Worte des Jägers wieder einfielen. »Sie ist eine Hündin. Und nur ein halber Wolf, das haben die Männer gesagt!«

»Ganz oder halb – der Wolf steckt in ihr.«

Galina blies die Wangen auf. »Wenn ich sie nicht mit in die Hütte nehmen darf, bleibe ich auch hier draußen und erfriere!«

Maria Petrowna schwankte. Sie betrachtete ihre Enkelin, die sich trotz der eisigen Kälte nicht vom Fleck rührte, deren blau gefrorene Lippen bebten und zitterten. »Herr, hab Mitleid mit mir«, flüsterte sie unhörbar zu sich selbst, »wie soll das werden? Das Kind hat einen eigenen Willen, schlimmer als …«, sie beendete den Satz nicht. »Meinetwegen«, herrschte sie die Kleine an, »dann nimm sie eben mit. Aber rasch jetzt. Hinein mit euch, solange noch etwas Leben in euch ist.«

»Danke, Babuschka, danke, danke«, jubelte Galina und spurtete mit dem Welpen im Arm los, hinein in die geringe Wärme und den geringen Schutz, den die Kate vor dem Wind und den eisigen Temperaturen bot.

Maria Petrowna blieb noch einen Moment vor der Tür der Hütte stehen und schüttelte missbilligend den Kopf. »Was soll daraus noch werden?«, flüsterte sie. »Trägt das Unglück eigenhändig unter unser Dach. Herr im Himmel, sei uns gnädig.«

Über dem Birkenwäldchen kletterte die rote Sonne empor und trieb die morgendliche Kälte wie eine Flutwelle vor sich her übers offene Land ins Dorf hinein.

XI

Im Schatten der Heuballen und unter den Leiterwagen rasteten die jungen Männer des Dorfes und ruhten von der Mühsam des Mähens aus. Gelblich glänzten die Stoppeln der schon am Vortag abgemähten Nachbarwiese, ein dunstiger Glanz waberte über den Feldern und der fernen Steppe.

Der Geruch des frisch geschnittenen Heus mischte sich mit dem staubigen Geruch der Erde und den beißenden Ausdünstungen der durchgeschwitzten Leinenhemden der Schnitter. Die abgespannten Zugpferde standen träge, mit hängenden Köpfen da, zupften langsam und behäbig die übrig gebliebenen Grasbüschel aus der Erde und schlugen mit den Schwänzen nach den lästigen Fliegen. Am anderen Ende der Wiese waren ein paar Frauen dabei, das frisch gemähte Heu zu wenden, dass es in der Sonne trocknen konnte. Ihre farbigen Kopftücher tanzten über der gemähten Wiese hin und her wie bunte Schmetterlinge.

»Ah«, stöhnte der Tagelöhner Iwan und wischte sich den Schweiß von der Stirn, »was für eine Plackerei. Und in der Hitze. Dass den Gutsverwalter der Teufel hole.«

»In der neuen Zeit werdet ihr euch nicht mehr auf fremden Feldern abplagen müssen«, bemerkte einer der beiden Narodniki.

»So? Wieso das denn?«

»Nun, weil alles dann Gemeingut ist, die Felder und Wiesen, die Häuser, das Vieh …«

»Ja, aber wer sät dann und mäht und fährt die Ernte ein?«

»Natürlich die, denen das alles gehört, die Bauern und Arbeiter.«

»Ach«, jammerte der Tagelöhner, »dann werd ich mich also auch in der neuen Zeit auf den Feldern abplagen müssen, nur dass es dann meine eigenen sind und ich niemanden hab, auf den ich deswegen fluchen kann.«

Die Narbe an der Wange des Narodniks zuckte. »Sie verstehen auch gar nichts, diese ungebildeten Bauerntölpel.«

Sein Kamerad verdrehte die Augen hinter den dicken Brillengläsern. »Nun ja, du weißt doch: stetes Wasser höhlt den Stein.«

»Man sollte sie alle –« Das Stöckchen, mit dem der Student gespielt hatte, brach in seinen Händen entzwei.

»Vorsicht, Andrej«, warnte der Tatar.

Die Bauern unter dem Leiterwagen sahen sich bedeutsam an. »Sie sind das Arbeiten in der Sonne nicht gewohnt«, bemerkte einer, sich auf seinen Ellbogen aufstützend.

»Ja, sieh nur, wie sich der Drache auf seiner Backe windet und Feuer spuckt! Gleich springt er ihm aus dem Gesicht!«

»Er hat einen Sonnenstich. So was ist nicht zu unterschätzen. Ich hab mal gehört von einem im Gouvernement Ostrowskaya, der ist an so einem Sonnenstich gestorben. Sein Kopf wurde so heiß, dass er zum Abkühlen in den Dorfteich gesprungen ist, da stieg Dampf auf, es brodelte und hernach trieben tote Fische auf dem Wasser. Ihn selbst hat man nie mehr gesehen. Er war wohl verdampft!«

Am anderen Ende der Wiese schritt, stolz wie eine Königin, Tatjana unter den Frauen einher, den roten Rock bis zu den Knien hochgeschürzt, die runden braunen Schultern entblößt. Aus einer Kanne, die ihr ein Mädchen hinterhertrug, schöpfte sie Kwass und verteilte ihn an die durstigen Arbeiterinnen. »Ah«, Iwan schnalzte mit der Zunge, »bei diesem Bienchen möchte ich auch mal gerne aus dem Töpfchen naschen.«

»Pass auf, dass dich das Bienchen nicht sticht, es hat einen spitzen Stachel.«

»Pah, ich weiß, wie man Bienen den Stachel zieht. Bin nicht ganz unerfahren im Bienenfangen.«

»Hältst dich wohl für einen Imker, was? Sieh nur zu, dass du nicht eines Morgens ganz zerstochen aufwachst.«

»Und wenn schon – es wär' auch kein Schaden, bei meiner hässlichen Visage«, bemerkte Iwan, gutmütig grinsend.

Die anderen lachten und stießen sich in die Seite. »Hört ihn an, ein rechter Dummkopf! « – »Ein zweiter Pavel!«

Sofort war es, als sei mitten am hellen Tag eine dunkle Wolke vor die Sonne gezogen. Die Männer im Schatten der Heuballen fröstelten. »Sei still, selber Dummkopf, red' nicht von *ihm*.«

Einer der beiden Narodniki, die sich vor der sengenden Sonne unter dem Leiterwagen verkrochen hatten, richtete sich neugierig auf seinen Ellbogen auf. »Wer ist dieser Pavel? Was hat es mit ihm auf sich?«

»Besser, man redet nicht darüber, ihr Herren.«

»Ja, was begraben ist, soll unter der Erde bleiben.«

Die beiden Narodniki sahen sich verwundert an. Aber so sehr sie sich auch bemühten, die Geschichte aus den Männern herauszukitzeln, durch Andeutungen oder versteckte Fragen, ihre Kunst versagte an dem sturen Schweigen und dem Starrsinn der Bauern. Es schien, als sei alles im Zusammenhang mit Pavel in einen undurchdringlichen Nebel des Vergessens gehüllt.

»Was soll das? Genug herumgelungert! Marsch auf die Beine, seht zu, dass ihr die Wiese heute noch fertigkriegt. Ich will das Heu trocken in der Scheune haben, ehe der Regen kommt.«

Unbemerkt von den Männern war Stipe auf seinem Rappen herangekommen. Ungeduldig klatschte er mit seiner Nagaika gegen den Schaft seines englischen Reitstiefels. »Faulenzer und Taugenichtse, allesamt. Man sollte euch kräftig durchwalken, damit ihr wieder wisst, wo euer Platz ist.«

»Sehr wohl, Herr, hier auf dem Buckel hab ich eine Stelle, da juckt es sehr, wenn belieben …« Iwan war aufgesprungen, deutete auf eine Stelle zwischen seinen Schulterblättern.

»Verschwindet, alle! Marsch an die Arbeit, ehe mir die Hand ausrutscht, ihr Ungeziefer.«

Hastig sprangen die Männer auf die Füße, griffen nach ihren Sensen oder Heugabeln. Einem aufgescheuchten Bienenvolk gleich schwärmten sie über die Wiese aus, einzig darauf bedacht, eine möglichst große Distanz zwischen sich und dem Zorn des Gutsverwalters zu bringen. Nur die beiden Narodniki rührten sich nicht von der Stelle.

»Und was ist mit euch zwei? Meint ihr, ihr seid was Besseres, dass ihr euch von der Arbeit drücken könnt? Ich werd‘ euch lehren!«

»Tut das lieber nicht, ich warne Euch!«

»Wie? Was? – Du willst mir drohen?« Aus Stipes Gesicht wich alle Farbe. Herumdrucksen, katzbuckeln, hinter seinem Rücken Grimassen ziehen und den einen oder anderen Scherz auf seine Kosten, das war er gewohnt.

Aber dass jemand ihm offen widersprach, ihm die Stirn bot, das hatte er noch nie erlebt. Auch die anderen, auf der Wiese verstreuten Mäher merkten, dass sich etwas Ungewöhnliches tat und blickten über die Schulter heimlich oder auch ganz offen zu dem Gutsverwalter und den beiden Rothemden herüber.

Stipes Wut war kalt und blass, ein fahles Feuer, das die Landschaft seines Gesichts auszehrte und nichts als Leichenblässe hinterließ. Der Narodnik schnaubte vor Zorn, röter als die Sonne brannte die Narbe auf seiner Wange.

»Dass du es weißt, Stipe, Herr von eigenen Gnaden, deine Zeit wird kommen, die Revolution wird dich und deinesgleichen unter sich begraben, man wird euch den Wölfen zum Fraß vorwerfen!«

»Den Wölfen, so, so.« Stipe schien sich wieder gefasst zu haben. Aus seinen Augen leuchtete die alte Bauernschläue, die ihn zu dem gemacht hatte, was er war. »Es scheint, du kennst dich aus mit Wölfen, bist wohl selber einer der zweibeinigen Sorte.«

Stipe sprach laut genug, so dass ihn die anderen Bauern auf der Wiese hören konnten. Wahrscheinlich hatte er nur so ins Blaue hineingeredet, aber es schien, als ob er dennoch ein Ziel getroffen hätte, denn der Narodnik zuckte zusammen und etwas Lauerndes trat in seine Körperhaltung. »Was willst du damit sagen?«

»Du hast mich schon verstanden. Ich habe von euren Taten gehört, in Jaschenko und Suboja Poljana und anderswo. Ich weiß, was du im Schilde führst, du und deinesgleichen. Aber damit werdet ihr hier nicht durchkommen, nicht, solange ich das Sagen habe.«

Der Narodnik knirschte mit den Zähnen. »Wer weiß, wie lange das noch sein wird.«

Stipe hob die Nagaika zum Schlag, ein kaltes Lächeln auf seinen Lippen. »Probier es allemal. Nur zu, worauf wartest du?«

Die Bauern auf der Wiese hielten den Atem an. Würde der Narodnik den ungleichen Kampf aufnehmen? Oder würde er sich unter den angedrohten Schlägen des Gutsverwalters ducken, wie es alle taten? Der Tatar zupfte seinen Kameraden am Ärmel. »Lass es sein, Andrej, ich bitte dich. Jetzt ist nicht die Zeit.«

Über die Wiese erschallte auf einmal das alte Lied von dem Soldaten, der nach dreißig Jahren im Dienst des Zaren nach Hause zurückkehrt und auf der Schwelle seiner Hütte seine erwachsen gewordene Tochter mit der schon längst verstorbenen Frau verwechselt. »Was bist du noch so jung und schön geblieben wie einst, so wie ich dich in Erinnerung habe«, fragt der Soldat im Lied – und die Gegenstimme antwortet im Refrain: »Die Tochter bin ich, die Mutter ist schon lange tot.«Tatjana war es, die das Lied angestimmt hatte – ob aus Berechnung oder zufällig in eben diesem Moment, da Stipe und der Narodnik aneinander Maß nahmen – jedenfalls war es, als ob der Gesang und ihre Stimme und die in den Zeilen enthaltene Melancholie eine beruhigende Wirkung auf die beiden Streithähne ausübte. Stipe ließ die Nagaika sinken. Die beiden Rothemden wandten die Köpfe. »Da hast du dein bäuerliches Idyll«, meinte der Bebrillte, »die russische Seele in ihrem reinsten Ausdruck.«

Die übrigen Frauen stimmten in den Refrain mit ein und von der anderen Seite antworten die Schnitter mit dem Part des alten Soldaten. Andrej stand wie gebannt da. Stipe beugte sich so nahe zu ihm heran, dass nur er die Worte hören konnte. »Lass bloß die Finger von ihr, hörst du? Sie gehört mir. Ich würde nicht zögern, selbst meinen eigenen Sohn zu erschlagen, wenn er sie mir streitig machte.«

XII

Pavel war der Sohn des Schmieds Aljoscha und seiner Frau gewesen, der Swetlana Fjodorowna. Als Kind hatte ihn ein Pferd in der Schmiede seines Vaters an den Kopf getreten, weshalb er später nie richtig sprechen lernte und Zeit seines Lebens schwachsinnig blieb. Pavel war ein wohlvertrauter Anblick im Dorf, er streunte wie die Hunde auf den Gassen umher, suchte zwischen den Häusern und auf den Hinterhöfen nach etwas Essbarem, ein Stück hartes Brot, einen abgenagten Knochen, faulige Kartoffeln. Es schien, als sei der Gedanke an Essen das Einzige, was in seinen dumpfen Schädel hineinging. So wie die Lerche den lieben langen Tag mit Singen verbringt, so tat er nichts anderes, als Dinge in sich hineinzustopfen, die Erde zu durchwühlen, vor den Haustüren zu betteln. Er war harmlos und tat keiner Menschenseele etwas zuleide. Manchmal machten sich die Gassenjungen einen Spaß und warfen mit Steinen oder faulem Obst nach ihm. Manchmal aß er das Obst, verschluckte einen Stein. Der Schmied und seine Frau konnten es nicht mit ihm zu Hause aushalten, er stieß Laute wie ein verhungerndes Kalb aus, knabberte an der Tischkante und suchte ständig das Innere der Hütte nach Essbarem ab. Sie waren froh, wenn sie ihn auf die Straße schicken konnten, wo er sich den ganzen Tag herumtreiben konnte, ehe sie ihn abends wie ein verlorenes Kalb suchten und zum Schlafen nach Hause brachten. Manche im Dorf verjagten ihn von der Türschwelle, wenn er auftauchte, andere gaben ihm eine Schale Borscht oder warfen ihm wie einem Hund einen Knochen vor die Füße. Manchen galt er als Heiliger, als von Gott gesandter reiner Narr, der auf schmutzigen Füßen durch die Gassen des Dorfes wandelte. In der Heiligen Messe erwähnte der Pope Pavel ab und zu in Form eines abgewandelten Gleichnisses: »Sehet, er sät nicht und er erntet nicht, aber der liebe Gott ernährt ihn doch.« – Niemand hätte geglaubt, dass Pavel dereinst eine bedeutsame Rolle in der Geschichte des Dorfes spielen sollte. Eine Rolle, grausam und anrührend zugleich. … Nicht lange nach der zweiten Beisetzung Suchanows stand vor der Dorfschenke eines Abends ein Schlitten. Darin, dick eingemummelt in ihren Reisepelz und unter einem Berg warmer Decken, saß Sofrona Wladimirowna, die Ehefrau des Kaufmanns Afanasij Blinow, einem der reichsten Männer im Dorf. Sofrona war im siebten Monat schwanger. Sie war auf dem Weg zu ihrer Schwester im benachbarten Chutor, um dort, im Kreis mitfühlender Verwandter und helfender Hände, die Niederkunft zu erwarten. Afanasij hatte den Schlitten vor der Schenke anhalten lassen, um sich, wie er sagte, für die Fahrt mit einem Gläschen zu stärken. Bei dem einen Gläschen war es nicht geblieben. Sofrona wartete schon über eine Stunde auf die Rückkehr ihres Ehegemahls. Er hatte ihr befohlen, im Schlitten auf ihn zu warten. Die Nacht war bitterkalt, ein eisiger Wind wehte den frisch gefallenen Pulverschnee von den Dächern und rüttelte an den verschlossenen Fenstern und Türen. Sofrona saß unbeweglich unter den wärmenden Decken, während vom schrägen Dach der Schenke bei jedem Windstoß eine Ladung Schnee auf sie herabrieselte. Vor ihr auf dem Schlitten kauerte, Mütze und Pelzmantel wie mit Puderzucker bestreut, Grigorij, der alte Kutscher, ein ehemaliger Leibeigener des Fürsten Sorgin, steif und unbeweglich wie eine Mumie. Aus der Kneipe drang Stimmengewirr und Lärm, Gläserklirren und Musik. Nie wäre es Sofrona unter normalen Umständen eingefallen, einer Anweisung ihres Ehegemahls und Gebieters nicht Folge zu leisten – oder auch nur etwas daran ungewöhnlich zu finden. Nach einer Weile jedoch drückte das Kindchen, das sie unterm Herzen trug, auf ihre Blase und sie begann unruhig hin und her zu rutschen. Der Wind pfiff und der Schnee wirbelte wie Gischt von Meereswellen vom Dach der Schenke. Sofrona hielt es nicht mehr aus. Sie warf die Decken von sich, kletterte aus dem Schlitten. »Grigorij, ich bin gleich zurück.«

Hatte der Kutscher sie gehört? Oder war er schon erfroren? Unbeweglich hockten und standen der Kutscher und das Pferdchen da, unter einer Schicht Schnee wie zwei Emaillefiguren.

Im dichten Schneegestöber begab sich Sofrona hinters Wirtshaus, um sich dort zu erleichtern. Im Windschatten eines Anbaus, in dem allerlei Gerätschaften und leere Fässer lagerten, lüpfte sie ihre Röcke. Es war ein mühsames Geschäft, und der kalte Wind und die wirbelnden Schneeflocken, die ihr beständig in die Augen gerieten, machten die Sache nicht gerade leichter. Ein Reiter trabte auf der Dorfstraße vorüber. Klopp, klopp, klopp, verklangen die Hufschläge in der Ferne. Über dem steten Säuseln des Windes, den gedämpften, abgerissenen Tönen der Musik aus der Schenke, dem Rascheln ihrer Röcke und dem Plätschern zwischen ihren Beinen vermeinte Sofrona ein Knirschen und Schaben, ein Schnaufen und Schmatzen in ihrer Nähe zu hören. Was konnte das sein? Sofrona Wladimorowna war, wie jedermann in unserem Dorf wusste, nicht gerade mit einer großen Einbildungskraft gesegnet, trotzdem erinnerten sie die seltsamen Geräusche an etwas, riefen sie ihr unwillkürlich die Laute ins Gedächtnis, die die Kettenhunde auf dem Hof machten, wenn man ihnen einen Knochen zum Fraß vorwarf. Sofrona erschauerte in ihrem Kokon aus vielerlei übereinandergeschichteten Kleidungsstücken und ein Beben lief von innen nach außen wie hin und her wogendes Steppengras nacheinander durch jeden einzelnen ihrer vielen Röcke; trotzdem wagte sie es nicht, den Kopf zu wenden, solange es noch zwischen ihren Beinen plätscherte. Auf einmal hielt der Wind, wie auf ein geheimes Kommando hin, mit seinem beständigen Pfeifen inne, und in der momentanen Stille hörte Sofrona die schmatzenden Geräusche und das Schnaufen neben sich, dicht an ihrem Ohr. Außerstande, diese Störung länger zu ignorieren, verdrehte sie ein wenig die Augen, genug, um einen Blick auf die Ursache der Geräusche zu erhaschen. Was sie sah, war dazu angetan, sie vollends den Kopf verlieren zu lassen. Sofronas Unterleib krampfte sich zusammen, ein Schütteln überkam sie und sie rutschte wie ein nasser Sack inmitten ihrer ausgebreiteten Röcke leblos die Hauswand hinunter zu Boden.

Als Afanasij beim Verlassen der Dorfschenke seine Gemahlin nicht mehr auf dem Schlitten vorfand, war er für einen Moment unschlüssig und verwirrt. Hatte er ihr nicht gesagt, sie solle auf ihn warten? Und nun – was war passiert? Hatte ein Gott die Erde bewegt, hatte ein vorbeifliegender Dämon sie von der Schlittenbank gepflückt? Wie konnte sie nur! In seinem Verdruss ob dieser nie dagewesenen Ungeheuerlichkeit kam es Afanasij nicht in den Sinn, seinen Kutscher nach dem Verbleib von Sofrona zu fragen.

»Sofrona! Komm sofort her, wir haben es eilig. Ich kann nicht länger warten!« Keine Antwort. »Hörst du, Sofrona, ich fahr ohne dich!«, drohte Afanasij, dem es in seinem alkoholumnebelten Verstand nicht einfiel, wie sinnlos es wäre, wenn er bei den Verwandten seiner Frau ohne den Grund der Fahrt – eben seine schwangere Frau – eintraf. »Sofrona, hörst du nicht? Zum letzten Mal!«

Afanasijs Blick fiel auf den Boden, wo sich im Schnee deutlich Fußspuren abzeichneten. »Verdammt! Was soll das? Wohin bist du gegangen? Komm sofort her, verfluchtes Miststück! Lässt mich hier in der Kälte stehen!«

Ein wenig schwankend machte sich Afanasij auf, den Fußspuren im Schnee zu folgen. Er folgerte richtig, dass sich Sofrona eines dringenden Bedürfnisses wegen hinters Haus begeben hatte – und er gedachte nun, sie zu überraschen und ihr zur Lehre einen kleinen Schrecken einzujagen.

»Ah, da bist du ja!«, flüsterte er und rieb sich die Hände, als er in dem dichten Schneegestöber an der Hauswand lehnend eine reglose Gestalt erblickte, ähnlich einem achtlos hingeworfenen Sack Kleider.

Auf Zehenspitzen schlich Semjon näher. »Warte, dich werd ich lehren …!«

Seltsam, schon beim Näherkommen erfasste Afansij ein Gefühl, als ob seine Augen ihm einen Streich spielten: war das, was da an der Hauswand lehnte, ein Bündel Kleider in Gestalt eines Menschen oder ein Mensch in ein Bündel Kleider gehüllt? Und warum regte sich Sofrona nicht?

Beinahe im selben Moment, da es Afanasij dämmerte, dass da etwas nicht stimmen konnte – dass Sofrona unmöglich freiwillig diese seltsame, verrenkte Haltung, halb auf dem Erdboden liegend, halb gegen die Hauswand lehnend, eingenommen haben konnte, da erblickte er auch schon die zweite Gestalt, die nur wenige Schritt von der ersten entfernt im Windschatten des Anbaus kauerte.

XIII

Nach ihrer Auseinandersetzung auf der Wiese gingen sich Andrej und Stipe so weit wie möglich aus dem Weg. Stipe machte kehrt, wenn er einen der beiden Rothemden nur von Weitem zwischen den Bauern auf den Feldern erblickte, und der Narodnik warf einen hasserfüllten Blick auf den Reiter, der seinen Rappen wütend am Zügel herumriss und ihm das Fell mit der Nagaika gerbte. Im Dorf war es längst kein Geheimnis mehr, dass Tatjana ein Auge auf den jungen blonden Studenten geworfen hatte. Wann immer er die Schankstube betrat, eilte sie herbei, ihm den Stuhl zurechtzurücken und ein volles Glas vor die Nase zu stellen. Seinen Reden von der neuen Zeit, die da kommen werde, mit ihren Idealen von Gleichheit, Brüderlichkeit und Freiheit, lauschte sie voller Ergriffenheit, hing an seinen Lippen, als ob Honig davon herabtropfe. Und schüttete den Wein oft daneben anstatt in den ihr hingestreckten Krug. Redete sich der Narodnik in einen heiligen Zorn hinein, indem er gegen die Ausbeuter und Gutsbesitzer wetterte, die die Bauern unterdrückten, sah man sie ebenfalls zittern vor Wut und Empörung ob der empfundenen Ungerechtigkeit. Der Narodnik tat, als ob er nichts davon bemerkte, sein Blick ging scheinbar gleichgültig über sie hinweg, wenn sie zwischen den Tischen einher schritt, doch konnte er es schwer verbergen, dass er den Kopf nach ihr wandte, wann immer sie die Schankstube betrat oder verließ. Und Stipe? Nun, der machte einstweilen gute Miene zum bösen Spiel, saß in seiner Ecke vorm Ofen und belauerte die beiden, wie ein Agent der Oprtschinsja, der zaristischen Geheimpolizei, der auf den richtigen Augenblick wartet, um zuzuschlagen.

Tagsüber halfen die beiden Rothemden den Bauern auf den Feldern oder fütterten das Vieh in der Scheune. Doch waren sie oft mehr eine Last denn eine Hilfe. Keiner der beiden kannte sich in der Landwirtschaft aus, und das Vieh scheute vor dem großen blonden Narodnik zurück und dem Griff seiner unbeholfenen Hände. Abends saßen die Rothemden in Obnoskis Schenke und wiegelten die Bauern gegen ihre Unterdrücker auf. Sie erzählten von dem Zaren in seinem Winterpalast, von seinen Empfängen und Gelagen, davon, dass an einem einzigen Abend fünfzig Rebhühner, zweiundzwanzig Schweine, siebzehn fette Rinder und dreißig Schnepfen verzehrt und achtzig Fässer Wein geleert würden, während die große Masse des Volkes – Arbeiter wie Bauern – mit einem Stück Brot und einem Schluck Wasser auskommen musste. Und dass der Zar in einem goldenen Himmelbett auf Daunenfedern schliefe, fünf Mätressen hielte und zweiundzwanzig Diener, um ihn abends aus- und morgens wieder anzukleiden. Und wenn er ausritt auf einem seiner aberhundert Pferde, dann achtete er nicht der Wege und der Menschen, sondern ritte querfeldein, über Felder und Wiesen, trampelte Korn wie Bauern gleichermaßen nieder.

Und die Bauern in der Schenke, von denen noch kaum einer weiter in seinem Leben als bis ins nächste Dorf gekommen war, applaudierten der Verschwendung des Zaren, die zeigte, welch großer Herrscher unser Zar, Gott hab ihn selig, wäre – größer als der knickerige Preußenkönig, von dem man hörte, er wüsche sich morgens mit kaltem Wasser und äße den ganzen Tag über nicht mehr als eine Scheibe alten Brots und ein Stück Käse –, und bei der Erwähnung der Mätressen frohlockte man ob der Manneskraft des Zaren, der kein anderer westlicher Potentat so leicht gleichkäme – und nur der Verschwendung des Korns gedachten die Bauern mit leisem Bedauern.

Und die Narodniki schüttelten die Köpfe und begannen von vorne …

Ab und an, aus unerfindlichen Gründen, kam die Rede auch wieder auf Pavel, den Sohn des Schmieds, in unklaren Bemerkungen und vagen Andeutungen, die den Rothemden unverständlich blieben. Was hatten die Dorfbewohner zu verbergen, dass sie nur in Halbsätzen und hingemurmelt die »Sache mit Pavel« erwähnten, scheue Blicke tauschten wie Verbrecher in geheimem Einverständnis und miteinander tuschelten? »Es wird weiter nichts sein«, meinte der Tatar, sich die Brillengläser reibend, »du kennst sie doch inzwischen. Sie reden gerne und bauschen die Dinge unnötig auf. Irgendeine Dorfanekdote, ebenso belanglos wie die Geschichte mit dem Wolf auf dem Grab des Säufers vor vier Jahren.«

»Gewiss«, stimmte der blonde Student mit der Narbe auf der Wange zu, »eine ganz und gar belanglose Geschichte, besser, man hört gar nicht hin.«

XIII

»Was soll das? Was hast du da zu schaffen – mit meiner Frau? Wer bist du?«, fragte vier Jahre zuvor Afansij den Unbekannten hinter dem Wirtshaus.

Die kauende und schmatzende Gestalt hob den Kopf und Afansij erkannte Pavel, den Sohn des Schmieds. Der Schwachsinnige blickte ihn aus freundlichen blauen Augen an, während er die Zähne in ein Stück Fleisch schlug, das er in den Händen hielt.

»Was ist das? Was hast du da?«

Pavel zuckte unwillkürlich zurück und versuchte, seinen Besitz vor den fremden Augen zu schützen. Doch Afanasij war schneller – wie oft hatte er einem Bauern, ehe der wusste, wie ihm geschah, den letzten Rubel aus der Tasche stibitzt! –, und entwand Pavel, was er in Händen hielt.

Man stelle sich vor, wie Afanasij erbleichte und die Augen aufriss, als ihm dämmerte, was er da in Händen hielt. Es heißt, dass er seit jenem Moment bis zu seinem Lebensende keinen Tropfen Alkohol mehr anrührte und seinem Schöpfer auf dem Sterbelager geläutert und nüchtern entgegentrat. Auch wenn diese Behauptung vielleicht ein wenig übertrieben zu sein scheint; sicher ist, dass Afanasijs Rausch in jener Minute mit einem Schlag verflog und er den abgetrennten Unterarm – denn um nichts anderes handelte es sich – mit einem Schrei des Entsetzens und Ekels von sich schleuderte.

Sein Geschrei alarmierte die Zecher in Obnoskis Schenke, die verwundert und nicht mehr ganz sicher auf den Füßen aus der Tür des Wirtshauses heraus taumelten. »Was ist los? Was soll das Geschrei? Du machst ja einen Radau, dass es Tote wecken könnte!«

»Da – da, schaut euch das an!«, stammelte Afanasij außer sich und deutete auf das abgetrennte Körperteil im Schnee. »Er war das – er hat es getan …«, auf Pavel deutend.

Die Leute staunten nicht schlecht. In den von Obnoskis billigem Fusel verwirrten Köpfen setzte sich ein Gedanke durch. »Das ist – Suchanows Arm! Den der Wolf als sein Teil genommen hat.«

»Du meinst der Teufel.«

Der arme Sohn des Schmieds drückte sich ängstlich an die Hauswand. Er verstand nicht, was die Leute von ihm wollten. Er spürte nur die wachsende Feindseligkeit. Mit Mühe lallte er die einzigen Worte, die er Zeit seines Lebens gelernt hatte: »Hu… Hu… Hunger!«

»Hört ihn an – die Bestie!«

»So ein Unmensch!«

»Leichenfledderer!«

»Kannibale!«

»Schlimmer als ein Wolf!«

Pavel streckte die Hand aus nach dem im Schnee liegenden Unterarm, den man ihm weggenommen hatte. In seinen engen, dumpfen Schädel passte eben nur der Gedanke ans Essen. Er begriff nicht, welche Sünde er damit auf sich lud. Die Menge stand um den Schwachsinnigen herum, entsetzt, aufgewühlt, wütend und verängstigt. Pavel machte Anstalten, durch den Schnee zu dem abgetrennten Arm hinzukriechen. »Hu… Hu… Hu…«

»Seht euch das an!«

»Was soll das? Du – Ungeheuer!«

Der erste trat Pavel gegen das Schienbein, dass die Knochen brachen und der Schwachsinnige vor Schmerz aufheulte. Der zweite versetzte ihm einen wuchtigen Tritt in die Seite, der dritte trat ihm mit dem Absatz seines Stiefels heftig gegen die Schläfe. Wie ein Mann stürzte sich die Menge auf Pavel, trampelte ihn nieder, schlug auf ihn ein, riss und zerrte an ihm, auch dann noch, als er schon längst keinen Laut mehr von sich gab und regungslos, mit verrenkten Gliedern und eingeschlagenem Schädel, neben Suchanows Arm im Schnee lag.

Sofrona, die zeitweilig aus ihrer Ohnmacht erwachte, um sich blickte und den Erschlagenen gewahrte, stieß einen gellenden Schrei aus und sank ein zweites Mal wie eine gepflückte Blüte in sich zusammen.

Nachdem die Kälte und der Schnee die Herzen und Gemüter wieder ein wenig abgekühlt hatten, betrachteten die Zecher ernüchtert ihr Werk. Friedlich vereint lagen Suchanows Arm und der erschlagene Pavel nah beieinander, beinahe so, als wären sie enge Freunde. Erst allmählich dämmerte es den meisten, was sie getan hatten.

Einer aus der Menge – man weiß nicht mehr wer – bückte sich über den Toten.

»Müsste er sich nicht in einen Wolf zurück verwandeln?«

Er sprach aus, was in den Köpfen derer, die auch in solch außergewöhnlichen Fällen auf die Einhaltung gewisser Regeln und Traditionen beharrten, vorging.

»Umgekehrt«, erklärte Kornilow, der Pferdehändler, »bei ihrem Tod verwandeln sich die Werwölfe in die Menschen zurück, die sie einmal waren.«

Erleichtert atmeten die Zecher auf. Einen Augenblick hatte man tatsächlich befürchtet, einen Fehler begangen zu haben.

Afanasij, der sich die Hände an seinem Schafpelz abwischte, fasste die allgemeine Stimmung treffend zusammen:

»Er war ein Werwolf, wir haben es alle gesehen. Und dass niemand etwas anderes behauptet.«

TEIL II

Pavel war der erste, der sein Leben lassen musste auf dem Altar des Werwolfglaubens. Man verschmerzte ihn leicht, war er doch, um der Wahrheit ihr Recht zu geben, vielen im Dorf schon lange ein leidiges Übel gewesen. Und auch Aljoscha und seine Frau, die anfangs ein Geschrei machten, ihr Sohn sei in einer kalten Winternacht davongelaufen und womöglich erfroren, waren insgeheim froh, der Bürde ledig zu sein, einen Schwachsinnigen versorgen zu müssen. Unter den an der Tat Beteiligten hielt sich hartnäckig die Meinung, Pavel sei ein Werwolf gewesen. In ihrer Erinnerung verwandelte sich der schwächliche Kretin im Todeskampf in ein Monster mit Klauen und Zähnen, dessen Ermordung dem heldenhaften Kampf von Rittern gegen einen Drachen gleichkam. Was Pavel getan hatte – Menschenfleisch zu essen – rief Abscheu und Entsetzen hervor; es machte die schlimmsten Exzesse unserer Geschichte wieder lebendig: Iwan der Schreckliche und seine Opritschinski, die wahllos mordeten, raubten und hurten, die Zeit der Tatarenüberfälle, als der Gestank der an Pfählen aufgespießten Leichen die Luft verpestete, der Hungerwinter 1812, als Napoleon Moskau niederbrannte und die Menschen auf den Straßen Ratten aßen und die Knochen der Verstorbenen in Kesseln siedeten, um zu überleben. … Man verscharrte Pavels Leiche in aller Stille außerhalb des Dorfes unter einer krummen Birke zwischen anderen krummen Birken, so dass später niemand würde sagen können, wo sein Grab sei.

Vier Jahre gingen ins Land. Vier Jahre, in denen die Erinnerung an Pavel und was man ihm angetan hatte, allmählich verblasste. Das Leben ging seinen gewöhnlichen Gang.

Bis die Narodniki kamen. Und der Werwolf erneut sein schauriges Haupt hob.

1

Eines Abends fuhr Isaak der Trödler später als sonst auf der Straße zwischen Nishni-bor und unserem Dorf nach Hause. Es war eine klare, helle Nacht mit einem runden, freundlichen Mond am Himmel, der aussah, als habe ihn ein Kind aus Silberfolie ausgestanzt und zwischen die Sterne geklebt. Isaak hing seinen Gedanken nach, er summte im Halbschlaf ein Liedchen vor sich hin. Rebekka, sein Pferdchen, trottete gemütlich auf der schmalen Landstraße, die Zügel hingen lose in des Trödlers Händen, das Pferdchen kannte den Weg …

Mag sein, dass das Pferdchen an nichts weiter dachte als an die heimische Futterkrippe und das duftende Heu, das seiner harrte. Aber Isaak der Trödler schwebte in anderen, himmlischen Sphären, er war in Saloje gewesen, beim Wunderrabbi, und hatte den Geschichten von den Seraphim und himmlischen Elohim gelauscht, und im hinteren Teil seines Karrens, zwischen Kisten und Truhen, Pfannen und Schüsseln und anderem Trödelkram, ruhten in einer hölzernen Schatulle einträchtig nebeneinander der Zohar und die acht Bände von Swedenborgs Himmlischen Geheimnissen, die er in Saloje erstanden hatte. Und so fuhr Isaak der Trödler in seinen Gedanken auch nicht auf einer schmutzigen, staubigen Landstraße dahin, sondern auf dem Goldenen Pfad, der die Gerechten ins Paradies führte, und um ihn herum schwebten unsichtbar, aber von einer schimmernden Aureole umgeben, allerlei Engel und Geisterwesen, so vielfältig und von verschiedener Art wie die Auswahl an Töpfen, Pfannen und Kesseln, die von den Seiten seines wackligen Gefährts baumelten. In den Ohren des im Halbschlaf befangenen Trödlers klang das Scheppern und Klappern der Töpfe und Pfannen, das Knirschen der Räder des Karrens auf dem Kies nicht viel anders als der Gesang der Himmlischen Chöre – ein wenig schriller und unmelodischer vielleicht, aber genauso monoton und einschläfernd.

Auf einmal scheute das Pferdchen und tänzelte zur Seite. Isaak schreckte aus seinem Halbschlaf hoch, riss an den Zügeln. »Ho, Rebekka, ho, welcher Dybukk …?«

Ein Schatten huschte seitlich zwischen den Bäumen im Unterholz neben dem Karren einher. Der Trödler rieb sich die Augen. War das eine Erscheinung, ein himmlisches Wesen? Oder …?

»König Salomon und alle dienstbaren Geister, steht mir bei!« Der Trödler griff unwillkürlich unter seiner Kutte nach dem Amulett des

Wunderrabbis, das vor allerlei Gefahren schützen sollte. »Herr im Himmel, Maria und Josef, beschütze mich vor dem Bösen«, setzte er dann noch hinzu, denn Isaak der Trödler war, obwohl gläubiger Jude, kein Mensch, der voreingenommen den Schutz anderer Religionen als seiner leichtfertig ausschlug.

Zum zweiten Mal hatte er nun den geduckten Schatten gesehen, das erste Mal vor ein paar Tagen, auch auf dieser Straße, aber nur von Ferne, undeutlich. Und jetzt erneut, näher.

Ein böses Omen!

Wer einem Dämon zwei Mal begegnet, der begegnet ihm auch ein drittes Mal, so schreibt Rabbi Ben Eliezer. Der Trödler schnalzte mit der Zunge, trieb sein Pferdchen an, schneller zu laufen.

Zu Hause angekommen, schüttete Isaak dem Tier frischen Hafer in die Krippe. Rebekka tänzelte unruhig in ihrer Box hin und her, weigerte sich zu fressen. »Was ist, Rebekkale? Was hast du?« Der Trödler strich dem Pferd über die zitternde Flanke. »Du musst keine Angst haben, hier kann dir nichts passieren. Die Magie Salomons beschützt dich.« Über dem Kopf der Stute, an der Decke des Stalls, war mit Kalk und Lehm ein Pentagramm gezogen. Haus und Hof des Trödlers waren auf solche Art vor bösen Geistern geschützt. Kein Dämon, Dybukk oder sonstiges Höllenwesen konnte in sein Heim eindringen, es sei denn der Trödler selbst lud es über die Schwelle.

Vor dem Stall blieb Isaak einen Moment sinnend stehen. Sollte er den beiden Studenten aus St. Petersburg, die er auf Bitten des Dorfrats vor einigen Wochen »vorübergehend« bei sich aufgenommen hatte, bis man ihnen eine andere Bleibe zuweisen konnte, von seiner Begegnung mit dem unheimlichen Schatten erzählen?

Die beiden waren gelehrte Leute, nicht so wie die ungebildeten Bauern im Dorf, die nicht lesen und schreiben konnten. Sie verstanden vielleicht etwas von diesen Sachen. Aber was, wenn sie ihn auslachten, für verrückt erklärten?

Auf der Schwelle seines Hauses zögerte Isaak. War es eine dunkle Vorahnung, eine Warnung aus dem Jenseits, ein schwaches Geräusch aus dem Inneren, was ihn zaudern ließ? Isaak war es, als berührten ihn Geister, er spürte ein kaltes Kribbeln seinen Rücken hinunterlaufen. Vorsichtig, geräuschlos, stieß er die Tür auf. Wie ein Dieb in der Nacht schlich er in sein Haus.

»Nicht! Wehr dich dagegen! Du kannst es!«

Isaak verharrte wie angewurzelt auf der Schwelle, drückte sich in den Schatten der Tür. Im Mondlicht, das in die Stube fiel, sah er die beiden Narodniki dicht beieinander am Fenster stehen. Der eine hatte die Arme um den anderen gelegt, umschlang seinen Oberkörper von hinten, sodass sich dieser nicht rühren konnte.

»Lass dir helfen. Beiß da drauf! So, so ist gut.«

Undeutlich erkannte der Trödler, wie der eine Narodnik dem anderen etwas zwischen die Zähne schob – ein mit einem Stofflappen umwickeltes Holzstück oder eine Spindel.

Der Umklammerte stöhnte, wand sich, krümmte sich zusammen. Seltsame Laute sprudelten aus seinem Mund, Speichel tropfte von seinen Lippen.

»Du kannst es, gib nicht auf. Lass es nicht geschehen!«

Der da sprach, versuchte den anderen vom Fenster wegzuziehen, weg vom Mondlicht, in den Schatten. Der andere wehrte sich, strampelte, trat mit den Füßen, versuchte sich aus dem Griff seines Kameraden zu befreien.

»Nicht! Andrej! Ich bitte dich … hör auf … du darfst nicht … «

Einem Fieberkranken gleich tobte der Narodnik, gefangen im Schraubstock seines Kameraden, bäumte sich verzweifelt auf, mehr tierische als menschliche Laute ausstoßend. Weißer Schaum flog von seinen Lippen … eine Hand reckte sich dem Fenster entgegen …

Entsetzt floh der Trödler aus dem Haus. Er verbrachte die Nacht im Stall neben seinem Pferd, auf Heu und Stroh, unter dem im Mondschein matt schimmernden Pentagramm. Am nächsten Morgen spannte er in aller Frühe das Pferdchen vor den Karren und machte sich auf eine ausgedehnte Tour durch die benachbarten Landkreise. Wenn er zurückkam, waren die Studenten hoffentlich aus seinem Haus verschwunden. Er wusste, niemand würde ihm glauben, wenn er erzählte, was er gesehen hatte. Nicht einmal der Wunderrabbi von Saloje. Die Leute im Dorf würden ihn höchstens beschuldigen, das Übel unter seinem Dach zu beherbergen. So war es immer, wenn man als Jude in etwas verwickelt war.

In den kommenden Tagen zweifelte Isaak der Trödler selbst, ob er sich das Ganze nicht nur eingebildet hatte. Aber dann überkam ihn wieder, wenn er nächtens am Wegrand sein Lager aufschlug oder auch bei Tage, wenn sein Karren auf einer staubigen Landstraße dahinrumpelte, entlang verlassener Felder und einsamer Wälder, die Erinnerung an den Narodnik und die Hand mit den zu Klauen gekrümmten Fingern, die sich dem Mondlicht entgegenstreckte – und weder das Amulett des Salojer Rabbi noch die acht Bände Swedenborgs vermochten ihm dann Trost und Beruhigung zu spenden.

11

In der engen Stube der Kate stand Galina, die Hände in die Hüften gestemmt, und schimpfte mit ihrem Hund. »Wie du wieder aussiehst, ganz schmutzig. Warum hörst du nicht, wenn ich dich rufe? Hast du nicht gemerkt, dass es zu regnen anfängt?«

Slatka steckte den Kopf unter ihre Vorderpfoten und lugte ängstlich darunter hervor auf ihre Herrin, das junge, zornige Mädchen.

Galina konnte ihrer Wolfshündin nicht lange böse sein. Beim Anblick der großen, braunen Augen, des zitternden Körpers, des heftig wedelnden Schwanzes schmolz ihr Herz dahin. »Schon gut, komm her, ich mach dich sauber.«

Slatka kroch aus der Ecke hinterm Ofen hervor, legte sich vor ihrer Herrin auf den Lehmboden nieder und ließ sich am Bauch kraulen. Mit einem groben Leintuch rieb Galina das rostbraune Fell des Tieres trocken und puhlte die Erdbrocken zwischen Slatkas Klauen hervor. Ein roter Streifen auf dem dunkel verfärbten Leintuch erregte ihre Aufmerksamkeit. »Du hast dich verletzt! Bist du wieder irgendwo hängengeblieben? Am Zaun vielleicht?« Ängstlich untersuchte Galina Zentimeter für Zentimeter den Körper des Tieres, konnte aber nichts entdecken. »Du hast nochmal Glück gehabt. Es scheint nicht weiter schlimm zu sein. Aber pass beim nächsten Mal besser auf, ich hab Angst um dich.«

Das Tier wedelte mit dem Schwanz und blickte Galina an, als verstünde es jedes Wort.

Das Mädchen erhob sich seufzend, blickte zum Fenster der Kate hinaus. Der Regen verdunkelte die Landschaft dort draußen, so dass man kaum den Waldsaum am anderen Ufer des Bachs erkennen konnte.

»Wo nur die Babuschka bleibt? Sie wollte doch schon lange zurück sein.«

Galina lehnte den Kopf gegen die kühle Scheibe. Aus dem kleinen Mädchen mit der Stupsnase und den lustigen Sommersprossen war eine schlaksige Heranwachsende geworden, mit langen, dünnen Beinen und mageren Ärmchen, einem leicht schiefen Mund und den verhangenen träumerischen Augen ihres Vaters, des Trinkers Suchanow. In der trüben Scheibe spiegelte sich ihr Gesicht, und es sah aus, als ob die Regentropfen, die daran herunterliefen, Tränen auf ihren Wangen wären.

Wie oft bei solchen Gelegenheiten ergriff Galina beim Anblick des düsteren Waldsaums, der schwarzen Grasnarbe vor dem Haus, den vorbeitreibenden Wolkengebilden am dunklen Himmel eine seltsame Melancholie, ein Gefühl banger Erwartung gepaart mit heimlichem Schauder. In letzter Zeit hatte sie dieses Gefühl, einem unerklärlichen Bauchgrimmen gleich, immer häufiger, und nicht nur, wenn sie bei Sonnenuntergang zum Fenster hinausschaute. Hinzu kam jetzt die Sorge um die Großmutter, die noch nicht von ihrem Besuch bei Bekannten im Nachbarort zurückgekehrt war. Was hatte sie nur so lange aufgehalten? Hatte sie sich beim gemeinsamen Spinnen verplaudert? Oder war sie vom Regen überrascht worden? Sie hatte doch vor Sonnenuntergang zurück sein wollen! Irrte sie vielleicht bei Regen und Sturm im düsteren Wald umher, hilflos, auf der Suche nach dem Heimweg? Vielleicht, beruhigte sich Galina aber gleich wieder, saß sie auch trocken und sicher unter dem Dach einer Bauernhütte und wartete darauf, dass der Regen nachließ. Galina seufzte. Es sah nicht danach aus, als ob das Unwetter bald vorüber wäre, eher klatschten die Tropfen noch wilder gegen die Scheibe, krachte der Donner heftiger über den Sturm gepeitschten Baumwipfeln.

Auf einmal spitzte der Hund die Ohren und erhob sich auf die Hinterbeine, ein leises Grollen ausstoßend. Von draußen erklangen Schritte.

»Babuschka!« Mit einem Satz war Galina bei der Tür und schob den Riegel zurück. »Endlich! Ich hab mir so Sorgen gemacht, wieso kommst du erst …« Galina fuhr zurück, der Rest ihres Satzes erstarb auf ihren Lippen. Vor ihr stand nicht die sehnlich erwartete Großmutter, sondern eine fremde, hagere Gestalt, in dem diffusen Licht einer Vogelscheuche nicht unähnlich.

»Nu, nu, so hässlich ist meine Visage auch wieder nicht«, brummte der Jäger missmutig und zog die Mütze vom Kopf. Im Schein der Kerze wirkte sein zerfurchtes, narbiges Gesicht, über das der Regen lief, noch furchterregender als sonst. »Was ist? Willst du mich nicht hereinbitten?«

Galina brachte nur ein Krächzen heraus. Es schien, als habe die Hexe Baba Jaga ihre Stimme gestohlen.

»Gastfreundlich bist du nicht gerade.« Jossip Antonowitsch verzog das Gesicht zu einer Grimasse. Das Wasser tropfte von seiner Kleidung, sammelte sich zu Pfützen auf der Türschwelle. »Wie lange soll ich mir hier noch die Beine in den Leib stehen? Bei so einem Wetter jagt man nicht mal einen Hund vor die Tür!«

»Ach – kommt … doch bitte … herein … Väterchen«, brachte Galina mühsam hervor.

»Wurde aber auch Zeit.« Der Jäger trat über die Schwelle. Forschend blickte er sich in der Stube um. »Wo ist die Alte? Ist sie nicht hier?«

Galina schüttelte stumm den Kopf.

»So.« Jossip Antonowitschs Lippen zogen sich genüsslich in die Breite, er schien nachzudenken. »Sie wird wohl nicht so bald zurück sein, bei dem Wetter.«

Aus der Ecke beim Ofen erklang ein dumpfes Grollen.

»Still, du Vieh, sonst setzt es was.« Die Hand des Jägers glitt zum Gürtel, an den Griff seines Jagdmessers.

»Nein, bitte, tut ihr nichts.« Galina hatte ihre Stimme wiedergefunden. »Sie will mich nur beschützen, sie ist schon ruhig. Still Slatka, gib Ruhe.«

Jossip funkelte den Wolfshund zornig an. »Du musst ihr Manieren beibringen. Sie soll still sein, wenn Menschen reden.«

Galina wusste nicht, was sie sagen sollte. Wie immer, wenn der Jäger in ihrer Nähe war, fühlte sie sich eingeschüchtert, war es so, als ob ihr eine unsichtbare Macht die Kehle zusammenschnürte.

Jossip Antonowitsch stampfte zur anderen Seite des Ofens, ließ sich schwer auf die Bank fallen. Galina betrachtete die Abdrücke seiner Stiefel, die sich wie eine schwarze Spur durch die Stube zogen. »Wodka«, befahl der Jäger.

Galina schüttelte den Kopf.

»Kein Wodka? Was für einen Haushalt führt ihr!« Jossip Antonowitsch schüttelte ungläubig den Kopf. Mit beiden Händen wrang er die Bärenfellmütze auf den Boden aus. Von seinem ganzen Körper dampfte es, als wäre er geradewegs dem Schlund der Hölle entstiegen.

»Spur verloren«, erklärte er missmutig, »verfluchter Regen.« Der Jäger stierte an die Wand, dann fiel der Blick seines gesunden Auges auf den Platz hinterm Ofen.

»Der Wolf hat wieder ein Schaf gerissen. Dein Hund – war er draußen? Er ist nass.«

»Nein«, log Galina, »Slatka war die ganze Zeit bei mir, sie war schmutzig, da hab ich sie gewaschen.«

»Hmm.« Jossip Antonowitsch kaute nachdenklich an seiner Unterlippe.

»Ich lasse sie nie raus. Sie ist immer nur hier drinnen. Was schaut Ihr mich so an, Väterchen?«

Über das narbige Gesicht des Jägers wanderte der flackernde Schein der Kerze wie blutig-rote Wellen. »Ich kann dir helfen, weißt du. Ich mach's auch kurz. Schmerzlos.« Jossip zog sein Jagdmesser aus der Scheide, legte es vor sich auf den Tisch. »Ein Stich – und es ist vorbei.«

Galina überlief ein Zittern an allen Gliedern. Es war ihr, als sauge eine unbekannte Kraft das Mark aus ihren Knochen. »Nein, Väterchen, das dürft Ihr nicht. Ich erlaube es nicht. Ich bitte Euch, Väterchen!«

»Wir können's hier drinnen machen – oder draußen vor der Hütte. Wie's dir lieber ist. Du musst auch nicht zuschauen. Mach einfach die Augen zu.«

Galinas Knie wurden weich. Eine unsichtbare Hand schnürte ihr die Kehle zu. »Nein, bitte … ni-icht …«, stieß sie mühsam hervor.

»Es geht ganz schnell, glaub mir. Ein Stich – von hinten ins Herz –, und es ist vorbei. So …« Jossip demonstrierte den Streich mit dem Jagdmesser in der Luft.

Slatka sprang von ihrem Platz auf, knurrte drohend in Richtung des Jägers.

Jossip fasste das Jagdmesser fester, sein Gesicht fror zu einer grinsenden Maske. »Na komm schon, trau dich, du Vieh.«

»Slatka … nein … nicht!«, keuchte Galina. Ihr Atem ging stoßweise, rasselnd.

Jossip beugte sich nach vorne, sein Blick huschte zwischen dem Mädchen und der Wolfshündin hin und her. »Komm schon. Wir begraben sie hinterm Haus. Braucht auch niemand zu wissen. Kannst ja sagen, dein Hund sei davongelaufen, in den Wald. Na? Wie? Was sagst du? Wirst es schon nicht bereuen. – Du willst es doch auch, oder?«

Galina wankte hin und her wie betrunken. Die Wolfshündin kam lauernd hinter dem Ofen hervor, die Zähne gebleckt.

»Na gut, komm her, du Vieh. Bringen wir's hinter uns.«

»Nein … ich kann … ni… Slatka … Platz … hörrrr!« Galinas Hände fassten an ihre Kehle, als müsse sie eine würgende Schlinge abstreifen.

Die Sache wäre wohl übel ausgegangen, wenn nicht in eben diesem Moment, als habe es das Schicksal noch einmal gut gemeint mit Galina und ihrem Hund, die Tür der Kate aufgesprungen und in einem Wirbel von flatternden Röcken und spritzenden Regentropfen Maria Petrowna in die Stube hereingeplatzt wäre. Mit einem Blick erfasste die Alte die Situation.

»Was hast du dem Mädel angetan, alter Zausel?!«, schimpfte sie, und ehe Jossip Antonowitsch recht wusste, wie ihm geschah, hatte sie schon den Kochlöffel von der Wand geschnappt und ihm damit eins übergezogen.

»Au, au, was soll das? Was tust du, alte Hexe?«

»Fort mit dir! Du hast hier nichts zu suchen!« Unter Schlägen und Flüchen trieb Maria Petrowna den Jäger zur Tür.

»Au, au, pass doch auf!« Jossip hob die Hand schützend vor den Kopf, gegen die auf ihn einprasselnden Schläge. »Nun hör schon auf!«

»Mach, dass du rauskommst! Dann hör ich auf!«

Die Alte hob drohend den Kochlöffel. Wahrscheinlich wäre auch noch die Wolfshündin auf den Jäger losgegangen, wenn sich Galina nicht um den Hals des Tieres gehängt hätte, es zurückzuhalten.

Auf der Türschwelle drehte sich Jossip noch einmal um. »Wartet nur ab, ich bin noch nicht fertig mit euch, mit dir und deinem – Hund!«, drohte er.

»Verschwinde!«

Jossip stieß ein meckerndes Lachen aus. »Wer zuletzt lacht, lacht am besten. Ich werd mir eine neue Mütze und Pelzhandschuhe aus der Haut des Schaftöters machen, werdet schon sehen!«

Der Kochlöffel, den die Großmutter nach dem Jäger schleuderte, verfehlte ihn nur knapp und zersplitterte in zwei Teile an dem Türsims.

Schnaufend betrachtete die Maria Petrowna den Schaden. »Ach herrje«, jammerte sie, »das bedeutet Unglück.«

Sie drehte sich zu ihrem Enkelkind um, das noch immer, die Arme um den Hals des Hundes geschlungen, vor dem Ofen kniete. Bei dem Anblick des verängstigten Mädchens krampfte sich etwas in ihrem Herzen zusammen, aber anstatt es zu zeigen setzte sie eine noch grimmigere Miene auf.

»Du weißt, er hat Recht. Wir können den Wolf nicht länger bei uns behalten.«

»Aber Babuschka …«

»Nichts aber. Es ist schon so: gegen ihre Natur können wir nichts. Es steckt der Wolf in ihr und er hat angefangen, seine Zähne zu zeigen. Und das ist ein schlimmes Übel, gegen das kein Kraut gewachsen ist. Hat sie einmal Blut geleckt, wird sie immer wieder Schafe reißen.«

»Aber Babuschka, wer weiß denn, ob es wirklich Slatka ist, die die Schafe reißt? Es könnte doch auch ein anderer Wolf sein. Oder … oder …« Hilflos nach Erklärungen suchend, stammelte Galina: »Oder es war jemand aus dem Dorf.«

Die Großmutter zog die Stirn kraus. »Was redest du da für einen Unsinn? Jemand aus dem Dorf? Hat man so was schon gehört? Wann wirst du endlich gescheit?«

Galina stampfte ärgerlich mit dem Fuß auf. »Ich gebe Slatka nicht her, niemals. Sie hat doch gar nichts getan!«

Die Alte seufzte. »Kind, sieh es doch ein. Kannst du denn beschwören, dass es nicht dein Hund war? Wie oft ist sie schon davongerannt, hat sich nächtelang nicht blicken lassen. Und wenn sie zurückkam …« Vieldeutig blickte Maria Petrowna auf die Wolfshündin, in deren Fell noch immer Spuren getrockneten Blutes klebten.

Galina senkte den Kopf.

»Und wo war sie heute Abend? Was hat sie angestellt? Im Dorf wird man sie nicht länger dulden, jetzt, nachdem wieder ein Schaf gerissen wurde.«

Galina ballte die Fäuste. »Sie war es nicht, sie war es nicht.«

Mitleidig blickte Maria Petrowna auf ihre Enkelin.

III

Der Morgen war düster und kalt, das Sonnenlicht ein fahler Streifen am Horizont, als Avdotja, die sich für ihren Lebensunterhalt nach dem Tod ihres Jefremows als Magd auf dem Hof des Kulaken Semjon Semjonowitsch Bolschakow verdingen musste, in die Küche des Herrenhauses schlurfte, um das über Nacht erloschene Feuer im Ofen wieder anzufachen. In der großen Stube regte sich nichts. Die Herrschaften schliefen noch, wie üblich. Erst wenn der Ofen, der alle Zimmer des Hauses gleichermaßen heizte, angefacht, die Stube angewärmt und die Sonne schon über den Hügeln im Osten stand, erhoben die sich von ihrem Lager.

Elsbetha, die Frau des reichen Kulaken, hatte ihrem Gemahl vor noch nicht allzu langer Zeit ein viertes Kind geschenkt – ein Mädchen –, und sie musste sich natürlich noch schonen, auch wenn die Geburt schon einige Monate zurücklag, und Semjon, nun ja: Semjon war eben Semjon. Seine Tatkraft erwachte erst gegen Abend, wenn sich die Sonne erschöpft hatte, wenn es Zeit war, seine »Geschäfte« zu erledigen und in der Dorfschenke mit den Kumpanen zu zechen. Den halben Tag verschlief er auf dem Ofen.

Um die Wirtschaft kümmerte er sich nie. Und trotzdem lag der Segen Gottes auf seinen Unternehmungen, fuhr er jedes Jahr reiche Ernten ein, konnte er sich eine Kutsche mit vier Pferden und einen

Kutscher dazu leisten. Avdotja schüttelte den greisen Kopf. Manchen Menschen gab's der Herrgott im Schlaf …

Avdotja öffnete mit klammen Fingern die Ofentür, blies die Glut an und legte frische Scheite nach. In ihrem Rücken ruckelte die Tür zum Hof, die der geizige Semjon seit Jahr und Tag nicht richten ließ, klappernd auf, ein kalter Wind fuhr in die Stube. Die abergläubische Avdotja bekreuzigte sich rasch. Böse Geister trieben gerne zwischen Nacht und anbrechendem Tag ihr Unwesen. Einmal hatte ihr einer dieser bösen Geister so viel Salz in die Kohlsuppe geschüttet, dass sie ungenießbar wurde, und ein anderer stieß, als sie sich kurz umdrehte, den vollen Topf vom Tisch. Und dann war da ja noch der Wolf, der ihr vor vier Jahren auf dem Friedhof erschienen war, als sie das Grab ihres verstorbenen Gemahls aufsuchte. Die Worte, die er damals gesprochen, waren ihr bis heute nicht mehr aus dem Kopf gegangen.

Im Hof klapperte ein Pferdegeschirr gegen das Scheunentor. Die Kühe muhten im Stall. Avdotja zog die Hoftür zu, dann schlich sie leise in die große Stube hinein. Unter den Bärenfellen auf dem Ofen zeichneten sich die Formen der schlafenden Herrschaften wie sanfte Hügel ab. Auf dem rauen Holzboden lag ein blasser Streifen Sonnenlicht. Avdotja schlich ans andere Ende der Stube, wo in einer Nische vor einem Heiligenbild ein Ewiges Lämpchen brannte. Sie wechselte mit geübten Griffen das kleine Honiglicht, sank auf ihre alten Knie für ein kurzes Bittgebet. Der Heilige blickte wohlwollend auf sie herab. Ein durchreisender Ikonenmaler hatte ihn vor vielen Jahren, lange vor Avdotjas Geburt, im Stil der Kiewer Schule gemalt und als Dank für sein Nachtlager und ein warmes Essen dagelassen. Seit dieser Zeit war der Heilige im Familienbesitz. Wahrscheinlich war er es, der seine schützende Hand über Semjons Haushalt hielt, seine Geschüäfte florieren ließ und ihn selbst und die seinen vor Schaden bewahrte. Solange man dem Heiligen die gebührende Ehre erwies, verließ selbst Semjon, den alten Sünder, das Glück nicht. Das Ewige Lämpchen flackerte in einem Luftzug. Avdotja hielt erschreckt den Atem an. Einen Moment schien es … die Kerzenflamme zuckte, zog sich zusammen, vom Luftzug niedergedrückt, dann flackerte sie wieder auf, brannte stetig und ruhig. Avdotja bekreuzigte sich erleichtert. Ächzend erhob sie sich von den Knien, schlich zurück in die Küche. Ein Gedanke kam ihr. Sie ging noch einmal zurück in die große Stube, öffnete die Tür zu der Kammer, wo die Amme mit Semjons Töchterlein schlief. Eine hochgewachsene, noch junge Frau mit großen Brüsten, deren eigener Säugling im Kindbett gestorben war. Semjon hatte sie, kurz nach der Geburt seiner Tochter, aus einem der

Nachbardörfer eigenhändig mit der Kutsche herbeigeschafft, weil Elsbethas dürrer Körper und schlaffe Brüste wie bei den vorherigen drei Kindern keine Milch lieferten. Ach, diese Dürren. Avdotja zog die Stirn kraus. Was die Männer nur an denen fanden! Ihr seliger Iwan Iljitsch, wenn etwas an ihm gut gewesen war, dann das, dass er etwas Molliges neben sich bevorzugte, das ihn gegen die Kälte und den Durchzug wärmte …

Avdotja stieß die Tür zur Kammer auf. Im fahlen Dämmerlicht der wenigen Sonnenstrahlen, die wie Diebe durch die Ritzen der geschlossenen Fensterläden drangen, gewahrte sie die schlafende Amme auf den Fellen ihres Lagers, das Nachthemd bis über die Knie hochgezogen und eine große weiße Brust entblößt, prall und rund wie das Euter einer Kuh; einer ihrer runden, fleischigen Arme bedeckte eine Seite ihres Gesichts, aus ihrem offenen Mund drang lautes Schnarchen wie bei einem Mann. Über dem Teil des Ofens, der in die Kammer ragte, hing an einem Haken in der Decke die Wiege des Kindchens, sanft schaukelnd. Und neben der Wiege, halb verborgen im Dunkel, stand … Avdotja stockt der Atem – ein zotteliges, vom Kopf bis zu den Füßen mit Fell bedecktes Wesen. Avdotja erkannte sofort den Wolf wieder, der auf dem Grab des Trinkers Suchanow gesessen hatte. Im selben Moment, da sie zu kreischen anfing, sperrte das Wesen auch schon den Rachen auf und hob ein fürchterliches Gebrüll an. Ohne noch einen Augenblick zu zögern, fiel die alte Magd in Ohnmacht.

Auch noch Jahre später konnte sich Avdotja nicht ohne ein kaltes Gefühl der Angst, das wie mit scharfen Krallen an ihr Herz griff, jenes Erlebnisses erinnern. Es verfolgte sie den Rest ihres langen Lebens; und selbst auf dem Totenbett, als sich der Pope über sie beugte, um ihr die geweihte Oblate in den zahnlosen Mund zu schieben, scheute sie unwillkürlich vor dem schwarz gekleideten Diener Gottes zurück, der ihr in diesem Moment dem schwarzen zotteligen Biest zu ähneln schien, das sich an jenem Morgen über die Wiege des Kindchens gebeugt hatte.

Semjon schnaubte vor Wut. »Was musstest du so herumkreischen, alte Hexe?«, fuhr er Avdotja an, kaum dass sie einigermaßen wieder zu sich gekommen war. Avdotja lag auf der Ofenbank – wie sie dorthin gekommen war, wusste sie nicht mehr; jemand musste sie getragen haben. Elsbetha beugte sich über sie, fächelte ihr mit einem Kehrichtlappen Luft zu; daneben stand Semjon, mit nichts als dem Bärenfell seines Nachtlagers zur Verhüllung seiner Blöße um sich geschlungen; wenn nicht seine kräftige, knarzende Stimme gewesen wäre, die sie anfuhr, Avdotja hätte meinen können, er habe sich selbst in einen Bären verwandelt. »Das Biest – das Biest!«, stammelte sie.

»Biest? Was für ein Biest?«, herrschte Semjon sie an.

Die Magd zitterte.

»Was ist geschehen? Was hast du getan?«, wollte Elsbetha von ihrem Mann wissen.

»Ich? Was soll ich getan haben? Die alte Hexe hat gekreischt, da bin ich herbeigesprungen und hab sie vom Boden aufgelesen und hierher getragen. Zum Fenster hinaus schmeißen hätt' ich sie sollen«, setzte er halblaut brummend hinzu.

Im Türrahmen zur Seitenkammer stand die Amme und wiegte das friedlich schlafende Kind an ihrer Brust.

»Das Kindchen«, flüsterte Avdotja mit schwacher Stimme und hob einen zitternden Finger, »er hat das Kindchen holen wollen.«

»Hat das Kindchen holen wollen? So ein Unsinn!«, schnaubte Semjon.

»Ein Biest: halb Mensch, halb Tier. Mit einem Maul so groß wie ein Scheunentor.« Avdotja zitterte bei der Erinnerung daran. »Sein Bauch war weiß, ganz weiß, aber überall darum herum war es voller Fell und in seinem Maul steckten Zähne …«

»Alte, einäugige, schielende Hexe, wer weiß, was du gesehen hast«, brummte Semjon.

»Der Wolf, der sprechende Wolf auf Suchanows Grab«, stammelte Avdotja, von der Erinnerung überwältigt.

»Ach was, du kannst nichts gesehen haben, so dunkel war's in der Kammer.«

»Wenn es kein Werwolf war, was war es dann?«, schaltete sich Elsbetha ein.

Semjon spuckte auf den Boden. »Nun ja, ein Werwolf, warum nicht? Er ist in die Kammer eingedrungen, hat das Kindchen holen wollen. Die Amme schlief – so!«

Die Amme zog hastig das Nachthemd über ihren prallen Brüsten enger zusammen. Ein Blick zwischen Semjon und ihr. »Du hast nichts gesehen?«

Die Amme schüttelte den Kopf.

»Nun gut, ein Werwolf. Sei's drum. Aber erzählt es nicht überall herum. Man soll nicht denken, dass …«

»Was?«

Semjon zögerte, wand sich. »Nun eben, dass sich ein Werwolf mein Haus ausgesucht hat, das ist nicht recht, versteht ihr? Hängt es nicht an die große Glocke, es ist ja nichts passiert.« Semjon musterte Elsbetha, seine Frau, und die Amme, die fröstelnd im Türrahmen stand. Dann ballte er die Hand zur Faust und drohte Avdotja: »Und dir schlag ich auch noch den letzten Zahn aus, wenn du ein Wort davon laut werden lässt! Hast du verstanden, einäugige Vettel?«

Die alte Magd zuckte zusammen. Fast schien es ihr, als habe sich Semjon, der reiche Kulak, selbst in das von ihr erblickte Untier verwandelt. Gehorsam nickte sie.

Kaum wurde die Geschichte in unserem Dorf bekannt, schossen die wildesten Spekulationen ins Kraut. Diejenigen, die nicht an Werwölfe glaubten, vermuteten entweder einen Landstreicher oder jemanden aus dem Gesinde hinter der versuchten Tat. Auch ein berüchtigter Schwarzkünstler, ein finsterer Geselle namens Rasputin, dessen Name zu dieser Zeit gerade in Russland die Runde machte, wurde von einigen verdächtigt, seine Hand im Spiel gehabt zu haben; es war ja allgemein bekannt, dass er im ganzen Land Neugeborene aus den Häusern entwendete, um sie in seinen Schwarzen Messen Satan zum Opfer darzubieten. Der eine oder andere wollte Rasputin auch bei Sonnenuntergang auf einem Feldweg oder einer einsamen Wegkreuzung begegnet sein, und manches alte Weiblein in unserem Dorf sah schon den Antichristen und das Ende der Welt gekommen. Einige behaupteten auch, allerdings unter vorgehaltener Hand, Semjon selbst sei nächtens in die Kammer der Amme geschlichen und nicht nur, um einen Blick auf sein Kindlein zu werfen. Einige wenige bezweifelten die Wahrheit von Avdotjas Aussage, deren Augenlicht noch nie das Beste gewesen sei und die schon immer gerne aus einem Mäuschen einen Kater gemacht habe. Allen im Dorf gab das Ereignis Anlass zu Klatsch und Tratsch. Klammheimlich freute sich ein jeder, dass das Unglück über Semjons Haus und nicht sein eigenes hereingebrochen war, und mit kaum verhohlener Schadenfreude beobachtete so mancher, wie der wohlhabende Kulak zu schwitzen anfing, jedes Mal, wenn man in feuchtfröhlicher Runde auf Werwölfe und dergleichen zu sprechen kam. Aber alle ohne Ausnahme, ob sie nun an Werwölfe glaubten oder nicht, versperrten nun nachts Türen und Fenster, und wer Kinder hatte, der schaute zweimal nach, ob der Riegel vor der Tür fest und nirgends ein Durchschlupf war.

Im frühen Morgengrauen, noch vor dem ersten Hahnenschrei, stahl sich Galina heimlich aus der Hütte. Die Großmutter schnarchte eingewickelt in ihren Fellen auf dem Ofen. Kaum dass Galina die Tür aufgestoßen hatte, sprang Slatka, die Wolfshündin, von der Schwelle auf. Noch ehe sie freudig bellen konnte, hielt Galina ihr die Schnauze zu. »Still, Slatka, keinen Laut.«

Galina band der Wolfshündin einen Strick um den Hals, den sie unter ihrem Pelzmantel verborgen hatte. »Tut mir leid, es muss sein.«

Das kluge Tier merkte wohl, dass etwas nicht stimmte. Es sträubte sich ein wenig gegen den ungewohnten Strick um seinen Hals und ließ sich nur widerwillig von dem Mädchen zum Waldrand führen.

»Komm schon, Slatka, mach keine Zicken. Mach es mir nicht noch schwerer.«

Das Mädchen fasste in die Tasche seines Pelzmantels und ließ ein paar Krümel trockenen Brots auf den Boden fallen, welche das Tier begierig aufschnappte.

Krümel für Krümel, das Brot zerbröselnd, führte Galina die Wolfshündin an dem Strick tiefer in den Wald hinein, immer weiter weg von der heimischen Kate und dem Dorf.

Die Sonne fiel bereits in schrägen Strahlen durch das dichte Laub, als Galina endlich anhielt. Sie schaute sich prüfend um, wie ein Verbrecher, der sich vor Mitwissern seiner scheußlichen Tat fürchtet, dann wählte sie eine einzeln stehende Birke und wand das Ende des Stricks um den schlanken Stamm.

»Tut mir leid, es muss sein, Slakta.« Dem Mädchen standen die Tränen in den Augen. Es bückte sich, vergrub sein Gesicht in das weiche warme Fell des Tieres und verharrte so schweigend, in stummer Trauer, am Hals der Kreatur. Dann, nach einer geraumen Weile, löste sie sich aus der Umarmung, griff in das Innere ihres Pelzmantels und zog ein großes scharfes Messer heraus – das Messer, mit dem die Großmutter für gewöhnlich die Hühner und Hasen ausnahm, die sie für ihr einfaches Mahl auf dem Markt erstanden hatte.

Die Wolfshündin, die wohl mit einem weiteren Leckerbissen gerechnet hatte, schnupperte neugierig an dem blanken Stahl. Wieder flossen die Tränen über Galinas Wangen.

»Es tut mir so leid, aber wenn ich es nicht tue, dann … dann kommt Jossip Antonowitsch und holt dich … mit seinen dreckigen Fingern und er … er …« Galinas Stimme erstickte in hilflosem Schluchzen.

Die Spitze des Messers näherte sich dem Hals der Wolfshündin. Slatka, die kein Arg von ihrer Herrin befürchtete, schaute das Mädchen aus großen braunen Augen ruhig an. Galinas Hand zitterte so sehr, dass sie Mühe hatte, das Messer einigermaßen ruhig zu halten.

Die Spitze bohrte sich in das weiche Fell und die Wolfshündin zuckte mit einem leichten Winseln zurück.

»Halt still, Slatka, ich will dir nicht wehtun.«

Hastig drehte das Mädchen das Messer mit der scharfen Klinge nach außen und säbelte an dem Strick um den Hals der Hündin, bis dieser zu mehr als der Hälfte durchgetrennt war. Zweifelnd blickte Galina auf die bereits ausgefranste Stelle, dann trennte sie noch zwei, drei weitere Schnüre auf.

»Du musst das verstehen, Slatka … es tut mir so leid … aber die Schafe … und der Jäger … er …«, wieder endeten die abgerissenen Erklärungsversuche des Mädchens in einem Schluchzen. »Du bist stark, du schaffst das, den Strick zu zerreißen. Versteh das bitte, ich … ich … muss jetzt gehen.«

Galina steckte das Messer weg und sprang auf. Rückwärtsgehend entfernte sie sich von der Wolfshündin, die an dem Strick zerrte.

»Bleib, du musst da bleiben – im Wald, verstehst du?«

Die Wolfshündin machte einen Satz auf Galina zu, der Strick um ihren Hals riss sie brutal herum.

Galina drehte sich um und rannte so schnell sie konnte davon.

Das Jaulen der Wolfshündin, die sich mit aller Macht gegen den Strick stemmte, hallte ihr hinterher durch den morgendlich dämmrigen Wald. Galina stolperte über Wurzeln, blieb mit dem Saum ihres Kleids, das unter dem Pelz hervorschaute, in Dornen hängen. Sie beeilte sich, möglichst rasch eine große Entfernung zwischen sich und die Wolfshündin und ihrem schrecklichen Geheul zu bringen. Trotzdem folgte ihr das Jaulen noch eine geraume Weile nach, es widerhallte unter dem Blätterdach der Bäume, schien von mehreren Seiten gleichzeitig zu kommen. Unvermittelt, ohne Vorwarnung, brach es ab. Galina hielt an. Was war geschehen? War Slatka ihres nutzlosen Jaulens überdrüssig geworden? War ihr etwas zugestoßen? … Einen Moment überlegte das Mädchen, ob es umkehren und nachschauen sollte. Der Gedanke an Slatka, die an den Baum gefesselt sich in den Fängen des Stricks wand, versetzte Galina einen Stich ins Herz. Aber sofort drängte sich, genau so mächtig, das Bild des Jägers vor ihr geistiges Auge: Jossip Antonowitsch, das vernarbte Gesicht zu einer grinsenden Fratze verzogen, ein schartiges Jagdmesser in den schwieligen schmutzigen Händen, wie er nur darauf wartete, Slatka in die Hände zu bekommen … Rasch hastete Galina weiter in Richtung Dorf. Schon konnte sie durch die lichter stehenden Baumreihen die ersten Hütten erkennen, den Rauch, der sich wie lichter Nebel aus den Schornsteinen kräuselte und in den blassen Morgenhimmel stieg.

Das Muhen der Kühe in den Ställen drang an ihr Ohr und das Blöken eines einzelnen Schafs. Das Plätschern des Dorfbachs – und mit einem Mal, in ihrem Rücken, ein aufgeregtes, freudiges Japsen, aus einiger Entfernung, ein fröhliches Hundegebell. Galina fuhr herum. Da sprang Slatka zwischen den Bäumen auf sie zu, Schwanz wedelnd, die Schlinge mit dem abgerissenen Ende des Stricks um den Hals.

»Nein! Du darfst nicht … geh weg!« Abwehrend streckte Galina die Hände gegen ihren Hund aus. Die Wolfshündin kam vorsichtiger näher, sie merkte wohl, dass etwas nicht stimmte.

Galina wollte es fast das Herz zerreißen. Einerseits verlangte es sie danach, das geliebte Tier in die Arme zu schließen, andererseits wusste sie, dass das nicht ging, dass es Unglück für sie, den Hund und ihre Babuschka bedeutete.

»Weg, geh weg, du darfst mir nicht nachkommen. Hörst du! Nie wieder. Lauf in den Wald, versteck dich, damit dich der Jäger nicht kriegt!«

Die Wolfshündin schlich geduckt näher, zaghaft wedelnd, die runden braunen Augen unverwandt auf das Mädchen geheftet. Was hatte sie angestellt? Wie hatte sie ihre Herrin gekränkt? Verunsichert leckte sie mit ihrer Zunge über die Lefzen.

»Hau ab! Hörst du nicht?!«

Galina las einen kleinen runden Stein vom Boden auf. Er wog schwerer in ihrer Hand als ein Mühlrad. Unendlich musste sie sich anstrengen, die Hand mit dem Stein zu heben, den Stein von sich zu schleudern.

Ein ganzes Stück seitlich von Slatka landete der Stein harmlos im Moos. Ein zweiter schlug vor Slatkas Pfoten in den Boden, Erde und welkes Laub vom Vorjahr spritzten auf. Die Wolfshündin schnupperte auf dem Boden, wühlte mit den Pfoten im Laub nach dem Stein. Hielt sie das Ganze für ein Spiel?

»Lauf! So lauf doch weg! Hau ab!« Galina war am Rande eines Zusammenbruchs, milchige Schleier trieben vor ihren Augen, halbblind tastete sie auf dem Boden nach weiteren Wurfgeschossen, schleuderte in rascher Folge eine Handvoll Steine nach dem Hund.

Der erste traf Slatka in die Seite, mit einem überraschten Aufjaulen schnappte die Wolfshündin nach der Stelle in ihrem Fell, wo sie den Schmerz spürte. Die nächsten Steine prasselten rechts und links von ihr auf den Boden, ein größerer, spitzer traf sie am Kopf, dass Blut aus der Wunde spritzte.

Slatka winselte.

»Hau ab! Verstehst du nicht? Ich mag dich nicht mehr. Lauf weg!«

Ein großer Stein, schlecht gezielt, blind geworfen, traf Slatka mit voller Wucht am rechten Vorderlauf. Die Wolfshündin jaulte auf, drehte sich um und flüchtete, auf einem Bein humpelnd, in den Wald.

»Nein, Slatka! Das wollte ich nicht, oh mein Gott, was habe ich getan!« Am Boden zerstört sah Galina der Wolfshündin hinterher, hin und her gerissen von dem Wunsch, sie zurückzurufen, und der Erleichterung, dass das Tier endlich in die Sicherheit der Wälder flüchtete.

Irgendwann, nach einer Zeit, die sich nicht in Minuten oder Stunden zählen ließ, hatte sich Galina wieder soweit gefasst, dass sie sich umdrehen und nach Hause wanken konnte. Mechanisch, wie ein Automat, setzte sie einen Fuß vor den anderen, kaum auf den Weg achtend, den sie zurücklegte.

Am Ufer des Dorfbachs schaute sie sich verwundert um, wie ein Schlafwandler, der überrascht ist, sich außerhalb seines Bettes zu finden. Wohin hatte es sie verschlagen? Da war der Bach zu ihren Füßen, die abgemähte Wiese, die Kate der Großmutter und dahinter die grauen Schatten der Häuser, der Zwiebelturm der Dorfkirche. Und doch war etwas anders, nicht wie sonst. Ein Gefühl der Beklemmung beschlich Galina. Vor der Kate saß die Großmutter in ihrem besten Sonntagsstaat vor einem Haufen verkohlten Hausrats, Stühle, Schemel, Teile der kurz und klein geschlagenen Ofenbank. Das weiße Gerippe eines Tieres lag obenauf auf dem noch schwelenden Scheiterhaufen, der abgeschlagene Kopf der Kuh ein wenig seitlich im Gras. Galina hastete über den schmalen Steg zur Kate.

»Babuschka, Babuschka, was ist passiert?«

Die Großmutter hockte auf dem dreibeinigen Melkschemel vor der Tür der Kate und hielt die Reste des Spinnrockens in Händen. Mechanisch glitten ihre zitternden Finger über das Webbrett, den verkohlten Schaft, der alles war, was von dem ehemals schön verzierten Spinnrocken übrig geblieben war.

Die Alte blickte von ihrer Tätigkeit auf und ein Lächeln breitete sich auf ihrem von Asche geschwärzten Gesicht aus. »Ach, wir haben die Hochzeit meiner Enkelin, der Galina Alexandrowna gefeiert. Ihr kennt sie vielleicht?«

»Babuschka!« Eine unsichtbare Hand hatte Galinas Herz durch einen Eisklumpen ersetzt. »Babuschka, was redest du da –?«

Die Augen der Großmutter, die traurig aus dem lächelnden Gesicht blickten, irrten unstet umher und blieben auf Galina haften. Ein Licht der Erkenntnis kehrte in die flackernden Irrlichter zurück.

»Ach, Galina, mein Mädchen, sie sind gekommen – Jossip und ein paar andere, Semjon, Afanasij, Spiridon und noch ein paar – sie wollten den Hund … als sie ihn nicht fanden … wurden sie wütend … haben alles kurz und klein geschlagen … die Kuh haben sie geschlachtet … als Ausgleich für die getöteten Schafe, haben sie gesagt … und ein fröhliches Fest gefeiert … vor unserer Haustür … du siehst es ja!«

Entgeistert starrte Galina auf die noch kohlenden Reste des ›fröhlichen‹ Fests.

»Was sollen wir jetzt tun, Babuschka?«

»Mach dir keine Sorgen, Kindchen, Gott wird für uns sorgen. Und die lieben Leute, sie haben auch Geschenke gebracht, sie nur, welch feiner Stoff – für deine Aussteuer.«

Die verwirrte Alte hielt ihre offenen leeren Hände dem Mädchen hin. »Aus Tarangog, feines Garn, wie ich es mir immer gewünscht habe.«

Galina schluckte. »Ach, Großmütterchen.«

Das runzlige Gesicht der Alten nahm wieder den fernen lächelnden Ausdruck an, dem nur die seelenlosen Augen widersprachen. »So ein feines Fest. Die Flammen sind fast bis hoch ans Dach gestiegen«, stieß sie kichernd aus.

Aus dem fahlen Morgenhimmel fielen die ersten zarten Schneeflocken auf den verkohlten Holzhaufen und das weiße Gerippe und den abgeschlagenen Kopf der Kuh. Aus großen runden, leblosen Augen starrte die Kuh in den Himmel, als hätte sie noch nie so etwas gesehen.

Flackernder Feuerschein erhellte das Innere der Kate. Vor der geöffneten Ofentür stand Galina und zog ein Backbrett aus der heißen Glut. Ein Geruch von Teig, Holzkohle und Verbranntem breitete sich in der Stube aus. »Ach, ich hätte sie doch früher herausholen sollen!«, jammerte das Mädchen.

»Pass auf, dass du dir nicht die Finger am Feuer verbrennst, Kind«, kam es aus einer Ecke der Stube, wo die Großmutter im Halbdunklen saß. Seit dem Überfall auf die Kate war sie wunderlich geworden. Sie kümmerte sich nicht mehr um das tägliche Geschäft des Haushalts, saß oft nur noch tagelang vor dem Spinnrocken und werkelte an einem unsichtbaren Gewand, ohne dass sie Flachs aufgezogen hätte.

»Keine Sorge, Großmutter, mir passiert schon nichts.«

»Sag das nicht, ehe man sich's versieht, ist's geschehen. So manch eine, die meinte, ihr passiere schon nichts, ward hernach eines Besseren belehrt.«

In dem Kichern der Großmutter lag keine Freude. Ihre Finger werkelten weiter, als ob tatsächlich ein Garn um den Spinnrocken liefe. Galina runzelte die Stirn. Sie hatte sich mittlerweile schon an das seltsame Gebaren gewöhnt und achtete für gewöhnlich kaum noch darauf. Diesmal jedoch ärgerte sie das sinnlose Gerede der Alten, sie wusste selbst nicht recht, warum. Die Großmutter beugte ihr Gesicht tiefer über den Spinnrocken, ihre scharf geschnittenen, abgehärmten Gesichtszüge tauchten vom Feuerschein des Ofens mit einer ungesunden Röte überzogen aus der Dunkelheit auf.

Galina löste die Varenikij sorgfältig vom Backbrett, drehte sie herum und betrachtete sie eingehend von allen Seiten. Nur die, die ihrem kritischen Blick standhielten, schlug sie in ein kariertes Stofftuch ein.

Das freudlose Gekicher der Großmutter heftete sich an Galina wie klebrige Spinnwebfäden. Ärgerlich fuhr sie sich mit ihrem Handrücken über beide Wangen.

»Auch ich war mal ... so wie du«, plapperte die Großmutter vor sich hin, »ein schönes, junges Ding ... ohne Arg ... und langte ins Feuer, ach.«

Galina schlug die Ecken des Tuchs zusammen und knüpfte die Enden zu einem Knoten. In der Glasscherbe auf dem Kaminsims spiegelte sich ihr frisches, jugendliches Gesicht. Galina zupfte einige Haarsträhnen unter ihrem Kopftuch zurecht, wischte sich ärgerlich die schwarzen Holzkohlestriemen von den Wangen. »Ich geh noch mal ins Dorf, Großmutter, bin vor dem Abend zurück. Soll ich dir die Varenikij in Wasser einbrocken, falls du Hunger bekommst?«

Die Alte verzog ihren zahnlosen Mund zu einem schiefen Grinsen. »Brocken ... einbrocken ... ja, ja ... ach, ach, ach ...«

Galina seufzte. Es versetzte dem Mädchen noch immer einen Stich ins Herz, seine Babuschka so zu sehen: eine hilflose Alte, deren Verstand um Dinge kreiste, die ihr, Galina, fremd waren. Was war nur aus der zupackenden, energischen, oftmals auch herrischen Frau geworden, der Großmutter, die Galina auch ab und zu einen Nasenstüber oder eine Kopfnuss verpasste, wenn sie nicht so sprang, wie es die alte Frau von ihr erwartete? Es war, als seien die Rollen vertauscht worden, als sei die Großmutter mit einem Mal zum Kind geworden und sie, Galina, die Ältere, die für das kindische Häuflein Mensch und sich selbst Sorge tragen musste.

»Woran arbeitest du, Großmutter?«, fragte Galina.

»Das? Das wird dein Brautkleid, Kind.«

Galina fühlte sich peinlich berührt. »Aber Großmütterchen, du weißt doch …«

»Jedes junge Mädchen braucht ein Brautkleid. Wie steht sie denn ohne da, wenn der Bräutigam um ihre Hand bittet? Das wäre eine Schande.«

Galina seufzte. »Wirklich, Großmütterchen, du musst nicht … du sollst nicht …«

»Doch, doch«, versicherte die Alte, heftig mit dem Kopf nickend, »was soll dein Galan sonst von dir denken? Wenn er kommt, dich zu holen, und du hast kein …« Die Gedanken der Alten verwirrten sich wieder.

Galina verfolgte die Sache nicht weiter. Schweigend schlüpfte das Mädchen in seinen Pelz, klemmte das geknotete Tüchlein mit den Varenikij unter den Arm. »Ich bin bald wieder zurück.«

Die Alte hörte schon nicht mehr zu. Ihre Finger fuhren eifrig über das Brett des Spinnrockens, zogen einen unsichtbaren Faden.

Schnell schlüpfte das Mädchen zur Tür hinaus. Nach dem Zwielicht in der Stube kam Galina das nachmittägliche Dämmerlicht auf den Straßen wie hellster Sonnenschein vor. Blinzelnd eilte sie die engen Gassen und Wege entlang, vorbei an der Dorfschenke, Wassilijs windschiefer Hüte, dem Anwesen des reichen Kaufmanns Afanasij. Die Häuser rechts und links ihres Wegs, wie brummige Gesellen mit weißem Haar und glänzenden Bärten, schauten ihr aus blinden, Eis verkrusteten Scheiben hinterher. Galina hielt den Kopf gesenkt und hoffte, dass niemand aus der Tür treten würde. Obwohl sie nichts Unrechtes tat, war ihr doch die Vorstellung, jemand könne sie bei ihrem Gang beobachten, nicht angenehm. Hinter der Dorfschenke bog sie von der Straße ab auf einen Trampelpfad entlang des Flüsschens, im Rücken der verstreut stehenden Hütten am Rand des Dorfs. Ihr Herz schlug schneller. Es war derselbe Pfad, den sie, den blonden Narodnik stützend, vor einigen Wochen gegangen war und seitdem gemieden hatte. Schon sah sie die Scheune vor sich auftauchen, ein breites, klobiges Gebäude, dunkel und schwarz in der umgebenden Schneelandschaft, wie eine große Bulldogge, den fetten Bauch platt gegen den Boden gedrückt. Warum nur klopfte ihr Herz mit einem Mal so aufgeregt? Sie wollte doch dem blonden Narodnik nur ein paar selbst gebackene Varenikij vorbeibringen, als Dank dafür, dass er Slatka damals nicht verraten hatte. Lange hatte sie überlegt und gezaudert, hatte nicht gewusst, wie sie sich dafür revanchieren konnte, endlich war ihr der rettende Einfall gekommen. Die noch warmen Varenikij gegen die Brust gedrückt, eilte sie auf die dunkle Scheune zu.

In der Abenddämmerung wirkte das Gebäude womöglich noch weniger einladend als zu anderen Tageszeiten. Das schwindende Sonnenlicht fiel harsch und wie anklagend auf das steile Giebeldach, die verwitterten Holzlatten und schrägen Wände. Das große Eingangstor, das auf Rollen zur Seite geschoben werden konnte, war geschlossen, aber die kleine Pforte inmitten des Tors stand offen. Das war nicht ungewöhnlich, jedenfalls nicht, seit die beiden Narodniki darin ein- und ausgingen. In der oberen der beiden Etagen hatten sie nach ihrem Auszug aus der Hütte des Trödlers ein notdürftiges Lager aufgeschlagen, und im Erdgeschoss, neben den Viehboxen, lagerte das nicht mehr benötigte Material für den Bau des Kirchturms. Je näher Galina der offenen Tür kam, desto langsamer wurden ihre Schritte. Warum nur zögerte sie? Kurz vor der Tür blieb sie stehen, bückte sich, schaufelte eine Handvoll Schnee in ihre hohle Handfläche und rieb sich damit das Gesicht und beide Wangen kräftig ab.

Zaghaft klopfte Galina an die halboffene Tür der Scheune. »Andrej?«

Keine Antwort.

Noch einmal, etwas weniger zaghaft. »Andrej? Bist du da? Ich bin‘s, Galina Suchanow. Ich habe dir etwas mitgebracht.«

Galina lauschte. Beinahe erleichtert registrierte sie die anhaltende Stille hinter der Tür, die nur von dem Stampfen der Kühe in den Boxen und dem Wühlen der Schweine im Dreck gestört wurde. Wahrscheinlich waren die beiden Narodniki noch auf der Baustelle in der Kirche, wo sie nach dem Aufrichten der neuen Spitze die Löcher im Dach ausbesserten. Das Mädchen trat über die Schwelle. Sie würde die Varenikij für Andrej irgendwo sichtbar hinterlegen, sodass er sie bemerken musste, wenn er von der Arbeit zurückkam. Wahrscheinlich war es besser so, wenn sie ihm nicht begegnete, sie würde nichts erklären, nichts bereden müssen. Der Gedanke, auf den blonden Narodnik zu treffen, beinhaltete mindestens so viel Schrecken wie freudige Erwartung. Auch wollte sie keinen Dank von ihm. Was sie ihm zu geben hatte, die gebackenen Küchlein, was war das schon im Vergleich zu dem, was er für sie getan hatte? Im Inneren der Scheune trieben Staubteilchen und Spreu im Licht der vereinzelten schrägen Sonnenstrahlen, die durch die Ritzen der Wände wie durch ein Sieb hereindrangen. Das Vieh in den Boxen murrte unruhig, als Galina näher kam. Ein Bulle streckte seine Schnauze neugierig über die niedrige Lattenwand, wohl in der Hoffnung auf einen Leckerbissen. »Na, du, dir ist wohl auch langweilig, so ganz allein in deinem engen Heim«, sagte das Mädchen und strich über den Kopf des Tieres.

Der Bulle schleckte mit seiner langen, weichen Zunge über Galinas Handrücken.

»Ach, du«, murmelte Galina, »wenn du erzählen könntest. Was würdest du wohl zu berichten haben? Du siehst uns Menschen ja jeden Tag mit deinen großen, braunen Augen bei unseren täglichen Verrichtungen zu. Wer weiß, was du alles erblickst.«

Das Mädchen verfiel in Träumerei. Ihr ziellos wandernder Blick blieb an der Leiter hängen, die zum oberen Teil der Scheune führte, wo zwischen dem Stroh und den Heuballen die beiden Narodniki nächtigten. Der Bulle rieb seinen Kopf an ihrem Körper, schleckte mit seiner langen Zunge an dem Tuch, in das die Varenikij eingeschlagen waren.

»Du Biest!« Galina schlug dem Tier mit der flachen Hand auf die Schnauze. »Was tust du? Die sind nicht für dich! Die sind für ihn!«

Erschreckt fuhr der Bulle zurück, trat mit den Hufen gegen den rückwärtigen Teil der Lattenwand. Sofort schreckten auch die anderen Tiere auf, drehten sich in ihren Verschlägen im Kreis, trampelten herum, muhten und quiekten, als sei der Teufel unter sie gefahren. Im selben Moment hörte Galina, wie sich von außen Schritte näherten und jemand polternd rief: »Still, verdammtes Viehzeug, was soll das?«

Galinas Herz machte einen Satz. Sie hatte Andrejs Stimme erkannt. Schon fiel sein Schatten über die Schwelle. Rasch verbarg sich Galina hinter einem Strohballen.

»Ho, ruhig, ihr Biester, was habt ihr?«

Galina drückte sich enger an den Strohballen. Sie wollte nicht, dass Andrej sie als Verursacherin des Aufruhrs entdeckte.

»Ruhig, ganz ruhig, beruhigt euch!« Der Narodnik trat an die Verschläge heran. Seine Stimme schien eine beruhigende, ja beinahe hypnotische Wirkung auf die aufgeregten Tiere auszuüben, die sich allmählich beruhigten, mit dem Quieken, Muhen und Trampeln aufhörten. Der Bulle stand in seinem Verschlag, den Kopf ergeben gesenkt. Der Narodnik legte ihm eine Hand auf den Nacken, hinter den Wulst mit den abgesägten Hörnern. »Ganz ruhig, ich tu dir nichts.«

Über die Flanken des Tieres lief ein Zittern wie Wellen über eine Wasseroberfläche. Es hielt den Nacken gesenkt wie unter der Hand des Schlächters.

Der Narodnik schritt die Reihe der Verschläge ab, eines nach dem anderen verstummten die Tiere, hörten die Schweine auf, im Dreck zu wühlen, die Kühe mit ihren Hufen das Stroh zu zertrampeln; die Hühner lugten ängstlich aus dem Schlag heraus: huschende, starre Äuglein und krumme gelbe Schnäbelchen. Nie zuvor hatte Galina etwas Ähnliches erlebt, war sie Zeuge dieser merkwürdigen Fähigkeit geworden, die man den Schamanen und Zauberkünstlern im Osten des Landes zuschrieb, die den Tieren geboten und den Flug der Vögel nach ihrem Willen lenken konnten. Aber Andrej war kein Schamane, kein Einwohner der Eiswüsten Sibiriens, er war ein gewöhnlicher Mensch, ein Student aus St. Petersburg zwar, dennoch nur ein Mensch vor den Augen des Herrn. Oder etwa nicht?

Galina überlief ein Zittern. Der Narodnik näherte sich ihrem Versteck. Seine Blicke wanderten über die Strohballen, das gestapelte Holz, die Säcke voll Weizen und Saatgut. »Was hat nur diese Aufregung verursacht?«, murmelte er. »Etwas muss die Tiere aufgescheucht haben.«

Er bückte sich, las ein Holzstück, so lang wie sein Unterarm, vom Boden auf. »Na warte, wenn ich dich erwische!«

Galina presste sich so eng an den Strohballen, dass ihr die spitzen Halme schmerzhaft in die Seiten stachen. Sorgfältig und methodisch suchte der Narodnik die Scheune ab, spähte in jeden Winkel, jede dunkle Ecke, dabei mit der Holzlatte gegen die Strohballen und die Holzstapel klopfend.

»Komm heraus, ich weiß, dass du da bist, zeig dich, na komm schon.«

Die Worte übten eine beinahe zwanghafte Wirkung auf Galina aus. Mit jeder Faser ihres Körpers sehnte sie sich danach, aus ihrem Versteck herauszukommen, sich dem Narodnik zu offenbaren, dem Katz-und-Maus-Spiel ein Ende zu machen. Und warum auch nicht? Was hatte sie denn verbrochen? Nichts! Sie hatte nur selbst gebackene Varenikij vorbeibringen wollen, für ihn, für Andrej!

Siedendheiß überlief es Galina. Das Tuch mit den Varenikij! Wo war es? Sie musste es in der Aufregung verloren haben …

Ihr Blick fiel auf den strohbedeckten Boden, wo halb unter Dreck und Holzspänen verborgen ein roter Zipfel hervorschaute.

Jeden Moment musste es auch Andrej erspähen!

»Na komm schon raus, es hat keinen Zweck: Ich find dich ja doch!«

Unter Andrejs Absätzen zerbrachen knisternd die Strohhalme auf dem Boden. Seine Fußspitze stieß gegen einen Holzstapel.

»Nanu, was …«

Quiekend schoss eine große Ratte unter dem Holzstapel hervor, direkt vor die Füße des Studenten.

»Ah, du Drecksvieh, da hast du!«

Der Narodnik schlug mit der Holzlatte zu. Die Ratte versuchte noch kehrtzumachen und sich wieder unter den Holzstapel zu flüchten, aber es war zu spät – der Schlag traf sie im Nacken, kaum zwei Fingerbreit hinter den runden Ohren. Mit gebrochenem Rückgrat krümmte sich das Tier auf dem Boden zusammen; die Vorderbeine strampelten noch hilflos, während die gelähmten Hinterbeine schlaff vom Rest des Körpers abstanden. Mit dem spitzen Ende der Holzlatte spießte Andrej die im Todeskampf zuckende Ratte auf und hob sie ans Licht.

»Hab ich dich! Du Biest!«

Blut quoll aus der geöffneten Schnauze der aufgespießten Ratte und ihr Schwanz ringelte sich um die Holzlatte wie die Traube um den Rebstock. Ein seltsames Leuchten glänzte in den Augen des Narodniks.

Beim Versuch, sich noch enger in den schützenden Schatten des Strohballens zu drücken, zerriss der Saum von Galinas Kleid mit einem scharfen Ratschen.

»Was? Noch eine? Wo hast du dich versteckt, meine Süße? Warte, dich krieg ich auch noch.«

Galina schlug die Hände vors Gesicht. Sie wollte nicht in das vor Eifer gerötete Gesicht des Narodniks schauen, in seine glühend-stechenden Augen, wenn er sie hinter dem Strohballen entdeckte.

Da ertönten erneut Schritte außerhalb der Scheune, und eine Stimme rief freudig erregt:

»Andrej! Andrej! Wo bist du?«

Im schmalen Viereck der Pforte erstrahlte Tatjanas schlanker Leib von Licht umkränzt wie ein Engel.

Der Narodnik fuhr jäh in die Höhe. Schuldbewusst versteckte er die Holzlatte mit der aufgespießten Ratte hinter seinem Rücken.

»Was hast du da?«, fragte die Tochter des Wirts.

»Nichts.«

Hastig warf der Student die Ratte ins Stroh und wischte sich die Hände an seiner Hose ab. »Ich habe auf dich gewartet.«

»Und ich bin so schnell gekommen, wie ich konnte. Ich musste erst Grigorij abschütteln, er folgt mir auf Schritt und Tritt. Ich weiß nicht, ob im Auftrag Stipes oder auf eigene Rechnung. Ich bin heimlich zur Hintertür hinaus. Wo ist Boris?«

»Auf dem Dorfplatz vor der Kirche. Dort wettert er gegen Religion und die Unterdrückung durch die Popen. Das macht er am liebsten. «

»Das trifft sich wie geplant. Vater ist aufs Zimmer, sein Geld zählen. Ich hoffe nur, es ist sehr, sehr viel.«

»Warum?«

»Damit er umso länger braucht und wir mehr Zeit füreinander haben, du dummer Junge!«

Tatjana schwebte in Bastschuhen in die Scheune herein, wie eine Prinzessin auf goldenen Sohlen in ein verwunschenes Schloss. Sie strich sich ihr schwarzes Haar aus dem Gesicht, legte ihre nackten braunen Arme um den Hals des Narodniks. Ihre Zähne blitzten. »Hast du mich vermisst?«

»Dein Vater ist ein wahrer Kapitalist. Er hütet seinen Goldschatz wie ein Drache.«

»Neidest du ihm seine Schätze?«

»Ach wo. Soll er sein Geld zählen, bis er schwarz ist.«

»Keine Angst. Er wird lange zählen. Und wenn er fertig ist, wird er wieder von vorne anfangen. Ich hab ihm das hier entwendet ...« Tatjana zog eine kupferne Münze aus ihrer Schürze hervor.

»Er hat immer Angst, dass er eine Kopeke übersehen, ein Rubelchen zu zählen vergessen hat. Er wird denken, diese hier ist ihm unters Bett gerollt und wird überall nach ihr suchen.«

»Er weiß nicht, wo er nach seinem Schatz suchen muss.«

»Es wird ihn noch um den Verstand bringen.«

»Armer, alter Drache.«

Galina lauschte mit offenem Mund, als würden ihr die letzten Geheimnisse der Welt kund. Sie verstand nicht recht, worüber sich die beiden unterhielten, aber sie verstand dennoch, dass Andrej und Tatjana ein unsichtbares Band verband, dass ihr Gespräch einem Ritual folgte, nur ihnen beiden vertraut, für Uneingeweihte rätselhaft und unverständlich, aber für die beiden Liebenden voll vertrauter Anspielungen und versteckter Bedeutung.

»Und der Gutsverwalter?«

»Vor ihm musst du dich in Acht nehmen. Mit Stipe ist nicht zu scherzen.«

Andrej stieß ein lautes, herausforderndes Lachen aus. »Seine Tage sind gezählt. Er kann sich nicht länger gegen den Willen des Volkes auflehnen. Du bist mein.«

Tatjana schüttelte sich. »Red nicht so. Er ist mächtig, niemand wagt es, ihm zu widersprechen. Er darf nie erfahren, was wir tun.«

»Er soll sich bloß nicht mit mir anlegen. Er hat keine Ahnung, was ihm dann blüht.«

»Scht, schweig still.« Tatjana legte einen Finger auf Andrejs Lippen, und Galina sah, dass der Narodnik den Finger in seinen Mund nahm, um daran zu saugen.

In Galina krampfte sich etwas zusammen. Aber es war nicht Furcht, die ihr die Brust verengte, sondern ein anderes, bohrenderes, verwirrenderes Gefühl …

»Vorsicht, wenn uns jemand sieht!«

»Und wenn schon. Es ist das Natürlichste auf der Welt.«

»Wir sind aber nicht Ehemann und Ehefrau.«

»Die Ehe ist eine bourgeoise Erfindung, um die natürlichen Triebe des Volks an die Kette zu legen. Die freie Liebe ist das Privileg des Revolutionärs, des neuen befreiten Menschen.«

Andrej drängte Tatjana gegen einen der hölzernen Mittelpfeiler. Sein Mund presste sich an Tatjanas Kehle, während sich seine Hand unter ihren Rock schob. Tatjana legte den Kopf in den Nacken, ein Stöhnen entkam ihren zitternden, geöffneten Lippen. Andrej drängte sich zwischen Tatjanas Beine, gegen ihren Schoß. Seine Hände griffen an den Ausschnitt von Tatjanas Kleid, rissen ihn mit einem Ruck auseinander, dass die kupfernen Knöpfe rechts und links davonflogen.

»Ah, du Wüterich, du hast es kaputtgemacht.«

»Die Revolution stürzt das Alte um – auf den Trümmern entsteht das Neue.«

Der Narodnik fasste Tatjana unter den Kniekehlen, hob sie empor und taumelte mit ihr in eine Ecke des Stalls. Wie zwei tollwütige Hunde wälzten sie sich auf dem Boden der Tenne, in Stroh und Heu.

Galina konnte den Blick nicht von dem Schauspiel abwenden. Sie war starr vor Schrecken, wie gelähmt. Was taten die beiden da? Was geschah vor ihren Augen? Und was geschah mit ihr, mit Galina? Ihr Herz schlug so heftig, dass es schien, es müsse ihr gleich aus der Brust springen. Das Blut jagte ihr durch den Körper, in den Kopf, in die Lenden, in einer einzigen ohnmächtigen Welle. War das ihr eigenes Stöhnen, das sich mit den tierartigen Lauten der beiden Tollwütigen im Heu mischte?

Andrej behielt die Oberhand. Mit halb entblößtem Oberkörper, das schmutzig-graurote Hemd wie eine klaffende Wunde aufgerissen auf seiner Brust, thronte er über der Wirtstochter, drückte sie mit dem Gewicht seines Beckens nieder. Eine für Galina entsetzliche Veränderung ging mit seinem Gesicht vor sich: nicht länger das ihr vertraute träumerische Antlitz des Studenten, der die Welt verbessern wollte, sondern eine gemeine, tierische Fratze, gierig und lüstern. Andrejs zu schmalen Schlitzen verengte Augen schienen sich an dem weißen Fleisch von Tatjanas nackten Brüsten zu weiden. Der Narodnik schien

Krallen in sein Opfer zu schlagen, blutig-rote Striemen auf der zarten Haut hinterlassend. Ein schauerlicher, lang anhaltender Ton, einem Jaulen ähnlich, stieg rasselnd aus seiner Kehle empor; seine zuckenden Lippen entblößten zwei Reihen weißer Zähne; Geifer tropfte von seinen Mundwinkeln; sein brünftiger Schrei schien das Dach der Scheune zu spalten, dass die Nacht wie ein schwarzes Meer herein flutete.

Entsetzt floh Galina aus der Scheune. Vor der Pforte stieß sie mit jemandem zusammen: Grigorij!

»Was tust du hier? Was ist das für ein Lärm?«

Galina riss sich los. »Weiß nicht. Schau doch selbst nach.«

Sie stolperte davon, in die Nacht. Im Umdrehen erblickte sie noch ein letztes Mal den Sohn des Gutsverwalters, seine geduckte Gestalt ein graues Fragezeichen vor dem Tor der Scheune.

Ein Klopfen an der Tür der Kate.

Die Großmutter blickte von ihrem unsichtbaren Werk auf. »Das ist dein Galan.«

Galina überlief ein Zittern. Vier Tage war es her, seit sie in der Scheune Andrej und Tatjana bei ihrem unheiligen Treiben überrascht hatte. Noch immer verfolgte sie der Anblick des Narodniks, sein grimmig verzerrter Blick, die wölfische Fratze, auf deren Wange das feuerrote Mal prangte.

Auf der Schwelle stand Andrej. »Meine Verehrung, Maria Petrowna, ich habe Euch etwas mitgebracht, aus Tarangog.«

In der Hand hielt er ein purpurfarbenes seidenes Garn, wie es dem Gewand eines Königs oder einer Königin ziemte.

»Ach, verehrter Herr, ich habe doch schon ein edles Garn, seht her. Aber ich danke Euch. – Galina, biete dem Herrn einen Platz an. Soll dein Galan etwa stehen? – In Tarangog, sagt Ihr, wart Ihr?«

»Ja, der Geschäfte wegen. Das Dach der Kirche brauchte neue Ziegel.«

»Da habt Ihr bestimmt viele Neuigkeiten gehört. Wie geht es dem Zaren? Und seiner Gemahlin?«

Der Narodnik brummte verlegen, murmelte etwas in seinen nicht vorhandenen Bart.

»Beim nächsten Mal richtet ihm doch bitte Grüße von mir aus.«

»Der Zar interessiert sich nicht für Leute aus dem Volk.«

»Ach, da täuscht Ihr Euch aber, werter Herr, jeden Sonntag bete ich für den Zaren und seine Familie, und ich bin mir gewiss, dass unserem gütigen Zaren dies zu Ohren kommt und er es zu schätzen weiß.«

»Gewiss. Was gibt es Neues im Dorf?«

Galina hörte nur mit halbem Ohr hin, was die Großmutter plapperte. Mit dem Eintreten des Narodniks war eine seltsame Veränderung mit ihr vor sich gegangen; sie benahm sich wie ein junges Mädchen, das einen Verehrer empfing und redete noch wirrer als sonst. Galina wischte die Krümel vom Tisch, schob dem Narodnik einen Stuhl hin. Sie wagte nicht, den Blick zu heben, ihm in die Augen zu schauen. Eine Beklemmung im Umgang mit dem Studenten hatte ihr Herz ergriffen, sie wusste nicht recht, was sie sagen sollte. Aber jetzt horchte sie auf, als die Großmutter dem Narodnik antwortete.

»Ach, was soll schon in unserem kleinen Dorf groß passieren? Grigorij, der Sohn des Gutsverwalters ist seit ein paar Tagen verschwunden. Bestimmt ist ihm ein Unglück zugestoßen.«

Der Narodnik zuckte kaum mit der Wimper. »So? Woher wisst Ihr das? Vielleicht ist er nur davongelaufen? So was kommt öfter vor, in Tarangog, bei den Söhnen reicher Adliger.«

»So habt Ihr in vielleicht in Tarangog getroffen? Oder auf der Straße dahin?«

Ein Schatten ging über die Züge des Narodniks. »Nein, das nicht.«

Heimlich schielte Galina aus dem Augenwinkel zu dem Gast hin. Obwohl der Narodnik Winterpelz, Leinhose und Stiefel trug, konnte sie nicht das Bild seines halbnackten behaarten Oberkörpers aus dem Kopf bekommen. War das derselbe Mensch, der nun hier in der Stube stand, ein wenig verlegen, die Mütze in Händen drehend, ein - schüchternes Lächeln auf den Lippen?

Galina wischte eifrig mit dem Lappen über eine Verfärbung in der Platte des Holztisches, die einfach nicht verschwinden wollte.

»Wart Ihr letzten Sonntag in der Scheune, Galina Suchanow?«, fragte der Student, die peinliche Stille unterbrechend.

Galinas Hände krampfen sich um den Lappen. »Nein. Wieso fragt Ihr? Was sollte ich dort?«

»Nur so. – Dann gehört Euch auch nicht dieses Tuch? Ich fand es in der Scheune, unter einem Strohhaufen.«

Andrej zog einen zerknüllten roten Stofffetzen aus der Manteltasche.

Das Tuch, in das sie die Varenikij eingeschlagen hatte! Galinas Herz setzte einen Schlag aus.

»Nein … nein … das gehört mir nicht …«, stotterte sie, »viele Mädchen haben solche Tücher. Wie kommt Ihr darauf, es könne meins sein? Warum fragt Ihr nicht Tatjana Obnoski, die Wirtstochter? Sie war doch auch …« Galina biss sich auf die Zunge. Hatte sie sich verraten?

Andrej musterte sie aus seinen unergründlichen blauen Augen.

»Sie trägt auch so ein Kopftuch«, versuchte Galina ihren Fehler wieder auszumerzen.

Der Narodnik knetete das Tuch nachdenklich zwischen den Fingern. »Es ist so klein und zierlich. Es würde dir gut stehen.«

»Es ist aber nicht meins.«

»Zeig ihm doch deines«, schaltete sich da die Großmutter ein. »Ihr könnt mir glauben, werter Herr, meine Galjuscha passt auf ihre Sachen auf, sie bewahrt alles in der Truhe dort hinten auf, auch ihr Hochzeitskleid. Zeig es ihm, mein Täubchen.«

»Großmutter, den Herrn interessiert das doch nicht …«

»Was redest du denn da? Natürlich interessiert er sich dafür. Jeder junge Mann interessiert sich doch dafür. – Ihr könnt mir glauben, werter Herr, nie würde meine Galjuscha ihr Tuch so unachtsam verlieren, im Dreck und Schmutz. – Geh, zeig ihm auch das Hochzeitskleid, das ich für dich genäht habe, Täubchen. Nun geh schon, worauf wartest du?«

Galina hätte ihrer Großmutter den Hals umdrehen können. Wie konnte die Alte sie nur in so eine Lage bringen? Gleich würde der Student erkennen, dass sie gelogen hatte, wenn er den Inhalt der leeren Truhe erblickte.

»Nun los doch, nicht so langsam, Galje. – Entschuldigt, werter Herr, sie ist manchmal etwas verträumt. Aber das wird sich noch geben, ganz bestimmt!« Die Großmutter kicherte auf ihre unheimliche, freudlose Art.

»Nun lasst, drängt das Kind nicht so.« Auch dem Studenten schien das Gebaren der Alten peinlich. Seine Augen verschleierten sich. »Wenn sie nicht will.«

»Doch, doch. Ich bestehe darauf. Ihr müsst das sehen. So ein feiner Stoff. Wie für eine Prinzessin. Ein wunderbarer, weicher Stoff. Für die Hochzeit meines Täubchens. Sie wird aussehen wie ein Traum. – Nun mach schon auf, Galina.«

Galinas Finger schlossen sich um das schartige Schloss der Truhe. Wie langsam konnte man den Deckel so einer Truhe anheben? Ein hässliches, lang anhaltendes Quietschen ertönte. Das Scharnier war verrostet. Galina war verloren. Nur ein Wunder konnte sie noch retten.

Von draußen drangen aufgeregte Stimmen ins Innere der Kate. Eine Menschenmenge sammelte sich auf den Gassen. Etwas war passiert. Galina hielt inne, lauschte.

Die Großmutter und Andrej drehten die Köpfe. Was war da draußen nur los?

Dmitrij schob seine lange Nase zum Fenster herein. »Kommt rasch! Man hat Grigorijs Leiche entdeckt! In einer Schlucht. Wölfe haben ihn angefallen!«

Der Narodnik sprang auf die Beine, eilte zur Tür. »Ich muss gehen.«

»Ach du lieber Gott, grundgütiger Himmel, was ist nur in ihn gefahren? Rennt davon wie von der Tarantel gestochen.« Die Großmutter schlug die Hände über dem Kopf zusammen.

Galina schaute dem davoneilenden Narodnik hinterher, den Deckel der leeren Truhe in der Hand.

»Ach Gott, so ein schönes Brautkleid, wie er noch nie eines gesehen hat«, murmelte die Großmutter. Sie zog den Spinnrocken zu sich heran und begann wieder an dem unsichtbaren Flachs zu spinnen. Die purpurne Garnrolle aus Tarangog war auf den Boden gefallen; die Hühner pickten daran.

XIII

Über Grigorijs Leichnam kreiste ein Schwarm Krähen, und Käfer und Spinnen krabbelten in seinem Mund und seiner Nasenhöhle. Der Tote lag am Grund einer kleinen Schlucht, am Fuß eines steinigen, mit Krüppelkiefern bewachsenen Abhangs. Ohne die kreisenden Krähen hätte man ihn womöglich nie entdeckt. Grigorijs Verschwinden hatte die wildesten Spekulationen ausgelöst. Nun warf das Auffinden der Leiche neue Fragen auf: War Grigorij ermordet worden? Oder war sein Tod ein Unfall gewesen? War er vielleicht im Dunkeln den Steilhang hinabgestürzt und hatte sich das Genick gebrochen? Oder hatten ihn die Wölfe im Wald angefallen?

Bald drang auch ein weiteres Detail der Angelegenheit an die Ohren der wohlinformierten Kreise der Dorfgemeinschaft: Anscheinend hatten die Wölfe den Toten in ihrem Bemühen, sich gegenseitig die saftigsten Leckerbissen streitig zu machen, auf dem steinigen Boden der Schlucht ein gutes Stück hin und her gezerrt, worauf Spuren, die der Jäger am Fundort der Leiche entdeckte, hindeuteten. Avdotja zitterte in ihren ausgetretenen Bastschuhen. Für sie war erwiesen, dass der Werwolf den armen Grigorij nachts aus dem Bett geholt, getötet und in die Schlucht geschleift hatte! Besonnenere Gemüter stellten die Vermutung auf, die Wölfe könnten den armen Grigorij gar nicht getötet, sondern nur die verscharrte Leiche ausgebuddelt haben. Der oder die Mörder hatten wohl gehofft, ihre Schandtat verbergen zu können, doch dem hatte der feine Geruchssinn der Wölfe einen Strich durch die Rechnung gemacht!

Stipe war außer sich über den Tod seines Sohnes. Er schwor, alle Wölfe im Umkreis, ja im ganzen Gouvernement restlos auszurotten. Eigenhändig würde er jedem einzelnen die Kehle durchschneiden und die toten Kadaver zur Abschreckung an den Bäumen rings ums Dorf aufhängen. »Kein Wolf soll es je wieder wagen, seine Pfoten auf unser Land zu setzen. Wir werden ihnen eine Lehre erteilen, die sie nicht mehr vergessen werden.« So oder ähnlich sprach Stipe, der in seiner verständlichen Verwirrung über den erlittenen Verlust von Wölfen redete, als seien es Menschen mit Verstand und vernünftigen Gedanken, denen man eine »Lehre erteilen« könnte.

Die Beerdigung von Grigorij war eine der prächtigsten, die es je gegeben hatte. Beinahe das ganze Dorf nahm daran teil. Nur Obnoski und Tatjana waren in der Schenke, den Leichenschmaus vorzubereiten. Der Pope ließ es sich nicht nehmen, am Grab die Liturgie in voller Länge zu zelebrieren, ungeachtet der eisigen Kälte und des heftigen Schneefalls, der ungefähr in der Mitte der Zeremonie einsetzte. So manches alte Mütterlein und auch der eine oder andere noch rüstige Greis mussten vorzeitig nach Hause chauffiert werden, da ihre Familien fürchteten, sie sonst gleich auf dem Gottesacker lassen zu können. Nur Stipe schienen Kälte und Frost nichts auszumachen. Unbeweglich stand er vor dem ausgehobenen Grab, selber mehr tot als lebendig, ein zu Stein erstarrter Golem mit einem Herz aus Eis. Wer hätte ahnen können, dass ein Funke genügte, den erloschenen Vulkan zum Ausbruch zu bringen?

In die lange Schlange der Trauergäste hatten sich auch Maria Petrowna und ihre Enkelin eingereiht. Aber wie anders war jetzt das Verhältnis der beiden zueinander im Vergleich zu damals, als das Kind an der Seite der Großmutter am Grab des eigenen Vaters gestanden hatte! Jetzt führte das Mädchen die verständnislose Alte an der Hand, geleitete sie entlang der alten, verwitterten Gräber und kahlen Birken, vorbei an dem Grab des Vaters, dessen braune Narbe noch keine steinerne Grabplatte verschloss, hin zu der zuletzt ausgehobenen Grube.

Vor dem reglosen Gutsverwalter blieben die beiden stehen. Galina machte einen artigen Knicks, die Großmutter senkte in stiller Trauer den Kopf. Schon schien es, als solle das alles gewesen sein, das Mädchen zog die widerstrebende Alte an der Hand mit sich fort, als könne es den Anblick des offenen Sargs mit dem aufgebahrten Leichnam nicht länger ertragen. Da klappte die Kinnlade des Gutsverwalters herab, knarrend kamen die Worte aus seinem Mund wie aus dem Inneren einer schlecht geölten mechanischen Puppe:

»Kommst du, mich in meiner Trauer zu bemitleiden? Wir sind quitt, Maria: ein Sohn für den anderen.«

Die Alte, die bisher teilnahmslos dagestanden hatte, rührte sich mit einem Mal, als sei ein belebender Funke von dem Eisklotz Stipe zu ihr übergesprungen. »So rechnest du nicht richtig«, antwortete sie mit einem meckernden Kichern, »eins und eins macht zwei. Doppelt rächt sich das Schicksal an dir, Stojpe.«

Der Gutsverwalter runzelte die frostige Braue. »Du redest wirres Zeug, wie gewöhnlich.«

In diesem Moment geschah das Entsetzliche. Maria Petrownas Enkelin, die junge Galina, die schon die ganze Zeit an der Hand ihrer Großmutter zerrte, sie zum Weitergehen zu bewegen, sank mit einem Mal auf die Knie, streckte den Arm aus und deutete mit zitterndem Finger auf den offenen Sarg. »Blut!«, rief sie mit heller, sich überschlagender Stimme. »Seht, da tropft Blut heraus! Der Leichnam blutet!«

Die erstaunten Menschen wandten die Köpfe. Und tatsächlich, jetzt sahen es alle: Die Wunden des Toten waren wieder aufgebrochen und die leeren Augenhöhlen, Mund und Nase hatten sich mit rotem Blut gefüllt, und dunkle, rote Flecken nässten das Leichenhemd auf der Brust und an den Seiten.

»Blut«, kreischte das Mädchen, so schrill, dass es einem wie der Widerhall der Glocke des Jüngsten Gerichts in den Ohren hallte. »Blut, überall ist Blut!«

Die Leute drängten nach vorne, die hinteren schoben und schubsten, gierten über die Schulter der vor ihnen Stehenden. Jeder wollte das schreckliche Wunder mit eigenen Augen sehen. – Wie jeder weiß, brechen die Wunden eines Ermordeten wieder auf, wenn sein Mörder in die Nähe kommt!

Der Kopf des Mädchens ruckte auf seinem Hals hin und her wie ein Vögelchen, das sich in der Schlinge des Häschers gefangen hatte.

Auch Stipe drehte den Kopf hin und her, als sei sein Hals in einer Schlinge gefangen. »Wer? Wer?«, knirschte er mit den Zähnen, die Hände zu Fäusten geballt. »Wo? Wo?«

Galinas Blicke fielen auf die beiden Narodniki, die in einigem Abstand vom Sarg standen. »Der da«, rief sie, anklagend mit dem Finger zeigend. »Der da war mit Tatjana in der Scheune! Der hat Grigorij umgebracht!«

Stipe stürzte sich auf Andrej. »Du Hund!«

Andrej wehrte sich, und sie fielen übereinander her wie wilde Tiere. Eng ineinander verbissen rollten der Narodnik und der Gutsverwalter über den vom Schnee aufgeweichten Boden, stießen gegen den Sarg, dass dieser umkippte und der Leichnam herauspurzelte. Die Trauergäste berichteten noch lange von dem entsetzlichen Geschehen, der Kapriolen schlagenden Leiche, die klappernd und mit aufgerissenen leeren Augenhöhlen zwischen die Füße der Trauergemeinde rollte, den Püffen und Knüffen und Tritten, die ein jeder in der Menge kassierte, der nicht rechtzeitig genug Reißaus nahm, dem Geschrei und dem Lärm, den Faustschlägen, die die Eingezwängten austeilten, den hilflosen Rufen derjenigen, die von der Menge erfasst und niedergetrampelt wurden, dem allgemeinen entfesselten Inferno, wie es in der Hölle nicht größer sein konnte, dem Narodnik und dem Gutsverwalter, die sich mit Zähnen und Klauen gegenseitig bearbeiteten. Afanasij, der zwischen die Kämpfenden geriet, bekam einen Finger abgebissen: ausgerechnet den, an dem sein goldener Siegelring steckte. Obwohl er noch Stunden danach die zertrampelte Erde durchwühlte, konnte er ihn nicht wiederfinden. In dem ganzen Durcheinander bemerkte kaum jemand, wie das Mädchen, das den ganzen Zauber ausgelöst hatte, mit ausgebreiteten Armen wie entseelt neben dem Leichnam Grigorijs in dem frisch gefallenen Schnee lag.

XIII

Mehr tot als lebendig trug man Galina nach Hause. Sie war in einen fiebrigen Dämmerzustand verfallen, aus dem sie nur wenige Male am Tag für kurze Zeit erwachte. Maria Petrowna, die durch die Ereignisse wieder zu Verstand gekommen schien, fürchtete um das Leben ihrer Enkeltochter. Wann immer es ging, flößte sie ihr einen Löffel heiße Suppe oder etwas Borscht ein. Acht Tage und acht Nächte rang das Mädchen mit dem Tod, schweißgebadet und von bösen Träumen und Visionen geplagt, in denen ihr die Hexe Baba Jaga, der Trischka, Werwölfe und Dämonen erschienen. Am neunten Tag erwachte sie, schlug die Augen auf und blinzelte in das helle Licht eines kalten Wintermorgens, das durch die Fenster der Kate hereinfiel. Für einige

Minuten blieb Galina so liegen, mit offenen Augen, starrte an die rußgeschwärzte Decke und fragte sich, ob sie nun wach sei oder weiterhin in dem bösen Traum gefangen.

Die Strahlen der Morgensonne fielen auf das Bärenfell zu ihren Füßen, wanderten über den blank geputzten Fußboden, den aufgeräumten Tisch, die Truhen und Schränke. Alle vier Fenster waren mit neuen Scheiben versehen, sauber und frisch gewaschen. Im Ofen prasselte ein lustiges Feuer, und der Geruch von Kohlsuppe und Speck zog durch die Stube. *Nein*, dachte Galina, *ich träume immer noch – das kann nicht sein!*

In der Ecke vor dem Ofen hockte die Großmutter auf der Bank und spann Flachs auf dem Spinnrocken.

Nein, jetzt ist es sicher, das kann nur ein Traum sein, war Galina nun restlos überzeugt.

Die Großmutter blickte von ihrer Arbeit auf, sah in Galinas fragende Augen und sprang freudig erregt von der Bank auf.

»Du bist wach, den Heiligen und Jesu Christi sei Dank! Es ist ein Wunder! Heiliger Nikodemus, zehntausend Wachskerzen werd ich dir spenden, wie ich's versprochen hab!«

Sie eilte an Galinas Lagerstatt, beugte sich über sie. »Hast du Hunger? Durst? Willst du dich aufsetzen? Nein, nein, bleib besser liegen, du bist noch zu schwach! Warte, ich schüttle dir das Kissen auf. Rühr dich nicht, ich mach schon alles. Was willst du? Ich bring dir alles, was du brauchst, ach Gott, mein Täubchen, meine Kleine, was für eine Freude, dich mit offenen Augen und bei wachem Verstand zu sehen«, so sprudelte es aus der Alten in einem Stück ohne Unterlass heraus.

Galina ließ die Verrichtungen der Großmutter willenlos über sich ergehen. Sie fühlte sich hin und her geschoben, hochgehoben, hingesetzt und wieder auf das frisch aufgeschüttelte Kissen zurück gedrückt.

»Was machst du nur für Sachen? Ich wär fast gestorben vor Angst um dich. – So sag doch was! Ach, acht Tage und acht lange Nächte liegt das Mädchen da wie vom Schlag gerührt und spricht im Fieber mit Zungen, dass ich denke, sie ist schon halb beim Heiligen Geist. Und jetzt, jetzt ist sie wach und sagt kein einziges Wort!« Die Großmutter rang die Hände. Man konnte in ihrem Gesicht sehen, wie die Freude über das Erwachen ihrer Enkelin mit der Sorge um deren Zustand rangen.

»Babuschka …« Galinas Zunge fühlte sich rau und schwer an. »Was – was ist geschehen?«

»Ach, mein Kindchen, mein Täubchen, mein herzallerliebster Schatz, sorge dich nicht, alles ist gut, alles, alles, sieh nur, was die lieben Leute uns vorbeigebracht haben, seit du … sieh nur …« Die Großmutter wies auf die Stube, die neuen Möbel und hellen Scheiben. »Alles, alles ist so schön und neu wie nie zuvor!«

Galina schwirrte der Kopf von all dem Hellen, Sauberen und Blitzenden, was sie in der Stube um sich herum sah. War sie im Paradies gelandet? Selbst die Wände waren frisch geweißelt, strahlten in neuem Glanz.

»Alle, alle haben sie etwas vorbeigebracht. Avdotja ein Ei und Afanasij einen neuen kupfernen Topf. Sieh nur, wie er blitzt, als sei er von Gold. Aber ach, da plappere und plappere ich und du musst Hunger haben … dünn wie ein Haferhalm bist du geworden, wenn du dich sehen könntest … ach, ach … mein armes Kind, wie hab ich mich um dich bekümmert«, schluchzte die Alte.

Galina fühlte einen Stich im Herzen. All die Jahre, seit dem Tod ihres Vaters, war die Großmutter nicht sonderlich zimperlich mit ihr umgesprungen, ihr Umgangston war unfreundlich, gelegentlich sogar grob gewesen. Aber all die Jahre hatte Galina doch auch gespürt, dass das nicht alles war, dass sich hinter der rauen Schale noch etwas anderes verbergen musste, ein echtes menschliches Gefühl. Lange hatte sie auf ein gutes Wort gewartet, eine verräterische zärtliche Geste, ein gelegentliches kurzes Aufblitzen von Zuwendung, nie hatte sich die Großmutter zu mehr als einem gequälten Lächeln hinreißen lassen. Manchmal hatte dem Mädchen deren abweisendes Verhalten wehgetan, doch zumeist hatte sie es einfach hingenommen, so wie man den Flug der Vögel und den Wechsel der Jahreszeiten hinnimmt, die kein Mensch auf dieser Welt ändern kann. Und nun, nun sprudelte alles auf einmal aus der Alten heraus, glühten ihre Wangen vor aufrichtiger Freude und Dankbarkeit, ihre Enkelin wohlauf und genesen zu sehen.

»Babuschka«, fragte Galina scheu, »geht es dir denn auch … gut?«

»Natürlich, natürlich, was fragst du? Warum soll es mir denn nicht gutgehen? Komm, hier hast du etwas Suppe. Vorsichtig, sie ist noch heiß.« Langsam schlürfte Galina die Suppe aus dem silbernen Löffel, den ihr die Großmutter an die Lippen hielt. So viel Neues, Verwirrendes, Ungewohntes hatte das Mädchen schon zur Kenntnis genommen, dass es sich kaum noch über den silbernen Löffel verwunderte, der den früheren Holzlöffel ersetzt hatte. Nun, so hatten sich die Löffel versilbert, die Töpfe vergoldet, die Kiesel vor der Pforte womöglich sogar in Edelsteine verwandelt, was kümmerte es sie? Sollte die Welt doch weiter ihre Kapriolen schlagen, Nacht zu Tag und Hell zu Dunkel machen, es war ihr egal, wenn sie nur weiterhin in das warme Bärenfell gekuschelt ruhen konnte, ohne einen Gedanken, ohne ein anderes Gefühl als die angenehme Wärme, die ihre matten Glieder durchströmte und ihren erschöpften Körper labte. Aber wie es im Leben immer so ist, wenn man sich etwas zu sehr wünscht, geschah genau das Gegenteil. Und so war es auch mit Galina. Wie ungebetene Gäste, die an die Tür klopften, wenn man es gerade am wenigsten gebrauchen konnte, so drängten sich auch ihr die Erinnerungen an das Geschehene wieder auf, allerdings in unklarer, verschwommener Form, vermischt mit dem im Traum Erlebten, das ihr in ihrem verwirrten Zustand ebenso real wie die Wirklichkeit erschien. Sie sah sich wieder an der Hand der Großmutter in der langen Schlange der Trauergäste stehen, sah den prächtigen schwarzen Sarg, darinnen die kalte, blasse Leiche Grigorijs, – mit einem Mal schlug der Tote die Augen auf, aber es war nicht mehr Grigorij, sondern der eigene Vater, der sie aus blutenden Augen anklagend anschaute, und um den Sarg sprangen und tanzten die Dorfbewohner in einem ausgelassenen Tanz herum. Und dann lag sie selbst im Sarg und die Gesichter der Dorfbewohner zogen an ihr vorüber, jeder Einzelne blickte in den Sarg, manche traurig, andere mit einem verschmitzten Lächeln, aber alle trugen sie über den eigenen Gesichtern noch eine Tiermaske, einer war ein Schwein, der andere ein Hund, ein dritter ein Huhn; es war weniger, als ob die Tiermasken die bekannten Gesichter unkenntlich machten, sondern eher als betonten sie das Wesen jedes Einzelnen, als brächten sie eine bestimmte Charaktereigenschaft des Betreffenden deutlich zum Ausdruck. Galina riss die Augen auf, um sich gegen die auf sie einstürzenden Eindrücke, die Erinnerungen und Einbildungen, zu wehren, und sie war wieder in der hellen, freundlichen Stube, in der das Feuer im Ofen prasselte, die helle, klare Sonne durch die Fenster schien und die Großmutter am Spinnrocken saß und spann. Warum beunruhigte sie dieser Anblick so sehr, beinahe noch mehr als die unklaren, verworrenen Gedankenbilder?

»Babuschka«, wiederholte Galina stockend, »was – was ist geschehen?«

Die Großmutter blickte auf. Ihre Hände glitten vom Brett des Spinnrockens ab, sanken schlaff in ihren Schoß. In ihren unsicher umherirrenden Pupillen spiegelte sich das flackernde Feuer des Ofens. »Beunruhige dich nicht, Kind, es wird alles gut. Heute werden sie nicht kommen.«

»Wer, Babuschka? Wer wird heute nicht kommen?«

Die Großmutter antwortete nicht. Unsicher wanderte ihr Blick durch die Stube, blieb nirgends lange hängen, suchte nach etwas, vielleicht einer Antwort, bei dem dampfenden Messingkessel, den neuen silbernen Löffeln, dem glänzenden Bettgestell. Von draußen näherten sich Schritte. Stimmen drangen in die Stube, sie verstand nicht, was sie sagten, aber es schien ein Streit ausgebrochen zu sein, man war sich über irgendetwas in die Haare geraten. Die Großmutter erstarrte, ihr Blick wanderte nach innen, wie ein Kaninchen, das bei Gefahr in seinen Bau flüchtete.

»Babuschka – was?«

Die Stimmen stritten sich vor der Tür. Immer noch war nicht klar worüber, denn es drangen nur einzelne, schwer verständliche Wortfetzen an Galinas Ohr: »gestern Nacht«, »wieder ein Schaf«, »es ist eine Lüge«, »die Seherin hat doch …«, aber schon war es, als ob dunkle Gewitterwolken aufzögen und den Himmel verdunkelten, auch wenn die Sonne immer noch hell und klar durch die Fenster der Kate schien. Nach einer Weile verstummten die Stimmen, entfernten sich die Schritte wieder. Anscheinend waren die Kieselsteine, die unter den schweren Schritten knirschten, ganz gewöhnliche Kieselsteine und keine Juwelen, da man sie so leichtfertig mit Füßen trat.

»Babuschka, was soll das? Was geht vor sich?«

Die Großmutter saß nur stumm da. Zwar bewegten sich ihre Lippen, aber lautlos formten sie Worte, die wie Tropfen im Meer in der Stille der Stube verschwanden, ohne Wellen zu schlagen.

Draußen, im Dorf, ging es lauter zu. Ein Geschrei, Zeter und Mordio tobte auf den Gassen, brandete heran wie ferner Wellenschlag.

»Babuschka!«

Die Großmutter hatte sich wieder an den neuen Spinnrocken gesetzt. Eifrig flogen ihre Finger über das Brett, so versunken war sie in ihre Tätigkeit, dass sie auf nichts anderes mehr achtete, nicht auf die Worte ihrer Enkelin, nicht auf den Lärm, die wütenden Schreie und Rufe. Jetzt erkannte Galina die Worte, die beinahe lautlos von den Lippen der Großmutter flossen wie der Flachs vom Spinnrocken. Es war ein altes Kinderlied, das die Großmutter ihr oft vorgesungen hatte, wenn Galina sich vor dem Zubettgehen fürchtete, wenn sich ihr das Herz zusammenkrampfte bei dem Gedanken an die Schrecken der dunklen Nacht. Ein Kinderlied, dessen Strophen die Dämonen und Albtraumgespenster fernhalten sollten, die im Dunkel darauf lauerten, ihr einen Besuch abzustatten.

Mühsam streifte Galina das Bärenfell von ihren Füßen, rutschte an den Rand des Ofens. Sie war kein kleines Mädchen mehr, das sich vor den Gespenstern der Nacht fürchtete, den Dämonen und Dybukks, den Gespenstern und Geistern, denen, die in der Nacht heulten und im Ofen mit den Zähnen klapperten. Nein, sie musste wissen, was draußen vor sich ging, musste mit eigenen Augen sehen, was sich da abspielte, wozu der Lärm und das ganze Geschrei? – Schwach wie sie war, wäre sie beinahe auf die Knie gesunken, kaum dass sie vom Rand des Ofens herunter auf ihre Füße geglitten war. Gerade noch schaffte sie es, sich an der Lehne eines neuen Stuhls festzuhalten. Mühsam, wie ein vom Alter gebeugtes Mütterlein, trippelte sie die wenigen Schritte zum Fenster, den Stuhl an der Rückenlehne als Stütze scharrend über den gestampften Boden mit sich ziehend.

Die Scheibe war so klar und durchsichtig, dass Galina im ersten Moment gar nichts sah, weil die Sonne sie blendete. Die Hütten des Dorfs standen in einiger Entfernung wie schwarze Maulwurfshügel, stumme Zeugen des Geschehens, das sich da am helllichten Tag mitten im Dorf abspielte. Aus einer der Hütten hatte man einen Menschen gezerrt, der sich wehrte, um sich schlug; eine Schar Kinder hing an seinen Rockschößen, auch sie schrien. Jetzt erkannte Galina, wen man wie einen verurteilten Verbrecher abführte. Es war Dmitrij Langnase. Die sieben Kinder, die um ihn und seine Häscher wie Fliegen um einen Kadaver herumwimmelten, die Frau am Fenster, die sich die Haare raufte, es war Dmitrijs zahlreiche Familie, die ihn zeit seines Lebens davon abgehalten hatte, nach Amerika auszuwandern. Jetzt zerrte man ihn über den Dorfplatz, Nikifor und Sergej hielten seinen linken Arm fest, Semjon Semjonowitsch den rechten. Das jüngste der Kinder, gerade mal vier Jahre alt, klammerte sich mit beiden Händen an Semjons Hosenbein, es wurde ihm lästig, er schüttelte sein Bein, das Kleine hielt stur fest, jetzt verbiss es sich noch in seine Wade. Semjon hatte genug. Er pflückte den kleinen Quälgeist von seinem Bein, holte weit aus und warf ihn dann mit aller Wucht gegen die nächste Hauswand. Wie eine reife Frucht zerplatzte das Köpfchen des Kindes an der Mauer, rann das rote Blut die frisch geweißelte Wand herab. Einen Moment stand die Welt still und alle schauten auf den roten Fleck an der Wand, das Gemisch aus Blut, Hirn und Hautfetzen, das noch vor einer Minute ein Kind gewesen war. Still war es auf dem Dorfplatz, selbst die Vögel, die ewig zwitschernden, waren verstummt – oder vielleicht hatten sie auch nie wirklich gesungen, hatte man nur ihr Schweigen bislang nicht vernommen über dem allgegenwärtigen menschlichen Getriebe? Dann zerriss Semjons Bassstimme die Stille.

»Was glotzt ihr alle? Haut ab oder es ergeht euch genauso!«

Die übrigen Kinder spritzten auseinander wie Tropfen auf der heißen Herdplatte.

»Pack, elendes, man sollte euch alle …«, schimpfte Afanasij und warf den Fliehenden noch einen Stein hinterher. Aus der Hütte drang der Klageruf der Mutter, ein langanhaltender greller Schrei, den die Toten in ihren Gräbern hören mussten. Dmitrij sackte zusammen, es war, als habe man ihm mit der Ermordung seines Kindes auch das eigene Lebenslicht ausgeblasen. Widerstandslos ließ er sich von den Häschern über den Dorfplatz zerren, seine Füße in den geflickten Bastschuhen schliffen über den harschen Schnee.

Galina hatte alles von ihrem Platz am Fenster beobachtet. Waren das noch Menschen, die das getan hatten? Dieselben Menschen, die sie von Kindesbeinen an gekannt hatte? In der Menge, die Dmitrij davonschleppte, hatte sie, neben Nikifor und Sergej, auch noch Afanasij, den alten Alexej, Avdotja und andere erkannt.

Galina spürte den Atem der Großmutter, die von ihrem Spinnrocken aufgestanden und hinter sie getreten war, an ihrem Ohr. »Was ist geschehen, Babuschka?«, fragte das Mädchen erneut, ein Zittern in der Stimme. »Wer hat das aus den Menschen gemacht?«

»Du«, antwortete die Großmutter ohne das geringste Zögern. »Du hast das gemacht!«

Teil III

Die Herrschaft der Wölfe in unserem Dorf begann mit einer Versammlung der Dorfduma in der Gemeindescheune. So wie es sich gehört, mit einer ordentlichen standesgemäßen Versammlung, die der Starost leitete und wo ein jeder das gleiche Recht, die gleiche Stimme hat. Wo sich der Narodnik, wenn er auch nur einen Funken Verstand hatte und auf das Mitleid der Leute hoffte, schuldig bekennen und um Vergebung bitten musste. Denn seine Schuld war ja zweifelsfrei bewiesen, sogar von höherer Stelle sozusagen, war doch das Aufbrechen der Wundmale an Grigorijis Leichnam ein über jeden amtlichen und legalen Zweifel erhabener Beweis. Gerne hätten die Leute auch Tatjana vor dem Tribunal gesehen, doch das ließ Stipe nicht zu. «Nehmt den Hundsfott und hängt ihn meinetwegen von der Kirchturmspitze, aber Tatjana rührt niemand an.« Man verstand, dass Stipe die Angelegenheit zwischen ihm und Tatjana selber regeln wollte, dass es hier um sehr persönliche Dinge ging. Wer jedoch gehofft hatte, Tatjana die Stolze würde nun von ihrem hohen Ross steigen, der sah sich getäuscht. Eine Zeitlang verbarg sie ihr Gesicht hinter einem Schleier, zog das Kopftuch tiefer in die Stirn, aber es währte nicht lange, da blitzte sie die Gäste in ihres Vaters Schenke wieder mit der Glut ihrer Augen an, als ob nichts geschehen wäre. Fast schien es sogar, als ob Stipe bei der ganzen Angelegenheit den Kürzeren gezogen hätte, wirkte er doch bei den seltenen Gelegenheiten, da er sich nach Grigorijs Tod noch in der Öffentlichkeit sehen ließ, niedergeschlagen und bedrückt, wie ein zum Tode Verurteilter, der die Stunde seiner Hinrichtung nahen sieht. Oder wie einer, dem ein schleichendes Gift an der Seele nagt. – Man schob es auf Grigorijis gewaltsames Ableben; obwohl Stipe zu Lebzeiten kein gutes Haar an seinem einzigen legitimen Sohn gelassen hatte, musste ihn der Verlust doch hart treffen, härter als in der »unbekümmerten Zeit der Jugend«, wie man bei uns sagt, wo einem die Zukunft allen gegenwärtigen Widrigkeiten zum Trotz doch immer ein rosiges Versprechen bereitzuhalten scheint. Doch worauf konnte der alternde Gutsverwalter jetzt noch hoffen? Auf einen im Trab statt im Galopp sich voran schleppenden Lebensabend vor einem einsamen kalten Herdfeuer? Ohne den Stammhalter, der sein Erworbenes sichern, seine Erblinie fortführen würde? … Es schien, als ob Stipe schon keinen Anteil mehr an den Geschicken unseres Dorfes nahm, selbst auf der Dorfduma, die über das Schicksal des Narodnik entscheiden sollte, ließ er sich nicht blicken. Überhaupt verließ er nur noch selten das Gutshaus. Und so schwebte zwar das Gespenst der Knute, die er jahrzehntelang unbarmherzig geschwungen hatte, noch immer geisterhaft über den Häuptern der Dörfler, doch stand Stipes Macht nur mehr auf tönernen Füßen, als die Herrschaft der Wölfe mit einem Paukenschlag auf der Dorfduma ihren Anfang nahm …

1

Im Inneren der Scheune drängten sich die Menschen, die sich gestern noch gegenseitig an die Gurgel gegangen waren, wärmend aneinander. Draußen herrschte frostige Kälte, während sich drinnen die Gemüter erhitzten. Die meisten der Anwesenden waren der Meinung, es solle kurzen Prozess mit dem elenden Mörder und Halsabschneider gemacht werden: der winterlich kahlen Linde auf dem Dorfplatz fehle sowieso noch der passende Weihnachtsschmuck. Ein paar Ängstliche, die in beständiger Furcht vor einem Fehltritt und nachfolgender Bestrafung durch die Obrigkeit lebten, bezweifelten das Recht der Dorfduma, solch drastische Maßnahmen zu beschließen, und meinten, es könne hier und jetzt nur darum gehen, den Beschuldigten zur Aburteilung an das Gouvernementsgericht zu überstellen. Die allerwenigsten bezweifelten die Schuld des Narodniks; allgemein war man eher darob verwundert, dass sich die Dorfduma überhaupt mit der Feststellung der Schuld des Angeklagten aufhalten sollte: Reine Zeitverschwendung, wo doch alle hier vor Ort das Aufbrechen der Wundmale mit eigenen Augen gesehen hatten. Sogar ohne die Aussage des Mädchens war die Sache damit geklärt. Doch schien es, als ob die Dorfältesten in dieser Angelegenheit zumindest den Anschein wahren und den Narodnik in aller Form aburteilen wollten, damit später auch nicht der geringste Zweifel an seiner Schuld aufkäme. Vor allem der abwesende Gutsverwalter hatte wohl hinter den Kulissen auf die öffentliche Verurteilung gedrängt. »Hängt ihn auf, aber macht es amtlich«, soll er zu seinen Schergen gesagt haben. Er wollte wohl nicht das Blut des Sohnesmörders an seinen Händen kleben haben, auch wenn er alles Recht dazu gehabt hätte.

In Ermangelung der vorschriftsmäßigen Ketten hatte man den Narodnik an Stricken wie einen wilden Stier gebunden vor das Tribunal gezerrt. Auf einer erhöhten Plattform hinter einem langen Brett, das man auf zwei Holzböcken platziert hatte, so dass es den länglichen Tischen in den Amtsstuben der Gouvernementsverwaltung ähnelte, saßen der Starost und ihm zu Seiten als Beisitzer Afanasij und der alte Alexej. Der Narodnik blickte trotzig, ein wenig eingeschüchtert vielleicht, aber keinesfalls schuldbewusst zu seinen drei Richtern empor. Als die Großmutter an dieser Stelle ihrer Erzählung angelangt war, konnte Galina, die die ganze Zeit schon unruhig auf ihrem Stuhl hin und her gerückt war und das eine oder andere Mal nur mit Mühe einen Seufzer unterdrückt hatte, nicht mehr an sich halten.

»Wie sah er aus? Was hat man ihm angetan?«, fuhr es aus ihr heraus.

»Ach, Kindchen«, entgegnete die Alte, »wie soll er schon ausgesehen haben? Wie ein Mensch eben, der in die Mühlen der Justiz gerät. Die Haut hatte man ihm gegerbt, dass darunter der Verbrecher und gottlose Heide zum Vorschein kam und jeder ihn sehen konnte. Nicht anders als die abgeurteilten Mörder und Halsabschneider sah er aus, die man auf Karren zum Richtplatz fährt oder aneinander gekettet unter Peitschenschlägen nach Sibirien treibt. Zu gerne hätte ich es mit eigenen Augen gesehen, aber ich musste ja zu Hause bleiben, dich zu pflegen.«

Ein Schaudern schüttelte das Mädchen und es schlug die Hände vors Gesicht.

»Gräme dich nicht«, sprach die Alte mitfühlend, »die zugegen waren, haben mir alles geschildert. Ich werde dir bis ins Kleinste berichten. Hör zu: Wie gesagt, jetzt, da man ihm den Schafspelz heruntergerissen hatte, sah ein jedermann den Wolf, der sich darunter verbarg. Zerzaust und zerlumpt, das Haar verfilzt, blutige Strähnen im Gesicht und auf dem Nacken, so soll er vor der Duma gestanden haben – und noch immer sprachen Stolz und Hoffahrt aus seinem Blick, war er nicht bereit, sich zu beugen. Am liebsten hätte er die ganze Versammlung mit bloßen Händen erwürgt. Zum Glück für die Leute hielten ihn die ehrenwerten Gerichtsdiener, Nikifor und Sergej, an Stricken kurz angebunden, so dass er sich nicht rühren konnte.« Wieder unterbrach ein Seufzer die Großmutter. Irritiert blickte die Alte von ihrem Spinnrocken auf, den sie während sie sprach unermüdlich bearbeitete, und suchte den Faden ihrer Erzählung wieder aufzunehmen. Ihr unsteter Blick wanderte in der Kate umher, sprang hierhin und dorthin, als weite sich vor ihren Augen das enge Zimmer zu der Dorfscheune, worin die Kälber blökten und die Pferde mit den Hufen scharrten und die Dorfleute hitziger wurden und der Narodnik dastand, mit abweisender Miene, und auf das Urteil wartete …

Auf dem improvisierten Podest, hinter dem auf Holzböcken quer gelegten Brett, beugte sich der Starost zu Afansij hinüber und blies ihm seinen Knoblauchatem ins Ohr. »Soll man nicht … ich meine … der Ordnung halber, nur so … der Bezirksrichter … weil doch … die Sache so und so ist … ein Verbrechen … gewissermaßen, ihr versteht?«

»Ach was«, raunzte Afanasij ebenso halblaut zurück, dass man es gerade noch verstehen konnte, während er sich die rechte Hand mit dem dicken weißen Wollverband rieb, »ich will nur wissen, wer meinen Ring geklaut hat. Das wird wohl rauszukriegen sein!«

»Ein Ring, sagt Ihr … so ein goldener mit Eurem Siegel darauf, meint Ihr? … Und wertvoll, sagt Ihr … So, so … ja, ja … Man sollte vielleicht nicht zu sehr … sein Herz an weltliche Dinge und so weiter …«, murmelte der Starost und nestelte verstohlen an der Innentasche seiner Joppe herum.

Aus der Zuschauermenge, die im Halbkreis um den gefesselten Narodnik herumstand, ragte Semjon Semjonowitsch, der reiche Kulak, wie eine Eiche über krüppelige Fichten heraus. Mit Worten und Gesten heizte er die Stimmung an. »Ich sage: Was soll das ganze Gerede? Machen wir ein Ende. Wenn ein Stier die Tollwut hat, dann ist es besser, man erschlägt das Viech, ehe es die ganze Herde ansteckt.«

»Nicht so schnell«, wagte ein Bauer einzuwerfen, den man wegen seiner Eigenart, häufig die Augen zusammenzukneifen, den Blinzler nannte, »erst einmal muss er gestehen, dass er Grigorij umgebracht hat. Und er soll sagen, wo er das Messer versteckt hat, mit dem er ihn abgemurkst hat.«

»Was schert uns das Messer? Meint ihr, so einer bräuchte ein Messer, um jemandem den Garaus zu machen?« Dabei deutete der Kulak auf den Narodnik, der wie ein gehetzter Eber vor der Meute der Hunde dastand und aus blutunterlaufenen Augen um sich stierte.

Einer der Gerichtsdiener, es mag Nikifor gewesen sein, zog an seinem Ende des Stricks, und der Narodnik warf den Kopf herum und fletschte die Zähne gegen ihn, dass dieser erschreckt zurückwich.

Auch die Menge um den Narodnik hatte es bemerkt und wich scheu ein paar Schritte zurück.

»Nun, also … sprich«, forderte der Starost mit zitternder Stimme, »sag, dass du es warst … du weißt es ja selbst am besten … leugnen kannst du es nicht … und vergiss auch das Messer nicht … als Beweis und so.«

»Und den Ring!«, schob Afanasij nach, mit der unverletzten Hand energisch auf den Tisch klopfend.

»Wenn ihr schon alle von meiner Schuld überzeugt seid«, sagte der Narodnik, »was soll ich da noch viel sagen? Es hilft ja doch nichts.«

»Ja, ja, so ist's recht«, der Starost rieb sich vergnügt die Hände, »nun ist's erwiesen … und so weiter … und das Messer … und das andere … darauf kann man verzichten, gewiss …«

»Warum sagst du das, Andrej? Du warst es doch nicht«, schaltete sich da aus unerwarteter Richtung der andere Narodnik ein, der Tatar mit der Brille, der sich nun aus der Menge nach vorne schob, vor das Podest mit den drei Dorfältesten. »Ihr müsst die Tochter des Schankwirts befragen – wo ist sie überhaupt und warum habt ihr sie nicht vorgeladen? So führt man keinen Prozess.«

»Sei still, Boris«, zischte der Angeklagte, »was mischst du dich ein? Lass sie aus dem Spiel. Ich will nicht, dass man sie auch noch mit hineinzieht.«

»Nein, ich kann nicht länger schweigen. Ihr müsst mich anhören. Der, den ihr anklagt, kann es nicht gewesen sein. Dafür gibt es Zeugen. Ihr müsst nur …«

»Sei still, Boris. Ich bi…bi…bitte dich!«

Was war das? Welche Verwandlung ging da mit dem Narodnik vor sich? Die Leute, die eben noch nach vorne drängten, um ja kein Wort zu verlieren von dem, was da gesprochen wurde, wichen auf einmal ängstlich zurück. Alle Farbe war aus dem Gesicht des Narodniks gewichen. Mit zitternden Gliedern, Schaum vor den Lippen, stand er vor dem Tribunal, seine Augen rollten irre in den Höhlen, seine ganze Gestalt wand sich wie in innerer Qual. Ein Raunen ging durch die Menge der Zuschauer. Was hatte das zu bedeuten?

»Es ist nichts – es ist nichts«, beschwichtigte der Tatar, dem die Brille im Gedränge ständig von der Nase rutschte, »beachtet es nicht, es geht gleich vorüber. Andrej, beruhige dich, du darfst jetzt keinen Anfall bekommen.«

Der Narodnik ließ ein Stöhnen vernehmen – ein Stöhnen aus tiefster Kehle, so beschreiben es die Leute, die es gehört haben, sagte die Großmutter, wie ein Wolf, der den Mond anheult. Die beiden Gerichtsdiener, unerschrocken wie sie sich bis dahin gegeben hatten, ließen die Stricke fahren, an denen der Gefangene gebunden war. Der

Narodnik sank in die Knie, wälzte sich im Stroh und Kot, stieß jammervolle Laute aus wie ein Tier. Klappernd schlugen seine Zähne aufeinander.

»Helft ihm, so helft ihm doch. Ich brauche einen Stock, etwas, was ich ihm zwischen die Zähne schieben kann, dass er sich nicht die Zunge abbeißt!«

Aber niemand hörte auf den scheeläugigen Tataren, der an die Seite seines Kumpans gesprungen war und vergeblich versuchte, dem wilden Treiben des Narodniks Einhalt zu gebieten. Der wälzte sich immer wütender auf dem Boden umher, zerrte an seinen Fesseln, bis sie rissen, und schlug mit den Armen um sich, dabei ruckte und zuckte sein ganzer Körper, dehnten und strafften sich alle seine Glieder.

»Ich bitte euch, habt keine Angst. Es ist eine Krankheit … nichts weiter … und überhaupt nicht ansteckend … niemand muss sich fürchten … eine ganz gewöhnliche Krankheit … der Professor in St. Petersburg … hat sie untersucht …«

Und dann, so die Großmutter, habe der scheeläugige Tatar noch allerlei gelehrtes Wissen von sich gegeben, was der Professor Soundso und noch ein anderer über diese Krankheit gesagt hätten, wie man sie in einer fremden Sprache nenne und warum man sich nicht fürchten müsse. Voller Staunen, aber auch mit heimlichem Schrecken im Herzen, umringten die Leute den Narodnik, der sich immer mehr wie ein Tier gebärdete, schrie und zeterte, als sei der Leibhaftige persönlich in ihn gefahren, und dem der Schaum in einem steten Strom aus dem Maul lief, zuerst weißlich klar, aber auf einmal rötlich wie mit Blut gefärbt.

»Oh, Gott, ein Stück Holz, rasch – etwas zum Draufbeißen, ich bitte euch«, wandte sich der Tatar an die Umstehenden.

»Steck ihm doch die eigene Hand ins Maul – wirst schon sehen, ob er draufbeißt«, höhnte einer aus der Menge, und alle um ihn herum lachten.

Aber ach, das Lachen sollte ihnen schnell vergehen, denn während sie noch lachten und der eine oder andere sich auch wieder näher an den auf dem Boden Liegenden herantraute, ja, ihn sogar mit der Fußspitze anstupste oder gegen das Schienbein trat, da geschah das Entsetzliche, mit dem niemand gerechnet hatte – oder höchstens der alte Alexej, der solche Dinge noch aus den Erzählungen seines Vaters und dessen Vatersvaters kannte – die Verwandlung des Menschen in ein Tier! Ein entsetzliches, abscheuliches Tier mit Zähnen und Klauen, einem struppigen Fell und Haaren überall im Gesicht und an den

Händen! Ein Werwolf, wie er im Buche steht – ach herrje – so erhob sich der Mensch aus dem Staub und dem Kot und war kein Mensch mehr, sondern ein Tier und funkelte die Anwesenden aus seinen mordlüsternen Augen an. Nicht seit den Tagen Peters des Großen, wo man noch Zöpfe trug und solche Dinge geschehen durften, hatte man so etwas je gesehen! Und unter allen, die so zu Tode geängstigt bis an die Wände der Scheune zurückwichen, erkannte nur der gelehrte Tatar nicht, was die Stunde geschlagen hatte. Die Pferde in den Boxen stampften mit den Hufen, das Vieh muhte, der Stier zerrte halb wahnsinnig vor Angst an seinem Halfter, die Menschen schrien und drängten sich aneinander, und in dem ganzen Aufruhr und dem Geschrei redete der Tatar noch immer auf den Werwolf ein, als sei er ein menschliches Wesen, sein Geselle, mit dem er die Schulbank gedrückt und mit dem zusammen er über die Lande gezogen war, und redete mit ihm, als könne der ihn verstehen, als hätte das Tier den Verstand und die Einsicht und die göttliche Seele eines Menschen. Und so erkennt oft der Mensch den Teufel nicht, selbst wenn er ihm von Angesicht zu Angesicht gegenübersteht.

Mit diesen Worten hielt die Großmutter seufzend inne, auch ihre nimmermüden Hände verharrten für den Augenblick still auf dem Spinnrocken, als sei das Unfassbare ihr wie Blei bis in die Fingerspitzen gedrungen. Galina saß stumm wie vom Schlag getroffen, sie konnte es nicht fassen. Andrej ein Werwolf? »Das glaube ich nicht«, flüsterte sie mit matter Stimme.

»Glaub es ruhig, Kind, jeder erzählt es, selbst die, die nicht dabei waren.«

Galina schüttelte benommen den Kopf. In ihrer Erinnerung sah sie wieder, wie sich Andrej keuchend und mit Schaum vor den Lippen über Tatjana hermachte, wie sich die beiden wie die Schweine im Kot und Dreck der Scheune suhlten.

»Schlimm wäre es gekommen«, fügte die Großmutter hinzu, »wenn sich nicht Semjon Semjonowitsch einen Knüppel gegriffen hätte und damit auf den Werwolf losgegangen wäre. Nie hätte ich ihm solche Tapferkeit zugetraut, habe ich ihn doch ein Leben lang für einen Feigling und schlechten Menschen gehalten. Da sieht man, wie man sich in einem Menschen täuschen kann.«

Galinas Herz krampfte sich zusammen. »Semjon? Was hat er getan? Was ist dann passiert? Sag schon, Babuschka!«

»Ach, hab doch Geduld, mein Kind, schon bald ist es vorbei. Willst du das Ende wissen, auch wenn es schrecklich ist? Erschlagen hat er ihn, den Narodnik.«

»Andrej? Andrej ist tot?«

»Nicht ihn – den anderen. Den Scheeläugigen. In den Weg stellen wollte er sich, den Werwolf schützen – und hat den für ihn gedachten Schlag pariert. So verfehlt der Gerechte manchmal das Ziel – und es trifft doch den Richtigen. Denn die Leute sagen, auch dieser sei ein Werwolf gewesen oder wenn schon kein Werwolf, so doch einer von denen, die den Werwölfen helfen und es ihnen ermöglichen, sich unter die Menschen zu mischen. Und so trifft auch ihn die Schuld an dem Geschehenen.«

Die Großmutter setzte den Spinnrocken ab, als habe die Erzählung sie ermüdet. Ungeduldig rutschte Galina auf ihrem Schemel hin und her. Warum sprach die Großmutter nicht weiter? Was ließ sie sich so lange Zeit? Was war in der Scheune danach geschehen? Was wurde aus Andrej? So sprich doch endlich, Babuschka.

Ach, schlimm war es, grausam und schlimm, was weiter geschah. In den Verschlägen, da ergriff Wahnsinn die Tiere, sie stampften und machten ein Getöse, als sei das Jüngste Gericht angebrochen, während der Werwolf, als er den Kameraden in seinem Blute vor sich auf dem Boden liegen sah, da riss er sich die Kleider vom Leib und aus seiner Kehle stieg ein Jaulen, dass es Gott erbarmte – die Stricke, die ihn gebunden, fielen von ihm ab, er wandte sich drohend gegen das Volk, gegen seine Peiniger, bleckte die Zähne – ach herrjemine, Kind – die langen weißen Zähne, die Richter auf dem Podest sprangen von ihren Stühlen auf, das quer gelegte Brett flog herunter, die Böcke fielen klappernd um – und wer weiß, was noch passiert wäre, wenn nicht Semjon, der tapfere Semjon, ihm Einhalt geboten hätte: mit dem Knüppel, an dem noch die Haare und das Blut des anderen klebten, drang er ohne zu zögern auf die Bestie ein und prügelte sie wie einen räudigen Hund aus der Scheune hinaus. Über die vereiste Schneefläche floh der Werwolf hin zum Fluss, noch einmal sah man am Rand der Uferböschung etwas Helles kurz schimmern, dann war er verschwunden.

»Er ist entkommen!« Das Mädchen schlug die Hände vors Gesicht.

»Gebe Gott, dass es das Letzte war, was man von ihm gesehen hat.«

Die Alte verstummte. Ihre Finger ruhten erschöpft auf dem Webbrett des Spinnrockens. Im Kamin knisterten die Flammen. Was sie zu den beiden sprachen, der Großmutter und ihrer Enkelin? Niemand wird es je erfahren.

11

So war es also ans Tageslicht gekommen. All das hehre Gerede von Gleichheit und Brüderlichkeit, von Gemeinschaft und Gemeinwohl war nur Lug und Trug, dahinter verbarg sich Kalkül, die Menschen sollten zu einer ahnungslosen Schafherde werden, dass man sie umso leichter reißen konnte. Wenn nicht das Mädchen das Truggespinst entlarvt, den Nebel vor den Augen der Leute gelichtet hätte – wie viel Schaden hätten die Werwölfe noch anrichten können? – Im Dorf galt es mittlerweile als ausgemachte Sache, dass auch der andere, den der Streich Semjons zu Tode getroffen hatte, ein Werwolf gewesen war, von derselben Sorte wie sein flüchtiger Kumpan. Und jeder, der etwas dagegen zu sagen wagte, dem drohte ein ähnliches Schicksal wie diesem …

Während Galina, auf der Ofenbank vor sich hin dämmernd, von Werwölfen und Monstern träumte, begann im Dorf die Säuberung von allem »Wölfischen«. Als Erstes musste der Blinzler dran glauben. Als ewiger Zweifler und Nörgler, dessen ironische Bemerkungen bei beiden Parteien Anstoß erregt hatten, den »Roten«, die sich für die Ideen der Narodniki hatten begeistern können, ebenso wie den ihnen entgegen gesetzten »Rechtgläubigen«, wie sie nun genannt wurden. Auf einmal war der zweifelnde Thomas Freiwild für alle und jeden. Zuerst stahl man ihm sein Vieh, dann steckte jemand das Dach seiner Hütte in Brand, und als das alles nichts half und der Blinzler weiterhin stur an seinem Stückchen Land und seinem Bleiberecht im Dorf festhielt (sogar das Dach seiner Hütte neu mit Stroh eindeckte), lauerte man ihm eines Nachts auf dem Nachhauseweg von der Schenke auf und prügelte ihn halbtot. Es war ein Wunder, dass er die Nacht überlebte. Mehr tot als lebendig schleppte er sich mit gebrochenen Knochen nach Hause, wo er es noch schaffte, auf den Ofen zu klettern, aber am nächsten Morgen nicht mehr aufstand. Auf der nächsten Dorfduma beschuldigten sich die »Roten« und die »Rechtgläubigen« gegenseitig, hinter dem Anschlag auf den Blinzler zu stecken. Mitten in die erregte Diskussion platzte die Nachricht von weiteren gerissenen Schafen. Nun galt es endgültig als ausgemacht, dass hinter allem Übel nur der entkommene Narodnik stecken konnte. Hatte er sich nicht in der Dorfduma vor den Augen aller in einen Werwolf verwandelt? Jeder, der dabei gewesen war, konnte es bezeugen. Auch die »Roten«, in der Minderheit, wagten gegen diese unleugbare Tatsache keinen Einspruch mehr. Man gründete ein Komitee zur Verhütung und Aufdeckung des Werwolftums in unserem Dorf. Dem Komitee gehörten auch Nikifor und Sergej an. Ihre erste Amtshandlung war, dem Schankwirt Obnoski ein wölfisches Wesen vorzuwerfen. Sie präsentierten sich daher schon frühmorgens bei dem Schankwirt und verlangten, dass er ihnen sofort »reinen Wein einschenke«. Nach ungefähr vier Stunden verließen sie, in bester Laune, die Schenke, von der Unschuld des Wirts restlos überzeugt. Erst gegen Abend kamen ihnen doch wieder leise Zweifel, die der Wirt aber anlässlich ihres zweiten Besuches seines Etablissements gleichfalls ausräumen konnte.

Unter Führung Jossip Antonowitschs wurde ein Suchtrupp aufgestellt, der die Umgebung des Dorfes nach dem geflohenen Narodnik durchkämmen sollte. Aber obwohl man immer wieder auf Spuren seines unheiligen Tuns stieß – die kalte Asche eines abgebrannten Lagerfeuers, Schafknochen, ja sogar einmal die Fetzen einer alten verdreckten Joppe, dessen Träger unweigerlich dem Werwolf zum Opfer gefallen sein musste, gelang es dem Suchtrupp nicht, seiner selbst habhaft zu werden. An dem Bemühen des Jägers lag es jedenfalls nicht, der führte die Dörfler unfehlbar jedes Mal zu dem Ort, wo der Gesuchte sich noch vor Kurzem aufgehalten haben musste, was man an den besagten Spuren ersah, die Jossip Antonowitschs kundiges Auge selbst unter einer hohen Schneedecke zu erkennen wusste. Und so stapfte man den ganzen Tag durch den Schnee, kreuz und quer, hierhin und dorthin, über Stock und Stein, wie bei einer von höchster Stelle angeordneten Ortsbegehung, wo einem auch allerhand gezeigt wurde, aber man nichts zu sehen bekam. Am Abend kehrten die furchtlosen Werwolfjäger ins Dorf zurück, müde und erschöpft und mit leeren Händen. Außer einem halb verhungerten Schneehuhn, das sich in einer Wildfalle verfangen hatte, konnte man für die Mühen des Tages nichts vorweisen. Auch die nächsten Tage brachten keinen Erfolg. Der Werwolf war zu schlau, sich so einfach fangen zu lassen. In der Dämmerung hörte man sein Heulen aus unbestimmter Entfernung, und der eine oder andere furchtlose Werwolfjäger schwor Stein und Bein, er habe ein rotglühendes Augenpaar in einem Gebüsch aufleuchten und einen geduckten Wolfsschatten hinter einer Schneewehe verschwinden sehen. Allgemein herrschte das Gefühl vor, das Dorf sei von Wölfen belagert, die nachts um die Häuser strichen, in Ställe eindrangen und für alles mögliche Unheil verantwortlich gemacht wurden. Die furchtlosen Werwolfjäger taten das Ihrige, die Daheimgebliebenen in Angst und Schrecken zu versetzen. In Obnoskis Schenke versuchte ein jeder den anderen mit gruseligen Schilderungen zu überbieten. Der lahme Igor beispielsweise erzählte jedem, der es hören wollte, wie ihm beim Nachhauseweg jemand die Hand auf die Schulter gelegt habe – eine große, schwere Hand, mehr eine Pranke – obwohl er, Igor, als Letzter in der Reihe den anderen hinterher nach Hause gehumpelt sei.

»Warum hast du dich nicht umgedreht?«, wollte einer der Zuhörer wissen.

»Und dem Werwolf in den Rachen schauen und von ihm verschlungen werden? Nein danke!«, entgegnete Igor.

Außerdem habe der Druck auf seiner Schulter nachgelassen, je näher er Obnoskis Schenke und dem wärmenden Kaminfeuer darin gekommen sei.

Das Einzige, was bei solchen und anderen Schilderungen den Ausbruch einer Panik verhinderte, war die unerschütterliche Standfestigkeit der beiden Komiteemitglieder Nikifor und Sergej, die erklärten, kein Werwolf, und sei er noch so furchterregend, könne sie ins Bockshorn jagen. Im Notfall würden sie, der Gefahr trotzend, die Schenke bis zum letzten Atemzug und bis auf den letzten Tropfen verteidigen. Obnoski, unsicher ob die beiden ehrenwerten Mitglieder des Komitees es wirklich ernst meinten, überkam bei diesen Worten ein Zittern, was viele als ein Zeichen seiner Angst werteten.

In der nächsten Dorfduma beriet man darüber, wie man die Werwölfe unter den Dorfbewohnern von den *echten* Menschen unterscheiden könne. Der alte Alexej schlug vor, jedem im Dorf, Mann, Frau und Kind, eine Kugel ins Bein zu schießen: wem die Verletzung nichts ausmache, der müsse ein Werwolf sein. Wer aber einen Schaden davontrage und die Prüfung nur humpelnd überstehe, der sei ein echter Russe, durch und durch. Der Vorschlag wurde mit knapper Mehrheit abgelehnt. Am Ende einigte man sich darauf, die Verdächtigen an das Krankenbett des Mädchens zu führen, um sie dort einem göttlichen Schiedsgericht auszusetzen. Seit ihrer Vision an Grigorijs Grab galt Galina nämlich vielen im Dorf als eine von göttlicher Hand berührte Seherin, deren im Fieberwahn gemurmelte Worte, richtig gedeutet, eine tiefere Wahrheit offenbarten. Scharen von Dörflern zogen alltäglich mit Gaben und Geschenken zu der Kate wie zu der Klause eines Heiligen, um aus dem wirren Gestammel der Kranken die richtigen Schlüsse zu ziehen. Darunter nicht nur alte Weiber, sondern auch angesehene Honoratioren des Dorfes wie Afanasij der Kaufmann, der schon mehreren vielversprechenden Hinweisen auf den Verbleib seines kostbaren Rings nachgegangen war und ihn demnächst zu entdecken hoffte.

Wer letztlich auf die Idee gekommen war, die Beschuldigten auf diese Art und Weise zu überführen, ist nicht überliefert. Vielleicht war es Semjon Semjonowitsch gewesen, vielleicht der Starost, oder vielleicht waren auch Nikifor und Sergej, die beiden ehrenwerten Mitglieder des Komitees zur Ausrottung des Werwolftums, die eigentlichen Erfinder und Propagandisten dieser todsicheren Methode. Wie auch immer: aus den Reaktionen der Kranken, wenn sich jemand über sie beugte, einem Verziehen der Mundwinkel, dem Rollen der Augäpfel, einem Stöhnen oder Zucken der Glieder hoffte man ablesen zu können, wer ein Werwolf und wer ein aufrechtes Mitglied der Dorfgemeinschaft war. Nicht immer waren die Ergebnisse jedoch eindeutig. Manchmal mussten die Beschuldigten mehrmals, zwei, drei, ja manche sogar bis zu vier Mal vorgeführt werden, ehe ihre Schuld erbracht war. Immer mehr Dorfbewohner gerieten in den Strudel der Untersuchungen, es erwies sich, dass kaum ein Haushalt, kaum eine Familie vom Biss des Werwolfs, wie man es jetzt nannte, verschont geblieben war. Der Sohn beschuldigte den Vater, der Onkel den Neffen, der Zweitgeborene den älteren Bruder, der als Erbe allein auf Haus und Hof saß. Eine Frau, die im Streit ihren Ehemann einen Werwolf schimpfte, bereute es hernach, als man ihn vor das Tribunal schleppte und ihm seine Untaten nachwies. Nachbarn hatten ihn nämlich in seiner Werwolfgestalt gesehen, wie er des nächtens um ihre Häuser strich, Zaunpfähle umwarf und die Gemüsebeete zertrampelte. Und obwohl er alles leugnete und die Frau schwor, sie habe das nur so dahergesagt, jagte man sie doch beide aus dem Dorf.

Kein Werwolf, und war er noch so geschickt im Vortäuschen einer menschlichen Hülle, war vor Entdeckung sicher. Besonders Nikifor und Sergej, die beiden ehemaligen Trunkenbolde, taten sich dabei hervor. Sie entwickelten einen geradezu übernatürlichen Spürsinn im Aufspüren und Entlarven selbst bisher unbescholtener Dorfbewohner, deren Ansehen und relative Wohlhabenheit sie ansonsten vor Verfolgung geschützt hätten. Und so dauerte es nicht lange, bis das ganze Dorf in Angst und Schrecken versank – sowohl vor den Werwölfen als auch vor deren eifrigen Verfolgern und Hütern von Recht und Ordnung.

Die meisten Verdächtigten zogen es vor, das Weite zu suchen, ehe man ihrer habhaft werden konnte. Ihr Land, ihre Hütte, alles, was sie nicht mitnehmen konnten, fiel zu gleichen Teilen an die Dorfgemeinschaft. Zu gleichen Teilen, das hieß: Stipe bekam am meisten, dann Semjon, hernach Afanasij und so weiter. Auch Isaak der Trödler packte, sobald er merkte, woher der Wind wehte, seine Siebensachen auf seinen klapprigen Karren und verschwand bei Nacht und Nebel aus dem Dorf. Er kam damit einer Untersuchung knapp zuvor. Als die Kommission, Semjon mit einem Eichenknüppel an der Spitze, bei der Hütte des Juden ankam, war der Vogel bereits ausgeflogen. Erfolglos durchstöberte man die Behausung des Trödlers vom Dach bis auf den Boden, fand jedoch weder Mensch noch in der Matratze eingenähte Rubel, wie man erhofft hatte. Vor allem Semjon zeigte sich zutiefst enttäuscht vom Verhalten des Trödlers. »So ein Jude versteckt doch immer einen Goldschatz im Haus, ich verstehe nicht, wie unsrer sich so unjüdisch benehmen kann«, gab er seinem Unmut Ausdruck, nachdem er die Möbel umgestoßen, den Wäscheschrank durchwühlt und alle Vasen im Haus zerschlagen hatte. »Man kann sich auf Juden einfach nicht verlassen«, schimpfte Afanasij, »nicht mal darauf, dass sie sich tatsächlich wie welche benehmen!«

Semjon war wirklich verärgert. Man sah es ihm an, dass er gerne jemanden mit seinem kräftigen neuen Eichenknüppel verprügelt hätte, ganz gleich welcher Konfession. »Vielleicht wenn man dem Juden hinterher eilt, weit kann er noch nicht sein«, schlug einer der Häscher vor. Unsicher sah man sich an. Draußen pfiff der Wind, und es fing schon an zu dämmern, außerdem heulten die Wölfe am Waldrand. »Nun ja, gewiss … vielleicht … der Ordnung halber und so …«, räsonierte der Starost, die Stirn in Falten gelegt, »zumindest ein kleines Stück … vielleicht nicht gar so weit, meine ich.« Die anderen blickten verlegen zu Boden. Niemand wollte hinaus, in die Nacht und die Kälte. Auch ging jetzt der Mond auf. Wer wusste schon, vielleicht war der Trödler ja tatsächlich ein Werwolf und es war nicht gut, ihm hinterherzujagen? Wie leicht konnten aus Jägern Gejagte werden? … »Es hat keinen Zweck«, bemerkte Nikifor, dem wieder einmal die Lösung für alle Probleme einfiel, »er ist mit dem Teufel im Bunde, also reitet er auf einem Besen, schneller als der Wind. Wir werden ihn nie zu fassen kriegen.«

»Jawohl, sehr richtig«, stimmte Sergej sofort zu, »immer, wenn ich‘s in der Nacht über mir pfeifen höre, denk ich mir, da reitet er wieder auf seinem Besen, geschwind wie der Teufel.« Jetzt fiel es auch anderen aus der Kommission wieder ein, wie sie den Juden am nächtlichen Sternenhimmel auf seinem Besen hatten vorbeiziehen sehen, einen feurigen Schweif wie einen Kometen hinter sich herziehend. Und der eine oder andere meinte sogar, ihn des Öfteren hinter Gewitterwolken lachen gehört zu haben, ein höhnisches, meckerndes Lachen, das nichts Gutes verhieß. Der gerechte Zorn der Leute über den entkommenen Trödler entlud sich darin, dass man den zurückgebliebenen nutzlosen Plunder auf die Straße warf und die wenigen wurmstichigen Möbel, den Tisch, die Stühle, die Ofenbank kurz und klein schlug. Irgendjemand warf eine brennende Fackel aufs Dach der Hütte. Im Nu fing das Stroh Feuer. Semjon stapfte wie ein Feuerkobold um die Hütte herum, schlug mit seinem Knüppel die Fenster ein, dass das Feuer mehr Luft bekam. Andere warfen Fackeln durch die eingetretene Tür ins Innere der Hütte. Der Feuerschein zeichnete eine gezackte Krone gegen den grauen Abendhimmel, die Funken stoben hoch empor, wie ein rotglühender Wasserfall, den man auf den Kopf gestellt hatte. Aus der Schenke nebenan stürzte Obnoski heraus. »Was tut ihr? Seid ihr verrückt? Wollt ihr mein Haus anzünden?«

Die Funken gingen in einem roten Bogen auf das Dach der Schenke nieder.

»Reg dich nicht so auf, es wird schon nichts passieren. Schau, wie lustig die Fünkchen tanzen«, beschwichtigte das ehrenwerte Kommissionsmitglied Nikifor.

»Ja, da, schau, da züngelt es wieder. So was Lustiges hast du noch gar nie gesehen«, stimmte ihm Sergej zu, auf eine Funkengarbe deutend, die gerade prasselnd und zischend auf dem Dach der Schenke landete. Schon glosten hier und da einzelne Schwelbrände, stiegen feine Rauchfäden empor.

»Seid ihr denn alle verrückt geworden?«, schimpfte der Wirt. »Die Judenhütte abbrennen ist eine Sache, aber meine Schenke, das geht doch nicht!«

»Halt's Maul, Wirt, hast uns lange genug mit deinem gepanschten Wein betrogen und dir die Differenz in die Tasche gesteckt. Jetzt sollst auch du mal dein Fett abkriegen!«

»Jawohl, brennen soll die Panschstube!«

»Nachbarn, Gäste, ihr lieben Leute, ich bitte euch, so geht das doch nicht. Helft mir löschen, ich bitt' euch inständigst!«

»Löschen sollen wir? Du hast wohl eine Meise. Weißt du nicht, Wirt, dass wir hier in offizieller Mission sind? Wir sind doch keine Löschhelfer!«

»Jawohl, was denkst du dir? Wir bekämpfen Werwölfe, kein Feuer!«

»Hol deinen Schnaps heraus, dann löschen wir«, schrie einer, und die Menge johlte.

Obnoski schaute in die Gesichter der Menschen, die sich um die Schenke und die brennende Hütte des Juden versammelt hatten, und sah, dass keine Hilfe zu erwarten war. Die meisten von ihnen kannte er schon sehr lange. Es waren die Zecher und Trunkenbolde und ehrenwerten Bürger, die sich tagein, tagaus und auch sonntags und an

Feiertagen bei ihm versammelten, die seinen Wein und Schnaps tranken, Lieder sangen, lachten und ausgelassen und fröhlich waren, auch manchmal schrien und schimpften und sich schlugen; der eine oder andere war schon betrunken unter einem seiner Tische eingeschlafen und hatte dort, auf dem harten Bretterboden, die Nacht verbracht, sich einen tüchtigen Schnupfen oder Schlimmeres geholt; den einen oder anderen hatte er auch schon betrunken mit dem Besen und kräftigen Tritten aus der Wirtsstube gejagt, wenn sein Geld am Ende war oder er zu randalieren angefangen hatte.

»Du willst, dass wir dir löschen helfen? Warte, ich helf dir löschen«, grölte da Semjon und zog zur Erheiterung aller seine Hose herunter und schlug sein Wasser an der Hauswand, gerade vor den Füßen des Wirts, ab.

»Du Schwein, du!« Obnoski sprang zur Seite, ein paar Spritzer von Semjons kräftigem gelbem Strahl landeten auf seinen Hosenbeinen und Galoschen. »Man sollte dich ….«

»Was – was sollte man mit mir?«, grollte Semjon, wandte sich halb dem Schankwirt zu. Sein dickes, fleischiges Glied baumelte aus der Hose, hing schlaff wie eine gekrümmte Angelrute in der kalten Abendluft.

»Vater, lass doch. Komm herein, ich bitte dich.« Aus einem Fenster im Obergeschoss des Gasthauses schaute Tatjana auf die grölende Menge herab.

»He, Tatjana, hast du so was schon gesehen?«, rief ihr der Spaßvogel Sergej zu und deutete auf Semjons entblößtes Glied, das sich beim Anblick Tatjanas stolz aufzurichten begann.

»Schau gut hin, eine solche Pracht gibt's nicht zweimal im ganzen Zarenreich.«

»Steck es lieber weg, Semjon Stiernacken«, höhnte Tatjana aus dem Fenster zurück, »sonst friert es noch den Winter über an der Hauswand fest. Du müsstest dann dastehen und die Leute könnten daran Klimmzüge üben.«

Die Menge schüttete sich vor Lachen aus bei diesen Worten.

Nur Semjon Semjonowitsch nicht. Er stand da wie vom Donner gerührt, sein getroffenes Glied zitterte in der Kälte vor Empörung. »Was? Wie hast du mich genannt?«, kam es zwischen zusammengepressten Zähnen hervor.

»Semjon Stiernacken, führ dich nicht so auf. Zieh mit deinen Gesellen von dannen. Aber vorher löscht ihr noch das Feuer, das ihr angesteckt habt. Und beeilt euch, wenn Stepan Wladimirowitsch davon Wind bekommt, versohlt er dir den Hintern.«

»Glaubst du etwa, ich bin Stipes Leibeigener?«, grollte der Kulak. In der Dämmerung war schwer auszumachen, ob sein Gesicht vor Zorn oder vom Widerschein der Flammen gerötet war.

»Was du bist, weißt du selbst am besten, Stiernacken«, entgegnete Tatjana. Im Rahmen des schmalen Fensterchens wirkte sie wie das Porträt einer andalusischen Königin, mit schwarzen Haaren, die sich um ihren weißen Busen schlängelten, und schwarzen, stechenden Augen. Aber auch Königinnen und Könige konnten fallen, diese Neuigkeit hatte selbst unser rückständiges Dorf erreicht. Man hatte von dem Franzosenkönig gehört, dessen Kopf unter dem Fallbeil gerollt war, und von seiner Frau, um deren Hals sich die Schlinge des Henkers geschnürt hatte.

Und auch die Erinnerung an das Tribunal, vor dem nur der Gutsverwalter sie bewahrt hatte, war noch frisch in den Köpfen der meisten.

»Sag«, rief Nikifor der Hochnäsigen zu, »stimmt es, was man sagt, dass ein Bock Hörner hat und der Hund einen Schwanz nicht nur zum Wedeln?«

»Was soll das? Wovon sprichst du?«

»Na ja, nur davon, was jeder weiß, dass du dem Studenten schöne Augen gemacht hast und er jede Nacht in deine Kammer gestiegen ist.«

»Wer das sagt, lügt!«

»Pass nur auf, wenn Stipe das erfährt, ist es aus mit der Freundschaft.«

»Halt dein Maul!«

»He, Tatjana«, grölte ein anderer aus der Menge, »hat er dir schon ein Wolfsbaby in den Schoß gelegt?«

»Willst wohl Stipe ein Kuckucksei ins Nest legen, was? Die Hörner hast du ihm ja schon aufgesetzt.«

»Sag uns, Tatjana, was ist länger, der Schwanz eines Hundes oder der eines Bocks?«

Tatjanas Gestalt im Fensterrahmen wankte. Aus der Hütte des Trödlers schoss eine Flammengarbe krachend in die Höhe und die Leute zogen erschrocken die Köpfe ein. Obnoski war unter dem Schatten des Dachvorsprungs hervorgetreten und machte Tatjana verzweifelte Gesten, vom Fenster zurückzutreten.

»He, Tatjana, bist wohl selbst eine von denen? Eine Werwölfin?«

»Hast uns die ganze Zeit betrogen, hinters Licht geführt?«

Man sah, wie schwer es Tatjana fiel, ihre Fassung zu bewahren. Sie schwankte, hielt sich mit beiden Händen am Fensterrahmen fest.

Vom Feuerschein übergossen, sah ihr Gesicht aus, als flössen Ströme von Blut an ihr hinab. Das Porträt der Königin hatte Risse bekommen, man sah, wie es vor den Augen aller auseinanderfiel.

»Das müssen wir untersuchen! Der Sache muss auf den Grund gegangen werden!«, bellte Semjon, dessen fleischige Rute zitterte, als hinge ihm ein Fisch am Haken.

Auf der Türschwelle versperrte ihm Obnoski den Zutritt. »Lass das, Semjon, das ist mein Haus, ich erlaube dir nicht, in dieser Weise über meine Tochter zu reden!«

»Aus dem Weg, du Hund!«, grollte Semjon.

Obnoski welkte unter dem Blick des Kulaken wie ein Gänseblümchen in der Wüstensonne. Wie Schnee im Sommer. Mutig war er nie gewesen, und die Sache mit David und Goliath, das waren Geschichten, die der Pope erzählte, wenn man aber selbst so einem Goliath gegenüberstand, war das etwas anderes.

»Gewiss, Semjon Semjonowitsch, gewiss doch. Nur habt acht, zerschlagt mir nicht die Gläser und Flaschen. Und passt auf das Geländer auf, es ist nicht fest, es wackelt.«

»Verkriech dich, du Wurm!« Der Kulak schob Obnoski beiseite wie eine lästige Fliege.

Tatjana war vom Fenster verschwunden. Die Schritte des Kulaken polterten die Treppe hinauf. Krachend stürzte die Hütte des Juden in sich zusammen. An Obnoski vorbei drängte die Menge hinter Semjon her in die Schenke.

»Nachbarn, Freunde, Gäste, ich bitte euch, macht mir keinen Kummer. Die Treppe ist gleich links um die Ecke, ihr müsst nicht durch die Schankstube, lasst mir doch die Flaschen stehen, ich bitte euch.«

So jammerte Obnoski, und man hätte ihn für hartherzig halten können, dass er sein Hab und Gut vor das Wohl seiner Tochter stellte, aber Obnoski war zu weltklug und zu sehr Schankwirt, um sich gegen das Unvermeidliche zu stellen. »Wenn es regnet, stell dich unter, und wenn es Schläge prasselt, zieh den Kopf ein; willst du überleben, dann sei wie das Gras, das sich beugt, wenn der gestrenge Wind über die Steppe fährt und die vorwitzigen Büsche rupft.« So sagt ein altes russisches Sprichwort.

Zudem half ihm sein Gejammer, zusammen mit dem Geräusch der prasselnden Flammen, die Schreie Tatjanas zu übertönen, die jetzt von oben aus der Kammer drangen.

III

Nachdem das letzte Komiteemitglied die Schenke wieder verlassen hatte, stieg Obnoski vorsichtig die Treppe zum Obergeschoss hinauf. Aus dem Zimmer Tatjanas drang kein Laut. Lange stand Obnoski vor der Tür, unsicher, was er tun sollte. Wenn da wenigstens irgendein Geräusch zu hören gewesen wäre, Jammern, Weinen, ein leises Stöhnen, dann hätte er sich ein Herz fassen können, aber so – die Stille jagte dem Wirt einen solchen Schrecken ein, dass er es nicht wagte, sie auch nur durch ein Hüsteln oder ein Scharren mit den Füßen zu unterbrechen. Draußen glosten noch immer die Überreste der Hütte des Juden still vor sich hin, und der blasse Widerschein der ersterbenden Glut spiegelte sich in den Fenstern der Schenke. Lange stand Obnoski so vor der Tür von Tatjanas Zimmer. Dann drehte er sich um und schlich ohne einen Laut nach unten in die Schankstube, wo er sich neben dem Ofen auf die Bank zum Schlafen legte.

Nach der Schändung Tatjanas durch das halbe Dorf wurde die Suche nach Werwölfen in unserer Mitte für den Moment eingestellt. Die Leute zeigten sich entsetzt: Wie hatte das geschehen können? War man schon so tief gesunken? Jedermann verurteilte die Tat, und am lautesten diejenigen, die an dem fraglichen Abend als Erste hinter Semjon her die Treppe hinaufgestürmt waren. Eine dunkle Wolke hing über dem Dorf. Was würde Stipe tun, wenn er von dem Geschehenen erfuhr? Der Gutsverwalter war einige Tage vor dem erwähnten Ereignis nach Moskau aufgebrochen, um dem Fürsten Dolgorukij die Pachteinnahmen für das abgelaufene Jahr persönlich zu überreichen, wie er es alljährlich um diese Zeit tat. Was würde geschehen, wenn er zurückkam, wie würde er reagieren? Würde er die Beteiligten zur Rechenschaft ziehen? Würde er sie bestrafen? – Wieso bestrafen? Man hatte doch nur seine Pflicht getan! Tatjana steckte mit den Werwölfen unter einer Decke, da war es doch klar, dass man – nein, sie hatte es sich selbst zuzuschreiben, was ihr zugestoßen war. Stimmte das etwa nicht?

Einige Tage nach der gemeinschaftlichen ruchlosen Tat, in denen man weder Obnoski noch Tatjana gesehen hatte, drangen des Abends merkwürdige Geräusche aus dem dunklen Wirtshaus. Hinter den verriegelten Fensterläden polterte und rumorte es. Es klang, als würden schwere Gegenstände hin und her geschoben, als bereite man sich auf etwas Besonderes vor. Neugierig geworden versammelte sich eine Schar Menschen auf der Gasse vor dem Haus. Was ging da drinnen vor sich? Würde die Kneipe endlich wieder öffnen, wie man es erhoffte? Nach einer Weile wurde es wieder still. Schon wollten die ersten wieder enttäuscht von dannen ziehen, da wurden die Fensterläden aufgestoßen, das Licht in der Schankstube entzündet, und Obnoski selbst, seinen runden Wanst tätschelnd, trat vor die Tür. »Herein, herein, der Kwass wird nicht süßer, wenn ihr wartet, und der Wodka schmeckt in Gesellschaft nochmal so gut«, rief er wie jeden Abend, wenn er seine Schenke öffnete, den Wartenden zu.

Zögernd trat erst einer, dann noch einer ein. Schließlich drängten alle, zu dritt und zu viert, über die Schwelle. Man setzte sich auf die freien Plätze, zwängte sich hinter die Tische, auf die Bänke.

»Worauf wartet ihr? Setzt euch, ihr lieben Gäste«, ermunterte Obnoski die zuletzt Eingetretenen, »heute ist ein besonderer Tag: Alles geht auf Rechnung des Hauses, trinkt so viel ihr wollt, Schnaps, Wein, Wodka, es ist reichlich da!«

Ungläubig starrte man sich an. Konnte das wahr sein? Obnoski, der Knauser, der nie auch nur eine Kopeke nachgab und nie über den Rand hinaus einschenkte, wie es jeder gute russische Schankwirt tun sollte, der etwas auf sich hält, der wollte nun die ganze Mannschaft freihalten? Die Bauern sahen sich an, zwinkerten schlau mit den Äuglein. Aha, so war das also, Obnoski wollte sich reinwaschen vom Verdacht, ein Werwolf zu sein. Nun hatte man verstanden! So ein Verdacht lastete schwer auf den Schultern. Einen einfachen Menschen konnte er schon erdrücken. Um wie viel schwerer musste er auf die Schultern eines Schankwirts drücken, der von seinem guten Ruf lebte, dem die Leute vertrauen mussten, damit sie zu ihm kamen, um ihr sauer verdientes Geld zu vertrinken.

»Heda, Wirt, schenk ein, mich dürstet!«, rief der erste Zecher.

Und: »Mach den Krug voll, du Hund, was überläuft, ist für später, wenn ich auf dem Boden liege«, ein zweiter.

Obnoski eilte geschäftig zwischen den Tischen hin und her, füllte die Krüge, schleppte Flaschen und Becher heran. Wenn seine Hände zitterten, er ein wenig blasser als sonst aussah, immer mal wieder Wodka auf den Boden, die Hosenbeine oder in den Schoß der Zecher verschüttete – wer wollte es ihm verdenken?

Unter den Gästen dieser Nacht war auch Semjon Semjonowitsch. Er war gekommen zum Zeichen, dass er dem Wirt nichts nachtrug, dass zwischen ihnen kein Groll herrschte, egal was geschehen war. Mehrmals während des Abends schlug er mit der flachen Hand auf den Tisch und verlangte nach mehr Wodka, mehr, mehr, hörst du, du Hund?

»Ihr schuldet mir noch zehn Rubel, fünfzehn Kopeken«, wagte Obnoski den Kulaken zu erinnern.

»Was, was sagst du da?« Semjon starrte den Wirt aus trüben Augen an.

»Zehn Rubel, fünfzehn Kopeken – von den letzten Malen, da Ihr bei mir habt anschreiben lassen.«

Der Kulak hielt das leere Glas dem Wirt unter die Nase. »Ach was, zieh's von dem ab, was ich heute Nacht nicht trinken werde, dann sind wir quitt.«

Gehorsam senkte Obnoski den Kopf und schenkte das Glas voll. »Wie Ihr wünscht, nach heute Nacht sind wir dann quitt.«

Auf einmal fiel eine beklemmende Stille über die Gesellschaft. Beinahe unbemerkt war ein weiterer Gast unter die Zecher getreten. Tatjana, die Leichtfüßige, die Feurige, – aber wie anders, wie verändert wirkte sie nun, nicht mehr leichtfüßig und feurig, keine Königin mehr, deren Blick allein genügte, die Herzen zu entzünden. Bleich wie ein Gespenst, Gesicht und Wangen eingesunken, die Augen tief in ihren Höhlen, die Haare wirr und zerzaust, als hätten Krähen darin genistet, so war sie die Treppe herabgekommen, sich unter die Gesellschaft zu mischen. Sie nahm Obnoski den Krug aus der Hand. »Lasst mich, Vater, ich bitte Euch.«

Schweigend ging sie die Reihen der Tische entlang, schenkte die Gläser nach und schaute jedem, den sie kannte und der ihr »die Ehre erwiesen« hatte, ins Gesicht. Einige erwiderten den Blick frech, andere schauten betreten zur Seite oder auf den Boden. An jedem Tisch hielt sie inne, schenkte aus dem Krug die leeren Gläser voll. Ihr schlichtes, weißes Gewand, von einer einfachen Kordel in der Hüfte zusammengerafft, streifte jeden der Gäste kurz im Vorbeigehen, wie ein eisiger Hauch.

Vor Semjon Semjonowitsch hielt sie als Letztem an. Der Kulak umklammerte sein Glas mit beiden Händen, stierte aus stumpfen Augen in die Höhe.

»Was ist? Was willst du?«

»Dein Becher geht zur Neige.«

»Was kümmert's dich?«

»Lass mich nachfüllen.«

In den zusammengekniffenen Augen des Kulaken blitzte ein Funken auf. »So, dann pass nur auf, dass du nichts verschüttest. Ich will alles – hörst du, alles haben, auch den letzten Tropfen!«

Tatjana leerte den Krug in Semjons Glas. »Vater, der Krug ist leer. Du musst Nachschub holen.«

Obnoski, den wohl die Angst um sein flüssiges Hab und Gut zittern machte, klappte den Mund auf und zu und stammelte: »Aber nein … nicht doch … bist du sicher? Da muss doch noch in den Flaschen … und auf den Tischen …«

»Vater, ich bitte Euch. Es muss sein!«

Dem betrübten Schankwirt schossen die Tränen in die Augen. Man sah deutlich, wie sehr er sich grämte ob des weiteren Verlusts, den er erleiden sollte. Sicher reuten ihn schon jetzt die leergetrunkenen Flaschen und verdunsteten Krüge.

»Väterchen, wir haben doch alles besprochen. Es führt kein Weg daran vorbei.«

Noch mehr sprachen sie und noch weiterer Überredungskünste Tatjanas bedurfte es, ehe sich der Schankwirt ihrem Willen beugte und gesenkten Hauptes zur Tür schlurfte. Auf der Schwelle rief ihm Tatjana noch einmal hinterher: »Väterchen, denkt dran, die Türen ordentlich zuzumachen und die Läden, dass ihr Klappern uns nicht stört. Es weht ein starker Wind heute Nacht.«

Dies Letzte, dass der Wind heute Nacht so stark wehe, schien Obnoski schier das Herz abdrücken zu wollen, so niedergeschlagen und verwundet war der Blick, den er zurück auf die Gesellschaft warf: ein trauriger Hundeblick. Die Tür schlug hinter ihm zu und man hörte, wie sich der Schlüssel im Schloss drehte. Der alte Knauser, sicher wollte er nicht, dass sich noch weitere Gäste zu der freien Verköstigung einfanden.

Die Schritte Obnoskis knirschten auf dem Schnee, man hörte, wie er um das Haus herumging zum Schuppen im Hinterhof, wo hinter einer zweifach verriegelten Tür die Fässer mit Wein und die Krüge mit Wodka schlummerten. Wovon träumten der Wein in den Fässern und der Wodka in den Krügen? Von Reben und dunkler, feuchter Erde, von weiten Feldern und Sonnenschein auf gelbem Weizen? Oder, dass der Wirt sie holen kam, ein grober, unlustiger Geselle mit kalten Händen und saurem Atem und einem furchigen, runden Gesicht wie der alte Mond?

Einer nach dem anderen wurden die Läden zugeschlagen, schob Obnoski die Riegel vor. Dunkel wurde es in der Schankstube, nur die Kerzen verbreiteten einen unruhigen, kränklichen Schein. Die Gäste rückten näher ans Licht.

»He, Obnoski, beeil dich, uns brennt‘s in der Kehle«, rief einer, und die übrigen lachten.

In der Steppe heulte ein Wolf und die Gäste rückten noch ein wenig näher zusammen. Gott sei Dank waren die Läden geschlossen, da war man hier drinnen sicher. Ob wohl draußen der Mond schon am Himmel stand? Die Wolfssonne?

In die eingetretene Stille tönte das Knarzen der zweifach verriegelten Tür wie ein schriller Missklang. Etwas knirschte über den frischen Schnee. Rollte der Schankwirt ganze Fässer heran, den Durst seiner Gäste zu stillen? Gluckerte da nicht etwas draußen an der Hauswand?

»He, Obnoski, du Schweinehund, bist du gestolpert und hast den guten Wodka verschüttet? Pass auf, man wird dir nichts ersetzen!«

Das Lachen der Gesellschaft versiegte auf dem Grund der leeren Becher. Warum beeilte sich der Hundsfott nicht? War es ihm doch leid um sein Gut? Wollte er es am Ende doch nicht herausrücken?

Ein Schlag ließ die Hauswand erzittern. Was war das? Grollte draußen ein Gewitter? Hieb der Donnergott persönlich mit seinem Hammer gegen das Haus? Unsinn, wie sollte sich zu dieser Jahreszeit, mitten im Winter, ein Gewitter zusammenbrauen? Es war nur Obnoski, der Hundsfott, der die Leiter gegen die Hauswand gestellt hatte und aufs Dach hinaufstieg. Was suchte er dort oben? Hatte er etwa die besten Tröpfchen unterm Dach versteckt?

»Ihr Leute, warum so schweigsam? Warum lacht ihr nicht und singt? Seid fröhlich, freut euch des Lebens! Schaut her, ich tanze für euch!« Tatjana hob den Fuß, den zierlichen, unter dem schlichten, weißen Gewand hervor und stampfte damit auf den Boden. Und stampfte ein zweites Mal – und ein drittes Mal – und tanzte einen Tanz, wie man ihn noch nie vorher gesehen hatte, im Schein der flackernden Kerzen hinter den geschlossenen Läden von Obnoskis Schenke. Tatjanas Stampfen auf dem Boden vermischte sich mit dem polternden Stapfen der Schritte auf dem Dach, über den Köpfen der Gesellschaft, es war, als riefen Tatjanas Tanzschritte einen vielfachen Widerhall hervor im Himmel wie auf Erden. Sie klatschte in die Hände, und von oben antworteten die Schritte des Schankwirts, und die Gäste erfreuten sich an dem seltsam widerhallenden tonlosen Tanz – und ahnten nicht, dass es der Tod war, den sie rief und der ihr von dort oben antwortete.

Tatjanas Körper wiegte sich im Rhythmus der stampfenden Schritte. Wie ein Rohr im Wind bog sich ihr geschmeidiger Leib, züngelten die Strähnen ihres schwarzen Haars um ihren Hals und ihre weißen Schultern. In ihren dunklen Augenhöhlen brannte ein schreckliches Feuer. Manch einen erfasste da ein vages Bangen, doch vermochte sich keiner loszureißen von diesem Anblick, gebannt hockten die Menschen auf ihren Stühlen und Bänken und verfolgten den Tanz. Mit stieren Augen und aufgeklappten Mündern verfolgten sie jede

Bewegung des schlanken Leibs, das Stampfen der zierlichen Füße auf dem Boden, das Winden der Arme, das Klatschen der Hände, das Wehen der Haare. Im Flackerlicht der Kerzen mag es wohl so ausgesehen haben, dass sich Tatjanas wiegender Körper verdoppelt und verdreifacht habe, dass aus ihren beiden Armen im rasenden Rhythmus des Tanzes nicht mehr zwei, sondern vier, ja: sechs Arme geworden waren, die alle zeitgleich in der Luft herumfuhren. In so manchem Betrachter regte sich geheimes Verlangen. Die nackten, weißen Arme, die entblößten Schultern, der sich unter dem eng anliegenden weißen Gewand hebende Busen – dies weckte eine Gier, ein Verlangen, gepaart mit Furcht und Abscheu, und gerade darum so gewaltig wie ein reißender Fluss.

Semjon Semjonowitsch spuckte auf den Boden: »Die Teufelin!«

Keiner achtete mehr auf die Schritte auf dem Dach, das Knistern im Stroh. Den Zuschauern in der Schankstube war es egal, sie hatten selbst den ausstehenden Wodka und den fehlenden Wein vergessen.

Der Tanz hatte seinen Höhepunkt erreicht. Tatjana drehte sich im Kreise, wirbelte herum, ihre Arme malten in ekstatischer Verzückung merkwürdige Zeichen in die Luft. Und so seltsam war die Wirkung dieser stummen Vorführung, zugleich anmutig und abscheulich, dass keiner in der Lage war, die Augen abzuwenden.

Weiße Schleier trieben durch den Raum, es war, als stiege von Tatjanas Handflächen, aus ihrem Haar, ihren brennenden Augen, Rauch in feinen Fäden auf. Wie in Milch gebadet, erschien Tatjana, wie in einem weißen Meer schwimmend. Die Rauchwolken trieben durch den Raum.

»Was ist das?«, murrte einer der Bauern, dessen von Kuhmist und Dung verwöhnte Nase den beißenden Geruch des Rauchs nicht vertragen konnte. »Riecht ihr nichts?«

Auch andere begannen zu schnüffeln, nahmen Witterung auf.

»Stimmt! Es riecht nach – Feuer! Es brennt! Die Schenke brennt!«

Still stand Tatjana, die Todesgöttin, ein grausames Lächeln um die Lippen. Still stand sie und beobachtete den Aufruhr, der sich daraufhin erhob, die Leute, die zur Tür drängten, sich gegen die verschlossenen Läden warfen.

»Lasst uns raus! Macht auf!«

Beißender, ätzender Rauch hüllte die Schankstube ein.

»Hilfe! Helft uns! Die Tür ist verriegelt, die Läden sind verschlossen!«

»Lasst mich durch! Platz, sage ich!« Semjon Semjonowitsch war mit einem Schlag wieder nüchtern geworden. Er drängte die Leute zur Seite, warf sich mit all seinem Gewicht, wie ein wütender Stier, gegen die verschlossene Tür. Diese wackelte, hielt aber stand. Wieder warf sich der mächtige Kulak gegen die Tür und wieder und wieder. Die Tür bebte, die Fensterläden wackelten, die Wände schwankten – aber die Tür hielt stand. Die wacklige alte Tür, deren Scharniere rostig und krumm waren, sie hatte es sich in den Sinn gesetzt, dieses Mal nicht nachzugeben. Vielleicht kränkte es sie in ihrer Ehre, dass der wütende Kulak meinte, sie so einfach erstürmen zu können, vielleicht hatte Obnoski, dieser Hundsfott, sie von außen mit einem schweren Balken verstärkt, egal, sie ging nicht auf. Semjon Semjonowitsch stürmte gegen sie wie ein Ritter gegen die Burgfeste, wie der starke Wanja auf den Riesen, wie Achilles gegen die Tore Trojas. Vergebens. Die Leute rüttelten von innen an den Fensterläden, man warf sich gegen die Hintertür. Es nutzte alles nichts. Der hinterhältige Schankwirt hatte alles so fest verschlossen, dass an kein Aufbrechen zu denken war.

Schon trieb der beißende, ätzende Qualm in dicken Schwaden durch den Schankraum. Die Augen tränten, der Mund füllte sich mit Rauch, die Kehlen brannten, wie betrunken torkelten die Menschen umher, schlugen mit den Fäusten gegen die Wände, riefen um Hilfe.

»He, Obnoski, du Guter, hilf uns, mach die Tür auf!«

»Obnoski, Wladimir Sergejewitsch, ich zahl dir auch all meine rückständigen Schulden, wenn du mich hinauslässt, ich flehe dich an.«

»Hundsfott, mach die Tür auf! Warte, wenn ich dich zu fassen kriege!«

Alles Bitten und Drohen nutzte nichts.

Obnoski, der Geizhals, dem es um jeden verschütteten Tropfen leidtat, schaute draußen dem Abbrennen seines Hauses mit all seinen Gästen darinnen zu, wie einem besonderen Naturschauspiel, dem Springen der Lachse im Frühjahr, dem Fall eines Kometen, einer Mondfinsternis. Nur manchmal, in Momenten, wenn die panischen Schreie der Menge für einen Augenblick abflauten, da hörte er sich selbst schluchzen, dort draußen, unter dem vollen Mond vor seinem brennenden Haus und seiner Tochter darin.

Und Tatjana? In den treibenden Rauchschwaden stand sie da, inmitten der kopflos hin und her rennenden Menschen, unberührt, schweigsam, ein Standbild, so als störe der ätzende, beißende Rauch sie nicht im Mindesten, als sei sie mit Feuer und Flammen verschwägert. Im Gebälk über den Köpfen der Menschen knisterte und prasselte es, schon war es in der Schankstube unerträglich heiß geworden, leckten die Flammen an Wänden und Decke. Semjon Semjonowitsch warf sich mit seinen schwindenden Kräften ein letztes Mal gegen die Tür. Diese bog sich, krachte in den Angeln: Holz splitterte, aber wie dem Wüterich zum Hohn gab das berstende Holz nur eine faustgroße Öffnung frei, zu klein, um dadurch hinaus ins Freie zu klettern. Und der Kulak war am Ende seiner Kräfte.

»Stirb, Semjon Stiernacken«, höhnte Tatjana, von Rauch umkränzt, wie in den Illuminationen der Alt-Kiewer Ikonenmaler. »Verrecke im Fegefeuer, das ich dir angezündet habe, für das, was du mir angetan hast!«

Noch einmal raffte Semjon Semjonowitsch seine Kräfte zusammen. »Aber nicht vor dir – du Hexe!«

Der Großbauer torkelte auf Tatjana zu. Die erwartete ihn ohne erkennbare Regung, mit dem kalten Blick ihrer Augen, umgeben von Feuer und Rauch. Falls im letzten Moment ein Zweifel in ihren Augen aufkam, die Todesangst in ihrem Blick aufzuckte, so verbarg es der dicke beißende Rauch. Semjon packte Tatjana an den Hüften. Einen Moment schien auch er zu zögern, in Bann geschlagen von dem fürchterlichen strafenden Antlitz einer Göttin, das durch Tatjanas blasses Gesicht hindurchschien, dann schüttelte er die Beklemmung von sich und schleuderte den zerbrechlichen Leib mit all der Wucht, die er noch aufbringen konnte, über die Tische hinweg gegen die Wand. Tatjanas Knochen knackten, mit zerschmetterten Gliedern und gebrochenem Rückgrat rutschte sie an der Wand herab zu Boden. Semjon stellte sich breitbeinig über sie, hustend und spuckend: »So – du – du – Schlange – das hätte ich – schon früher – mit dir machen sollen!«

Tatjanas Leib zuckte, sie versuchte aufzustehen, aber vergebens, ihre Beine, die flinken, leichtfüßigen, gehorchten ihr nicht mehr.

»Das Fegefeuer, Semjon Stiernacken, ist schon für dich angezündet!«, brachte sie noch hervor, ehe ihr Kopf kraftlos auf ihre Schulter sank.

Und was geschah weiter?

Alle, alle wären sie in dieser Nacht in Obnoskis Schenke verbrannt, wenn nicht – was, Babuschka, wenn nicht was?

So fragte Galina ihre Großmutter, nachdem sie aus ihrem sieben Tage und Nächte währenden Fiebertraum erwacht war. Erzähl, Babuschka, was ist passiert?

Und die Alte senkte den Kopf und berichtete mit brüchiger Stimme von dem, was sich weiter in Obnoskis Schenke zugetragen.

Die Flammen schlugen schon aus dem Dach von Obnoskis Schenke, und an den Wänden, die der Schankwirt mit dem Schnaps aus seinen Fässern getauft hatte, leckte das Feuer. Dicht an die Wände hatte er Ballen von Stroh gewälzt und auch diese in Wodka und Wein getränkt. Seine besten Fässer hatte er hervorgeholt, alles, was an Vorrat im Schuppen lagerte, und sicherlich hatte ihm dabei das Herz geblutet. Nie hätte man ein solches von Obnoski für möglich gehalten, dass er für die Ehre seiner Tochter sein ganzes Hab und Gut dranngab.

Die Schreie der Leute in Obnoskis Schenke vermischten sich mit dem Geräusch der prasselnden Flammen und hallten durch die stillen, leeren Gassen des Dorfs. Hier und da regte sich in dem einen oder anderen dunklen Haus ein Schläfer, tat sich ein Auge auf. Aber sicherlich wäre für die Eingeschlossenen jede Hilfe zu spät gekommen, wenn nicht – ja, wenn nicht gerade an diesem Abend Dmitrij Langnase von seiner Frau und seinen sieben Kindern wiederholte Male daran gehindert worden wäre, das Haus zu verlassen. Sein Jüngstes war krank geworden, lag hustend, in Felle gepackt und einen Kräuterumschlag auf der Stirn, auf dem lauwarmen Ofen.

»Geh nicht, Papa«, bat das kranke Kind, »erzähl mir nochmal die Geschichte von Iwanuschka und den drei Drachen.«

Und Dmitrij, der seine Kinder innerlich oft dafür verfluchte, dass sie ihn daran hinderten, seinen Traum von der Reise nach Amerika wahrzumachen, der aber trotz all seiner Fehler ein gutes Herz hatte, seufzte und erzählte dem kranken Kind zum wievielten Mal, wie der starke Iwanuschka dem ersten drei und dem zweiten Drachen sechs Köpfe abschlug. Noch ehe er in seiner Erzählung bei dem dritten Drachen und seinen zwölf Köpfen anlangte, war das Kleine eingeschlafen.

»Dmitrij, bevor du gehst, leg noch Holz im Ofen nach, die Nacht wird kalt«, rief die Frau. Und Dmitrij ging nach draußen in den Schuppen, wo das Holz lagerte, nahm die Axt und begann, Scheite für den Ofen zu spalten. Draußen zogen die ersten auf dem Weg zu Obnoskis Schenke vorbei und man hörte ihre Stimmen und ihr Lachen. Wassilij der Schneider streckte den Kopf zum Schuppen herein: »Dmitrij, was ist, kommst du nicht? Es scheint, der Hundsfott Obnoski hat die Schenke wieder aufgemacht.«

»Ja, ja, geht nur, ich komme gleich«, antwortete Dmitrij, spaltete das Holz, trug es ins Haus und heizte damit den Ofen auf.

Der krumme Iwan streckte den Kopf zum Fenster herein: »Dmitrij, hast du gehört, die Schenke …?«

»Ja, ja, sei leise und weck die Kinder nicht, ich komme gleich«, antwortete Dmitrij.

»Papa«, rief die kleine Katinka, »mein Kamm ist weg, hast du ihn gesehen?«

Und Dmitrij bückte sich und suchte den hölzernen Kamm, den er der Kleinen geschnitzt, und fand ihn unter der Ofenbank im Stroh: »So, nun sei schön brav und schlaf.« Und Dmitrij schlich zur Tür.

»Dmitrij, bevor du gehst, mach die Läden zu, es zieht so furchtbar«, rief die Frau.

Und Dmitrij seufzte und ging um das Haus herum und verschloss alle Läden und verstopfte auch noch die Ritzen mit Moos, damit es nicht zog. Afanasij, der Kaufmann, kam an Dmitrijs Haus vorbei: »Hast du gehört, heute Nacht gibt es in Obnoskiks Schenke für alle umsonst zu trinken?«

»Ja, ja, geht nur voran, ich komme auch gleich, ich mach hier nur noch dicht«, antwortete Dmitrij Langnase. Durch die geschlossenen Fensterläden hörte er seine Frau rufen: »Dmitrij, hast du auch nach der Mäusefalle im Schuppen geschaut? Ich glaube, ich höre eine Maus darin quieken.«

Und Dmitrij ging in den Schuppen und fand die gefangene Maus, deren Schwanz eingeklemmt war, und weil er es nicht übers Herz brachte, sie zu töten, ließ er sie hinter dem Schuppen im Feld wieder frei. Längst stand der Mond hell am Himmel, die Wölfe heulten in der Steppe und von Obnoskis Schenke hörte man fernen Lärm und Geschrei. Rasch schritt Dmitrij Langnase durch die kühle Nacht, strebte der Schenke zu. In Gedanken beklagte er sein Schicksal, das ihn mit sieben Kindern und ewigem Frondienst gestraft hatte. In Amerika, wo die Menschen frei waren, da konnte man tun und lassen, was man wollte: keine Frau, keine Kinder, kein Zar und kein Starost und auch keine Dorfgemeinschaft sagten einem, was man zu tun habe; da war man sein eigener Herr, nur seinem eigenen Gewissen verpflichtet, und wenn dies Gewissen zu einem sprach und sagte: Geh, verlass Frau und Kinder und mach dein Glück, dann konnte man dieser Stimme unbeschwert folgen, in Amerika.

Dmitrij seufzte. Wenn er nur erst genug Rubel für die Reise gespart hätte, die eigenen Kinder groß genug waren, dass sie sich selbst versorgen konnten, dann würde auch er nach Amerika ziehen und dort sein Glück machen. Und wenn er sein Glück gemacht hatte, würde er seine Frau nachkommen lassen. Aber nicht vorher.

In der klaren, kalten Nacht roch es nach frisch gefallenem Schnee und luftigen Träumen. Dmitrij schnupperte. Da war auch noch eine Note von Rauch und brennendem Holz darinnen. In seiner Vorstellung verband sich der Brandgeruch mit seinem Traum von Amerika, einem fortschrittlichen, industrialisierten Amerika, wo die Schmelzöfen pausenlos rauchten und die Maschinen nie stillstanden. Das war ein Leben, nicht so wie hier, wo man sich in der Kälte bücken musste, um einige armselige Halme vom Acker aufzulesen! Dmitrijs Vorstellung vom Paradies hatte seltsamerweise viel mit der gängigen Vorstellung vom Fegefeuer gemeinsam: Ein Platz, an dem das Feuer nie ausging und diejenigen, die dorthin kamen, unermüdlich im Schweiße ihres Angesichts schufteten.

Je näher Dmitrij der Schenke kam, desto deutlicher nahm er den Brandgeruch in der Luft wahr. Nun hörte er auch die Schreie und den Lärm. Was war da los? Das klang nicht so, als feiere man dort fröhlich und ausgelassen. Eher als ob ein Streit zwischen den Parteien ausgebrochen wäre. Ein Streit um die Reste des Branntweins vielleicht? Dmitrij beschleunigte seine Schritte, von bösen Vorahnungen getrieben. Jetzt sah er die Schenke vor sich. Aus dem Dach schlugen Flammen, Rauchwolken waberten um das Haus wie schwarzer Nebel. Dmitrij zögerte nur einen Augenblick lang. Dann rannte er mit großen Schritten zu dem Unglücksort hin. Die Hilfeschreie der Eingeschlossenen drangen durch die verschlossene Tür. Dmitrij sah, dass ein Holzbalken von außen gegen die Tür gelehnt war, sodass sie nicht aufging. Er stemmte sich dagegen. Durch ein faustgroßes Loch in der Tür schielte der reiche Kulak, Semjon Semjonowitsch.

»Mach schon«, herrschte er Dmitrij Langnase an, »mach die Tür auf.«

»Es geht nicht«, stöhnte Dmitrij, der vergebens gegen den eingeklemmten Balken drückte.

»Du Schwächling, wenn ich rauskomme, erlebst du dein blaues Wunder«, schimpfte der Kulak, außer sich vor Zorn.

Dmitrijs Herzschlag sank ob der Drohung, doch er ließ nicht nach in seinen Anstrengungen. Aus dem Nebel und dem Rauch tauchte eine undeutliche Gestalt auf. »Herr im Himmel, du kommst wie gerufen, Obnoski«, rief Dmitrij, »hilf mir, den Balken beiseitezuschieben.«

Die Gestalt wankte näher, doch seltsam: je näher sie kam, desto unsicherer war sich Dmitrij, ob es sich tatsächlich um Obnoski, den Schankwirt handelte; in dem dichten Rauch, der vor seinen Augen waberte und ihm in der Kehle biss, wirkten die Umrisse des Schankwirts auf Dmitrij größer, verzerrter, unheimlicher als sonst, schien in den ausgestreckten Armen eine Drohung zu liegen. »Weg mit dir!«, stieß die Gestalt aus heiserer Kehle hervor.

»Was – was – wenn du es besser kannst«, stotterte Dmitrij Langnase, bereit nachzugeben.

»Drück zu, Mistkerl, oder ich schlag dich grün und blau«, drohte der Kulak von der anderen Seite der Tür. Dmitrij schob und drückte. Der Balken gab nach und polterte zu Boden. Im letzten Moment sprang Dmitrij zur Seite, ehe die aus der Tür flutende panische Menschenmenge ihn unter ihren trampelnden Füßen begrub. Und wie durch ein Wunder entging Dmitrij an jenem Abend auch dem vom Dach herabstürzenden Giebelbalken und dem Inferno der Flammen, die Obnoskis Schenke mit allem, was noch darinnen war, verschlangen.

Dmitrij Langnase erlebte es noch, dass man ihn in den nächsten Tagen als Held und Retter der in Obnoskis Schenke Eingeschlossenen, zum Feuertod Verurteilten feierte, ehe man ihn als Kollaborateur der Werwölfe anklagte und vor das Tribunal zerrte. Ihm wurde der Prozess gemacht, und als besonders schädlich für ihn erwies es sich, dass er den schweren Balken nicht sogleich hatte von der Stelle bewegen können und dass er sich mit Obnoski, dem Mörder, hatte gemeinmachen wollen. Und dass er den Schankwirt nicht sogleich für das erkannte hatte, war er im Grunde seiner Seele war: ein Werwolf der schlimmsten Sorte.

Obnoskis Schenke brannte in jener Nacht bis auf die Grundfesten ab. Am nächsten Morgen waren von dem Haus und dem angrenzenden Schuppen nichts übrig außer schwelende Trümmer und verkohlte Balken. Den Heiligen sei Dank war bei dem Feuer kein Mensch ums Leben gekommen. Nur Tatjana, deren fast bis zur Unkenntlichkeit verbrannte Überreste sich zwischen den Trümmern fanden. Viele erinnerte der zusammengesunkene Leichnam mit der sich über den bleichen Knochen mumienartig spannenden, braun-schwarz verbrannten Haut, den daran klebenden schwarzen Haaren und der verkrümmten Haltung an den kauernden Kadaver eines Wolfs; was die meisten, die es hörten, weniger mit Schrecken als mit Erleichterung zur Kenntnis nahmen. So hatte es am Ende eben doch keinen Falschen getroffen. Und Obnoski?

Die Meinungen, was mit dem Schankwirt geschehen sei, gingen auseinander. Einige waren der Auffassung, er habe sich am Ende selbst in die Flammen gestürzt und sei mit seiner Tochter und all seinem Besitz in dem Feuer umgekommen; andere, er habe sich, als sein Plan fehlschlug und die wütende Menschenmenge aus der Tür drängte, schleunigst aus dem Staub gemacht; wiederum andere waren felsenfest davon überzeugt, ihn habe der Schlag getroffen, als er sein Haus in Schutt und Asche fallen sah, und er sei an Ort und Stelle irgendwo im angrenzenden Wald, im Verborgenen, tot darnieder gesunken. Wie dem auch sei: Obnoski blieb verschwunden, man fand weder seine Leiche noch sonst eine Spur von ihm in den Tagen danach. Einige Zeit später hörte man im Dorf, dass ein zerlumpter, abgemagerter Irrer mit Pausbacken und rußigem Gesicht in den Dörfern des benachbarten Gouvernements umgehe und immer nur vor sich hinmurmle: »Komm heraus, du meine Schöne, mein Täubchen, ich bitte dich, es ist so heiß dort, wo du bist!« Aber das mochte ebenso eine Erfindung sein wie die Geschichte von dem hinkenden Wolf, der seither angeblich an Vollmondnächten um die Trümmer von Obnoskis Schenke herumschlich.

Galina konnte es nicht fassen. Sie sah, wie Semjon, Nikifor, Sergej und die anderen Dmitrij Langnase zum Richtplatz führten, sie hatte gehört, was die Großmutter ihr von den Geschehnissen im Dorf während ihrer Krankheit erzählt hatte, sie hatte auch gesehen, wie der Kulak den Jüngsten von Dmitrijs Kindern wie einen Sack Kartoffeln gegen die Hauswand schleuderte – das Blut an der Hauswand war noch nicht trocken – und dennoch kam ihr das alles wie ein Traum vor, ja schlimmer noch als ein Traum: denn aus einem Traum gab es ein Erwachen, aber aus der Wirklichkeit führte nur ein Weg hinaus – der Tod.

Galina zitterte. In ihren Fieberphantasien hatte sie die Gesichter der Dorfbewohner vor sich auftauchen sehen, als verzerrte, groteske, unmenschliche Tierfratzen, und jetzt sah sie: Die menschlichen Gesichter waren schlimmer, widerwärtiger als es jede Tiermaske sein konnte. Die Großmutter saß wieder an ihrem Spinnrocken, ihr entrückter Blick war in die Flammen des Kaminfeuers gerichtet. »Ich hab's ja schon immer geahnt«, murmelte sie vor sich hin, »eine Wolfsbrut, allesamt. Keine Erziehung. Klauen und stehlen. Nichts ist vor ihnen sicher.«

»Von wem sprichst du?"

»Dmitrijs Kinder. Sie stehlen wie die Raben, alles, was nicht niet- und nagelfest ist: Löffel, Teller, Mehl, Milch, Äpfel, sogar die Hühner aus den Käfigen klauen sie.«

»Hühner?«

»Alle im Dorf sagen es. Auch unsere Hühner haben sie allesamt gestohlen. Ah …« Die Großmutter spuckte ins Feuer, dass die Flammen knisterten. »Verdammte Wolfsbrut, geschieht ihnen recht.«

Galina verstand die Welt nicht mehr. Dmitrijs Kinder – und Dmitrij? Wie passte das alles zusammen? »Er hat Dmitrijs Jüngsten umgebracht.«

Der Kopf der Alten wackelte unsicher auf ihrem dürren Hals hin und her, und ihre Finger rutschten vom Brett des Spinnrockens ab. »So kränklich, das Kleine«, murmelte sie, »wahrscheinlich ist es besser so für alle. Nie hätten sie ihn durchgebracht.«

Galina schwieg. Nur das Feuer im Ofen plapperte weiter lustig vor sich hin.

Gegen Ende des Monats kehrte Stipe aus Moskau zurück. Niemand wagte es, ihm von Tatjanas Tod zu berichten. Eines Abends sah man ihn vor den Trümmern von Obnoskis Schenke stehen und lange auf die schwarz verkohlten Balken im Schnee blicken, während die Sonne über dem Wäldchen unterging. Irgendwann stand Jossip Antonowitsch neben ihm. Woher war er gekommen? Niemand hatte ihn kommen sehen. Wie ein Schatten war er aufgetaucht, anscheinend aus der Erde emporgewachsen wie ein Teufel aus der Unterwelt. Lange sprachen sie so miteinander im schwindenden Abendschein. Die Leute blickten scheu aus den Fenstern ihrer Häuser hervor oder hinter den Türen der Schuppen oder geduckt hinter Schneewehen. Niemand wagte sich näher heran. Niemand hörte, was die beiden miteinander sprachen.

Als Stipe zu seinem Schlitten zurückstapfte, der etwas abseits stand, kam ihm der Starost auf schlotternden Knien entgegengeeilt. »Stepan Wladimirowitsch … Stojpa ... Verehrtester und so weiter … wir wussten nicht … so bald … und aus Moskau … aber nun … seid Ihr hier und … es ist alles gut … lasst Euch umarmen … Verehrtester, Gütigster … willkommen und so weiter …«

Stipe musterte den Starost abschätzig wie einen Straßenköter, der sich schwanzwedelnd im Schmutz der Straße an einen drängte.

Der Starost verlor sein bisschen Mut, seine ausgestreckten Hände sanken herab. »Nun … und das … Ihr seht ja … was soll man sagen? Ach, es ist ein Unglück … wer hätte das gedacht? So ein hübsches Mädchen … ach, herrjemine, wie ist nur der Werwolf in sie gefahren?« Der Starost spürte wohl, dass er etwas gesagt hatte, was er besser nicht gesagt hätte. Aber nun war es zu spät, noch etwas daran zu ändern. *Worte, die einmal aus dem Mund heraus sind, sind wie Vögel und so weiter und so weiter*, dachte er wohl im Stillen bei sich. Und wartete stumm, dass die Axt auf ihn herabsauste.

Der Gutsverwalter blickte durch den Alten hindurch, als sei er Luft. »Lasst die Trümmer beiseiteschaffen!«, befahl er. Dann schritt er an dem unterwürfig aus dem Weg springenden Starost vorbei und stieg ohne einen Blick zurück in seinen Schlitten.

XII

Avdotja lugte vorsichtig, den Schürhaken in der Hand, hinter der Haustür hervor in den dunklen Hof. Seit sie den Werwolf in der Kammer der Amme überrascht hatte, vor drei Jahren, fühlte sie sich in den eigenen vier Wänden nicht mehr sicher, geschweige denn im Freien, nach Einbruch der Dämmerung. Aber sie musste hinüber zum Stall, die Tiere versorgen. Also hatte sich Avdotja den Schürhaken geschnappt, von der Feuerstelle im Wohnhaus, und lugte lieber nochmal vorsichtig um die Hausecke, ehe sie die paar Schritte hinüber zum Stall machte. Der Mond stand am Himmel, wo sein Licht hinfiel, glänzte der Schnee wie feiner Puderzucker, an den anderen Stellen, im Schatten der hohen Wirtschaftsgebäude und Stallungen, unter dem Giebel des Wohnhauses, war er pechschwarz, als habe jemand Kohle gegen die Hauswände geschüttet. Die Kühe im Stall muhten unruhig, sie wollten gemolken werden, aber noch immer zögerte Avdotja. Was, wenn ihr der Werwolf begegnete, über den das ganze Dorf sprach? Was sollte sie dann tun? Die alte Frau hatte doch keine Chance gegen eine solche Bestie! Avdotja hatte bereits dreimal zu allen Heiligen des Kirchenjahres, derer sie sich erinnerte, gebetet und sie um Schutz und Beistand angefleht. Zusammen mit dem Schürhaken in ihrer Hand gab ihr das ein etwas sichereres Gefühl, aber dennoch klopfte ihr armes, altes Herz noch immer heftig, als sie jetzt hinter der Hausecke hervortrat und rasch über den menschenleeren Hof trippelte, hin zum Stall.

Von einem Balken in der Decke baumelte die Lampe und warf einen kreisrunden Lichtfleck wie einen verwaschenen Heiligenschein auf den strohbedeckten Boden. Normalerweise liebte Avdotja diese stillen Stunden bei Einbruch der Dämmerung, wenn sie im heimeligen Schein der Lampe nacheinander die Kühe molk, das Heu in die Futterkrippe streute und so im Stillen vor sich hin sann, während draußen der Tag zu Ende ging und die Erde mit allem, was darauf im hellen Sonnenschein kreuchte und fleuchte, zur Ruhe kam. Sie liebte den Geruch des Stalls, den frischen Duft des Heus, die kräftigen Ausdünstungen der Tiere, ja sogar den leicht sauren Geruch der Milch, die in großen Kübeln in einer Ecke des Stalls schlummerte. Zuweilen ließ sich die Alte auch im Stroh auf die Knie nieder, mitten zwischen den Tieren, um das eine oder andere Ave Maria zu beten. Manchmal, wenn sie ihr gesundes Auge ein wenig zusammenkniff, konnte sie im schwindenden Dämmerlicht schon beinahe das Jesuskind erahnen, wie es in seiner Krippe zwischen Ochs und Esel lag. Und manchmal, die Wange an die warme Flanke einer Kuh gelehnt, während ihre krummen Finger an den Zitzen des Tieres zogen, stellte sie sich Jesus auch als Erwachsenen vor, als einen bärtigen kräftigen Mann, so wie es ihr Jefremow gewesen, der leider viel zu früh an einer Gallenkolik gestorben war. So verträumte sie gerne ihre Zeit im Stall, zog ihren Aufenthalt hinaus, ehe sie ins Wohnhaus zurückkehrte, wo Semjon, seine Frau Elsbetha oder auch die Amme und die anderen Mitglieder des Haushalts sie herumkommandierten und allerlei unangenehme Arbeiten verrichten ließen. Aber heute, da beeilte sie sich, mit ihrer Arbeit fertig zu werden, da trödelte sie nicht unter dem Schein der Lampe, im einschläfernden Düster des wohlig warmen Stalls, da eilte sie von Kuh zu Kuh, von Futterkrippe zu Futterkrippe, warf das Heu mit beiden Händen nach, um nur rasch wieder herauszukommen, zurück ins Haupthaus, wo die anderen waren. Das Pferd stampfte unruhig, trat mit den Hufen gegen die Bretterwand. Semjon war vor ungefähr einer halben Stunde in schlechter Stimmung vom Gut zurückgekehrt, Stepan Wladimirowitsch hatte nach ihm geschickt, die Unterredung dauerte den ganzen Nachmittag, worum es ging, das wusste Avdotja nicht, aber wie Semjon ins Haus gestapft kam, da war sein Gesicht dunkelrot vor Wut, die Brauen grimmig zusammengezogen, und entgegen seiner Gewohnheit schnauzte er niemanden an, auch Avdotja nicht, sondern hockte sich nur ohne ein Wort vor den Ofen, wo er jetzt wohl noch immer saß, stumm vor sich hin brütend. Das Pferd war noch nass vom Laufen, Semjon, der seiner alten Gewohnheit nach selbst gefahren war, hatte es nicht trockengerieben. Avdotja rieb die Flanken des Wallachs ab, dann streifte sie ihm, nach mehreren vergeblichen Versuchen, die Pferdedecke mühsam über. »So, sei schön brav.« Das Pferd nickte, als verstünde es Avdotja. Auf einmal spitzte es die Ohren, wieherte ängstlich und wich ans hintere Ende der Box zurück.

»Was ist, was hast du?« Eine kalte Faust griff nach Avdotjas Herz. Knarrend war die Tür zum Stall aufgegangen, Schritte näherten sich.

Avdotjas armes altes Herz pochte wie verrückt. Sie wusste, das war der Werwolf, der da in den Stall getreten war, wenn sie sich umdrehte, würde sie bei seinem Anblick vor Schreck erstarren und ihr Herz, das jetzt noch wie verrückt schlug, würde stehen bleiben, es würde versagen beim Anblick der grausigen, mörderischen Bestie …

»Was tust du hier drinnen?«, fauchte das Monster, im Tonfall und mit der Stimme von Avdotjas Herrn, dem Kulaken Semjon Semjonowitsch. »Was ist los, Alte, bist du taub?«, fauchte das Monster erneut.

Avdotjas Knie gaben beinahe nach. Sie wusste nicht, ob sie sich nicht lieber den Werwolf zurückwünschen sollte, anstatt dem Kulaken Rede und Antwort zu stehen.

»Ich … das Pferd … die Kühe …«, stammelte sie, ohne Sinn und Zusammenhang.

»Du und das Pferd«, blaffte Semjon sie ärgerlich an, »ihr seid beide vom gleichen Schlag und so dumm wie Stroh! Mach, dass du dich davonscherst, ich hab deine Kummerfresse satt!«

Avdotja ließ sich das nicht zweimal sagen. Hastig zwängte sie sich an dem großen, massigen Bauern vorbei, der ihr den Weg verstellte, dessen bärenhafte Gestalt fast die ganze Breite der Stalltür einnahm. Auf dem Weg zurück ins Wohnhaus murmelte sie in einem fort ihre Gebete vor sich hin und hielt den Blick scheu gesenkt. Sie wagte es nicht, aufzusehen, aus Angst, sie könne etwas erblicken, das ihr das letzte bisschen Verstand raubte: den bleichen Mond, den Dunghaufen, aus dem die Heugabel ragte, einen nächtlichen Vogelzug am Himmel. Selbst die vertrauten Umrisse der vom Mond angestrahlten Gebäude vermochten Avdotja mit einem Mal eine Heidenangst einzujagen. Avdotjas Blick haftete an den Fußspuren im Schnee, die vom Haus zum Stall führen. Neben den beiden kleinen, ineinander übergehenden Grübchen waren deutlich die größeren, tieferen Abdrücke des Kulaken zu erkennen, der nach ihr zum Stall gestapft war. Avdotja war sorgfältig darauf bedacht, beim Rückweg in ihre eigenen Fußabdrücke zu treten, um ja nicht denen Semjons zu nahe zu kommen.

Auf einmal stockte Avdotja. Quer zu den beiden Fußspuren verlief eine dritte Spur, kreuzte die beiden anderen. Avdotjas neues Glasauge kullerte ihr vor Schreck aus dem Gesicht, gerade vermochte sie es noch mit beiden Händen aufzufangen, dabei ließ sie den Schürhaken fallen. »Jesus Maria, Herr im Himmel, Heiliger Metropolit, hilf«, murmelte sie noch, dann versagten ihr die Worte. Mit beiden Händen hielt sie das Glasauge fest umschlossen, damit es das Entsetzliche nicht sehen musste, damit sich der furchtbare Anblick der fremden

Spuren nicht womöglich auf alle Ewigkeiten in das kalte Glas einprägte und Avdotja ihn jedes Mal wieder erblicken musste, wenn sie das Auge einsetzte. Die Spur begann übergangslos mitten im Hof, ein paar Schritte von dem hohen Lattenzaun entfernt, so als sei jemand oder etwas mit einem Satz von außen darüber gesprungen; sie führte um das Wohnhaus herum und dann, nachdem sie die beiden anderen Spuren gekreuzt hatte, in einem Bogen auf den Stall zu, hinter dessen Rückwand sie verschwand. Avdotja bekreuzigte sich. Was sollte sie tun? Sollte sie um Hilfe rufen, Semjon Semjonowitsch warnen? Aber dann müsste sie zurück zum Stall, dorthin, wohin auch die fremden Abdrücke führten. Avdotja sah im fahlen Licht des Vollmonds mit ihrem einen Auge alles so klar, wie andere selbst mit zwei gesunden Augen bei hellem Tageslicht die Dinge nicht erblicken: Die fremden Spuren im Schnee waren nicht die Abdrücke eines menschlichen Fußes, dazu waren die Spuren im Schnee zu schwach konturiert, zu verwischt, zu hinterhältig und verschlagen, kurz: zu wölfisch.

Eine Wolke schob sich vor den Vollmond, Dunkelheit ergoss sich wie schwarze Milch über den Hof, den Stall, die Gebäude. Aus dem Stall drang Pferdegewieher, dumpfes Poltern, dann ein lauter Schrei … Avdotja machte auf dem Absatz kehrt, hastete zurück zum Haupthaus, als ginge es um ihr eigenes Leben. Diesmal war es ihr egal, ob sie dabei die Fußstapfen des Kulaken im Schnee zertrampelte.

VII

Am Nachmittag war Semjon Semjonowitsch in schlechter Laune von seiner Unterredung mit Stipe zurückgekehrt. Mit finsterer Miene war er ins Haus getrampelt, hatte mit den Türen geschlagen und nach dem Samowar gerufen. Dann war er, wie ein Tiger im Käfig, im Zimmer vorm Ofen hin und her gelaufen, in einem fort vor sich hin fluchend. Niemand wagte sich in seine Nähe. Alles schien ihn zu stören: das Prasseln der Holzscheite im Ofen, das Pfeifen des Windes im Dachstuhl, das Atmen des Kindes in der Krippe. Als Avdotja auf leisen Sohlen ins Zimmer trat, um Kohle nachzuschütten, herrschte er sie wütend an, sie solle nicht so um ihn herumschleichen, sondern sich lieber im Stall oder sonst wo nützlich machen. Avdotja verschüttete vor Schreck beinahe die Kohlen aus dem Korb, was Semjon noch wütender machte, und huschte dann verstört davon, den Schürhaken, ob aus Gedankenlosigkeit oder absichtlich, unter den Arm geklemmt. Semjon schaute ihr mit finsterem Blick hinterher. »Alte Vettel«, murmelte er, »du hast den bösen Blick, jedes Mal wenn ich dich sehe, gruselt's mich im Innersten.« Sein Blick wanderte unruhig im Zimmer umher, so als suche er irgendjemanden oder irgendetwas, an dem er seinen Ärger auslassen könne. In einer Ecke vor dem Ofen hockte Elsbetha und strickte an einer Mütze für das Neugeborene. Die Wangen bleich und eingefallen, die verschnupfte Nase ein dünner Pinselstrich, der schräg aus ihrem Gesicht herausragte. Das Geklapper der Stricknadeln brachte Semjon zur Weißglut. »Hör endlich auf damit!«, herrschte er sie an. »Oder willst du den Klapperstorch anlocken? Hast du noch nicht genug?«

Elsbetha hielt verstört inne.

»Und zieh nicht andauernd die Nase hoch. Das hält ja kein gesunder Mensch aus!«

Elsbetha vergrub ihre Nase im Ärmel ihres Kleids. Nach mehr als zwanzig Ehejahren war sie die Ausbrüche und Grobheiten ihres Mannes gewohnt und hatte gelernt, mit stoischer Ruhe darauf zu reagieren. Sie ertrug die Schläge des Schicksals und ihres groben Ehegemahls ebenso leidenschaftslos wie sie Wind und Wetter, Hagel und Sturm und sonstige Widrigkeiten der Natur hinnahm; es war nutzlos, sich dagegen zu wehren, nutzlos, Einspruch zu erheben, nutzlos, sich dagegen wappnen zu wollen. Am besten war noch, den Kopf einzuziehen und zu hoffen, dass das Unwetter über einem vorbeizog, dass der Blitz nicht neben einem einschlug oder einem gar den Schädel spaltete …

Semjon kochte vor unterdrückter Wut, er brodelte und dampfte wie ein Vulkan kurz vor dem Ausbruch. Um sich abzukühlen, trank er den heißen Tee aus der Untertasse, schlürfte ihn in sich hinein, wie die durstige Erde nach der sommerlichen Trockenzeit den ersten Herbstregen aufsaugte. »Ach«, schnaubte er im nächsten Moment wütend, die Untertasse von sich stoßend, »der alte Hurenbock, er meint, ich hätte Angst vor ihm. Er meint, er hätte mich in der Tasche. Er soll bloß aufpassen, mich kann er nicht herumschubsen wie einen seiner Lakaien. Denkt er etwa, ich bin sein Leibeigener? Na warte, der wird mich noch kennenlernen!«

So grummelte Semjon halblaut vor sich hin, zur Verwunderung aller, die ihn hörten. Wenn die Worte ihres Ehemannes Elsbetha auch nur ein wenig verstörten, so ließ sie es sich nicht anmerken. Scheinbar gleichmütig strickte sie an dem Mützchen für ihr Neugeborenes weiter, den Kopf gesenkt und bemüht, kein störendes Geräusch zu erzeugen. Sie wusste, wenn Semjon wütend war, war es besser, möglichst unsichtbar zu bleiben. Leider gelang ihr das nicht immer.

Semjon warf einen hasserfüllten Blick auf die schmächtige Gestalt seiner Frau. »Was strickst du da? Was soll das werden? Ein Waschlappen?«

»Ein Mützchen für Grischa, damit er am Köpfchen nicht friert«, erklärte Elsbetha.

»Pah, ach was – frieren, was wird er schon frieren? Klein wie er ist. Man sieht ihn ja kaum, so klein ist er. In das, was du da zusammenstrickst, kannst du ihn ja komplett hineinstecken, vom Kopf bis zu den Zehen. Suchen muss man ihn dann ja da drin, in dem *Mützchen.*«

»Er wird ja größer werden«, verteidigte sich Elsbetha.

»Ja, größer wird er werden«, schimpfte Semjon, »und fressen wird er wollen, mehr und mehr, das tun sie alle. Die Haare vom Kopf wird er uns fressen, der Mützenträger, und ständig frieren wird er, und ich werd heizen müssen und immer mehr und mehr Kohle und Holz nachschütten müssen, bis das ganze Haus in Flammen steht!« Semjon stockte. Wie war er darauf gekommen? Durch seinen dicken Schädel wälzten sich die Gedanken wie durch fetten Brei, vermischten sich die vorgestellten Bilder des eigenen brennenden Hauses mit denen eines anderen Hauses, aus dem ebenfalls die Flammen schlugen …

Das Kind in der Krippe schrie, und Semjon schreckte auf wie aus einem Traum. Die Amme holte den Kleinen heraus und gab ihm die Brust. Semjon starrte auf ihren entblößten Oberkörper. Das Kindchen saugte mit geschlossenen Augen an der kräftigen weißen Brust, die Lippen zu einem dünnen Strich geschlossen.

»Ist er nicht süß?«, bemerkte Elsbetha, die dem Blick ihres Mannes gefolgt war.

»Süß, ja«, brummte Semjon, der Mühe hatte, sich von dem Anblick loszureißen.

Elsbetha hatte das Strickzeug zur Seite gelegt und nach der Bibel gegriffen, in der sie vor dem Zubettgehen immer eine Weile zu lesen pflegte. Sie formte die ungelenken Worte beim Lesen halblaut mit dem Mund, wie es ihre Gewohnheit war, dabei mit dem Finger die Zeilen entlangfahrend. Semjon schnappte ein paar der gemurmelten Wortfetzen auf. »Was ist das? Was brabbelst du da?«, fragte er unwirsch.

»Und das Weib war bekleidet mit Purpur und Scharlach und übergoldet mit Gold und edlen Steinen und Perlen …«, zitierte Elsbetha laut.

»Wie? Was? Welches Weib?«

»… und hatte einen goldenen Becher in der Hand, voll Gräuel und Unsauberkeit ihrer Hurerei«, fuhr Elsbetha im selben Tonfall fort, die

Worte langsam und stockend hervorbringend, als murmle sie eine Beschwörungsformel. Semjon lauschte mit zusammengezogenen Brauen.

»... und an ihrer Stirn geschrieben einen Namen, ein Geheimnis ...«

»Tatjana!«, brach es aus Semjon heraus.

Elsbetha stockte. Die Amme hob den Kopf und schien Semjon spöttisch zuzublinzeln. Semjon rieb sich die Augen. Wie er seine Hand wieder von seinem Gesicht wegnahm, war sie schwarz und voller Flecken, so als sei sein ganzes Gesicht mit Ruß bedeckt.

»Und ich sah das Weib trunken von dem Blut der Heiligen und von dem Blute der Zeugen Jesu. Und ich ...«

»Halt's Maul!«, herrschte Semjon Elsbetha wütend an. »Hast du noch nicht genug? Ich will nichts mehr hören! Reicht es immer noch nicht? Was schaust du mich so an? Geh endlich schlafen, es ist an der Zeit!«

Gehorsam klappte Elsbetha die Bibel zu, sammelte ihr Strickzeug auf, raffte ihr Kleid zusammen und kletterte auf den Schlafplatz.

»Warum gehst du nicht nach oben? In dein Zimmer?«

»Es ist zu kalt dort, im Winter. Hier beim Ofen ist es wärmer.«

»Wozu hab ich nur die teuren Betten gekauft? Damit wir wie die letzten Bauerntölpel immer noch auf dem Ofen schlafen?«, grollte Semjon.

Elsbetha raschelte noch eine Weile mit den Fellen, dann wurde es still. Nur das Schmatzen des Säuglings an der Brust der Amme und ein gelegentliches Knacken der Kohlen im Ofen war noch zu hören. Und das Muhen der Kühe im Stall, die gemolken werden wollten. »Die alte Vettel, was braucht sie so lange?«, knurrte Semjon, die Hände zu Fäusten ballend.

In der Steppe heulte ein Wolf.

Semjon hielt für einen Moment lauschend inne, der Wind stieß klappernd an das Hoftor, die Dachziegel knirschten, das Haus schüttelte sich. Noch einmal heulte der Wolf, dann nichts mehr.

Wieder lief Semjon unruhig im Zimmer auf und ab, ungeduldige Seitenblicke auf die Amme und das saugende Kind werfend. »Ist er noch nicht satt?«

Die Amme schüttelte den Kopf, ein spöttisches Zwinkern in den Augenwinkeln.

Semjon murmelte halblaut vor sich hin. »Die Hure Babylons, ja genau. So steht's in der Bibel. Da bricht auch der Pope keinen Deut davon ab ... und Stipe, der kann mich mal ... sie wollte mich umbringen, uns alle, ist das nicht Beweis genug? Sie hat es sich selbst zuzuschreiben, jawohl. Und außerdem …«, ein Grinsen legte sich über Semjons breites Gesicht, so als habe er mit einem Mal die Antwort auf all seine Fragen gefunden, »außerdem war sie ja kein richtiger Mensch, sie war ein Wolf!«

Die Amme erhob sich, das Kind in den Armen. »Was ist? Wo willst du hin?«

»Pst, nicht so laut, Ihr weckt ihn noch auf. Ich leg ihn schlafen, in der Kammer.«

»Gut.« Ein gemeines Grinsen überzog Semjons Gesicht. »Mach rasch.«

»Heute ist Vollmond, da ist er immer unruhig.«

»Mach rasch, sag ich.«

Semjon folgte mit den Blicken der Amme, deren pralles Hinterteil sich wie eine reife Frucht unter dem Stoff des Kleides abzeichnete. Sein Blick wanderte zum Ofen hin, wo Elsbethas liegende Gestalt eine unscheinbare Welle im Meer der Felle warf. Dann trippelte er auf Zehenspitzen leise aus dem Zimmer. Vor der Tür zur Kammer der Amme hielt er einen Moment inne, spähte den dunklen Gang auf und ab, ehe er die Klinke drückte. Die Tür war verschlossen. Vorsichtig pochte er dagegen. »Mach auf.«

»Nicht heute Nacht. Er ist zu unruhig«, kam die Stimme der Amme von hinter der Tür.

Semjon ballte die Faust, pochte erneut, heftiger.

»Semjon, was ist das für ein Lärm?«, rief Elsbetha aus der Wohnstube. »Warum kommst du nicht schlafen?«

»Gleich, gleich«, gab Semjon mit unterdrückter Stimme zurück, »schlaf nur weiter. Ich komme gleich.«

Im Düster des engen Gangs stand er und lauschte auf die Atemzüge Elsbethas und die Geräusche in der Kammer der Amme. Etwas schepperte darin, ein erstickter Aufschrei, dann wieder Stille.

»Semjon«, kam die verschlafene Stimme Elsbethas vom Ofen, »hör doch auf mit dem Lärm und komm zu Bett.«

»Sei still, schlaf endlich«, zischte Semjon in Richtung des Wohnzimmers. Dann pochte er erneut leise, aber drängend an die Tür der Kammer. »Was ist los? Was ist passiert?«

Nach einer kurzen Pause kam die Antwort:

»Nichts. Ich hab mich gestoßen, am Tisch.«

»Mach endlich auf!«

»Nein, das Kindchen, es geht nicht, ich muss es erst … geh … in den Stall, ich komme nach.«

»Gut. Aber mach nicht zu lange.« Semjon stahl sich leise von der Schwelle der Kammer davon, wie ein Dieb im eigenen Haus, der keinen Aufruhr machen will.

Eingehüllt in seinen warmen Pelz und die eigenen aufgewühlten Gedanken stapfte Semjon durch den frisch gefallenen Neuschnee zum Stall. In seinem Kopf stießen die Gedanken aneinander wie Schiffe in einer rauen See. Er bemerkte nicht die frische Spur im Schnee, die Avdotjas halb verwehte Fußabdrücke kreuzte und um das Haus herum zum hinteren Ende des Stalls führte.

Im Stall brannte Licht. Die Tiere zerrten unruhig an den Stricken. Die alte Magd hockte in einer Ecke des Verschlags, die Hände an den Zitzen der Kuh, den Kopf an ihre Flanke gelehnt. *Wahrscheinlich ist sie eingeschlafen*, dachte Semjon, der Avdotja nie ohne einen Anflug heimlicher Scheu anschauen konnte. Auch wenn er es nicht offen zugab, die Alte mit ihrem Glasauge und ihrem zahnlosen, schrägen Mund flößte ihm eine Heidenangst ein. Vielleicht ging er deshalb oft so grob mit ihr um, gröber jedenfalls, als es eigentlich nötig war. Auch jetzt rann ihm beim Anblick der zusammengekauerten Gestalt ein leiser Schauer den Rücken herab. Was, wenn sie sich auf einmal umdrehte, in was für eine Fratze würde er blicken? Semjon verharrte auf der Schwelle, sich innerlich gegen den Anblick von Avdotjas schrumpeligem Totenschädel wappnend, den fleckigen, faltigen Wangen, dem schiefen Grinsen des zahnlosen Mundes, dem stumpfen Starrsinn des Glasauges.

Die Alte war endlich aufgewacht, vielleicht aufgeschreckt vom polternden Lärm seiner Schritte, und machte sich an dem Pferd zu schaffen. Immer noch drehte sie ihm den Rücken zu. Das machte sie nur, um ihn zu ärgern, um den Moment des Umdrehens, wenn er in ihre hässliche, faltige Leichenmiene blicken musste, hinauszuzögern. Semjon näherte sich absichtlich mit viel Getöse, keuchend und mit den Stiefeln stampfend. Sollte die Alte ruhig einen Schreck kriegen. Er hoffte nur, sie würde nicht gleich tot umfallen, das wäre ärgerlich und gäbe bloß Scherereien. Im letzten Moment fuhr Avdotja herum. Wie üblich machte sie bei seinem Anblick ein entsetztes Gesicht, duckte sich und nahm den Kopf zwischen die Schultern. Aber Semjon traute der Alten trotzdem nicht über den Weg. Während sie ängstlich den Kopf zu Boden senkte, schielte ihm ihr Glasauge von unten herauf frech ins Gesicht. Ihre Rechte umklammerte krampfhaft den Schürhaken, den sie aus dem Ofenzimmer mitgenommen hatte. Semjon wich vorsichtshalber einen Schritt zurück, außerhalb seiner Reichweite. »Was tust du hier drinnen?«

Zur Antwort brabbelte die Alte irgendetwas Unverständliches. Semjon hatte keine Lust, sich das länger anzuhören. Jeden Moment konnte die Amme hier auftauchen. Vielleicht war sie sogar schon auf dem Weg. Semjon wollte nicht, dass sich die beiden Frauen zufällig begegneten, das führte nur zu Unannehmlichkeiten. Also scheuchte er die Magd kurzentschlossen davon. Auf der Schwelle drehte sich die Alte noch einmal ängstlich um, der stumpfe blinde Strahl des Glasauges traf Semjon mitten ins Herz.

Semjon blieb aufgewühlt und unruhig zurück. Sicher war der Kulak kein Mensch, dem der Makel nutzlosen Grübelns anhaftete. Nachts ließ ihn sein Gewissen ruhig schlafen, und tagsüber plagte ihn höchstens einmal ein Zipperlein oder manchmal auch eine leichte Magenverstimmung. Er sah keine Gespenster, an seinen Händen klebte die schwarze russische Erde, kein Blut; er wusch sich mit Wasser aus dem Trog und fühlte sich danach sauber. Wenn er sich Sorgen machte, dann ob die Ernte in diesem Jahr nicht hinter der letztjährigen zurückbliebe oder wie er den lahmen Gaul, den er billig auf dem Viehmarkt erstanden hatte, seinem Nachbarn andrehen könnte. Was also hatte das zu bedeuten? Der Kulak war sich nicht sicher, woher sein Unwohlsein rührte – vertrug er etwa die fetten Speisen nicht mehr? Oder hatte er sich unbemerkt ein Übel zugezogen – von der Hure Tatjana? … Er hatte es doch nicht etwa am Herzen? … Unsinn. Er verdrängte die Gedanken an Tatjana, das brennende Wirtshaus, die Schreie der Eingeschlossenen aus seinem Hirn und stellte sich lieber vor, wie er die Amme …

Ein Geräusch aus dem hinteren Teil des Schuppens unterbrach Semjons Tagträumerei. »Was? Wer ist da?«

Zwischen dem rostigen Ackergerät und umgestürzten Strohballen wuchs eine undeutliche Gestalt empor.

Semjon leckte sich die Lippen. Das Luder! Hatte es sich doch tatsächlich unbemerkt von ihm in die Scheune geschlichen und dort hinten, auf Heu und Stroh, ein nettes kleines Liebesnest eingerichtet!

»Komm her! Ich werd‘s dir besorgen.«

Die Gestalt kam näher. Der schaukelnde Schein der Lampe fiel auf die langen, baumelnden Arme, den nackten haarigen Oberkörper.

Semjon fuhr zurück wie beim Anblick des Teufels. »Du?!«

Der Schatten seines Gegenübers fiel auf den vor Schreck starren Großbauern. Im schaukelnden Schein der Lampe sah es aus, als verschlinge er ihn mit Haut und Haar.

XIII

Im kalten Mondschein lag Galina am Ofen und lauschte auf die Atemzüge der Großmutter. Die Alte neben ihr ächzte und stöhnte im Schlaf. Wovon mochte sie träumen? Welcher dunkle Nachtmahr suchte sie heim?

Die rasselnden Atemzüge waren wie eine dritte Person, die unsichtbar im Raum anwesend war. Immer wenn die Alte den Atem ausstieß, schien es, als verlasse sie alles Leben, als liege ihr Körper unter den Fellen schlaff und reglos da. Über ihr schwebte dräuend die dunkle Wolke aus Knoblauchatem, saurem Schweiß und ranzigem Körpergeruch: ein unheimlicher Gast, bedrückender in seiner luftigen Nicht-Existenz als jedes menschliche Gewicht. Ängstlich wartete Galina darauf, dass die Großmutter die Luft wieder einzog, dass das Leben rasselnd und stöhnend in ihren gequälten Körper zurückkehrte. Sie wusste, nur ihre stete Wachsamkeit verhinderte ein Unglück.

… Die Großmutter atmete nicht mehr. Die dunkle Wolke über ihrem Kopf waberte, sank zu Boden, schwebte davon. Galina streckte die Hand aus. Die Großmutter war kalt wie eine Leiche. »Babuschka!« Galina rüttelte die Großmutter an der Schulter. Mit einem Ruck holte die Alte Atem, pfeifend quälte sich die Luft in die Lungen wie in einen verstopften Blasebalg, dehnte den Brustkorb wie die schlaffen Segel eines müden, alten Schiffs. Stöhnend drehte sich die Alte auf ihrem Lager um. Das gefangene Gespenst entwich durch die Nasenflügel, wuchs, stieß gegen die Decke – und wurde wieder knarzend und pfeifend eingesogen. Und wieder ging das Spiel von vorne los …

Die Nacht schleppte sich dahin wie ein müder Wolgatreidler, der die Last seiner Jahre hinter sich herzieht. Ein Balken knarzte. Irgendwo bellte ein Hund. Ein aus dem Schlaf geschreckter Hahn setzte mit einem ersten Laut zum Krähen an, überlegte es sich dann aber wieder anders.

Ein Trapsen von Pfoten. Etwas schlich um die Kate herum, schnüffelte an der Tür. Ein Kratzen. Dann ein Winseln.

»Slatka!« Galina fuhr von ihrem Lager hoch, wollte zur Tür eilen. »Ich komme.«

»Nein!« Eine eiskalte, knochige Hand fasst nach Galina. »Nicht Slatka, der Werwolf«, sagte die Großmutter. Sie presste nicht mehr die Luft durch ihre Lungen, sondern lauschte mit angehaltenem Atem, den Blick der kurzsichtigen alten Augen auf das dunkle Viereck der Tür gerichtet.

»Nein, es ist Slatka, bestimmt. Ich erkenne sie doch.«
»Slatka ist tot. Der Jäger hat sie erschossen!«
»Das hat er erfunden. Er lügt!«
»Bleib!« Die knochige Hand der Großmutter war wie die Hand eines Skeletts, das sie mit der Macht des Grabes und der Toten festhielt.
»Lass mich.«
»Hau ab, du Vieh.« Die Großmutter warf einen Bastschuh nach der Tür. »Mach, dass du fortkommst. Lass uns in Ruhe.«
Ein Winseln, als habe der Schuh tatsächlich getroffen.
Der zweite Schuh folgte dem ersten. »Scher dich fort, egal, was du bist.«
Der zum zweiten Mal aus seinem Schlaf geschreckte Hahn krähte, als müsse er den Morgen der Nacht entreißen. Die Hühner im Nachbarhof gackerten. Überall im Dorf begannen die Hunde zu bellen.
»Slatka, lauf nicht weg. Ich komme!.«
Galina riss sich von der Großmutter los, rutschte vom Ofen herunter. Verschlafene Rufe, Stimmengewirr, mitten in der Nacht erwachte das Dorf.
Galina riss die Tür auf. Auf dem Steg über dem Dorfbach huscht ein Schatten davon, Richtung Wald.
»Slatka! Warte auf mich!« Galina schlüpfte in das Paar Stiefel, das neben der Tür stand – die Stiefel des verstorbenen Alexander Suchanow, ihres Vaters. Das einzige Paar in dem armseligen Haushalt. Im Winter, wenn der Boden gefroren war und die harte Erde die nackten Fußsohlen wie mit Nadeln stach, teilten sich die Großmutter und Galina die Nutzung der Stiefel. Wer sie anhatte, erledigte die Besorgungen im Feld und vor der Kate, der andere die häusliche Arbeit. Jetzt hatte Galina die viel zu großen Dinger an den Füßen, in denen sie herumrutschte wie ein Schiffer in seinem Kahn, und stolperte über die Wiese hin zu dem abgeflachten Baumstamm, der über dem Dorfbach lag und als Steg diente.
»Galina! Nicht! Komm zurück!« Die Großmutter eilte dem Mädchen auf nackten Sohlen hinterher, über den gefrorenen, harschen Schnee.
Eins nach dem anderen gingen die Lichter in den Hütten und Häusern an, Menschen stürzten vor die Türen, Dreschflegel und Knüppel in der Hand. »Der Werwolf? Wo? Wo ist er?«
Galina hatte den Steg erreicht, balancierte mit ausgebreiteten Armen in den viel zu großen Schuhen vorsichtig über die glatte Oberfläche des Baumstamms. Eine Knochenhand fasste sie am Kragen,

wollte sie zurückziehen; Galina schlug die Hand weg, sprang mit einem Satz ans andere Ufer.

»Slatka! Slatka, wo bist du? So zeig dich doch.«

Aber so viel sie auch rief und lockte und in das Dunkel des Waldes starrte, es wollte sich kein Hund zeigen, nicht einmal der Schatten eines Hundes. Selbst die Bäume, die dunklen, schweigenden, taten so, als ginge sie das Ganze nichts an und kehrten dem Mädchen die moosbewachsenen Rücken zu, schüttelten die kahlen Köpfe im Wind.

Auf dem gegenüberliegenden Ufer rannten Menschen mit Fackeln hin und her. Die Aufregung wollte kein Ende nehmen. Im Schein der Fackeln stiegen einige Bauern die Uferböschung hinunter, fischten etwas aus dem Wasser. Galinas Herz verkrampfte sich beim Anblick der vielen Menschen, die stumm und mit gesenkten Köpfen um das nasse Bündel herumstanden, das man aus dem Wasser gezogen hatte. Eine unheimliche Stille hatte sich auf Mensch und Tier herabgesenkt, nicht einmal ein Flüstern drang übers Wasser hinüber ans andere Ufer, an Galinas Ohr. Selbst die Hunde hatten zu bellen aufgehört, als verstünden sie, was passiert war. Galinas Herz schlug schon nicht mehr in ihrem Körper, sondern außerhalb ihrer selbst, ein verlorener kleiner Vogel im dunklen Schweigen des Waldes.

Ein drittes Mal krähte der Hahn.

Die Leiche Maria Petrownas wurde, wie es bei uns üblich war, im eigenen Haus auf einem Brett zwischen zwei Stühlen für drei Tage aufgebahrt, ehe man sie für immer in die alles aufbewahrende Erde zu senken gedachte. In dieser Zeit konnte jeder ihr einen letzten Besuch abstatten. Der Pope kam, sprach ein kurzes Gebet und segnete den Leichnam eilig. Aus Angst vor dem Werwolf verließen die Trauerweiber nachts die Kate und kehrten in ihre Hütten zurück, wo sie sich, verschanzt in den eigenen vier Wänden, hinter Schloss und Riegel, sicherer fühlten. Maria Petrownas sterbliche Überreste mussten die Zeit von Sonnenuntergang bis zum nächsten Morgen alleine überstehen, in der unbeheizten Kate, in der nur das Ewige Licht vor dem Heiligenbild einen schwachen Schimmer verbreitete.

Auch Galina war es nicht gestattet worden, die Totenwache bei ihrer Großmutter zu halten. Akulina, die Frau des Starosten, hatte das verstörte Mädchen in jener Nacht an die Hand genommen und in einem Ton, der keinen Widerspruch duldete, gesagt: »Hier kannst du nicht bleiben. Du kommst einstweilen zu uns, es wird sich noch ein Plätzchen auf dem Ofen finden, zwischen Jermolai und mir.«

»Ja, ja … gewiss doch …«, stotterte der überrumpelte Starost, »hier geht es nicht … nicht alleine … wo doch der Werwolf … und all das … was sollen da die Leute sagen? … Und so fort …«

»Sei still, Jermolai.«

Ohne ein Wort, ja, ohne auch nur einen Laut der Trauer oder des Schmerzes von sich zu geben, hatte das Mädchen als stumme Zeugin dem Herrichten der Leiche und dem Ritus des Aufbahrens beigewohnt. Nur als man die Großmutter in ein sauberes Leintuch einschlug und das noch nasse Bündel mit Hauruck auf das bereitgelegte Brett hievte, lief ein Zittern durch ihren Körper. Zum zweiten Mal beherbergte die Kate einen Toten, aber war es das erste Mal ein Fremder gewesen, dessen Anwesenheit in der Kate das Mädchen als störend, ja widernatürlich empfunden hatte, handelte es sich nun um die Großmutter, die den ihr gehörigen Platz in der Kate auch im Tod ausfüllte. Galina wagte nicht, die Tote selbst anzuschauen. Stattdessen starrte sie wie gebannt, regungslos, auf einen dunklen Fleck am Boden, wo sich das von dem Leichnam heruntertropfende Wasser sammelte und zu Eis gefror.

Widerstandslos ließ sich das Mädchen in den zu großen Stiefeln, die um seine Knie schlackerten, von Akulina wegführen ins Dorf, ins Haus des Starosten. Widerstandslos kletterte sie auf den Ofen, nachdem Akulina ihr zuvor die zu großen Stiefel ausgezogen hatte. Und widerstandslos, wie eine lebendige Tote ohne eigenen Willen, ließ sie es geschehen, dass man die Decke über sie breitete und ihr die Augen zudrückte. »Schlaf, Kindchen«, befahl Akulina, »morgen sieht die Welt schon anders aus.«

Aber als Galina am anderen Morgen die Augen aufschlug, war alles so wie immer. Das Vieh muhte in den Ställen, in den Bäumen hockten die Krähen und schielten aus starren Knopfaugen auf die verschneiten Dächer herab, ein bleigrauer, schwerer Himmel lag über dem Dorf und die Erde war unter einer dichten, weißen Schneedecke wie unter einem Leichentuch begraben … Galina lag unter einem Bärenfell, in einer Stube, die bis hin zu dem Heiligenbild in der Nische der Kate ihrer Großmutter ähnelte, nur dass es hier keinen Verschlag für die Kuh an einem Ende gab, sondern eine Tür in ein anderes Zimmer. Und die alte Frau, die im schlichten Kleid vor einem der Fenster saß und an einem Spinnrocken werkelte, hätte auch die Babuschka sein können.

Akulina wandte den Kopf in ihre Richtung. »Ah, du bist wach, komm schnell herunter, die Hafergrütze ist noch warm.«

Erst jetzt bemerkte Galina den Topf auf dem Tisch, von dem leichter Dampf aufstieg, und den leicht säuerlichen Milchgeruch des Haferschleims, der die Stube durchzog.

Die nächsten Stunden verlebte Galina wie im Traum. Ein Traum, in dem sie aufstand, ihr Gesicht wusch, auf Fragen Akulinas einsilbige Antworten gab, sich an den Tisch setzte und von der Hafergrütze aß und sich gleichzeitig selbst dabei beobachtete, wie sie all das tat. Alles erschien ihr wirklich und unwirklich zugleich. Sie aß, trank, sprach – und es war, als aß, trank, sprach da eine andere Person an ihrer Stelle, eine Person, die in ihrem Körper steckte, oder vielmehr, die sich wie eine zweite Haut über die Oberfläche ihres Körpers gestülpt, ihn in Besitz genommen hatte, und nun mit ihrer Zunge sprach und wusste, was sie sagen würde, noch ehe sie selbst den Mund aufgemacht hatte. Galina ließ sich treiben in dem Körper dieser anderen Person, froh, nicht mehr nachdenken zu müssen, froh, in das alltägliche Einerlei eines geschäftigen Haushalts versinken zu können. Erst gegen Abend, als der milchig-trübe Tag langsam in die graue Dämmerung überging, wurde sie unruhig. Vor dem Fenster zogen die Schatten der Trauerweiber, dreier alter verhutzelter Witwen aus dem benachbarten Chutor, vorbei. Ihre spitzen Kopfbedeckungen waren wie drei schwarze Eiszapfen, die über den Schnee glitten.

»Wohin gehen die? Was ist passiert?«, fragte Galina.

»Ach, Kind«, seufzte Akulina, »du weißt doch …«

Galina blickte zum Fenster hinaus, wo sich ein fahler Sonnenklecks in der Dämmerung auflöste wie ein Tropfen Blut, den man in Milchbrei verrührt.

In der Nacht stahl sich Galina aus dem Haus. Akulina schlief wie eine Tote, und der Starost war noch nicht nach Hause gekommen. Seltsam, Obnoskis Schenke gab es nicht mehr, wo trieb sich der Alte nun herum? Warum kam er nicht nach Hause? Aber Galina stellte sich diese Fragen nicht, ihr gingen andere Dinge im Kopf herum. Die Großmutter lag allein in der verlassenen Kate, niemand war bei ihr. Sie fror vielleicht unter dem dünnen Leintuch, das man über sie gebreitet hatte. Und niemand war da, mit ihr zu reden, sie vor den bösen Geistern, die ihre Seele holen wollten, zu beschützen. Der Werwolf hatte die Trauerweiber vertrieben. Vielleicht trachtete er auch nach der Seele der Großmutter? Es war ein seltsames Gefühl, welches das Mädchen zur Kate der Großmutter trieb, gepaart aus Furcht und Verlangen. Galina zitterte bei dem Gedanken, vor den

Leichnam ihrer Babuschka zu treten, fühlte sie sich doch schuldig an deren Tod. Aber gerade deswegen trieb es sie auch hin zu der Kate. Sie wusste, sie musste der Großmutter Abbitte leisten, musste den letzten Dienst der Totenwache an der Verstorbenen leisten, auch wenn niemand anderer dies wagte.

Galina eilte durch die menschenleeren Gassen des Dorfes, wagte weder nach rechts noch nach links zu schauen. Die Hofhunde schlugen an, wenn sie an den verschlossenen Toren vorbeihastete, und die Pferde in den Ställen wieherten angstvoll. In den dunklen Häusern bekreuzigten sich die Menschen und sprachen zu sich: »Es ist der Werwolf, der durch unser Dorf läuft.« Und ein jeder wünschte sich, das garstige Biest möge weiterlaufen und nicht vor dem eigenen Haus Halt machen.

In der Kate am Dorfrand lag die Großmutter im blassen Schein des Ewigen Lichts unter einem weißen Leintuch. Ängstlich trat das Mädchen an die Leiche heran und schlug den Zipfel des Tuchs zurück. Im ersten Moment überkam Galina beinahe so etwas wie ein Gefühl der Erleichterung beim Anblick der fremden alten Frau, die da aufgebahrt lag. Das war nicht die Großmutter, man hatte sie mit einer anderen verwechselt! Erst nachdem sie das Gesicht eine Weile im blassen Schein der Kerze inspiziert hatte, erkannte sie in den vom Wasser aufgedunsenen Zügen, der bläulich verfärbten Haut der Ertrunkenen eine gewisse Ähnlichkeit mit der Großmutter. Galina erinnerte sich wieder an all die Male, da die Großmutter sie gescholten hatte, da sie etwas nicht oder nur zu deren Unzufriedenheit erledigt hatte.

Die Milch in den Kannen, die sie nicht in den Nachbarort gebracht, sondern unterwegs verschüttet hatte. Das Stroh, das sie der Kuh zu viel in die Krippe gelegt hatte. Aber alles Schelten war besser gewesen als das kalte abweisende Schweigen, das im Tod versteinerte Angesicht. Galina sank vor dem Leichnam auf die Knie. »Babuschka, vergib mir, ich habe das nicht gewollt, ich wusste ja nicht … ich wollte doch nur …« Das Mädchen stockte, suchte nach Worten. »Ich weiß, ich komme spät … man hat mir nicht erlaubt … aber ich verspreche dir, ich werde die ganze Nacht bei dir wachen … dass deine Seele in Frieden ruhen kann … dass du in den Himmel kommst und nicht …« Galina wagte das Furchtbare nicht auszusprechen, der Gedanke, die Großmutter könne dorthin gehen, wo Werwölfe, böse Geister und andere Spukgestalten die Seelen der bösen Menschen quälten. »In den Himmel … zu den Engeln und Gerechten … denn ich weiß, du warst immer gerecht … auch zu mir.«

Ein Windstoß drückte das Flämmchen des Ewigen Lichts nieder und in der zuckenden Dunkelheit griffen die Schatten nach Galina. War das ein Zeichen? War nicht die Großmutter, wohl aber sie selbst dazu verurteilt, nach ihrem Tod an den bösen Ort verbannt zu werden, für das, was sie getan hatte? Warteten die Monster und Teufel schon auf sie?

Die Worte ihres gemurmelten Gebets hallten einsam und verloren in der Weite der dunklen Stube. »Der Herr ist mein Hirte, mir wird nichts mangeln … und ob ich schon wanderte im finstern Tal, fürchte ich kein Unglück …«

Irgendwann in der Nacht schleppte sich Galina dann doch auf ein notdürftiges Lager auf Kartoffelsäcken in dem kleinen Verschlag, wo die Kuh gestanden hatte. Sie schwor sich selbst, nur einen Augenblick die müden Glieder auszuruhen, sich nur einen Moment auszustrecken. Aber dann fielen ihr, kaum dass sie sich hingesetzt hatte, auch schon die Augen zu.

Stimmen weckten sie aus einem tiefen, traumlosen, todesähnlichen Schlaf. Zuerst glaubte Galina, die Engel seien gekommen, die Seele der Großmutter in den Himmel zu holen. Die vier Gesandten des Himmels standen unschlüssig in der engen Stube, anscheinend wussten sie nicht, was sie mit der Seele der Großmutter anfangen, wie sie sie transportieren sollten. Einer der Engel schniefte und schnäuzte sich in den Ärmel. Hatte er sich hienieden auf der kalten Erde einen Schnupfen geholt? Die Stimmen der Engel waren rau, was sie sagten, klang hart und ungehalten, als ärgerten sie sich, zu so später Stunde noch ihren Dienst verrichten zu müssen. Wieder schniefte einer der Engel laut.

»Hör endlich auf so rumzurotzen, da kriegt man ja das Kotzen davon!«, herrschte ihn ein anderer Engel an.

»Ja, ja«, schniefte der Starost – denn um niemand anderen handelte es sich, »es ist schlimm … auch Akulina schimpft mit mir … sie kann es nicht leiden, wenn ich krank und elend bin …«

»Still!«, zischte Jossip und gebot dem Redeschwall des Starosten mit einer herrischen Geste Einhalt.

Galina hielt den Atem an. Durch einen Spalt im Holz sah sie den Jäger, wie er neben dem aufgebahrten Leichnam der Babuschka in der Stube stand, sich misstrauisch nach allen Seiten umsah und wie ein Tier, das Witterung aufnahm, die Nase mehrmals hochzog.

»Was ist?«, fragte Afanasij. »Meinst du, man könnte uns belauschen? Oder befürchtest du etwa, der Werwolf könnte zurückkommen?«

Die anderen lachten.

»Oder stört dich der Geruch? Das ist die Alte, die da so stinkt!«

Afanasij tätschelte das Leichentuch, unter dem die Babuschka lag. »Sie hat schon zu Lebzeiten nicht sonderlich einladend gerochen, der Tod hat es nicht besser gemacht.«

Afanasij lachte hässlich und zwinkerte Stipe zu, der wortlos, die Reitpeitsche in der Hand, danebenstand und dem aufgebahrten Leichnam den Rücken zukehrte.

»Halt's Maul, du weißt nicht, was du redest!«, blaffte Stipe, und sofort verstummte der Kaufmann.

Aber seltsam, er zog nicht den Kopf dabei ein, wie es früher seine Gewohnheit gewesen war, wenn Stipe der Allmächtige ihn anfuhr, ja, es sah sogar so aus, so schien es jedenfalls Galina, die das alles durch den Spalt im Holz beobachtete, als verzöge er sein feistes Kaufmannsgesicht zu einem abfälligen, mitleidigen Grinsen.

Jossip Antonowisch rieb sich den Bart. »Nein, es ist nicht die Alte, aber ich bin mir nicht sicher …«

Er ging um den Tisch herum auf die rückwärtige Wand zu. Galina stockte der Atem.

»Wie lange müssen wir eigentlich hierbleiben?«, fragte der Starost, an allen Gliedern zitternd. »Es ist kalt und so weiter …«

»Jermolai hat recht«, pflichtete Afanasij dem Starosten bei, »machen wir's kurz. Ich hab auch Besseres zu tun, als mir hier mitten in der Nacht die Beine in den Bauch zu stehen, während andere gemütlich im Bett liegen, die Decke aus Angst vor dem Werwolf über den Kopf gezogen. Also – was ist nun? Jossip?«

Der Jäger war ein paar Schritte vor dem Holzverschlag stehengeblieben und betrachtete sinnend die Wand. Es schien Galina, als ginge der Blick seines guten Auges durch die Bretter hindurch wie der anderer Menschen durch Glas, und als mustere er sie nachdenklich, wie sie da vor Angst regungslos auf den Kartoffelsäcken saß, ehe er sich wieder mit den Schultern zuckend zu den anderen umdrehte.

»Nun gut. Wir wollen keine Zeit verlieren. Er liegt vielleicht draußen auf der Lauer.«

Bei diesen Worten des Jägers ging eine Bewegung durch die Schar der nächtens in der Kate versammelten Reichen und Mächtigen des Dorfs, und man warf ängstliche Blicke umher und rückte unwillkürlich enger zusammen in der guten Stube. Nur Stipe schnaubte verächtlich und klatschte mit dem Stiel seiner Nagaika gegen den Stiefelschaft.

»Ja, er ist schlau«, fuhr der Jäger fort, »verdammt schlau. Wir haben ihn unterschätzt. Er ist nicht auf und davon, wie wir dachten, sondern treibt sich noch hier in der Gegend rum. Will sich an uns rächen. Semjon hat es schon erwischt. Und der war stark wie ein Bär – es hat ihm nichts genutzt. Er paart tatsächlich die Instinkte eines Wolfs mit der Gerissenheit eines Menschen. Es wird nicht einfach sein, ihn zu erwischen. Aber ich habe eine Idee.«

»Eine Idee? Wie wir ihn loswerden? Wie wir das Dorf von dieser Plage befreien? Ach, Herr im Himmel, du Gütiger … und so weiter … wenn es nur wahr wäre und wir endlich leben könnten … in Frieden und all dem … und so weiter …«

»Sei still, Alter, du faselst wieder dummes Zeug«, unterbrach Stipe den Starosten. »Lasst uns lieber hören, was Jossip zu sagen hat. Also?«

»Gebt mir das Mädchen.«

»Das Mädchen? Wieso das Mädchen? Was meinst du, Jossip?«

»Die kleine Galina. Sie ist der Schlüssel. Wisst ihr noch, wie er jeden Tag hierher zur Kate kam? Sicher nicht wegen der stinkenden Alten, das könnt ihr mir glauben. Die Kleine ist die einzige im Dorf, zu der er noch hin kann, jetzt, wo die Tochter des Schankwirts …«

»Halt's Maul! Red nicht von Tatjana«, fiel ihm Stipe ins Wort. »Sag uns lieber, was du mit dem Mädchen vorhast.«

»Wisst ihr, wie die Tungusen einen wilden Wolf jagen?« Jossip blickte fragend in die Runde. »Sie binden eine Ziege an einen Pfahl und legen sich auf die Lauer. Und wenn sich der Wolf dann über die Ziege hermachen will – paff!« Jossip klatschte mit der flachen Hand auf die Bahre, dass der steife Leichnam der Ertrunkenen in die Höhe schnellte und mit einem dumpfen Laut wieder auf das Brett zurückfiel. Die anderen schauten erschrocken.

»So machen es die Tungusen. Und auch die Engländer, wenn sie auf Tigerjagd gehen, hab ich gehört.«

Einen Moment schwiegen die Anwesenden nachdenklich.

»Das Mädchen soll also deine Ziege sein?«

»Ja, das ist gut, gut ist das, Jossip Antonowitsch«, lobte Afanasij und rieb sich die Hände. »Sie wird ihn zu uns locken. Und in dem Moment, da er meint, seine Beute sicher zu haben, stürzen wir aus unserem Versteck hervor und erledigen ihn!«

»Nicht wir«, verbesserte Jossip, »das ist nur eine Sache für mich. Zu viele Köche verderben den Brei. Er ist viel zu gerissen, er würde die Falle bemerken, wenn wir alle ihm auflauerten. Deshalb möchte ich auch, dass das Mädchen bei mir – in meiner Hütte – ist. Er wird sich nicht ins Dorf wagen. Aber meine Hütte ist abseits, weit weg von alldem, mitten im Wald. Niemand wird ihn bemerken – so denkt er.«

»Ja, das könnte klappen«, meinte Afanasij nach einer Weile sinnend,

»und wir begeben uns nicht in Gefahr. Das heißt …« Er stockte und sah Jossip mit gespielter Verlegenheit an. »Wirst du denn auch alleine mit ihm fertig?«

Jossip lachte trocken auf. »Kennst du mich noch immer nicht, Afanasij Trifonowitsch? Meinst du, das sei ein Spielzeug?« Er deutete auf seine Flinte.

»Aber was, wenn er nicht auf den Köder anspringt?« Afanasij blieb skeptisch. »Es könnte doch sein, dass er eine andere Beute reizvoller findet?«

»In diesem Fall verwenden die Tungusen einen Trick: Sie verwunden die Ziege oder das Lamm ein wenig. Das Blut zieht den Wolf unweigerlich an.«

»Du willst das Mädchen …?«

»Nein, Jossip Antonowitsch, das kann man nicht zulassen … das verstößt gegen Gottes Gebot … wir sind schließlich keine Unmenschen und so weiter. Wenn es gegen Wölfe geht … und solche … aber ein unschuldiges Kind …«

»Still, Starost!«

Wieder lachte Jossip kurz und verächtlich auf. »Was seid ihr bloß für Dummköpfe! Lauft blind wie die Maulwürfe durch die Gegend. Seht ihr denn nicht, dass die Kleine schon ihr Blut verliert? Wo habt ihr bloß eure Sinne?«

»Wie meinst du das?«

Jossip schnippte verächtlich mit dem Finger. »Sie ist kein Mädchen mehr, sondern eine junge Frau! Und der Wolf riecht es. Es ist nur allzu offensichtlich.«

Die anderen lachten in die Runde: hämisch und lüstern.

»Natürlich. Das alte Aas zieht ihn nicht an, aber das junge«, spottete Afanasij.

»Halt's Maul!«, wies ihn Stipe zurecht.

Galina wurde es abwechselnd heiß und kalt. Was redeten die da? Was sollte das bedeuten?

»Also dann ist es abgemacht? Ihr bringt mir das Mädchen? Morgen früh?«

Die Reichen und Mächtigen des Dorfs blickten einander an, schielten nach Stipe, der immer noch wie unbeteiligt in der Ecke stand, das Gesicht ins Dunkel gekehrt. Offensichtlich erwartete man von ihm eine Entscheidung. Aber der Gutsverwalter ließ sich Zeit, schien nicht daran zu denken, dass es in der Kate kalt war und zu Hause ein warmes Bett auf einen wartete.

Endlich drehte sich Stipe zu den anderen um, so dass sein Gesicht halb im Kerzenschein lag, halb im Dunkeln verborgen war. »Also gut, du sollst das Mädchen haben. Aber sei vorsichtig, ich will nicht, dass ihr was geschieht.«

»Du willst sie wohl für dich haben«, wagte Afanasij ihm zu entgegnen, »weil sie die Kate und das Land erbt.«

Einen Moment sah es so aus, als wolle der Gutsverwalter die Reitpeitsche gegen den Kaufmann erheben, dann wandte er sich achselzuckend ab. »Denkt, was ihr wollt.«

»Was wollt ihr? Wo gehobelt wird, da fallen auch Späne«, knurrte der Jäger, »da kann man nichts machen. Aber es wird schon nicht so schlimm. Macht euch nicht in die Hosen. Wollt ihr den Werwolf nun oder nicht?«

Afanasij nickte nach einem kurzen Moment des Zögerns.

Jossip sah den Starost an. Der zog den Kopf ein, zuckte mit den Schultern. »Ja, ja, wird schon gehen, man muss den Rat überzeugen. Und Akulina, selbstverständlich. Ich mach das.«

»Gut, dann ist alles klar. Aber dass du mir bloß nicht danebenschießt, hörst du?«, meinte Afanasij an den Jäger gewandt.

Jossip lachte. »Keine Angst. Ich hab doch die hier – vom Metropolit in Tarangog selbst gesegnet.« Er schüttelte seinen Beutel, worin es hell klingelte.

Die silbernen Kugeln, dachte Galina.

»Dann lasst uns gehen«, schlug Afanasij vor, die Arme aneinander schlagend, »es ist kalt hier. Außerdem mag ich es nicht, diese Dinge neben der Alten da zu besprechen, auch wenn sie nichts mehr ausplaudern wird.«

»Bist du etwa abergläubisch?«, fragte Stipe. »Du hast doch nicht etwa Angst vor Werwölfen?«

Galina zuckte in ihrem Versteck zusammen, eine Kartoffel rutschte herunter und kullerte über den Boden.

»Was war das?«

»Herr im Himmel, hab ich‘s nicht gesagt? Wenn man das Unheil auch noch heraufbeschwört!?«

»Ruhig, Dummkopf – und hör auf mit den Zähnen zu klappern!«

Galina drückte sich ängstlich an die Rückwand des Verschlags. Jossip herrschte die anderen an, still zu sein. Galina spürte, wie sich etwas in ihrem Schoß zusammenzog, wie eine unsichtbare Faust nach ihren Gedärmen griff und zudrückte. Etwas Klebriges, Warmes rann ihre Beine hinunter.

Ein Wolf heulte in dem Wäldchen vor der Kate und andere, weiter draußen in der Steppe, antworteten ihm.

»Herr im Himmel und alle Heiligen – machen wir, dass wir zurück ins Dorf kommen. Soll die Totenwache bei der Alten halten, wer will!«

Alle drängten zur Tür hinaus, und nur der Jäger blieb noch für einen Moment allein in der Stube. Sein gutes Auge glänzte feucht im flackernden Schein des Ewigen Lichts und ein dünnes, grausames Lächeln spielte um seine Mundwinkel. »Dummköpfe!«, flüsterte er heiser, dann spuckte er noch einmal auf den Boden, drehte sich abrupt um und eilte den anderen hinterher.

Nach Jossips Weggang blieb Galina allein im Halbdunkel der Kate zurück. Nur das Ewige Licht vor dem Heiligenbild in der Ecke warf noch einen winzigen, gelben Schein, der aber kaum ausreichte, die Stube in mehr als ein mattes Dämmerlicht zu tauchen. Unbeweglich und starr ruhte der Leichnam auf dem Tisch unter seinem Leintuch. Galina wagte nicht, sich zu rühren. Jeden Moment, meinte sie, könnte der Jäger oder einer der anderen zurückkommen und sie in ihrem Versteck aufstöbern. Und obwohl die Männer schon vor geraumer Zeit gegangen und die Minuten seit ihrem Weggang zu Stunden geworden waren, hielt sie hartnäckig an diesem einen Gedanken fest: *Sie dürfen mich nicht finden, ich muss in meinem Versteck bleiben …*

Allmählich fingen ihre Beine zu schmerzen an und die harten Kartoffeln drückten an allen möglichen Stellen. Auch wurde es von Minute zu Minute kälter. Bald wusste sie nicht mehr, wie sie in ihrem engen Versteck sitzen oder liegen sollte. Der grobe Stoff der Kartoffelsäcke drückte durch ihre Kleider hindurch. Etwas pulsierte in ihrem Schoß, und wie sie unter ihren Rock langte, spürte sie zwischen ihren Beinen, auf der Innenseite ihrer Schenkel, etwas Klebriges, Feuchtes. Es schien ihr, als habe der Jäger sie mit seinem Blick verwundet. Als habe ein einziger Blick aus seinem eisigen blauen Auge genügt, die Bretterwand zu durchdringen und ihre Haut zu ritzen, sodass jetzt langsam, aber unaufhörlich das Blut aus ihr heraus tropfe.

Musste sie jetzt sterben? Ein Zittern lief durch ihren Körper. Unaufhörlich kehrten ihre Gedanken zu einem Punkt zurück. Morgen würde man sie holen, um sie Jossip, dem Jäger, zu übergeben. Was würde der mit ihr anstellen? Und was hatte das zu bedeuten gehabt, was die Männer geredet hatten? Was wollten sie tun? Den Werwolf erlegen? Ja, aber wieso brauchte man sie dazu? Galina verstand nicht, was die Männer gemeint hatten, aber es schien ihr voller düsterer Vorbedeutung.

Draußen raschelte etwas. War das der Wind oder ein Tier, das um die Kate herumstrich? Galina lauschte. Die Nacht war auf einmal erfüllt von unheimlichen Geräuschen: das Knarren des Verschlags, das Knistern des Dochts, der Wind, der durch die Ritzen der Holzwände pfiff; ja, selbst ihr eigener Herzschlag dröhnte in ihren Ohren, und wenn sie sich nur ein wenig zur Seite wandte, um bequemer zu sitzen, kullerten die Kartoffeln in den Säcken umher, raschelte der grobe Stoff. Vorsichtig beugte sich Galina nach vorne, um durch ein Astloch im Verschlag in die Stube zu spähen. Im düsteren Schein der Kerzenflamme schien es, als bewege sich das Leichentuch über der Babuschka, als atme die Tote.

Galina erinnerte sich der Geschichten, die ihr die Babuschka erzählt hatte, von den Verstorbenen, die zurückkamen, um sich an ihren Mördern und Peinigern zu rächen. Und jetzt war die Reihe an ihr! Die Großmutter hatte ihr nicht verziehen. Sie war es, die die Großmutter, wenn auch unabsichtlich, vom Steg gestoßen hatte.

Galina erkannte, dass sie nicht länger in ihrem Versteck bleiben konnte. Wieder raschelte das Leintuch über der Toten.

Wie sie die Kraft gefunden hatte, aus dem Holzverschlag zu kriechen, hätte sie später nicht mehr zu sagen gewusst. Jedenfalls stürzte Galina an dem aufgebahrten Leichnam vorbei, der sich mit einem Mal aufrichtete und die weißen, flatternden Arme nach ihr ausstreckte, zur Tür hinaus ins Freie. Das Licht des Mondes glänzte auf dem frisch gefallenen Schnee wie Puderzucker. Galina rannte, so schnell ihre Füße sie über die nasskalte Schneefläche trugen; es war ein befreiendes Gefühl, nach den qualvollen Stunden in dem engen Holzverschlag einfach nur rennen zu dürfen, die Glieder zu strecken und den Wind auf ihren Wangen zu spüren. Etwas schien neben ihr herzulaufen – ein Schatten, der über die Schneefläche huschte –, aber seltsam, sie hatte keine Angst mehr, sondern fühlte sich wie befreit, als sei eine Last von ihr abgefallen. Galina öffnete den Mund zu einem Schrei: halb Triumph, halb Erleichterung.

Erst als sie schon eine Weile gelaufen war, kam es ihr zu Bewusstsein, dass sie nicht den Weg in Richtung Dorf genommen hatte, sondern über die Felder in den Wald und dann weiter auf unbekannten Wegen. Sie hielt an, lehnte sich erschöpft gegen einen Baumstamm.

Der Mond war hinter einem diesigen Wolkenschleier verborgen. Trotzdem glänzte der Schnee zu ihren Füßen wie von einem unsichtbaren Licht angestrahlt. Zwischen den Bäumen trieb grauer Nebel, die schlanken Stämme der Birken hoben sich dagegen wie die schwarzen Stäbe eines Gitters ab. Hilflos blickte sie um sich. Die vertraute Welt mutete seltsam fremd und unwirklich an. Obwohl sie von Kindesbeinen an in der Umgebung des Dorfs herumgetollt war, bot sich ihrem Blick nun keine bekannte Wegmarke, kein Anhaltspunkt, der ihr hätte sagen können, wo sie war. Die Bäume sahen alle gleich aus, in jeder Richtung dehnte sich dieselbe gleichförmige Landschaft. Wie sollte sie wieder ins Dorf zurückfinden? Irgendwo, weit entfernt in der Steppe, heulte ein Wolf den unsichtbaren Mond an. Galina erschauerte. Die Euphorie des Rennens war verflogen, ihr Entkommen aus dem engen Holzverschlag schien ihr nun nicht mehr wie eine gelungene Flucht, sondern wie ein nutzloses Davonlaufen. Mehr noch, ein Davonlaufen, das sie in eine echte, lebensbedrohliche Situation geführt hatte. Galina wusste, dass sie mitten im Winter, bei den eisigen Temperaturen, die nachts herrschten, im Freien kaum überleben konnte. Sie musste zurück ins Dorf oder zumindest irgendeinen Unterschlupf finden, der ihr vor der Kälte und dem Wind Schutz bot. Selbst die Kate mit dem Leichnam ihrer Großmutter darinnen erschien ihr nun im Vergleich wie ein behaglicher Ort. Zu spät erkannte sie, dass ihre Babuschka unmöglich von den Toten hätte wiederauferstehen können. Der Pope hatte sie doch schon gesegnet und über einen einmal gesegneten Leichnam hatte der Teufel keine Macht mehr! Was sie für ein Gespenst gehalten hatte, das die Arme nach ihr ausstreckte, war nichts weiter gewesen als das Leichentuch, das sich durch den Windzug aufgebauscht hatte!

Wieder heulte ein Wolf.

Galina war es, als sei er viel näher als beim ersten Mal. Nicht mehr fern, irgendwo in der Steppe, sondern hier im Wald, unter den Bäumen. Was hatten die Männer gesagt? Der Werwolf – er hatte es auf sie abgesehen! Er konnte ihr Blut riechen! Ihr Blut zog ihn an! Galinas Gedanken verwirrten sich. Wohin sollte sie gehen? Was, wenn der Werwolf schon auf ihrer Fährte war? Oder Jossip, der Jäger?

Das Heulen kam näher.

Hilflos stolperte Galina von Baum zu Baum. Nie hätte sie gedacht, dass der Wald so groß sei, ja, sich geradezu ins Unendliche erstreckte. Sie lief und lief, doch sie fand nur unbekanntes Gehölz. Es schien, als sei die ganze Welt mit Bäumen bestanden, die sich wie ein einziges gigantisches Gewächs über die Erde ausgebreitet hatten. Endlich sank sie am Ende ihrer Krüäfte gegen eine einzeln stehende Birke.

Sie war zu erschöpft, um weiterzugehen. Die Füße taten ihr weh und ein stechender Schmerz in der Seite schnürte ihr den Atem ab.

Wenn sie nur schlafen, sich ein wenig ausruhen könnte! Sie wusste, sie würde sterben, wenn sie nicht in Bewegung blieb, wenn sie der Versuchung nachgab, einfach an den Baum gelehnt stehen zu bleiben und einzuschlafen. Aber sie hatte keine Kraft mehr, sich dagegen zu wehren. Die Augen fielen ihr zu. Gewaltsam riss sie sie wieder auf. »Babuschka, hilf mir«, flüsterte sie. Ihr Atem ging stoßweise, wie weißer Nebel entströmte er ihren kalten Lippen, waberte um den nackten Birkenstamm, bevor er sich auflöste und zu Boden sank. Die Worte, die die Großmutter sie gelehrt hatte, fielen ihr wieder ein, und Galina begann zu beten, im Geiste und ohne die Lippen zu bewegen: *Herr im Himmel, geheiligt werde Dein Name, Dein Reich komme …*

Die Worte hatten etwas Beruhigendes, Tröstliches. Hinter den einfachen Worten verbarg sich eine gewaltige Macht, eine Magie der Sprache, die die Dämonen des Waldes, die Kälte und die Angst zu bannen wusste. Schon empfand Galina die Kälte weniger eisig, fühlte sie sich geborgen und getröstet; der Schnee bereitete ihr ein sanftes Ruhekissen, die grobe Rinde der Birke schmiegte sich vertraulich an ihre Wangen, sie kauerte sich am Fuße des Baumes in den Schnee, die Lider wurden ihr schwer …

Das Heulen eines Wolfs zerriss die Stille. Galina schreckte aus dem trügerischen Schlaf, blickte verwirrt um sich. Wo war sie? Was war geschehen? Da kam es ihr wieder zu Bewusstsein, und mit dem Wissen um ihre bedrohliche Lage kamen auch wieder die Angst und die Hoffnungslosigkeit zurück. »Oh, nein, ich will nicht sterben, bitte, lass mich nicht sterben …«, jammerte das Mädchen, eng an den Stamm der Birke gedrückt.

Immer noch verdeckten Wolken den Mond. Die Nebelschleier, die zwischen den Bäumen trieben, waren jedoch von einer beinahe grellen Blässe. Ein geduckter, grauer Schatten trat hinter einem der Bäume hervor. Galina schien das Herz stehenbleiben zu wollen. Der Schatten streckte sich, drehte seinen Kopf in ihre Richtung.

»Slatka!«

Galina sprang auf. Kein Zweifel, das war ihr Hund, ihre Slatka! Fast schien es, als leuchte ihr Fell von selbst, es erschien wie von einem fahlen Feuer umgeben. In den Augen der Hündin blitzte es auf: Sie wedelte mit dem Schwanz und öffnete das Maul, sodass ihre hellen, weißen Zähne hervorblitzten. Dann drehte sie sich um und lief los.

»Slatka, warte! Wo willst du hin?«

Die Wolfshündin verschwand zwischen den Bäumen. Schnell raffte sich Galina auf und eilte hinterher. Immer wieder blieb Slatka stehen, wandte den Kopf kurz nach ihr um und trabte dann weiter. Galina beeilte sich, hinterher zu kommen, aber es war ihr unmöglich, das Tier einzuholen. Einmal dachte Galina, sie hätte es geschafft, aber im letzten Moment entkam Slatka mit einem Satz hinter einen Baumstamm. Galinas Herz klopfte wie rasend und ein stechender Schmerz bohrte sich in ihre Seite, trotzdem gab sie nicht auf. »Slatka, so warte doch! Warte, ich komme nicht nach!«

Galina fühlte sich an jenen Tag erinnert, als sie zum ersten Mal auf Slatkas Fersen den Wald betreten hatte. Auch damals war das Tier, ein Welpe noch, zwischen den Bäumen hin und her gesprungen, einer unsichtbaren Fährte folgend. Damals, in jenem fernen Sommer.

Wie Galina so ihrer Hündin durch den Wald folgte, verwirrten sich in ihrem Geist das Heute und Gestern, und es schien ihr, als sei sie noch immer dasselbe kleine Mädchen, das im Gras gelegen und zu den Wolken aufgeschaut hatte, sich allerlei seltsame Gebilde vorstellend. Sie vermeinte, die Stimme ihrer Großmutter zu hören, die genauso wie damals nach ihr rief, und das Klappern der Milchkannen.

Was würde die Babuschka wohl sagen, wenn sie jetzt so nach Hause käme – verdreckt und schmutzig, die Haare verklebt und zerzaust, die Kleider zerrissen? Wahrscheinlich würde es eine ordentliche Tracht Prügel setzen. Aber seltsam: Galina musste lächeln bei dem Gedanken an die Schläge, die sie erwarteten, und an die Aussicht, ohne Abendbrot ins Bett geschickt zu werden.

Der Schnee unter Galinas Füßen knirschte und ihre Seite schmerzte wieder, aber jedes Mal, wenn sie stehen blieb, hielt auch Slatka an, drehte sich nach ihr um, wedelte mit dem Schwanz und schien sie auffordern zu wollen, ihr weiter zu folgen. Und so stolperte Galina weiter von Baum zu Baum, hielt sich gelegentlich an einem herabhängenden Zweig oder einem glatten Stamm fest, fiel auch ein oder zweimal in den frischen neuen Schnee – es hatte wieder zu schneien begonnen –, raffte sich aber jedes Mal wieder auf, ihrer Müdigkeit und der Kälte gleichermaßen trotzend. Das Stechen in ihrer Seite war zu einem dumpfen steten Druck herabgesunken und ihr Schoß fühlte sich taub und klamm an. Gerne wäre sie stehen geblieben, hätte für einen Moment die Augen geschlossen. Aber vor ihr her lief Slatka, das rostbraune Fell glänzte im Nebel wie mit Feuer übergossen, und wenn sie sich nicht beeilte, hinterherzukommen, dann würde der Hund im Dickicht auf Nimmerwiedersehen verschwunden sein und sie wäre allein in dem riesigen unbekannten Wald.

»Slatka, so … warte … doch …!«

Es war wie das Fang-mich-Spiel, das der Welpe so gerne gespielt hatte und von dem er nie genug kriegen konnte. Nur ein einziges Mal hatte Galina es tatsächlich geschafft, Slatka einzuholen und ihr das Stöckchen, das sie im Maul trug, zu entwenden. Diesmal sah es nicht so aus, als würde es ihr gelingen.

»Slatka, warte!«

Galina sank bis zu den Knien in einer Schneewehe ein und bevor sie sich wieder herausgearbeitet hatte, war die Wolfshündin hinter einer Gruppe von Krüppelkiefern verschwunden. Galina raffte die Schöße ihres Rockes hoch und rannte, so schnell sie konnte, dorthin, wo sie das Tier zuletzt gesehen hatte.

»Was zum Teufel! Bist du des Wahnsinns? Einfach so aus dem Wald zu laufen! Um ein Haar hätte ich dich erschossen!«

Galina blieb wie angewurzelt stehen. Vor ihr stand der Jäger, die Flinte in der Hand, und starrte sie böse an.

»Was machst du hier? So früh am Morgen? Ich hatte dich erst später erwartet. Und wo sind die anderen?« Jossip schaute sich misstrauisch um, spähte in das dämmrige Dickicht unter den Bäumen. Dann schüttelte er den Kopf. »Du bist wirklich keinen Deut klüger geworden, seit wir uns das letzte Mal trafen. Geschieht dir recht, dass ich deinen Hund erschossen habe!«

»Slatka ist nicht tot! Sie lebt! Sie ist hier.«

»Was redest du da? Ich sehe keinen Hund.«

Galina sah sich hilflos um. Erst jetzt begann sie zu begreifen, wohin ihre wilde Hatz sie geführt hatte. Hinter den verkrüppelten Kiefern, auf einer kleinen Lichtung mitten im Wald, stand die Hütte von Jossip, dem Jäger.

Windschief und schneebedeckt, ähnelte sie eher einem urzeitlichen Grabhügel als einer menschlichen Behausung. Vor der Hütte stand ein Gestell, auf dem das schmutziggraue Fell eines Tieres aufgespannt war. Über der Tür der Hütte hing der Kopf eines Wolfs: der aufgerissene Rachen mit den gelben Zähnen und die böse funkelnden roten Augen schienen unerwünschte Eindringlinge davor warnen zu wollen, der Behausung zu nahe zu kommen. Galina ließ ihre Blicke von der schneebedeckten Hütte zu den Rändern der Lichtung und dem Unterholz zwischen den Bäumen wandern – von Slatka keine Spur.

In der grauen Morgendämmerung lösten sich die Nebelschleier allmählich auf und eine milchig-trübe Sonne kämpfte sich durch die Wolkendecke.

Galina rieb sich verwundert die Augen. »Sie war … hier. Bestimmt, ich hab sie eben noch gesehen.«

Jossip runzelte die Stirn, zuckte dann mit den Schultern. »Wer weiß, was du gesehen hast. Es ist kalt. Komm erst mal rein und wärm dich. Alles andere wird sich finden.«

Mit hängenden Schultern, wie ein Lamm zur Schlachtbank, schlurfte Galina unter dem aufgerissenen Wolfsrachen in die Hütte des Jägers hinein.

TEIL III

Stipe lag im Sterben. Alle im Dorf waren bereit, dies zu akzeptieren – nur Stipe selbst nicht. Mit einer Hartnäckigkeit, die an Starrsinn grenzte, klammerte er sich ans Leben. Eines Nachts war er von einem Ausritt nach Hause gekommen, hatte noch im Flur lautstark nach der Dienerschaft gerufen und war mit einem Mal wie vom Blitz getroffen zusammengesunken. »Er hat ein Gespenst gesehen«, meinten die einen. »Der Schlag hat ihn getroffen«, die anderen. Seitdem lag er auf der Couch im Salon des Herrenhauses, konnte den rechten Arm und das rechte Bein nicht mehr bewegen, und aus seinem rechten Mundwinkel floss ein Speichelfaden. Wenn er sprach, konnte man ihn nur mit Mühe verstehen.

Von Tag zu Tag ging es mehr bergab. Der einst stattliche, muskulöse Gutsverwalter war nur noch ein Schatten seines früheren Selbst, abgemagert und elend, so schwach, dass er kaum noch die gesunde linke Hand heben konnte. Schließlich rief man den Popen.

1

In der Diele des Herrenhauses hatte sich eine Abordnung aus dem Dorf eingefunden, um das Ende der Beichte abzuwarten. Zwischen Afanasij dem Kaufmann, dem Pferdehändler Kornilow und dem Müller stand der Starost, verlegen seine Mütze in Händen drehend.

»Wie lange dauert das denn noch? Was hat er bloß alles zu beichten?«, murrte Afanasij.

»Er war ein Schwerenöter, Gott weiß.«

»Trotzdem, er ist doch nicht König Herodes, dass er den Mord an den Erstgeborenen Israels beichten müsste. Alles hat doch ein Maß.«

»Nun, wer weiß, was er alles auf dem Kerbholz hat.«

Wie immer, wenn der Tod an die Tür eines Hauses geklopft hatte, sprach man nur leise, hallten die Stimmen der Anwesenden gedämpft wie in einer Kathedrale von den Wänden wieder. Jemand versetzte dem Starosten einen Stoß in die Seite. »Nun tu doch etwas. Geh rein. Sag, dass wir warten.«

»Jawohl, sag's ihm.«

Der Starost zerdrückte seine Mütze in den Händen. »Ach, nein … es ist nicht an der Ordnung … wo er doch … an sein Seelenheil muss man denken … und so weiter … die Geschäfte … können warten …«

»Nein, da stimmt etwas nicht. Was machen denn die beiden Totengräber da drin mit ihm? Eine Beichte ist eine Sache zwischen dem Popen und dem Beichtkind, das geht keinen anderen etwas an. Das weiß jeder. Ich sag euch, da geht etwas vor sich. Das stinkt zum Himmel. Wir sollten …«

Afanasij verstummte abrupt. Die Tür zum Salon öffnete sich und heraus trat Sergej, einen golden glänzenden Nachttopf in der Hand.

»Halt! Wo willst du damit hin?«

Sergej blieb stehen. Der Blick seiner kleinen, verschlagenen Äuglein huschte zwischen den um ihn Stehenden hin und her. »Was ist? Was wollt ihr? Wohin soll ich damit wollen? Auf den Hof, zum Misthaufen natürlich.«

»Lass sehen, ob du nicht irgendetwas Wertvolles da drin versteckst. Wer weiß, was du da herausschmuggeln möchtest.«

»Bitte schön.«

Sergej hob den Deckel des Nachttopfes ab, und sofort verbreitete sich ein unangenehmer, stechender Geruch in der Diele. Die Anwesenden wichen angeekelt zurück.

»Ja, es ist ein Unglück«, bemerkte Sergej mit unbewegter Trauermiene, »Stepan Wladimirowitsch leidet an Durchfluss, was man oben in ihn hineingibt, rutscht unten sofort wieder heraus. Vielleicht wollen die Herrschaften noch nachprüfen, ob sich darunter etwas befindet, was von Interesse für sie sein könnte?«

»Geh, mach, dass du wegkommst. Und lass dich nicht wieder blicken«, zischte Afanasij, grün im Gesicht.

Sergej machte einen übertriebenen Bückling und huschte davon, allerdings nicht ohne zuvor noch den Topf mit seinem stinkenden Inhalt wie zufällig im Kreis herumgeschwenkt zu haben.

»Verdammter Hurensohn, mach den Deckel drauf!«, schrie ihm Woronzow hinterher, die Nase mit der Hand zuhaltend.

»Macht die Fenster auf!«, schimpfte Kornilow.

Für eine Weile, nachdem Sergej schon zur Tür hinaus war, wedelte man noch in der Diele des Herrenhauses mit beiden Händen in der Luft herum, fächelte sich gegenseitig frischen Wind zu.

»Was für ein Schwein.«

»So eine schlimme Krankheit. Seine Gedärme müssen ganz und gar hinüber sein.«

»Puh, ich hatte mal einen Stier, der hatte einen Parasiten im Magen, aber sein Geschissenes war immer noch weniger schlimm als das hier.«

Afanasij stand dumpf brütend da.

»Was ist? Was hast du?«

»Er hat mich doch hereingelegt, dieser Hund.«

»Wieso? Was meinst du?«

»Der Topf. Er war golden. Den hat er sich jetzt unter den Nagel gerissen.« Afanasij war untröstlich. Wie hatte er sich nur so zum Narren halten lassen können? Dieser verfluchte Säufer. Hatte er doch tatsächlich einen ehrbaren Kaufmann über den Tisch gezogen. *Na warte, wenn ich dich in die Finger kriege*, dachte Afanasij, und ballte die Hände zu Fäusten.

Aus dem Salon drang Lärm. Die beschwörende Stimme des Popen und Stipes unverständliches wütendes Krächzen.

Die Tür des Salons sprang auf und ein aufgebrachter Pope stolperte heraus. »Ein Atheist, er ist ein Atheist«, sprudelte es aus ihm hervor, »er nimmt das Sakrament nicht an, will seine Sünden nicht beichten. Lange habe ich mit ihm gerungen, aber vergeblich, vergeblich.« Der Pope schüttelte resigniert den Kopf. »Er ist verloren, verloren. Ich kann nichts mehr tun.«

Afanasij schaute dem davoneilenden Diener Gottes hinterher. »Dir trau ich auch nicht über den Weg, schwarze Vogelscheuche«, murmelte er vor sich hin.

Wieder öffnete sich die Tür zum Salon. Im Türrahmen stand Nikifor. Seine kühldistanzierte Haltung, der herablassende Blick, mit dem er über die Köpfe der Anwesenden hinwegblickte, zeugte davon, dass er sich seiner neuen Stellung bewusst war. »Stepan Wladimirowitsch lässt sich entschuldigen. Er fühlt sich heute nicht wohl und bittet die Herrschaften, morgen wieder …«

»Red keinen Stuss. Lass uns vorbei.« Afanasij schob den selbst ernannten Kammerdiener rüde zur Seite. Hinter ihm her drängten die anderen Honoratioren des Dorfes in den Salon hinein. Nikifor verdrückte sich beleidigt. Gemessenen Schrittes stolzierte er zur Haustür, wobei es bei jedem seiner Schritte in den ausgebeulten Taschen seines Leibrockes verdächtig klapperte und klimperte. Afanasij warf ihm einen misstrauischen Blick hinterher.

Im Salon des Herrenhauses lag Stipe auf einer Couch neben einem der großen Fenster. Er war geschrumpft. Oder vielleicht schien es auch nur so, weil sein magerer Körper im Vergleich zu der großen Couch so winzig erschien und nur sein schmaler Habichtskopf und die noch zu gebrauchende linke Hand unter den Decken hervorschauten. Jedenfalls mussten die Honoratioren des Dorfs mehrmals hinschauen, ehe sie sich gewiss waren, dass da tatsächlich Stepan Wladimirowitsch lag, Stipe der Allmächtige, der Herrscher über das Dorf und das Gut des Fürsten Dolgorukij. Der Gutsverwalter blinzelte schwach unter den Decken hervor. »Was'st?«

Afanasij stieß den Starost nach vorne. »Los, sag's ihm.«

Der Starost zerrte verlegen an seiner Mütze. »Stepan Wladimirowitsch, Eure Exzellenz … wir sind gekommen … wie Ihr seht … unsere Aufwartung und so weiter … und wünschen Euch Gesundheit … und ein langes Leben.«

»Ver...swindt«, krächzte der Gutsverwalter.

»Wie meinen? … Ja, selbstverständlich … wie Eure Exzellenz wünschen … Euer Wunsch … unser Befehl … und so weiter …«

Afanasij drängte den Starost zur Seite. »Stipe, Stepan Wladimirowitsch, hört mich an. Ich weiß, es ist jetzt nicht der richtige Zeitpunkt, aber wir alle, die wir hier sind, sind gekommen nicht aus Eigennutz, sondern aus Sorge um das Wohl des Dorfes. Ist es nicht so?«

Die Umstehenden nickten eifrig und strahlten um die Wette.

»Auch aus Sorge um Eure Exzellenz. Ja, gerade aus Sorge um Eure Exzellenz.«

»Rrrraaus!«, rasselte der Gutsverwalter.

»Nun, nun, Stipe, sachte. Es gibt Dinge, die besprochen werden müssen. Auch in Eurem Interesse. Ja, gerade in Eurem Interesse. Euer guter Name, Stepan Wladimirowitsch. Ihr wollt doch nicht, dass ein Flecken darauf bleibt, wenn Ihr … nun, im Angedenken des Dorfes.«

Die linke Hand des Gutsverwalters zuckte auf den Laken.

»Der gute Name eines Menschen ist das höchste Gut, was ein Mensch hat. Ohne seinen guten Namen … Ihr solltet das wissen. Gerade Ihr.«

»Rrred nicht … um den heißen Brrrei. Wassss willssst du?«

»Es geht um das Land, Stepan Wladimirowitsch«, der Kaufmann beugte sich vertraulich über den Gutsverwalter, »immer wieder das liebe gute Land. Kurz und gut, wir sind der Meinung, es gehört mal wieder neu verteilt. Jetzt. Gerade jetzt. Ihr versteht sicher. Die Wiesen, die Ihr immer im Namen des Fürsten bestellt … und die Äcker, das Weideland … gutes, fruchtbares Land.«

»Ess gehörrrt … dem Ffürsten.«

»Ach ja?« Ein wissendes Lächeln verunzierte Afanasijs schwammiges Kaufmannsgesicht. »Sicher. Gehören tut es dem Fürsten. Aber wer soll es fürderhin bestellen? – Und dann ist da noch«, der Kaufmann rückte noch ein wenig näher an das Ohr des Gelähmten, »die Frage des Anteils der Kleinen, die Parzelle der Alten, Ihr wisst, die Hütte so wunderschön am Fluss gelegen, direkt am Eingang unseres Dorfes.«

»Gebt sie ihm nicht«, fuhr da der Müller dazwischen, der sich den Hals halb ausgerenkt hatte, um besser mithören zu können, »er wird mir nur das Wasser sperren und mich in den Ruin treiben.«

»Meine Schafe werden verdursten«, jammerte der Schäfer.

»Er war schon lange scharf auf meine Mühle!«

»Sie gehört uns allen, wir alle haben …«

»Seid still!«, herrschte der Kaufmann die Umstehenden an. »Seht ihr nicht, unser guter Stipe möchte etwas sagen.«

Der Gutsverwalter ruckte und rutschte auf der Couch umher, seine linke Hand tastete über die Bettdecke.

»Bemüht Euch nicht, werter Stepan Wladimirowitsch, ich kann es an Euren Augen ablesen, was Ihr sagen wollt«, der Kaufmann lächelte selbstgefällig. »Ihr seid ein verständiger Mann, genau wie ich. Ja, ich möchte sagen, gerade wie ich. Ihr wisst, wenn Ihr mir das Stück Land zusprecht, ich kann am meisten Profit daraus schlagen.«

Der Gutsverwalter bäumte sich noch einmal auf. Seine starren Finger bekamen die Nagaika zu fassen, schleuderten sie in Richtung des Kaufmanns. Afanasij, den der Stiel der Peitsche nur knapp verfehlte, wich zurück. »Wie bitte? Was wollt Ihr damit sagen? Was soll das?«

»Paapaaa...aaack!«, rasselte der Gutsverwalter. »Ellendes Pack! Nichts … nichts krrriegt irr! Sola … ich …«

Wie eine Schafherde beim Grollen des nahenden Gewitters zogen die Leute aus dem Dorf die Köpfe ein. Der Gutsverwalter warf die beiden englischen Reitstiefel, zuerst den linken, dann den rechten, nach seinen Gästen. »Rrraus!«

Die Honoratioren des Dorfes stoben auseinander wie ein Schwarm Fliegen, nach denen man mit der Klatsche schlägt. Und auch wenn sich mit Fug und Recht sagen lässt, dass sie schon immer unter dem Stiefelabsatz des Gutsverwalters gestanden hatten, so war es doch neu, dass dieser Stiefelabsatz sie so hoch, an Brust und Schultern nämlich, traf. Ehe sich Afanasij als Letzter durch die Tür des Salons hinauszwängte, drehte er sich noch einmal um:

»Du wirst schon sehen, was du davon hast. Meine Idee war es nicht, die Kleine dem Jäger zu übergeben. Glaubst du im Ernst, sie käme heil aus der Sache heraus? Dann bist du noch naiver, als ich dachte.«

»Fahr zurr Hölle!«

»Ich seh dich dann da. Du kommst als Erster hin.«

11

Nach dem überstürzten Abgang Afanasijs blieb der halbseitig Gelähmte allein in dem großen Salon zurück. Sein Blick wanderte über die dunklen Möbel aus Eichenholz, den französischen Sekretär, die Anrichte mit dem Dresdner Porzellan, den Binokeltisch und die zierlichen, mit Samt bezogenen Stühlchen davor, den Bücherschrank, worin Kyrillows Fabeln und die Romane von Eugene Sue Staub ansammelten. Zuletzt fiel sein Blick durch den Durchgang ins Nachbarzimmer, wo das große Herrenbett mit dem Wappen der Dolgorukijs auf dem darüber gespannten Baldachin stand. Überall im Salon hatte der Gutsverwalter seine Spuren hinterlassen: auf den Samtpolstern der Stühle waren die Abdrücke seiner schmutzigen Stiefel zu sehen, Stipes Pfeife und Tabaksbeutel lagerten zwischen Briefen und Papieren auf dem Sekretär, der Binokeltisch wies die Einkerbungen seines Jagdmessers auf, zwischen die Ahnenporträts des Fürsten hatte er seine Jagdtrophäen an die Wand gehängt: Rehgehörn und Hirschgeweihe, ein kapitaler Zwölfender darunter, und auf dem persischen Teppich verteilt zeugten Brandflecken von den Zigarren, die er darauf ausgetreten hatte. Stipe aß von dem Dresdner Porzellan und trank seinen Branntwein aus den teuren geschliffenen Gläsern des Fürsten. Nur in das Bett der Dolgorukijs, das große Bett mit dem Baldachin, hatte er sich nie zu legen gewagt. Es mochte seltsam erscheinen, aber dieser Mann, der sich nicht nur wie der Besitzer des Gutes benahm, sondern es nach allem außer Recht und Gesetz auch war, schlief all die Jahre nicht in dem breiten, bequemen Herrenbett, sondern auf der harten Couch im Salon oder im Winter auch schon mal wie ein einfacher Bauer auf dem Ofen in der Gesindeküche. Die Leute im Dorf hätten sich die Augen gerieben, wenn sie es geahnt hätten. Eine geheime, ja heilige Scheu hielt den Gutsverwalter davor zurück, sein Haupt auf das weiche Kissen der fürstlichen Lagerstatt zu betten. Stück für Stück hatte er sich über die Jahre das Gut angeeignet, indem er falsche Abrechnungen präsentierte, in die eigene Tasche wirtschaftete und den Fürsten betrog, wo es nur ging, ohne dass dieser Verdacht schöpfte, ja überhaupt nicht bemerkte, wie ihm das Gut unter den Händen seines Verwalters zu Nichts zerrann. Aber das fürstliche Bett, dieses große, einladende, Furcht einflößende Bett, das hatte er nie auch nur mit einem Finger berührt. Selbst jetzt, in seiner Sterbestunde, wagte Stipe nicht, die Laken zurückzuschlagen und unter die weichen Daunendecken zu schlüpfen. Seit einiger Zeit nun schien es ihm, als ob die Decken darauf nicht mehr glatt lägen, die Laken verrutscht seien. Unter der gesteppten Tagesdecke hob sich eine Wölbung ab. Der Faltenwurf der Laken hob und senkte sich, als atmete das Bett. Stipe rieb sich die vom Fieber geröteten Augen. Was ging da vor sich? Das Bett ächzte und stöhnte, über die Wölbung lief ein wellenförmiges Zittern. Der Hügel hob sich, ein grauslicher langgezogener Schrei hallte durch das Zimmer, dass dem Gutsverwalter das Blut in den Adern gefror. Die Laken rutschten zur Seite und darunter erschien …

»Minka!« Stipe schleuderte sein Kopfkissen nach der schwarz-weiß gescheckten Hofkatze, die sich darunter eingenistet hatte. »Rrraauus, verfluchtes Vieh, setzt mir noch Kinder ins Bett, du Höllenkatze! Rrraaaus!«

Die Katze machte einen Buckel, in ihrem wütenden Fauchen lag eine unverhohlene Drohung, aber am Ende drehte sie sich um, sprang vom Bett herunter und durch den Salon davon. Stipe sank erschöpft auf die Couch zurück. Wie weit war es gekommen, wenn selbst die Katze schon seine Autorität anzuzweifeln wagte! Wie war das Vieh überhaupt ins Haus gekommen?

»Mitja! Olga!« Stipe rief nach dem Stallknecht, dem Rest des Gesindes, aber niemand antwortete auf sein Rufen, kein menschliches Gesicht erschien auf der Schwelle zum Salon. »Nikifor! Sergej!« Hatten sich selbst die beiden Halunken aus dem Staub gemacht? Die Ratten verließen das sinkende Schiff. Ein Husten schüttelte Stipes abgemagerten Körper. War es also soweit? War das der Tod?

Aus dem Vorzimmer erklangen Schritte. Schleichende, schlurfende Schritte, als wolle da jemand unnötigen Lärm vermeiden. Schlich so der Tod durchs Haus? So vorsichtig und leise? Wollte er nicht, dass man auf ihn aufmerksam wurde? Dass ihm sein Opfer noch im letzten Moment entwischte? Oder war Stipes Tod ein höflicher, bescheidener, auf Umgangsformen bedachter Tod? Würde er sogar anklopfen, fragen, ob man ihn hereinlasse?

Die Tür zum Salon öffnete sich knarrend einen Spaltbreit. Das schrumpelige Gesicht einer alten Frau blinzelte dahinter hervor. »Stipe, mein Lieber, bist du wach?«

»Wer bist du? Was willst du?«

»Erkennst du mich nicht?«

Die Alte kam in den Salon hereingeschlurft, wobei ihr Kopf bei jedem ihrer Schritte auf ihrem dünnen Hals heftig hin und her wackelte wie das Pendel einer Wanduhr. Ihre Habichtaugen spähten unter dem Kopftuch hervor neugierig im Salon umher.

»Nein, ich kenne dich nicht. Geh weg, verschwinde.«

Die Besucherin setzte sich zu Stipe auf den Rand der Couch. »Sind deine Augen so schlecht geworden? Oder ist es die Erinnerung, die mich so entstellt? Du willst nicht wahrhaben, was aus mir geworden ist. Ist es das? Armer Liebling.«

Die Alte streichelte Stipes Wange. Der Gutsverwalter schauderte unter der Berührung der schrundigen, von harter Arbeit schwielig gewordenen Hand. Zugleich rührte sich in ihm eine vage Erinnerung.

»Ja, schau nur recht hin, jetzt erkennst du mich, nicht wahr?«

»Mascha?«

»Ja, ich bin's. Du hast mich nicht sehr vermisst, was? Du dachtest, in deiner Todesstunde käme die Junge, Feurige, dich zu trösten? Die Zigeunerin mit dem rabenschwarzen Haar. Stattdessen musst du mit der alten Vettel vorliebnehmen. Tut mir leid, die Kleine ist selbst für die Hölle zu sehr verbrannt, man kann sie nirgends mehr hinschicken. Du musst dich schon mit mir bescheiden.«

Stipe zitterte. »Du bist … tot!«

Die Alte zuckte mit den Schultern. »Und du? Bist du noch lebendig? Der Unterschied zwischen uns ist nicht mehr sehr groß, wart's nur ab, bald wirst du sein wie ich.«

Den Gutsverwalter überlief ein Schaudern.

»Erinnerst du dich noch, wie wir zusammen unter den Weiden am Fluss saßen? Ach, wie lang ist das jetzt her.« Die Alte seufzte. »Ich war ein hübsches, junges Ding, mit lockigem goldenem Haar. Nun schau, was aus mir geworden ist.« Das knochige Gespenst an Stipes Bett schüttelte den alten grauen Kopf. »Auch du hast dich verändert, Stojpenka. Wo ist das volle, krause Haar? Die breite Brust und starken Arme? Der klare Blick? Die lustigen Augen? Auch ich erkenne in dem elenden Bündel vor mir nur mit Mühe den jungen, vor Kraft strotzenden Bauernsohn wieder, der mir einst das Blaue vom Himmel versprach.«

»Hör doch auf mit den alten Geschichten.«

»Reut es dich nicht manchmal? Fragst du dich nicht auch, was gewesen wäre, wenn …?«

»Es ist gekommen, wie es gekommen ist. Es steht nicht in unserer Macht, es zu ändern. Lassen wir die Vergangenheit ruhen.«

Das Gespenst an Stipes Bett faltete stumm die Hände.

Auch Stipe blickte still vor sich hin. Im Ofen knackten die Flammen. Seltsam – obwohl es ihm noch vor ein paar Minuten schwergefallen war, sich den Dorfbewohnern gegenüber verständlich zu machen, schien das Totengerippe an seinem Bett seine Gedanken zu verstehen.

»Träumst du noch manchmal von den Abenden unter den Weiden? Hörst du noch, wie sie im Wind flüstern? Das Murmeln des Bachs?«

Stipe streckte eine zitternde Hand nach dem Glas Wasser auf dem Tisch aus. »Hilf mir, Mascha.«

»Wie könnte ich das? Du hast es doch selbst gesagt, ich bin tot, eine Illusion. Das Wasser, das ich dir brächte, würde deinen Durst nicht löschen. Nein, Stojpa, mein Lieber, du gewöhnst dich lieber an die trockene Kehle und die Hitze. Da, wo du hinkommst, gibt es nichts anderes.«

»Alte Hexe. Aber was soll's, ich mag es heiß. Ich friere unter diesen dünnen Decken und das Feuer im Ofen ist beinahe aus. He, Nikifor! Sergej«, rief der Gutsverwalter, »hört ihr nicht? Legt Holz nach. Schüttet Kohle aufs Feuer, es ist kalt hier drinnen.«

»Ach, Stipe, wie bist du nur so geworden?«

»Was willst du – jeder nach seiner Fasson. Jetzt gib mir schon das Wasser!« Stipes Hand stieß das Glas um, das Wasser floss in einem dünnen Rinnsal vom Rand des Nachttischs herab auf den Boden. »Verflucht.«

Die Besucherin senkte still den Kopf. Unter dem Faltenwurf ihres Kopftuches sah es so aus, als rinne eine einzelne Träne über ihre Wange.

»Wenn du mir nicht helfen willst, dann verschwinde«, zischte der Gutsverwalter. »Ich brauche niemanden, der sich an meinem Elend weidet. Los, hau ab.«

»Ich gehe schon. Nur eines noch, das sollst du wissen, bevor ich … bevor du …« Das Gespenst stockte kurz, ehe es weitersprach:

»Der Junge … das Kind, das ich damals unter dem Busen trug … es war das deine!«

Stipes linke Hand zuckte hilflos übers Bettlaken. »Das lügst du. Glaub nicht, du wärst die Erste, die mir ihren Bastard unterjubeln möchte. Aber darauf falle ich nicht herein.«

»Was bist du für ein Unmensch! Sagt dir nicht dein eigenes Herz die Wahrheit? Glaubst du wirklich, der alte Schuster Suchanow, der mir in seiner Güte die Schande und den kalten Tod ersparte, hätte mir einen solchen Sohn schenken können? Denkst du ernsthaft, seinen vertrockneten Lenden sei Alexander entsprungen?«

Der Gutsverwalter lachte kurz und trocken. »Na schön, nehmen wir an, er war mein Sohn. Das macht seine Tochter, die Kleine, dann was – meine Enkelin, das meinst du wohl?«

»So ist es. Dein eigen Fleisch und Blut.«

»Ah, nun dann …« Der Gutsverwalter blickte eine Weile sinnend vor sich hin, ehe sich seine bewölkte Miene mit einem Mal wieder aufhellte. »Dann ist ja alles in Ordnung, das Land gehört mir, ich hätte mich gar nicht so anstrengen müssen, es in die Hände zu bekommen. All der Ärger wegen der Parzelle am Dorfeingang, so wunderbar am Bach gelegen, dass man allen im Dorf das Wasser sperren kann. Und es gehörte die ganze Zeit schon mir, meiner Familie!«

Das Gespenst an Stipes Lagerstatt fuhr entsetzt auf. »Du Ungeheuer! So denkst du also?«

Der Gutsverwalter lachte hässlich. »Kennst du mich noch immer nicht? Nach all den Jahren? – Geh, Maria, geh zurück, wo du herkamst, in dein kaltes Grab.«

Das Gespenst trat langsam von Stipes Lagerstatt zurück. »Ich gehe schon. Aber wisse, dass noch Zeit ist, noch kannst du deine Seele retten …«

Das Gespenst, die Vision, die Erscheinung, was immer es gewesen war, verschwand vor Stipes Augen im hinteren, unbeleuchteten Teil des Salons wie eine flüchtige Gestalt im Nebel.

Der Gutsverwalter starrte mit düster umwölkter Stirn auf den Boden, wo der Wasserfleck auf dem Teppich langsam trocknete. »Du weißt ja nicht, was alles gegen mich im Konto der Engel verzeichnet ist«, murmelte er vor sich hin. »Niemand weiß es.«

Der Gutsverwalter verfiel in einen unruhigen Dämmerzustand. Abwechselnd erschienen ihm die Gesichter von Maria, Alexander, seinem Sohn, und der Kleinen, seiner Enkelin. Wie Blasen in einem schäumenden wilden Meer tauchten sie aus dunkler Tiefe auf, tanzten eine Weile vor seinen Augen auf und ab und zerplatzten dann in spritzender Gicht.

Dazwischen wachte er hin und wieder für einige kurze Momente auf, um zwei geduckte Gestalten durch den Salon schleichen zu sehen: Nikifor und Sergej, die sich die Gelegenheit zunutze machten, ihren ausstehenden Lohn als selbst ernannte Kammerdiener in Realien einzuziehen. »Diebsgssndl! Rrrräuberbande!«, krächzte der Gutsverwalter mit einer Stimme, die kaum noch über ein heiseres Flüstern hinauskam. Die beiden Halunken beachteten ihn nicht, sondern steckten ungerührt Kerzenleuchter, silberne Schalen, goldene Löffel und Gabeln ein. Stipe wollte aufstehen, die beiden davonjagen, aber ihm schwanden die Sinne und er fiel wieder in Ohnmacht. Als er das nächste Mal erwachte, stand eine Gestalt mit dem Rücken zu ihm vor der Couch. Sie machte sich an dem Tischchen zu schaffen. »He, du«, krächzte Stipe, »was soll das? Lass die Finger davon, dir gehört hier nichts!«

»Bist du sicher?«, entgegnete der Fremde, immer noch mit dem Rücken zu Stipe.

Das kalte Herz des Gutsverwalters war mit einem Mal wie mit Feuer übergossen. »Wer – bist du?«

»Du kennst mich – Vater!«

Die Gestalt drehte sich langsam um. In dem dämmrigen Zwielicht, das durch die Scheiben des Salons fiel, erkannte Stipe Grigorij, seinen Sohn. Grigorijs Gesicht war grausam entstellt: Hautlappen hingen herab, der rechte Kieferknochen stand hervor, anstelle der Nase gähnte ein blutiges Loch, der lippenlose Mund entblößte das kalte Grinsen eines Totenschädels. »Schau, was du aus mir gemacht hast.«

»Die Wölfe!«

»Du warst es. Die Wölfe haben nur dein Werk vollendet. Erinnerst du dich nicht?«

»Geh weg! Verschwinde!« Stipe hob eine kraftlose Hand zur Abwehr, versuchte vergeblich, den Kopf abzuwenden.

»Sieh nur her. Da schau, das war dein Streich.« Die Knochenhände zogen das Wams über Grigorijs Brust auseinander, entblößten einen blutigen Einstich knapp unterhalb des Herzens. »Wohlgetan, Vater. Weidmännisch. Ich habe den Schmerz nur kurz gespürt. Es war schnell vorbei.«

»Geh! Lass mich! – Ich … das wollte ich nicht … ich dachte, du und … Tatjana … in der Scheune …«, verteidigte sich Stipe. »Es war … keine Absicht!«

»Und es war auch nicht Absicht, dass du mich danach den Wölfen zum Fraß hingeworfen hast? Zum Steinbruch hast du mich geschleppt, den Abhang hinuntergerollt. Damit es wie ein Unfall aussieht? Und dann, als du gemerkt hast, dass man den Narodnik als meinen Mörder brandmarken konnte, hast du das für deine Zwecke ausgenutzt. Hast die Dorfbewohner gegeneinander aufgehetzt. Hast den Werwolf und deine vorgebliche Rache benutzt, um dir fremdes

Hab und Gut anzueignen. Meinen Tod könnte ich dir verzeihen, aber das …«

»Was willst du? Lass mich. Verschwinde, du bist ebenso wenig wirklich wie die Alte vorhin. Ich würde dir gern eins mit der Peitsche überziehen, dich für deine Frechheit strafen, aber ich fürchte, der Hieb würde glatt durch dich durchgehen.«

Der Leichnam wankte näher. Grigorij beugte sich über seinen Vater, klappernd schlugen die Zähne des Totenschädels aufeinander.

»Geh weg, ich will dich nicht anschauen müssen.« Stipe wischte mit der Hand durch die Luft, es war ihm, als stießen seine Finger auf einen zähen, klebrigen Widerstand, nicht stofflich, aber auch mehr als nur die dicke, von Tabakqualm und saurem Todesschweiß erfüllte Atmosphäre des Sterbezimmers. Der unbedachte Streich hatte Grigorijs totes Antlitz in zwei Teile gespalten; wie eine gezackte Wunde, von Klauen oder einem Messer gerissen, tat sich eine tiefe Kluft zwischen den beiden Hälften von Grigorijs Schädel auf, drifteten die beiden Teile auseinander, lösten sich langsam wie Rauch auf, und Stipe sah dazwischen, dahinter, durch die verblassende Erscheinung hindurch die geblümte Tapete, den Bücherschrank, den Binokeltisch auftauchen. Am längsten hielt sich der Unterkiefer, der losgelöst vom Rest noch einige Zeit vor Stipes Gesicht schwebte, ehe auch er sich in dem dunkler werdenden Zwielicht des Salons verlor.

Der Gutsverwalter sank erschöpft auf die Couch zurück. Wieder hatte ihm seine Phantasie einen Streich gespielt. War es der nahe Tod, der ihn Dinge sehen ließ, die man gemeinhin als Spuk qualifizierte? Oder war es sein schlechtes Gewissen, das ihn jetzt, so spät noch, zwackte? So ein Gewissen war eine schlimme Sache, es erinnerte einen an so manches, was man lieber vergessen hätte. Wieder fiel der Gutsverwalter in einen merkwürdigen Zustand zwischen Wachen und Träumen, zwischen Schlaf und Ohnmacht. Das Geschirr klapperte in der Anrichte, Stühle und Tische rückten hin und her. Gespenster? Oder …? Die Zudecke des Herrenbettes hob sich, unter den Laken tauchte das greisenhafte Gesicht des Fürsten Dolgorukij auf.

»Wie spät ist es, mein guter Stipe? Sag, weißt du nicht, wie spät es ist?«, fragte er, und der Zipfel seiner Nachtmütze nickte dazu.

Der Gutsverwalter stöhnte, wandte den Kopf ab. Seine Wangen und seine Stirn glühten im Fieber. Der Durst, der ihn verzehrte, war unerträglich geworden. Die Hitze in seinem Inneren wurde nur hin und wieder abgelöst von starkem Schüttelfrost, der seine Zähne heftig aufeinander schlagen ließ. In seinen Träumen purzelte alles wild durcheinander: Grigorij, die Leute im Dorf, ehemalige Geschäftspartner, sein englischer Schimmel, das wütende Bellen des Hofhundes. Auf einmal sah er den Dorfbach vor sich, den stillen Platz unter den Weiden, und Maria, nicht mehr die alte Frau, sondern ein fröhliches Mädchen, das die Beine im Wasser baumeln ließ. Das frische, junge Gesicht war ihm zugewandt und auf den vollen Lippen glänzte es wie von Morgentau. Aber als er sich hinabbeugte, um einen Kuss auf die feuchten Lippen zu drücken, da zerbröselten sie zu Staub und in seiner Kehle brannte es wie beißender Rauch.

Schlurfende Schritte schreckten den Gutsverwalter auf. Angestrengt starrte er in das verdunkelte Zimmer. Das Feuer im Ofen war erloschen, und nur ein schmaler Streifen Mondlicht fiel durch ein Fenster herein, quer über den schwarz versengten Perserteppich. Welche neue Überraschung kam da auf ihn zu? Noch ein Geist? Eine weitere Erscheinung? Oder ein Bauer aus dem Dorf – ein Mensch aus Fleisch und Blut –, der sich die gute Gelegenheit nicht entgehen lassen wollte, auch sein Scherflein ins Trockene zu bringen?

Das Dunkel jenseits des Streifen Mondlichts verdichtete sich, wuchs empor, formte sich zu einer annähernd menschlichen Gestalt. Zwischen dem Bücherschrank und dem Binokeltisch stand – was? Ein Mensch? Ein Tier? Ein Gespenst? Etwas gänzlich anderes?

»Lass mich in Ruhe«, murrte der Gutsverwalter, »ich hab genug von euch. Siehst du nicht, ich liege im Sterben.«

Ein dumpfes Grollen, das Blitzen weißer Zähne.

Im Nu saß Stipe kerzengerade, ja sprang vor Überraschung beinahe von der Couch. »Was willst du?«

Was du mir versprochen hast.

»Wie kommst du darauf? Nichts habe ich dir versprochen.«

Wo habt ihr sie hingebracht?

»Du weißt es nicht? Dann …« Der Gutsverwalter leckte sich die trockenen Lippen. »Dann ist es gut. Von mir erfährst du nichts. Hörst du? Gar nichts.«

Wir werden sehen.

Stipe glaubte zu träumen. Hatte er die Stimme wirklich gehört oder sie sich nur eingebildet?

Das Dunkel waberte hin und her. Es schien, als ob die Gestalt es nicht wagte, den Streifen Mondlicht zu übertreten – noch nicht.

»Bleib weg von mir. Ich will mit dir nichts zu schaffen haben.«

Du hast mich gerufen. Ohne dich wäre ich nichts.

»Unsinn. Ich kenne dich nicht. Du bist gar nichts – ein Phantom.«

Ich bin, was du dir gewünscht hast. Dein Albtraum.

»Bleib mir vom Leib.«

Ich habe dein Werk getan. Willst du es bestreiten?

»Gar nichts will ich. Ich will nur, dass du verschwindest, hörst du?«

Eine Wolke verdunkelte den Mond, der Lichtstreifen auf dem Teppich verglomm wie Sternenstaub am Morgen. Der Schatten trat über die verblasste Grenze.

»Wer bist du?«

Ich bin dein Tod – der Einzige, auf den du hoffen darfst.

Man fand den Gutsverwalter am nächsten Morgen, die Finger so heftig in die lederne Couch gegraben, dass sie Löcher hineingebohrt und Teile der Polsterung herausgerissen hatten. »Der Todesengel ist ihm erschienen«, sagten die einen. »Der Werwolf«, die anderen. Stipes verzerrtes Antlitz, die entsetzt aufgerissenen Augen, die selbst für einen Toten unnatürlich bleiche Hautfarbe – alles sprach für ein gewaltsames Ende, auch wenn sich keine Spur einer äußeren Verletzung an der Leiche finden ließ. »Sein Tod muss schrecklich gewesen sein«, meinte einer. – »Nicht schrecklicher, als er es verdiente«, ein anderer.

Der Pope weigerte sich, die Heilige Messe für Stepan Wladimirowitsch Gromow zu lesen, da dieser ohne Beichte verstorben war. Und so verscharrte man den Gutsverwalter, dessen Wort zu Lebzeiten Gesetz in dem Dorf gewesen war, auf einem öden Feld außerhalb der Friedhofsmauern, beinahe heimlich und ohne Zeremonie. Für lange Zeit hieß das Stück Ödland, auf das die Bauern ihren Abfall und kaputtes Ackergerät karrten, »Stipes Gut«. Manchmal stritten sich die Raben darauf um ein Stück schimmliges Brot oder ein welkes Salatblatt.

III

»Werdet Ihr Andrej erschießen?«

Galina saß auf einem Hocker vor einem groben Holztisch, dem Jäger gegenüber. Der putzte seine Flinte, die er auf den Knien liegen hatte, und brummte zur Antwort nur etwas Unverständliches.

»Ist *er* der Werwolf?«

Jossip blickte kaum von seiner Arbeit auf, musterte nur noch eingehender das Schloss seiner Flinte und stopfte dann Silberkugeln in beide Läufe. Hatte er, als sie ihn heimlich belauscht hatte und es darum ging, seine Mitverschwörer von seinem Plan zu überzeugen, noch beredte Worte gefunden, so war er jetzt, in bewusster Anwesenheit des Mädchens, wie auf den Mund gefallen.

»Ist er es?«

Jossip warf dem Mädchen einen raschen Seitenblick aus seinem gesunden Auge zu.

»Was meinst du wohl? Weißt du es nicht?«

Galina errötete. Sie erinnerte sich, wie sie Andrej überrascht hatte, als er über Tatjana hergefallen war – wie ein Tier! Auf dem Boden hatten sie sich gewälzt, die Kleider hatte er ihr vom Leib gerissen! Und wie sie dabei geschrien und gestöhnt hatte! Galina schauderte es. Sie sah wiederum Andrejs geröteten Kopf vor sich, wie er die Lippen von den Zähnen zurückzog, seine Augen vor Begierde groß und rund wurden und wie er Tatjana unter sich begrub, in ihre Schulter biss und mit dem Mund an ihren nackten Brüsten saugte. Er war nicht mehr der Andrej gewesen, den sie kannte. Er war jemand gänzlich anderer! Ein Fremder! Ein Tier, das seine menschliche Hülle abgestreift hatte!

Jossip legte die Flinte beiseite und schaute ihr zum ersten Mal, seit er sie in seine Hütte genommen hatte, forschend ins Gesicht. »Wenn du einem Werwolf gegenüber stündest, würdest du ihn erkennen? Kannst du es spüren, wenn jemand in seinem Inneren – den Wolf trägt?«

Unter seinem prüfenden Blick errötete Galina. Sie senkte den Kopf, starrte auf die Spitzen ihrer Bastschuhe.

Die Hand des Jägers legte sich unter ihr Kinn, nicht grob, aber auch nicht zärtlich, und drückte ihren Kopf nach oben, sodass sie nicht umhin konnte, seinem Blick zu begegnen. »Sag mir – spürst du es? Sei ehrlich!«

»Ich weiß nicht, was – wie … ich meine, was soll ich denn spüren?«

Sie versuchte, dem Blick des Jägers auszuweichen, aber dieser hielt ihr Kinn unnachgiebig in seiner Hand, näherte sein Gesicht so nahe dem ihren, dass seine Barthaare fast ihr Kinn kitzelten und sie den fauligen Atem aus seinem Mund riechen konnte.

»Du spürst – nun, es dürfte verschieden sein, niemand ist gleich. Mal ist es so, mal anders. Es ist, als ob …« Der Jäger stockte, suchte nach Worten.

»Als ob einen jemand unter den Achseln kitzelt?«, fragte Galina schüchtern. Sie erinnerte sich, dass ihr so zumute gewesen war, als sie Andrej zum ersten Mal in der Scheune vor den Bauern über die Unterdrückung durch das »Kapital« hatte sprechen hören.

Der Jäger lachte verächtlich auf. Eine Welle seines schlechten Atems schlug ihr entgegen.

»Nein, so fühlt es sich bestimmt nicht an. Wie kommst du auf so eine Idee? Dummes Ding!«

Der Jäger sprang auf und stampfte erregt in der Stube auf und ab, wobei er Unverständliches in seinen Bart murmelte. Dann ließ er sich auf der Bank nieder und verfiel wieder in sein früheres Schweigen.

Galina wagte es nicht, ihn offen anzublicken. Irgendetwas an ihren Antworten schien Jossip verärgert zu haben. Er starrte vor sich hin, seine Zähne mahlten, als zerkaue er lautlos irgendwelche Wörter, die ihm auf der Zunge lagen. Endlich hatte er sich soweit beruhigt, dass er nur noch dumpf vor sich hinbrütete, die Hände zu Fäusten geballt.

Galina spürte wieder dieses Ziehen in ihrem Unterleib, das sie schon eine geraume Weile plagte, so als ob ein kleines Tier in ihrem Magen sitze und an ihren Eingeweiden nage. Sie legte die Hände in den Schoß, presste die Beine zusammen. Was geschah mit ihr? Woher kam dieses Ziehen, dieses unerträgliche Kribbeln? Sie wagte es nicht, den Jäger danach zu fragen. Die Kerze auf dem Tisch flackerte, im Ofen knackte ein Holzscheit. Draußen, am Waldrand, tauchten die letzten Sonnenstrahlen die kahlen Bäume und den neuen Schnee in einen blutig-roten Schein, aber drinnen in der Hütte war es schon so dunkel, dass sie ohne das Licht der Kerze kaum noch etwas erkannt hätte. Der Jäger saß vornübergebeugt an dem groben Holztisch, den Kopf in die Hände gestützt, und über seinen Körper lief ein Zucken. In Wellen lief es über seine Schultern, den Rücken hinunter, schüttelte seine dürre Gestalt. Wie gebannt beobachtete Galina Jossips schwarzen Schatten, der sich im flackernden Schein der Kerze an der groben Holzwand abzeichnete – ein buckliges Insekt, so schien es ihr. Ein unterdrücktes Stöhnen kam aus seiner Richtung.

»Was ist? Was habt Ihr, Väterchen?«, fragte Galina furchtsam.

Erneut stöhnte der Jäger auf und sein Schatten an der Wand geriet in Bewegung, als ob ein Windstoß in die Kerze gefahren sei.

»Du!«, kam es gepresst von seinen Lippen. »Du – geh schlafen. Geh, leg dich auf den Ofen! Mach, dass ich dich nicht mehr riechen muss!«

Galina gehorchte zitternd. Jossip Antonowitsch machte ihr Angst. Was hatte der Jäger? Noch eine geraume Weile saß er so am Tisch, vornübergebeugt, stöhnend und den Kopf in beiden Händen haltend. Endlich stand er auf, schlang sich den Riemen der doppelläufigen Flinte über die Schultern.

»Ich geh nach den Fallen schauen. Du bleibst schön hier. Rühr dich nicht.« An der Tür drehte er sich noch einmal um. »Vielleicht sollte ich dich lieber anbinden? Was meinst du, Lämmchen?« Einen Moment schien er zu zögern, dann zuckte er mit den Schultern. »Ach was, kannst ja eh nicht weglaufen. Wohin auch? Hast ja niemanden mehr.«

Noch eine Weile, nachdem Jossip Antonowitsch die Hütte verlassen hatte, lag Galina reglos auf dem Ofen. Der Geruch der Tierhäute stieg ihr unangenehm beißend in die Nase, aber sie wagte es nicht, sich zu rühren, aus Angst, der Jäger könne zurückkommen und sie für ihren Ungehorsam bestrafen. Nach einer Weile gewöhnte sie sich an den Geruch, ja empfand ihn beinahe als angenehm vertraut. Der Ofen verbreitete eine wohlige Wärme, sie spürte, wie ihr Kopf schwer wurde, ihre Gedanken davonsegelten wie Schifflein auf dem Meer.

In der Nacht weckte sie ein Geräusch. Schlaftrunken hob Galina den Kopf. Zuerst wusste sie nicht, wo sie war, tastete vergeblich nach dem vertrauten Körper der Großmutter an ihrer Seite. Dann fiel ihr alles wieder mit erschreckender Deutlichkeit ein – der Tod der Großmutter, ihre Flucht durch den Wald, die Ankunft vor der Hütte des Jägers –, und sie spähte vorsichtig unter den Fellen hervor. In der Mitte der Stube stand Jossip Antonowitsch über ein auf dem Tisch liegendes totes Schaf gebeugt. Im Flackerschein der Kerzen wirkte sein seltsam gerötetes Gesicht wie die Fratze eines Teufels, dämonisch und verschlagen. Man hätte ihn für einen Werwolf halten können, wenn nicht sein beständiges Grunzen und die fahrigen, unsicheren Bewegungen ihn als das verraten hätten, was er wirklich war. Jossip nahm einen Schluck aus dem Branntweinkrug auf dem Tisch, wischte sich mit dem Handrücken über die Lippen. »Na, dann woll...llen wir mal«, lallte er und zog sein Jagdmesser aus dem Gürtel. Er schickte einen Blick hinüber zum Ofen, wo Galina mit weit aufgerissenen Augen unter dem Fell hervorspähte, und es schien dem Mädchen, als zwinkere er ihr kurz zu. Wie liebkosend fuhren seine Hände über das Fell des toten Schafs, das da mitten auf dem Tisch lag mit glasigen toten Augen, den Kopf zurückgeworfen, als ertrage es den Anblick des Jägers nicht, der sich grinsend über ihm zu schaffen machte. Plötzlich stieß er mit dem Messer zu, schlitzte den Kadaver mit einem einzigen durchgehenden Zug von unten nach oben auf. Mit einer Mischung aus Faszination und Abscheu beobachtete Galina, wie Jossip das Schaf ausweidete, langsam und genüsslich und mit der stumpfen Konzentration des Betrunkenen. Leber, Nieren, Darm, Lungenflügel landeten in einem Eimer neben dem Tisch, der schon bald so voll war, dass Blut und Innereien über den Rand schwappten. Hin und wieder nahm Jossip einen tiefen Zug aus dem Krug, fuhr sich mit blutigen Händen übers Gesicht, ehe er sich wieder ans Werk machte. Das Mädchen ertrug den gruseligen Anblick nicht länger, schlug die Augen zu und verkroch sich unter die Felle. Schabende, schlurfende, grunzende, schmatzende Geräusche drangen an Galinas Ohr. Nach einer Weile hielt sie es nicht mehr aus und lugte wieder vorsichtig unter den Fellen hervor. Jossip Antonowitsch stand wie zuvor, breitbeinig, ein wenig vornübergebeugt, im flackernden Licht der Kerze vor dem aufgebrochenen Kadaver, das Schafherz in Händen. Sein gesundes Auge funkelte wie ein geschliffener Diamant in seinem rohen Gesicht. Er näherte seine Nase dem blutigen Herzen, schnüffelte, zog die Lippen auseinander. »Mmmmhhh, köstlich!« Gierig schlug der Jäger die Zähne in das rohe Stück Fleisch, schlang es auf einen Happen hinunter.

»Hast du gehört? Den alten Schwerenöter hat's erwischt.«

»Was? Wen meint Ihr, Väterchen?«

»Na, Stipe. Seine Exzellenz, Stepan Wladimirowitsch. Der Gutsverwalter. Heute Morgen haben sie ihn verscharrt. Du hast nichts mitgekriegt?«

Galina schüttelte den Kopf. Sie hielt in ihrer Arbeit inne, blickte stumm auf ihre Hände, die vom Blut des gerupften Rebhuhns rot waren. Warum machte die Nachricht sie so zittern? Wer war ihr dieser Stipe, von dem alle Welt sprach, als sei er ein Herrgott? Ein, zwei Mal war er zur Großmutter in die Hütte gekommen, es hatte Streit gegeben – nein, Stipe war niemand, den man gerne empfing. Die Großmutter hatte ihn nicht gemocht. Aber trotzdem …

Der Schatten des Jägers fiel über den Tisch. »Tss, tss, tss«, machte er, »natürlich hast du nichts mitgekriegt. Wie solltest du auch? Du kannst ja nicht weg. Kommst nicht raus, bist hier wie angebunden.« Der Jäger schlenderte zum einzigen schmalen Fenster neben der Tür, lugte nach draußen. »Es schneit.«

Galina senkte den Blick zu Boden. Sie mied es, Jossip Antonowitsch anzublicken, seit jener Nacht, da er vergeblich versucht hatte, auf den Ofen zu klettern. Mit Schaudern erinnerte sie sich an den glasigen Blick seines Auges, die gierig verzerrten Züge, seinen Branntwein geschwängerten Atem. Der Jäger hatte am nächsten Tag kein Wort darüber verloren. Er tat, als wäre nichts geschehen und sie lebten weiter wie zuvor. Nur abends bereitete er sich sein Lager nicht mehr neben ihr, sondern legte sich zum Schlafen auf die Bank vor dem Ofen. Wenn er nicht sowieso die ganze Nacht im Freien herumstreifte und erst gegen Morgen zurückkehrte.

»Nein, du hockst nur vor dem Ofen, schürst das Feuer, kochst, wäschst und fegst die gute Stube. Grad wie bei deiner Großmutter. Zu mehr bist du nicht zu gebrauchen. Pah!« Der Jäger spuckte auf den Boden. »Beeil dich mit dem Huhn, wie lange soll ich noch warten, ich bin hungrig.«

Gehorsam machte sich Galina wieder an das Rupfen des Huhns, ritsch, ratsch, schon hatte sich ein kleines Häuflein Federn auf dem Boden zu ihren Füßen gebildet, der nackte, zartrosa Leib des Rebhuhns sah aus wie mit roten Pusteln überzogen, überall dort, wo vorher Federn im Fleisch steckten. »Woran … ich meine, wie ist er gestorben? Stipe?«, fragte sie schüchtern.

Jossip Antonowitsch grunzte. »Das möchtest du gerne wissen, was?« Er bückte sich, hob den prallen Sack, den er bei seinem Hereinkommen auf den Boden abgestellt hatte, hoch und trug ihn zu der Truhe hinüber.

»Was habt Ihr da drinnen, Väterchen?«

»Das geht dich nichts an!«

Der Jäger warf dem Mädchen einen bösen Blick zu, dann stopfte er den Sack in die Truhe und klappte den Deckel zu.

Jossip ließ sich auf die Ofenbank fallen, dem Mädchen gegenüber, und zog eine Flasche Branntwein aus den unergründlichen Taschen seines Bärenfellmantels. »Man sagt, der Werwolf habe ihn in seiner Sterbestunde aufgesucht.«

Galinas Hände zitterten. »Andrej?«

Der Jäger schnaubte verächtlich. »Die wissen gar nichts. Alle lassen sie sich an der Nase herumführen, wie die Schafe.« Er nahm einen Schluck aus der Flasche. »Keiner weiß … wer der Werwolf in Wahrheit ist.«

»Es ist nicht Andrej?«

Jossip funkelte sie böse an. »Natürlich ist es der Narodnik, dieser Hundesohn mit seiner Narbe auf der Wange. Wer sonst?« Er war betrunken, schwankte auf der Ofenbank hin und her, sein gutes Auge überzog sich mit einem milchigen Schleier. »Was du für komische Gedanken hast, dumme Pute. Wer hat gesagt, dass Andrej nicht der Werwolf ist?«

Galina arbeitete schweigend weiter. Der Berg Federn wuchs. Ritsch, eine braune Feder fiel zu Boden, ratsch, eine gelb-braune, ritsch, wieder eine braune …

In der Nacht bemerkte Galina, wie der Jäger heimlich von der Ofenbank aufstand und zur Truhe schlich. Er entzündete eine Kerze, blickte sich vorsichtig nach allen Seiten um. Galina kniff die Augen zusammen, stellte sich schlafend. Hinter halb geschlossenen Lidern hervor beobachtete sie, wie der Jäger den Deckel der Truhe hochklappte, den Sack aufknüpfte; nacheinander zog er verschiedene golden und silbern glänzende Gegenstände hervor: einen vielarmigen Kerzenständer, Gläser aus Bleikristall, ein Messingtablett, einen mit Perlen verzierten Handspiegel, einen Beutel, dessen klingenden Inhalt er durch seine Finger gleiten ließ. »Ah, ah«, stöhnte er, sein vor Gier und Entzücken gerötetes Gesicht im Licht der Talgkerze das Gesicht eines Waldkobolds aus Galinas Märchenbuch.

»Iss! Hast du keinen Hunger?« Jossip schob Galina den einzigen Teller mit der noch blutigen Hasenkeule hin. »Na los, was ist, worauf wartest du?«

Galina schüttelte den Kopf.

»Du willst nicht? – Wir sind hier nicht bei feinen Leuten. Was Besseres kriegst du nicht.«

Galina verzog angeekelt das Gesicht.

»Na gut, wenn du nicht willst.« Der Jäger zog den Teller zu sich heran und machte sich über den Rest der Keule her; Fett tropfte in seinen Bart, glänzte auf seinen vorgestülpten Lippen. »Du verpasst etwas, glaub mir.«

Galina schloss die Augen. Sie lauschte dem Mahlen der Zähne des Jägers, dem Splittern des Knochens. Sie wünschte, sie hätte die Ohren genauso gut wie ihre Augen verschließen, oder sich zumindest die Ohren zuhalten können, aber sie wagte nicht, die Hände aus dem Schoß zu nehmen. Jossip Antonowitsch würde daran sicherlich Anstoß nehmen. Außerdem hatte sie Angst, dass ihr in seinem Beisein ein Malheur passierte. Wenn er sie nur anstarrte …

»Geh, setz den Samowar auf, ich will Tee trinken.«

Dankbar für die sich bietende Gelegenheit sprang Galina vom Tisch auf und eilte zu dem Holzeimer in der Ecke. »Es ist kein Wasser mehr da.«

»Dann geh holen. Aber geh nicht zu weit weg. Frischen weißen Schnee findest du überall. Auch vor der kleinsten Hütte.« Der Jäger kicherte, als habe er einen gelungenen Scherz gemacht.

Galina beeilte sich, aus der engen, stickigen Stube herauszukommen. Erleichtert atmete sie die frische, kalte Abendluft ein. Es schneite nicht mehr, ein milder Wind hatte die Wolken vertrieben, das Licht der tief stehenden Sonne füllte den Wald mit einem milchigen Nebel, vor dem sich die schwarzen Umrisse der kahlen Äste und Zweige der Bäume wie ein Spinnennetz abzeichneten. Einige Schritte abseits der Hütte, weg von dem Fenster, sodass der Jäger sie nicht sehen konnte, ließ sich Galina auf die Knie nieder. Mit beiden Händen schaufelte sie Schnee in den Eimer. Es war kalt, die Kälte drang ihr durch die Kniekehlen hinauf in den Körper, schon wurden ihre Finger steif. Trotzdem wäre sie lieber hier draußen geblieben, in der beißenden Kälte und dem Schnee, als wieder zurück in die Hütte, zu dem Jäger, zu gehen. Ein Schwarm Krähen stob krächzend von den Nistplätzen in den Zweigen auf. Galina blickte zum Waldsaum hinüber. Huschte da nicht ein Schatten durchs Nebelmeer? – Mit einem Mal erfasste Galina ein geheimer Schauer, sie beeilte sich, den Eimer zu füllen und rappelte sich hastig auf. Auf dem Rückweg zur Hütte stach ihr etwas Rotes auf dem Holzstapel neben dem Eingang ins Auge. Was war das? Vorsichtig näherte sich Galina dem Stapel. In der grau-weißen Einöde wirkte der rote Fleck wie das einzig Farbige in einer toten, traurigen Welt. Der Fleck war ein Stück roten Tuchs, ein Fetzen Stoff von einem Hemd. Andrej! Galina warf den Kopf zurück. Nichts! Verstohlen blickte sie sich noch einmal nach allen Seiten um – wie der Jäger, wenn er nächtens seine Schätze begutachtete –, ehe sie den Stofffetzen rasch an sich nahm und unter ihr Kleid schob. Ihr war, als habe sie etwas Verbotenes begangen, einen Diebstahl oder ein fremdes Wäschestück von der Leine stibitzt.

Bevor sie den schweren Eimer über die Schwelle schleppte, drehte sie sich noch einmal um. Die Sonne ging bereits unter, ihr gerötetes Auge schien vorwurfsvoll hinter den Bäumen hervor zu blinzeln.

»Na endlich. Was hat das so lange gedauert?«

»Nicht lange, ich war nur …«

»Red nicht, mach endlich Tee.«

Galina fischte mit der eisernen Zange glühende Kohlen aus dem Ofen und legte sie in das Metallbecken auf dem Tisch. Dann füllte sie den Samowar mit Schnee aus dem Eimer, stellte ihn auf den glühend roten Untersetzer, bröselte einige Teeblätter in ein Kännchen und setzte dieses als Krone oben auf den Samowar.

»Wird aber auch Zeit«, maulte der Jäger.

Eine Weile saßen beide schweigend am Tisch, während der Schnee im Samowar seufzend schmolz, die Kohlen zischten und das Metallbecken knackste und stöhnte. »Jetzt sind sie schon fast alle hinüber«, bemerkte der Jäger mit einem Mal, während er stumpf in die weiß glühenden Kohlen blickte.

»Väterchen?«

»Stipe, deine Babuschka, Grigorij, der Blinzler, der Tatar, selbst Semjon Stiernacken … alle hat ihr Schicksal ereilt.«

Galina schwieg.

»Allesamt mausetot. – Wen es wohl als Nächsten erwischt?« Er blickte Galina merkwürdig an. Ihr lief ein Schauder den Rücken hinunter. Das gute Auge des Jägers schimmerte rötlich im Widerschein der Kohlen. Obwohl es draußen noch heller Tag war, fiel nur wenig Licht durch das einzige schmale Fenster neben der Tür, sodass es in der Hütte wie in einer dunklen Höhle war, in der das Kohlenfeuer die Schatten des Jägers und des Mädchens als groteske, monströse Gestalten an die Wände malte.

Galina schenkte den starken Sud aus dem Aufsetzer in ein Glas, verdünnte das Gebräu mit dem heißen Wasser aus dem Bauch des Samowars, dann reichte sie das Glas dem Jäger. Dessen grobe Pranke schloss sich um Galinas zartes Händchen, in der sie das Glas hielt. Galina unterdrückte einen Schmerzenslaut, vergeblich versuchte sie, ihre Finger aus der Umklammerung herauszuziehen. Jossip drückte fester zu.

»Jetzt hast du nur noch einen Feind«, murmelte er, Galina ins Gesicht starrend. »Nur noch einen, vor dem du dich in Acht nehmen musst.«

Die Hitze des Glases versengte Galinas Finger, nur mit Mühe unterdrückte sie ein Wimmern.

»Ob er wohl in der Nähe ist, was meinst du?«

Mit Schrecken dachte Galina an den roten Stofffetzen, den sie unter dem Kleid versteckt an ihrem Busen trug. Ob der Jäger etwas ahnte? Jossip langte sich mit der freien Hand ein Stück Zucker aus einem Beutel an seiner Seite und steckte ihn sich zwischen die Zähne.

»Ich frage mich, was er gerade macht, wo er steckt?«

Galina wand sich im harten Griff des Jägers, die Tränen schossen ihr in die Augen. »Väterchen … ich … bitte Euch.«

»Ja, ja, nun, was für zarte Händchen. Schrei ruhig, du musst dich nicht schämen, wir sind ja hier unter uns.«

»Vä...terchen … bitte!«

»Bestimmt streicht er irgendwo da draußen herum, wartet auf eine Gelegenheit. Ich könnte schwören …«

Galina schwanden die Sinne, schon glaubte sie, den Geruch verbrannten Fleisches von ihren Fingern zu riechen.

Der Blick des gesunden Auges des Jägers bohrte sich in ihr Gesicht. »Warum schreist du nicht? Los doch, wer, meinst du wohl, wird dich hören?«

Galina taumelte. Jossip lockerte seinen Griff, das Mädchen sank auf die Knie, presste die schmerzende Hand an ihre Brust.

»Zeig her.« Entschieden, aber nicht grob, nahm der Jäger ihre Hand, betrachtete sich die gerötete Handinnenfläche. »Ach was, nicht so schlimm. Tu kalten Schnee drauf, das heilt schon wieder.«

Galina tauchte die Hand in den Eimer mit Schnee, ihr war, als würde sie mit tausend Nadeln gestochen, aber auch jetzt kam kein Schrei von ihren Lippen, sie dachte an Andrej, der dort draußen irgendwo sein musste, frierend und zitternd und elend, und daran, dass nicht er, sondern Jossip der Werwolf war – Jossip Antonowitsch, der rohes Fleisch verzehrte, nächtens durch die Wälder streifte und in seiner Truhe die Wertsachen der von ihm Ermordeten versteckte. Ja, so musste es sein, so war es, ganz gewiss. Er hatte sie alle getäuscht, sie waren alle mit Blindheit geschlagen gewesen. Aber Galina sah jetzt klar, der Jäger konnte sie nicht länger täuschen.

Jossip schob den Zucker zwischen seinen Zähnen hin und her. Unbekümmert um die Hitze hielt er das dampfende Teeglas in seiner sehnigen, haarigen Hand. »Nur noch einen, vor dem du dich in Acht nehmen musst«, murmelte er. »Du weißt hoffentlich, wer es ist.«

Galina saß auf der Wiese vor der Kate im Sonnenschein, die Vögel zwitscherten und zu ihren Füßen plätscherte der Mühlbach lustig dahin. Aus der Tür der Kate klang das Klappern von Töpfen, das Muhen der Kuh. Die Babuschka rief nach ihr, ihre Stimme klang undeutlich und aus weiter Ferne, wie in einem Traum. Auf einmal fiel ein Schatten über Galina. Eine schwarze, riesengroße Krähe, so groß wie ein Schaf, verdunkelte den Himmel. Galina sprang auf die Füße, eilte nach Hause. Der Schatten der Riesenkrähe verfolgte sie, wie schwarzes Blut eilte er ihr voraus, drückte die grünen Grashalme nieder. Aus der Tür der Kate kam ihr die Großmutter entgegengelaufen; aber merkwürdig: je näher sie kam, desto kleiner wurde sie und am Ende verwandelte sie sich in einen hoppelnden Hasen, dessen Ohren kaum über das wellige Gras hinauslugten.

Die Krähe stürzte sich auf den Hasen, der Haken schlug und hin und her flitzte, um seinem Häscher zu entgehen, aber vergebens, die

Krähe packte ihn am Genick, trug ihn mit sich fort in den dunkel grollenden Himmel.

Galina riss die Augen auf. Was war das? War das noch Teil ihres Traums? Der Schmerzensschrei des Hasen hallte in ihren Ohren wider, vibrierte in der stickigen Luft der Stube wie ein dumpfer Glockenschlag. Wie ein Steg, der Meer und Land verbindet, so ragte der Laut aus dem Traum hinein in die Wirklichkeit. Verwirrt blickte sich Galina um. Wo war der Jäger? Die Ofenbank war verwaist, kein menschlicher Körper drückte die harten Bretter.

Dunkel erinnerte sich Galina, dass der Alte bei Einbruch der Dämmerung die Hütte verlassen hatte, um nach den Fallen zu schauen. Sie hatte den Riegel vorgeschoben, erleichtert darüber, dass sie den Rest der Nacht alleine verbringen durfte. Zum ersten Mal, seit ihr der Verdacht gekommen war, dass Jossip der Werwolf sein könne, war sie auf dem Ofen tief und fest eingeschlafen, sicher in dem Bewusstsein, dass die Tür verriegelt war und nichts und niemand, kein Werwolf und kein Mensch, gegen ihren Willen in die Hütte gelangen konnte.

Galina lauschte in die Stille der Nacht, die ihr mit einem Mal beängstigender vorkam als jedes Geräusch. Da! Ein Schleifen und Kratzen an der Tür, ein unterdrückter Schmerzenslaut, ähnlich dem Winseln eines gequälten Tieres.

»Slatka?«

Ein erneutes Kratzen.

»Was …?«

»Gal...ina«, stöhnte es auf der anderen Seite der Tür.

Im Nu war Galina hellwach. »Andrej?«

»Galina, mach mir auf. Es ist kalt, ich friere.« Die Stimme des Narodniks klang seltsam gepresst, so als fiele ihm das Sprechen aus irgendeinem Grund schwer.

»Ich komme.« Flugs sprang Galina vom Ofen. Schon war sie an der Tür, nestelte an dem Riegel. In ihrer Hast und verständlichen Aufregung gelang es ihr nicht sofort, diesen zurückzuschieben.

»Beeil dich, ich erfriere. Was dauert das so lange?«

»Ich hab‘s gleich.«

Der Riegel, das dumme Ding, sperrte sich, er klemmte – oder Galinas steif gefrorene Finger kamen mit dem kalten Eisen nicht zurecht.

Wieder kratzte es wie mit eisernen Zangen an der Tür.

»Gaaa...lina. Rasch. Ich … kann … nicht … mehr …«

»Ja, ja, halt durch, ich … ah!« Endlich gab der Riegel nach, Galina riss die Tür auf. »Andrej, Gott sei Dank, dass du da bist! Der Jäger, er

…« Im nächsten Moment fuhr das Mädchen mit einem Schreckensschrei zurück.

Eine grässliche, kaum mehr menschliche Gestalt taumelte über die Türschwelle. Ein Wesen wie aus einem von Galinas Märchenbüchern, mit struppigem Haar, nacktem, behaartem Oberkörper, blutunterlaufenen Augen, Kiefern und Zähnen wie ein Wolf!

Die Gestalt streckte eine Klaue nach ihr aus. »Hilf mir, Galina!« Kraftlos brach der Narodnik auf dem Lehmboden zusammen.

XIII

Wie hatte sich der Narodnik verändert! Sein blondes, lockiges Haar war zu einer schmutzigen Matte verfilzt, das rote Hemd hing ihm in Fetzen vom Leib, blutige Striemen zogen sich über Schultern und Rücken, sein Gesicht war blutverkrustet, von Dornen und Ranken zerkratzt, bärtig und rau, seine aufrechte Gestalt niedergedrückt und gebeugt, sein Blick huschte unstet umher, wie der eines in die Enge getriebenen Tieres. »Du musst mir helfen, Galina.«

Schwer atmend lag der Narodnik auf der Ofenbank, wohin er sich mit Galinas Hilfe geschleppt hatte.

»Ich muss das Ding loswerden.«

Mit großen Augen starrte Galina den eisernen Käfer an, der sich an Andrejs Wade festgebissen hatte.

»Was – was ist das?«

»Ich bin in eins von Jossips Fangeisen getreten. Dumm, wie dumm von mir, ich hätte besser aufpassen sollen.« Der Narodnik schüttelte den Kopf. Mühsam richtete er sich in eine halb sitzende Stellung auf, den Rücken gegen die nackte Wand gestützt.

Verwundert stellte Galina fest, dass jetzt, im Licht des Kienspans, den sie angezündet hatte, der Narodnik wieder viel menschlicher wirkte als vorhin, im Mondschein auf der Türschwelle.

»Du musst … es aufbiegen, damit ich mein Bein … herauskriege.«

Galina wich zurück. »Das – das kann ich nicht.«

»Doch, du kannst. Hör mir zu. Es gibt etwas, das heißt Hebelgesetz.« Der Narodnik presste die Zähne zusammen. Das Sprechen fiel ihm schwer, er war blass, Schweißtropfen glänzten auf seiner Stirn, unter dem struppigen Bartgeflecht, das ihm während der Zeit im Freien gewachsen war, verbarg sich die Mensurnarbe wie ein verwundetes Tier im Dschungeldickicht.

»Dieses Gesetz – es besagt, dass wenn man einen genügend langen

Gegenstand, einen Stock oder einen Stab oder ein Brett oder Stück Holz, egal was, als Hebel benutzt, verstehst du, und an dem entgegengesetzten Ende drückt, dann potenziert sich die Kraft, die man aufbringt. Verstehst du, Galina? Ein Hase ist dann so stark wie ein Löwe.«

»Ja, der Hase besiegt den Löwen – wie in Kyrillows Fabeln«, stammelte Galina, verwirrt durch Andrejs Ausführungen.

»Es ist wie beim Spielen, wenn du einen schweren Stein hochheben willst und einen Stock darunter schiebst und drückst. Das kannst du doch, oder?«

»Ja natürlich, Andrej!«

»Gut, dann such jetzt etwas, was man als Hebel benutzen kann. Einen Stock, ein Brett, den Schürhaken, irgendetwas.«

Galina hielt den Kienspan hoch und schaute sich in der Hütte um. An der Wand gegenüber dem Ofen hingen Stricke und Felle, ein altes, schartiges Beil, eine rostige Säge. In der Ecke daneben stand der Besen mit seinem nicht übermäßig langen, aber kräftigen Stiel.

»Ja, das wird gehen.« Der Narodnik verzog schmerzhaft das Gesicht. »Dreh ihn herum und versuch, ob du das Ende hier drunter schieben kannst.« Er deutete auf die Stelle, wo der Widerstand der Sprungfeder saß.

Galina drehte den Besenstiel herum, quetschte das abgerundete Ende unter die Feder. Dann drückte sie, so fest sie konnte, nach unten. Es schien, als drücke sie gegen einen Felsbrocken.

»Du musst den Stiel weiter hinten fassen. Dann hast du mehr Kraft.«

Galina probierte es erneut. Der glatte Stiel rutschte ihr aus den Händen, flog quer durchs Zimmer.

»Nein, so geht das nicht.« Der Narodnik sank gegen die Wand, bleicher als ein Gespenst.

Galina wagte nicht, ihm ins Gesicht zu blicken. Zu groß war die Enttäuschung, die sie darin lesen konnte. Sie hatte versagt! Es war ihr nicht gelungen, Andrej aus den stählernen Zähnen des Fangeisens zu befreien.

Galinas Blick haftete an dem Blut saugenden Metallkäfer, der sich an Andrejs Bein gütlich tat. Sie erinnerte sich, wie die Großmutter die schweren Kornsäcke auf den Karren des Müllers lüpfte, indem sie einen Stein unter ein Brett schob.

»Wir brauchen etwas zum Drunterschieben«, sagte sie, »einen Stein oder einen Holzblock.«

Das Gesicht des Narodniks hellte sich auf. »Was – sagst du? Einen Hebelpunkt, ja das ist es! Du brauchst einen Hebelpunkt, auf den du dich stützen kannst, damit die Kraft ordentlich wirkt.« Sein Blick irrte ziellos in der Stube umher. »Was könnte man nehmen? Der Stuhl da – er sieht zerbrechlich aus … wenn du ihn zerschlägst … das Stuhlbein … es könnte gehen.« Er deutete auf den Lieblingsstuhl des Jägers.

Galina nahm die Axt von der Wand und zerschlug ihn ohne Bedauern. Das runde Holzstück des Stuhlbeins wollte sich nicht zwischen Feder und Besenstiel klemmen lassen. Es schien, als sei der böse Geist des Jägers ins Holz gefahren und habe seine Hand im Spiel.

Verärgert warf der Narodnik das widerspenstige Stuhlbein zur Seite. »Nein, es taugt nichts.« Er schwankte bedenklich auf der Ofenbank hin und her, nur mit Mühe konnte er sich noch aufrecht halten. »Gib mir den Besen.« Er klemmte das stumpfe Ende des Besenstiels unter die Feder, legte sich das andere Ende übers Knie. »So, jetzt hast du einen Angelpunkt, um die Hebelwirkung besser auszunutzen.«

»Aber – werde ich dir nicht wehtun, Andrej?«

Der Narodnik lächelte gequält. »Das macht nichts. Wenn nur das verfluchte Ding aufgeht. Wenn ich es nicht schnell loskriege, ist es aus mit mir. Ich habe schon … zu viel … Blut verloren.«

Galina betrachtete für einen Moment voller Wut den Metallkäfer. Dann packte sie den Besenstiel mit beiden Händen an seinem freien Ende.

»Pass auf, dass du nicht abrutschst, sonst schnappt die Falle wieder zu.«

Galina lehnte sich mit ihrem ganzen Gewicht gegen den Besenstiel. Ächzend bog sich der Stiel durch, gespannt bis zum Bersten. Knirschend öffnete sich die Falle ein kleines Stück.

»Gut so, weiter, nicht nachlassen.« Der Schweiß tropfte von Andrejs Stirn, man sah ihm an, welche Schmerzen ihm nicht nur die scharfen Zähne der Falle, sondern auch der Druck des harten Besenstiels gegen sein Schienbein bereitete. Vor Anstrengung traten die Adern an seinem Hals hervor und der Lindwurm auf seiner Wange schimmerte blassrot zwischen dem Gestrüpp seines Barts hervor. Widerwillig gaben die Kiefer des Fangeisens ein weiteres kleines Stück nach, öffnete sich das Maul des blutrünstigen Käfers. Mit der Kraft der Verzweiflung drückte Galina den Besenstiel herunter.

Ein quietschender Protestschrei – die Kiefer des Fangeisens klappten auf. »Nicht loslassen! Halt den Stiel ganz ruhig. Sachte, sachte!«

Der Narodnik umfasste seinen rechten Oberschenkel mit beiden Händen, der Schweiß lief ihm jetzt in Strömen herunter, sein Gesicht glänzte im Licht des Kienspans wie nach einem Bad, ein saurer Geruch nach Angst und Schweiß breitete sich in der Hütte aus. »Achtung, ich ziehe jetzt mein Bein heraus, du musst den Besenstiel solange wie möglich ruhig halten und gegen die Falle drücken. Damit sie offenbleibt. Schaffst du das?«

Galina nickte, auch wenn sie sich in Wahrheit ihrer Sache nicht so sicher war. Vor Anstrengung wollten ihr schon die Sinne schwinden.

»Eins, zwei, und – drei!«

Mit einem Ruck zog der Narodnik sein Bein aus der Umklammerung der metallenen Kiefer – sofort schnappte der Mechanismus der Falle wieder zu. Die Wucht der zuschnappenden Feder riss Galina beinahe den Besen aus der Hand, in aufkommender Panik krampften sich ihre Finger um den anscheinend lebendig gewordenen Stiel, der bockig wie ein junges Pferd in ihrer Hand zuckte. In dem dämmrigen Zwielicht in der Hütte meinte sie, das Gebiss eines Wolfes am anderen Ende des Stiels festzuhalten, das gierig nach ihr schnappte. Galina taumelte zurück, stürzte zu Boden. Das Wolfsgebiss rutschte klappernd und fauchend über den Boden auf sie zu, die metallenen Zähne zersplitterten das Holz. Galina wollte schreien, aber kein Laut kam aus ihrem Mund. Nur eine Stocklänge trennte sie noch von den schnappenden Kiefern. Der dunkle, drohende Schatten des Wolfs baute sich dahinter auf, sein langer, gebogener Arm streckte sich aus, langte nach dem Gebiss – mit einem kräftigen Tritt spaltete der Narodnik den Besenstiel in zwei Teile, schleuderte das Ende mit dem Fangeisen daran in eine Ecke, unter die Ofenbank.

Galina saß zitternd auf dem Boden, ihre Hände hielten immer noch die andere Hälfte des Besenstiels krampfhaft umklammert. Andrej kauerte sich neben sie, seine rauen Hände legten sich auf ihre wunden Finger. »Du kannst jetzt loslassen, Galina«, hörte sie die Stimme des Narodniks wie in einem Traum, »es ist vorbei.«

Langsam beruhigte sich Galina. »Oh, Andrej, wie entsetzlich. Für einen Moment dachte ich …«

»Schon gut, es ist gut, alles ist gut, dir kann nichts mehr passieren«, murmelte der Narodnik und kippte besinnungslos nach vorne auf Galinas Knie.

Später hätte Galina nicht mehr zu sagen gewusst, wie sie es geschafft hatte, all die Dinge zu erledigen, die nach Andrejs Ohnmacht notwendig geworden waren: das Feuer im Ofen anzufachen, einen Kessel Wasser zu erhitzen, die Wunde am Bein auszuwaschen und zu verbinden, den Bewusstlosen auf die Ofenbank zu schaffen, auf die vom Jäger verlassene Bettstatt.

Woher hatte sie nur all die Kraft genommen? Das Wissen, um das, was es zu tun gab? Ihr Gespür leitete sie, ein Instinkt für das, was nötig war – und ein anderes, drängendes Gefühl, das sie sich nur halb einzugestehen wagte, für das sie keinen rechten Namen wusste; ein Gefühl, das ihr selbst beinahe etwas unheimlich war.

Andrej lag bleich, mit eingefallenen Wangen und rot umrandeten Augen auf der improvisierten Bettstatt aus Fellen, den Kopf in Galinas Schoß gebettet. Die überstandene Tortur der Befreiung aus dem Fangeisen hatte ihre Spuren in den tiefen Furchen in seinem Gesicht hinterlassen, aber die Anspannung der letzten Minuten wich allmählich aus seinen Zügen. Wie er so dalag, wirkte er nicht mehr wie der furchtlose Revolutionär, der gegen Unterdrückung und Tyrannei auf die Barrikaden ging. Eher wie ein hilfloses, tapsiges Bärenkind, das für den Moment friedlich schlummerte.

Galina strich dem Ermatteten die verfilzten Locken aus der Stirn. »Bleib schön liegen und ruh dich aus«, sprach sie wie zu einer Spielzeugpuppe.

Das Knacken eines Holzscheits im Ofen schreckte Andrej aus seinem Schlummer.

»Was? Wer? Wo – ich muss weg!«

Der Narodnik versuchte sich aufzurichten, sank jedoch zugleich mit schmerzverzerrtem Gesicht wieder aufs Lager zurück.

»Es ist gut, alles ist gut, du bist in Sicherheit«, beruhigte ihn Galina.

»In Sicherheit?« Ungläubig sah sich Andrej in der Stube um. Allmählich keimte die Erkenntnis in seinen Augen. »In der Hütte des Jägers – und in Sicherheit, das ist gut, das ist sehr gut, wer hätte das gedacht.« Ein trockenes ironisches Lachen schüttelte seinen ausgemergelten Körper.

»Ausgerechnet – in der Höhle des Löwen. Ich kann hier nicht bleiben. Du hast ja keine Ahnung, wie er hinter mir her war, keine ruhige Minute hat er mir gegönnt. Immer musste ich vor ihm auf der Hut sein. Ich sag dir, Galina, das ist kein normaler Mensch, wie er mich pausenlos verfolgt hat, Tag und Nacht.«

Galina schluckte. »Du hast recht, Andrej. Er ist der Werwolf.«

»Was? Wie? – Was hast du gesagt?«

»Er war es, Andrej. Er hat die Schafe gerissen. Ich hab es mit eigenen Augen gesehen: wie er dem Schaf das Herz ausgerissen und es verschlungen hat.«

Der Narodnik furchte die Stirn. »Was redest du da? Das bildest du dir bloß ein. Wie oft muss ich es noch sagen: Es gibt keine Werwölfe. Auch keine Feen oder Gespenster oder den Trishka, das sind alles Ammenmärchen, um euch in Angst und Schrecken und Unwissenheit zu halten. Glaub mir.«

»Nein, Andrej, da täuschst du dich!« Galinas Gestalt straffte sich. Obwohl den Tränen nahe, ging doch zugleich etwas Unbezwingbares von ihr aus. »Du denkst, du weißt so viel. Aber du weißt eben auch nicht alles. Du warst nicht hier und kannst nicht wissen, wie er jede Nacht um die Hütte herumschlich, wie er morgens heimkehrte, blutig und mit einem Ausdruck im Gesicht, oh mein Gott, wenn du es gesehen hättest – du könntest nicht mehr zweifeln.«

Der Narodnik wiegte nachdenklich den Kopf. »Der Jäger? So – nun, warum nicht? Immerhin.«

»Ach, Andrej, er tut schreckliche Dinge. Und nachher erinnert er sich an nichts.«

Der Narodnik horchte auf. »Erinnert sich an nichts, sagst du?«

»Er ist wie eine Bestie, dumpf und ohne Verstand. Er überlegt nicht, was er tut. Ich habe schreckliche Angst vor ihm.«

»Nun, so schlimm wird es schon nicht …« Der Narodnik machte eine abwiegelnde Geste, wie abwesend murmelte er vor sich hin, »aber so ließe es sich erklären … dass er seine Verbündeten anfällt … den Kulaken, Stipe … natürlich, das ist es.« Andrejs Blick hellte sich auf. »So war es, Galina, hör mir zu: Der Jäger hat Semjon und auch Stipe auf dem Gewissen … etwas in ihm … sein tierischer Instinkt hat ihn dazu getrieben. Ja, das ist die perfekte Erklärung. Wissenschaftlich dazu. Es gibt da diesen neuen Ansatz, einen Pariser Arzt, von dem man noch viel hören wird: Charcot. Er bringt Leute dazu, in Hypnose die seltsamsten Dinge zu tun. Seine Patienten sind Hysteriker, sie regen sich rasch auf, tun unbedachte Dinge. Warum sollte es nicht bei dem Jäger so ähnlich sein, natürlich, so ließe es sich erklären.«

Der Narodnik hatte sich in Rage geredet, sein dünner Körper zitterte vor Erregung, in seinen Augen brannte ein fiebriges Feuer. Ein wenig ähnelte er den von ihm beschriebenen Patienten Charcots. Galina, die sich bei dem Anblick eines leisen Schauderns nicht erwehren konnte, rückte beinahe unmerklich ein Stück von ihm ab.

Aber ebenso schnell wie es aufgelodert war, erlosch das Feuer auch wieder, kehrte sich Andrejs Blick nach innen. Dumpf brütete der Student vor sich hin. Nach einiger Zeit hob er den Kopf.

»Galina, ich muss dir etwas sagen«, begann er – hielt einen Moment inne und fuhr sich mit der Hand über die erhitzte Stirn, »du darfst nicht erschrecken. Ich leide an einer Krankheit. Man nennt sie Epilepsie. Ihr unwissenden Bauern kennt sie vielleicht unter einem anderen Namen. Wenn sie mich überkommt …«, Andrejs Atem beschleunigte sich, »es muss nicht angenehm sein … mich so zu sehen … ich frage mich, ob du es ertragen könntest.«

Galina hielt seinem Blick stand. »Du machst mir keine Angst, Andrej.«

Der Narodnik ergriff die Hand des Mädchens. »Ich glaube dir. Du bist – ungewöhnlich.«

Erneut hielt er für einen Moment inne. Der Wind strich durch die Zweige der Bäume vor der Erdhütte, wehte einen Schleier aus Schnee vor die halbblinden Fenster.

»Boris, er hat sich um mich gekümmert … war immer so besorgt …«, sprach er endlich weiter, ein gequältes Lächeln auf seinem unrasierten Gesicht, »nicht einmal den Mond hat er mich ansehen lassen … nachts mussten immer die Fensterläden geschlossen sein… ›es regt dich zu sehr auf‹, hat er gesagt … der Arme … er ist tot, Galina.«

»Ich weiß.« Das Mädchen nickte betrübt.

»Ich weiß nicht, was nun aus mir werden soll, Galina. Ohne Boris. Es kann sein, dass ich mich selber verletze, wenn ich einen dieser Anfälle habe. Es kommt nicht häufig vor, hörst du. Eigentlich nur ganz selten. Aber dann brauche ich jemanden. Deshalb habe ich es auch nicht gewagt, von hier wegzugehen – allein. Wenn es mich auf dem Weg überrascht hätte oder unter Menschen – du weißt, wie die unwissenden Bauern hier sind, wie sie reagieren können …« Der Narodnik warf, während er sprach, einen unsicheren Blick auf Galina. »Ich muss vorsichtig sein … Aber wenn du bei mir bist, dann können wir es gemeinsam schaffen. Wirst du mir helfen? Wirst du mit mir kommen? Wir brauchen einander, Galina.«

Dem Mädchen schien das Sprechen schwerzufallen. Es schluckte mehrmals, ehe es ein »Ja, Andrej« mit erstickter Stimme hervorbrachte.

»Ich wusste es – du bist meine Retterin!« Andrej drückte Galinas Hand voller Begeisterung so heftig, dass das Mädchen schmerzhaft das Gesicht verzog.

»Du musst dich jetzt ausruhen, zu Kräften kommen.« Galina entzog dem Narodnik ihre Hand. »Schlaf ein Weilchen.«

Andrej drehte den Kopf zum Fenster, wo die Schneeflocken einen silbrigen Tanz aufführten. »Nicht einmal den Mond hat er mich ansehen lassen«, meinte er, einen träumerischen Ausdruck in den Augen, »erst in den letzten Tagen, wo ich alleine durch die Wälder gezogen bin, habe ich entdeckt, wie schön das Mondlicht ist. Sieh nur hin, Galina.«

Das Mädchen folgte dem Blick des Narodniks. Eine kalte Hand griff nach ihrem Herz, als sie über die im Mondschein glänzende Schneedecke vor der Hütte die gebeugte Gestalt des Jägers näherkommen sah, ein erlegtes Rehkitz über den Schultern.

»Verdammt, so ein Pech!« Der Narodnik schlug mit der flachen Hand gegen die Wand. »Muss er ausgerechnet jetzt zurückkehren? Und auch noch bei Vollmond. Wenn es wenigstens schneien würde.«

»Bei Vollmond verwandelt er sich in einen Werwolf«, wagte Galina zu bemerken.

Irritiert blickte der Narodnik zu dem Mädchen hin. »Was? Ja, vielleicht, nicht unbedingt – aber egal. Mehr Sorge macht mir seine Flinte – und die silbernen Kugeln darin.«

»Du musst dich verstecken.«

»Verstecken, ja. Aber wo?« Gehetzt schaute sich Andrej in der engen Kammer um. Seine Blicke huschten wie ein Kaninchen auf der Flucht vor dem Fuchs hin und her. Sie schweiften über den Tisch, die Ofenbank, die Trümmer des Stuhls, streiften kurz die hölzerne Truhe, den roh gezimmerten Tisch mit den vier klobigen Beinen. »Wenn ich nur an ihm vorbei nach draußen käme, hier drinnen stöbert er mich auf jeden Fall auf.«

Wie eine dumpfe, bedrückende Drohung hing die Decke über dem Kopf des Narodnik. Er stand mit hängenden Schultern da, sein Blick wanderte nach oben. »Was ist das?«

»Was?«

»Na, da. Bist du blind?«

Zum ersten Mal gewahrte Galina eine unterschiedliche Färbung der Bretter. Es sah aus, als wäre da oben an der Decke ein viereckiger nasser Fleck.

Andrej rieb sich die Hände. »Der gerissene Fuchs. Er hat sich einen Notausgang gebaut, für alle Fälle. Falls man ihn in seinem Bau aufstöbert. – Hilf mir.«

Gemeinsam mit dem Mädchen zerrte der Narodnik den Tisch in die Mitte der Kammer, genau unter das Quadrat der dunkleren Bretter. Unter Ächzen und Stöhnen kletterte er, auf Galinas Schulter gestützt, auf die Tischplatte. Nach etwas Rütteln gaben die Bretter nach, und es gelang ihm, die Dachluke nach oben aufzustoßen. Ein abgeschnittener halber Mond blickte durch den Ausschnitt der Luke neugierig von oben herab.

Der Narodnik drehte den Kopf zur Seite. »Ah, so hell!«

Mit zusammengekniffenen Augen versuchte er, sich aufs abgeflachte Dach der Hütte zu ziehen. Das verletzte Bein gab nach, um ein Haar wäre er vom Tisch gestürzt.

»Es geht nicht.«

»Warte, ich helfe dir.« Galina kletterte neben Andrej auf die Tischplatte. »Wenn ich dir die Räuberleiter mache? Ich habe so oft Dmitrijs Kindern auf die Kirschbäume geholfen.«

»Ja, das könnte klappen. Versuchen wir's.«

Der Narodnik legte die Arme um Galinas Schultern. Sein Atem war so nahe, dass er Galina am Ohr kitzelte. »Meinst du, du schaffst es?«

Galina nickte tapfer. »Wird schon gehen. – Aber, Andrej, sei leise, wenn du wegläufst in den Wald, Jossip hat Ohren wie ein Luchs.«

Der Narodnik blickte das Mädchen verwundert an. »Was redest du da? Ich werde nicht davonlaufen. Ich lass dich doch nicht im Stich.«

»Aber …«

»Ich verstecke mich dort oben und warte. Wenn er dann eingeschlafen ist, komme ich runter und wir fliehen zusammen, wie wir es verabredet haben.«

»Aber was machst du die ganze Zeit da oben, es ist kalt und …«

»Mach dir um mich keine Sorgen, schau nur, dass er ordentlich Wodka in sich hineinschüttet, damit er sich zeitig auf den Ofen legt.«

»Manchmal trinkt er die ganze Nacht.«

»So schlimm wird's schon nicht kommen. Auch er muss ja mal ein Auge zu tun. Er hat die ganze Nacht auf dem Anstand gelegen. Kein Mensch kann ewig wach bleiben.«

Galina unterdrückte die Antwort, die ihr bei den Worten Andrejs in den Sinn kam. Der Narodnik musste den Zweifel in ihren Augen gesehen haben.

»Hab keine Angst. Wenn er dir etwas tut, komme ich sofort runter.«

»Ich hab keine Angst.«

»Gut. Und noch etwas …« Der Narodnik hielt, die Hände auf Galinas Schultern gestützt, noch einmal inne, und schaute dem Mädchen in die Augen. »Du musst noch etwas für mich tun, hörst du? Du musst ihm, wenn er eingeschlafen ist, die Flinte wegnehmen. Diese Flinte mit den silbernen Kugeln. Kannst du das?«

Galina nickte.

»Es ist wichtig, verstehst du? Solange er die Flinte hat, sind wir ihm ausgeliefert, ohne sie ist er wehrlos.«

»Ich verstehe, Andrej. Du musst mir nichts erklären.«

»So?« Der Narodnik blickte Galina prüfend ins Gesicht. »Also gut dann, beeilen wir uns, er ist schon ganz nahe. Ich höre seine Schritte.«

Andrej setzte seinen rechten Fuß in Galinas ineinander verschränkte Hände wie in einen Steigbügel. Probeweise wippte er einige Male auf dem unverletzten linken Bein. »Bin ich dir auch nicht zu schwer?«

»Es wird schon gehen.«

»Du musst stark sein, Galina.«

Galina nickte. »Ja, Andrej.«

»Es wird nicht ohne Schmerzen abgehen.«

»Das macht mir nichts aus, Andrej.«

»Nein, ich meine, *ich* werde vielleicht schreien, wenn ich mich hinaufschwinge, aber du darfst dann nicht loslassen, hörst du? Du musst mein Bein weiter nach oben drücken.«

»Ich werde dich nicht loslassen, Andrej.«

»Gut.«

Einen Moment standen die beiden, das Mädchen und der Narodnik, scheinbar eng umschlungen nebeneinander auf der Tischplatte. Galina konnte den Herzschlag des Studenten gegen ihre Brust spüren, seinen heißen Atem auf ihrem Nacken. Mit einem Mal spannten sich seine Muskeln, der harte Griff seiner Hände um ihren Hals ließ sie nach Luft schnappen, das Gewicht seines Körpers drückte sie nieder, die raue Stiefelsohle schnitt in ihre Handflächen.

Einen unterdrückten Schmerzensschrei auf den Lippen sprang der Narodnik ab, langte nach dem Rand der Luke. Seine Finger glitten von dem glatten Dach ab.

Galina drückte die Sohle des Narodniks nach oben. Einen Moment baumelte sein gesundes linkes Bein hilflos in der Luft. Galinas Gesicht drückte sich gegen Andrejs Becken, seine zerschlissene Hose, ein Geruch nach Schweiß, Blut und Saurem stieg in ihre Nase. Dann hatte es der Student geschafft, seine Beine zogen nach oben, sein Gewicht wich von Galinas Schultern.

Galina blickte zur Dachluke auf. Gerade noch sah sie die baumelnden Beine über den Rand verschwinden. Schnee und Moos fielen herunter, in ihr Gesicht.

»Andrej!«

»Ja?«

»Nimm das Bärenfell. Du frierst dich sonst zu Tode da oben.«

»Wird er es nicht merken?«

»Er ist so unordentlich. Er merkt nie etwas.«

»Gut, gib her. Aber mach rasch, ich kann ihn von hier oben sehen, er ist schon ganz nahe.«

Das Gesicht des Narodniks tauchte noch einmal in der Aussparung auf, verdunkelte den Mond. Galina reichte das Bärenfell hinauf.

»Sei vorsichtig. Er ist gefährlich.«

»Ja, Andrej.«

»Und denk an die Flinte. Versteck sie, meinetwegen wirf sie zum Fenster hinaus. Nur dass er sie nicht in die Hände kriegt, wenn ich dich holen komme. Hörst du?«

Galina nickte. Sie musste den Kopf weit in den Nacken legen, um den Narodnik noch zu erkennen. Wie sie so hinaufschaute, meinte sie, sein Gesicht gleiche, vom Licht des Mondes beschienen, dem eines Engels oder eines griechischen Satyrs, eine Hälfte wie von einem Heiligenschein umrahmt, die andere in tiefe Schatten getaucht.

Andrej schob die Bretter wieder vor die Aussparung. Ein schmaler Streifen Mondlicht drang durch eine Ritze. Galina hoffte, der Jäger würde es nicht merken. Ihr Blick fiel auf die Unordnung in der Hütte, den zerbrochenen Stuhl, die Axt auf dem Boden, die zerwühlten Felle auf der Ofenbank. Hastig sprang sie vom Tisch, richtete alles wieder so her, wie es vor der Ankunft des Narodniks gewesen war. Zum Schluss zerrte sie den Tisch an seinen alten Platz.

Draußen glitt der Schatten des Jägers am Fenster vorbei. Schon hörte sie das Knirschen seiner Stiefel vor der Tür.

Galinas Blick fiel auf die Blutlache vor der Ofenbank, den zerbrochenen Besenstiel.

Sie war verloren!

In Gedanken versunken setzte Jossip Antonowitsch bedächtig einen Fuß vor den anderen. Die Jagd war erfolgreich gewesen, das Gewicht des erlegten Rehs lastete angenehm warm auf seiner Schulter. Heute Abend würde es wieder ein Festmahl geben, er brauchte nicht zu sparen. Beim Gedanken an das zarte weiche Fleisch des Rehkitzs, die saftigen Innereien, das warme Blut, lief ihm das Wasser im Mund zusammen. Nur schade, dass er den Studenten noch nicht erwischt hatte, den elenden Aufrührer, der die ganze Gegend in Atem hielt. Jossip war sich sicher, dass er sich noch irgendwo in der Nähe herumtrieb, dass er ihm das Mädchen streitig machen wollte … Während ihm diese und andere Gedanken durch den Kopf gingen, überflogen seine Blicke gewohnheitsmäßig seine Umgebung, die freie Fläche und den Waldsaum, auf der Suche nach etwaigen Spuren im Schnee. Manchmal schlichen Luchse und Marder um die Hütte herum, sprangen Hasen und Schneehühner über die Wiese. Aber diesmal war der Schnee sauber und unberührt, wie von unsichtbarer Hand glattgestrichen. Etwas zu sauber, zu glatt. Ein sechster Sinn warnte den Jäger. Irgendetwas stimmte hier nicht. Prüfend sog er die Luft mit der Nase ein. Der schwere Blutgeruch des toten Rehkitzes überdeckte alles andere. Jossips gesundes Auge blickte über die dunkle Silhouette der Hütte, auf das niedrige Flachdach, das nahtlos in den Hügel dahinter überging. Der Mond stand ungünstig, er schien ihm direkt ins Gesicht. War da nicht ein dunkler Schatten auf dem Dach der Hütte, eine kauernde Gestalt? Funkelte da nicht ein verräterisches Augenpaar? Vorsichtig angelte der Jäger die doppelläufige Flinte von der Schulter, spannte einen der beiden Hähne … Da drang ein gellender Schmerzensschrei aus dem Inneren der Hütte. Ohne sich weiter zu besinnen, stürmte der Jäger los, stolperte zur Tür hinein.

»Jossip Antonowitsch, Väterchen, helft mir!«

»Was zum …?«

Jossip glaubte seinen Augen nicht trauen zu können. Vor dem Ofen hockte das Mädchen, zusammengekrümmt, den zerrissenen Rock bis zu den Hüften hochgeschoben, die nackten Beine blutverschmiert, die zitternden Hände um einen Pfahl geklammert, der ihr im linken Oberschenkel steckte.

»Was ist passiert ...?«

»Bitte, Väterchen, schimpft nicht. Ich habe es gut gemeint«, schluchzte das Mädchen. »Ich wollte saubermachen, die Stube kehren, dabei bin ich gestolpert und hab mir den Besen … seht nur, wie ich blute!«

»Was für eine verrückte Idee! Was ist dir da nur in den Sinn gekommen, du dummes Ding?«

»Ich wollte doch nur, dass Ihr es schön habt, wenn Ihr nach Hause kommt, Väterchen.«

Der Jäger schnaubte. »Mitten in der Nacht? Im Dunkeln?«

»Der Kienspan ist ausgegangen. Er ist heruntergefallen, ein Windzug vielleicht.«

Jossip fasste das Mädchen scharf ins Auge. Etwas war faul an der Sache. Aber was?

Er las den Kienspan vom Boden auf, roch daran. Vor Kurzem hatte er noch gebrannt, so viel stimmte.

»Du leichtfertiges Ding, du hättest mir die Hütte abbrennen können.«

Jossip warf das tote Rehkitz auf den Tisch. Dann stellte er die Flinte in die Ecke neben dem Ofen, entzündete den Kienspan an den glühenden Kohlen.

»Lass mich mal sehen. Ob's wirklich so schlimm um dich steht.«

»Es geht schon, Väterchen.«

»Mach schon, sei nicht so zimperlich. Ich will ja nur einen Blick darauf werfen. Ein Blick kann nicht schaden.«

Das Mädchen zierte sich noch ein wenig, aber dann hielt sie ihm ihre nackten Beine hin, auch wenn sie sie noch schamhaft mit den Händen zu bedecken suchte. Jossip betastete die Wunde, bewegte den Pfahl vorsichtig.

»Er sitzt nicht sehr tief. Halt still.«

Mit einem Ruck zog der Jäger das Holz heraus. Das Mädchen schrie auf.

Jossip grinste. »Das wird dir eine Lehre sein.«

Nachdenklich betrachtete er das spitze Ende des abgebrochenen Besenstiels, an dem noch ein wenig Blut klebte.

»Wie hast du das nur angestellt?«

»Bitte, seid nicht böse, Väterchen. Ich weiß, ich war unartig.«

Jossip schürzte die Lippen. Er konnte den Braten beinahe riechen. Das Mädchen führte ihn an der Nase herum. Aber die Wunde, immerhin, war echt, das Blut auf dem Boden noch frisch, es klebte jetzt auch an seinen Händen.

»Die Wunde muss versorgt werden.« Der Jäger stand auf, leuchtete mit dem Kienspan zur Tür.

»Was habt Ihr vor, Väterchen?«

»Ich hol Moos für die Wunde. Auf dem Dach gibt's welches. Moos ist gut, es saugt das Gift aus der Wunde.«

»Nein, das dürft Ihr nicht!«

Jossip konnte nicht aufhören, sich über das dumme Ding zu wundern. Da kroch es auf dem Boden herum, jammerte wegen der Fleischwunde an seinem Oberschenkel, als würde es gleich den Löffel abgeben, Rotz und Wasser flossen ihm aus Mund und Nase, aber helfen – nein, helfen lassen wollte es sich nicht!

»Die Wunde muss verbunden werden. Du verblutest sonst.«

»Es blutet schon fast gar nicht mehr. Da schaut.«

»Ein Verband muss drauf«, beharrte der Jäger.

»Aber nicht mit Moos.«

»Was hast du nur? Ich versteh das nicht.«

»Im Moos, da sind so komische Dinger drin, hab ich gehört. Kleine Käfer, zu klein, um sie mit den Augen zu sehen. Die kriechen ins Blut und machen einen krank.«

»Unsinn, ich tu immer Moos drauf. Es hat mir noch nie geschadet.« Jossip wandte sich um. Er hatte genug von der Diskussion. Wo kam man da hin? Sollte das Mädchen jetzt das Kommando führen? Nein, er tat, was er für richtig hielt.

»Lasst mich nicht allein, Väterchen!«, rief die Kleine mit heller Stimme.

»Stell dich nicht so an. Es ist nicht weit. Ich bin gleich zurück. Ich steig nur kurz aufs Dach.«

Ein spitzer Schrei, dann ein dumpfer Aufprall.

Jossip drehte sich um. Da sollte doch …!

Jetzt war das dumme Ding auch noch ohnmächtig geworden!

XI

Vorsichtig linste Galina hinter halb geschlossenen Lidern zu dem Jäger hin. Der stand am Ofen, über einen Kessel dampfenden Wassers gebeugt, und rührte mit einem großen Holzlöffel darin herum. *Er kocht das Blut des Rehs ein*, dachte sie. Im Schein der glühenden Holzscheite, vornübergebeugt, Kopf und Schultern halb im Ofen steckend, hätte man den Jäger auch für einen mittelalterlichen Hexenmeister halten können, der einen Zaubertrank anrührte.

In der Ecke zwischen Ofen und Bank, in Griffweite, lehnte die doppelläufige Flinte.

Wenn ich ihm jetzt einen Schubs gäbe?, überlegte Galina.

Jossip drehte sich zu ihr um. »Na, wieder wach?«

Hastig kniff Galina die Augen zusammen. Aber es war schon zu spät. Mit langsamen, genüsslichen Schritten näherte sich Jossip Antonowitsch ihrer improvisierten Bettstatt. »So, du hast es also überlebt. War gar nicht so schlimm. Ist mir immer noch ein Rätsel, wie das passieren konnte.«

Galina stöhnte, wand sich in den Fellen hin und her.

»Alles in Ordnung?« Der Jäger beugte sich über sie, sein fauler, nach Knoblauch stinkender Atem blies über ihre Wangen.

»Ach, Väterchen, hier drückt es – und da! Ihr habt den Verband zu fest angelegt.«

»Ach was, er muss fest sein, damit die Blutung gestillt wird. Lass mich mal sehen.«

Wieder glitten die Hände des Jägers über ihr Bein, schoben den Rock empor. Mit Schaudern dachte Galina daran zurück, wie er ihr den Verband angelegt hatte, wie seine Hände zwischen ihre Schenkel geglitten waren, der schwielige, heiße, schwitzige Druck seiner Finger, wie er an ihr herumgefummelt hatte, um die zerrissenen Stofffetzen, die er Verband nannte, um ihren Oberschenkel zu knoten. Nur mit Mühe hatte sie weiter ihre Ohnmacht spielen können. Ob Jossip etwas bemerkt hatte? Vielleicht tat er ja auch nur so, als ob er ihre gespielte Ohnmacht nicht durchschaute? Vielleicht genoss er es ja heimlich, die Leblose, eng an sich gedrückt, emporzuheben, auf die Ofenbank zu legen, sie mit allem Anschein echter Fürsorge und Hingabe zu verarzten?

Galina schielte nach der Ritze in der Dachluke und ertrug die Verrichtungen des Jägers in Gedanken an Andrej, der da oben auf dem Dach saß, frierend und zitternd, und darauf vertraute, dass sie das Richtige tat.

Jossip schob einen Finger unter die eng anliegenden Stofffetzen, lockerte den Verband. »Besser so?«

Galina blinzelte dankbar zu dem Jäger empor. »Ja, Väterchen«, hauchte sie mit belegter Stimme.

»Ach, was – Väterchen«, knurrte dieser und sah sinnend auf sie herab.

Galina spürte die Macht, die sie über den Älteren hatte, ihre Fähigkeit, ihn um den Finger zu wickeln. Jossip schob ihr ein zusammengerolltes Kaninchenfell in den Rücken, setzte sie aufrecht hin. »Möchtest du etwas essen? Ich hab Suppe gekocht.«

»Gerne.«

Jossip kam mit einer Schale zurück, flößte ihr die streng nach Wild schmeckende Suppe löffelweise ein. Obwohl ihr die Berührungen des Jägers Unbehagen bereiteten, genoss Galina doch das Gefühl der Überlegenheit, das seine offenkundige Fürsorge in ihr wachrief. Ihre Babuschka hatte sich selten so besorgt um sie gezeigt; selbst als Galina letzten Sommer bei der Apfelernte vom Baum gefallen war, hatte sie ihr lediglich einen nassen Lappen gegen die Stirn gedrückt und gesagt: »Pass gefälligst besser auf, sonst wirst du dir noch den Kopf kaputtstoßen!«

Jossip trat einen Schritt zurück, blickte auf sie herunter.

»Was schaut Ihr mich so seltsam an, Väterchen? Ich bin kein schöner Anblick, so blutig und zerschunden.«

Der Alte wurde verlegen. »Ach, was, red keinen Unsinn. Bis du heiratest, ist alles wieder verheilt.«

Auch das ein Spruch, den die Babuschka oft auf den Lippen geführt hatte.

Der Jäger schürte das Feuer, legte frische Scheite nach. Wohlige Wärme breitete sich in der ganzen Stube aus. Galina lehnte sich zurück, schloss für einen Moment die Augen. Ihr Plan war aufgegangen. Jossip Antonowitsch hatte keinen Verdacht geschöpft. Noch pochte die Wunde in unregelmäßigen Abständen, zuckten und schmerzten die verletzten Muskeln, aber das war nichts im Vergleich zu dem Moment, da sie sich selbst das spitze Ende des Besenstiels ins Bein gerammt hatte, um unter dem Sturzbach ihres eigenen Bluts das Blut des Narodniks vor dem Ofen zu verdecken. Ihr Schrei war echt gewesen, und auch der Schwächeanfall danach, ihre Totenblässe, das Zittern an allen Gliedern – sie hatte dem Jäger nichts vorspielen müssen. Sie war durch die Hölle gegangen. Aber noch mehr hätte sie getan, sich sogar in die Spitze eines Messers gestürzt – für Andrej.

Der Gedanke an Andrej rief ihr wieder die missliche Lage des Narodniks ins Gedächtnis zurück. Während sie hier warm und gemütlich auf der Ofenbank lag, war er dort oben Wind und Wetter ausgesetzt, Kälte und Sturm, nur geschützt von einem von Motten zerfressenen Bärenfell. Wie konnte sie bloß so selbstsüchtig nur an sich denken! Ihre Aufgabe war noch nicht getan. Galinas Blick fiel auf die Flinte, die noch immer an der Wand lehnte, zwischen Bank und Ofen. Wenn der Jäger sie nur einmal aus den Augen lassen würde!

Da kam er schon wieder an ihr Lager geschlichen, ein dümmliches Grinsen auf der bärtigen Fratze. »Na, meine Prinzessin, wie geht es dir jetzt? Mit einem guten Süppchen im Magen? Lass mich noch einmal nach der Wunde schauen.«

»Aber das habt Ihr doch gerade getan, Väterchen.«

»Ja, schon, aber … wenn sich die Wunde infiziert … ohne Moos … das ist so eine Sache.«

Und wieder fummelte er an ihr herum. Glitten seine schmierigen, Ekel erregenden Hände über ihre Schenkel. Galina drehte den Kopf zur Seite. Wie damals das Schaf, das er auf dem Tisch aufgeschlitzt hatte, kam es ihr in den Sinn. Im düsteren Zwielicht der Stube sah sie den schmalen Streifen Mondlicht, der durch die Ritze in der Dachluke fiel. Ob Andrej von dort oben zusah? Wie musste er sich fühlen? Ein dumpfes Grollen kam von der Luke.

»Was war das?«

»Nichts, Väterchen, nichts. Mein Magen. Er hat geknurrt.«

Misstrauisch blickte sich Jossip in der Stube um. »Seltsam, mir war, als ob …«

»Ach, mir ist so schrecklich langweilig. Wollt Ihr mir nichts vorsingen, Väterchen? Um mir die Zeit zu vertreiben?«

»Singen? Was soll ich denn singen?«

»Na, das Lied, das Ihr so gerne singt, von den zehn Flaschen Wodka, die der Mann so eifersüchtig hütet … und die ihm alle zehn nacheinander kaputtgehen, ohne dass er einen Schluck … «

»Ach, das. Es ist so traurig. Aber gut, wenn du meinst.« Jossip stellte sich in Positur, hob mit seiner kehligen, kratzenden Stimme an zu singen.

»Vielleicht geht es mit Wodka besser.«

»Ja, dann ist es lustiger.«

Der Jäger zauberte aus einer seiner unergründlichen Taschen eine Flasche hervor, setzte sie an die Lippen.

»Setzt Euch doch. Ihr müsst müde sein. Wart die ganze Nacht auf der Jagd.«

»Die Nacht ist noch nicht vorbei.« Jossip blinzelte ihr mit seinem gesunden Auge vielsagend zu, wie es die alten Männer im Dorf taten, wenn sie untereinander anzügliche Dinge austauschten. »Vielleicht jag ich mir ja noch ein feines Stück Wildbret.«

Der Wind fegte klappernd übers Dach.

Jossip grinste breit. »Ja, schimpf du nur. Hier drinnen kannst du uns nichts anhaben.«

Er ließ sich schwer auf die Bank fallen. »Ich bin müde, ich mag nicht mehr singen. Vielleicht leg ich mich ja ein Stündchen aufs Ohr.«

»Ja, tut das, Väterchen, ich passe auf, während Ihr schlaft. Seid unbesorgt.«

Das Misstrauen glomm in Jossips Auge auf. »Wie? Aufpassen? Was soll das? Warum bist du so? Ah, du hoffst, dass der junge Kerl kommt, dich mir wegzuschnappen? Aber das wird nicht passieren, glaub mir, nicht solange ich das da habe.« Der Jäger langte nach der Flinte in der Ecke, zog sie näher zu sich heran.

Galina erkannte, dass sie einen Fehler gemacht hatte. Die Flinte lehnte fast gegen die Schulter des Jägers an der Wand, das Licht des flackernden Kienspanns floss in roten Wellen über die beiden Läufe. Das Feuer im Ofen knackte und zischte. Der Kienspan brannte langsam herunter. Jossip trank bedächtig und methodisch, ohne müde zu werden.

»Soll *ich* Euch vielleicht etwas vorsingen, Väterchen?«

»Ja, das wäre schön.«

Mit zitternder, feiner Stimme begann Galina zu singen. Das bekannte Lied von dem Soldaten, der nach mehr als vierzig Jahren im Dienst des Zaren, ein alter Mann, nach Hause zurückkehrt und auf der Türschwelle seine junge Frau, jung und unverändert, antrifft. Nur, dass es nicht seine Frau, sondern sein Töchterlein ist, das mittlerweile zur Frau herangewachsen ist, während sein Eheweib schon vor Jahren gestorben ist.

»Traurig, aber sooo schön«, säuselte der Jäger in trunkener Empfindsamkeit.

Galina musste an Andrej denken, der währenddessen auf dem Dach lag, frierend, hungrig und zitternd, den der Wind mit tausend Nadeln ins Gesicht stach, während der alte Trunkenbold hier unten in Rührseligkeit zerfloss.

Wenn er nur endlich einschlafen würde!

Der Kopf des Jägers wackelte hin und her, sank nach vorne auf die Tischplatte.

Galina hörte zu singen auf. Sofort ruckte der Kopf des Jägers wieder in die Höhe. »Wa...warum hast du … auf...gehört? Das L...L...Lied is noch nisch zu Ende.«

Wieder sang Galina, und es wiederholte sich das gleiche Spiel.

Inzwischen musste Andrej da oben schon blaugefroren sein. Galina mochte es sich gar nicht mehr vorstellen, wie der Narodnik allmählich zum Eiszapfen wurde, wie die Kälte ihm in die Knochen kroch, sich wie ein tödlicher weißer Schleier überall in ihm ausbreitete. Schon seit Stunden musste er da oben kauern, während sie ihrem Ziel noch keinen Schritt näher gekommen war. Wie lange konnte er es noch aushalten? Er musste kurz vorm Erfrieren sein.

Das Lied vom Soldaten war zu Ende. Galina überlegte kurz, dann stimmte sie eines der Lieder an, die Tatjana immer in der Schenke gesungen hatte: *Otschi tschornje*, das Lied von den braunen Augen der Geliebten.

Auf dem Dach rumpelte es.

Der Jäger blinzelte trunken unter schweren Lidern hervor.

»Der Wind«, beeilte sich Galina zu versichern.

»Ja, ja, der Wind.« Der Jäger grinste schief.

Diesmal wartete Galina, bis sein Kopf vornüber gesunken war, bis sich seine Wange fest gegen die Tischplatte schmiegte. Dann stand sie vorsichtig auf, schlich langsam um den Tisch herum. Ihr verletztes Bein machte ihr Schwierigkeiten, es stach bei jedem Schritt, als würde ihr jemand ein Messer in die offene Wunde stoßen. Trotzdem schaffte sie es um den Tisch herum, streckte die Hand nach der Flinte aus …

Ohne das Gegengewicht der Flinte sackte die Schulter des Jägers herunter. Galina machte einen Satz nach rückwärts.

Die Flinte fiel klappernd um.

Der Jäger sprang von der Bank auf, mit einem Mal hellwach.

»Was zum ...? Was machst du da?«

»Nichts, Väterchen. Ich wollte nur nach dem Feuer sehen, es ist so kalt hier drinnen.«

»Kalt?« Galina sah das Misstrauen in Jossips Auge.

»Dabei muss ich die Flinte umgestoßen haben. Ich stell sie wieder in die Ecke.«

»Lass das!«, herrschte sie der Jäger an. Er bückte sich, um die Flinte vom Boden aufzuheben, dabei fiel sein Blick unter die Ofenbank.

»Was ist – das?«

Galina erstarrte. Der Jäger hatte das Fangeisen entdeckt, das sie unter die Ofenbank geschoben hatte. Nun war alles aus.

Verständnislos starrte Jossip Antonowitsch den Metallkäfer an, zwischen dessen eisernen Kiefern die Hälfte des Besenstiels steckte und an denen noch Blut klebte.

Die Flinte in der Hand kam er langsam hinter dem Tisch hervor.

Galina wich in die Mitte der Kammer zurück.

»Was hast du getan, du dummes Ding?«

»Bitte, Jossip Antonowitsch … Väterchen … seid mir nicht böse … ich wollte doch nur … Ihr müsst nicht glauben … «

Der Wind peitschte die Äste übers Dach, rüttelte am Fenster.

»Geh da weg!«, zischte der Jäger.

»Was, ich verstehe nicht? Was meint Ihr, Väterchen?« Galina stand genau unter der Dachluke. Es dauerte einen Moment, ehe sie begriff: Moos und Erde fielen herab, Schneeflocken rieselten von der offenen Luke auf ihre Schultern.

»Weg da!«, schrie der Jäger und riss die Flinte hoch.

ЖII

In einer Wolke aus Schneeflocken, Erde, Moos und welken Blättern segelte eine graue Gestalt, ein grimmiger Racheengel, vom Himmel herab auf den Jäger nieder.

Die Flinte fiel scheppernd zu Boden, es klang wie Glockenschlag in der engen Hütte. Dann wälzten sich die beiden Feinde, eng ineinander verschlungen, auf dem Lehmboden der Hütte umher.

Galina drückte sich dicht an den Ofen, zog die Beine an. Die beiden

Widersacher stießen Tisch, Bank und Stühle um. Ihr keuchender Atem war wie Sturmwind; wenn sie gegen eine Wand prallten, wackelte die ganze Hütte und Lehm und Moos und Staub fielen aus den Ritzen der Balken herab auf die Erde. Über die Scherben des zerbrochenen Branntweinkrugs rollten sie, in einer Pfütze aus geschmolzenem Schnee, Wodka und Tierblut, und mahlten die Scherben des Kruges zu feinen Splittern. Keiner von ihnen sprach ein Wort, auch so waren sie sich einig in ihrem Hass aufeinander, dem Zorn und der Wut.

Galina hatte Mühe, die Widersacher auseinanderzuhalten. Staubbedeckt, von Dreck besudelt, glichen beide zwei wilden Tieren, die sich ineinander verbissen hatten. Galina roch den sauren, nach Fell und Schweiß stinkenden Geruch der beiden Männer, sie hörte ihr Stöhnen und Keuchen, sah, wie ein Messer in einer Hand aufblitzte.

Heiliger Nikodemus, beschütz ihn, flehte sie in Gedanken den einzigen Schutzheiligen ein, der ihr in der Aufregung einfiel.

Grunzend und keuchend rangen sie um das Messer. Über ihre Gesichter glitt der rote Schein des flackernden Kienspans, und es schien dem Mädchen, als seien es zwei Dämonen, die um ihre Seele kämpften.

Mit Schrecken fiel ihr ein, dass sie vergessen hatte, dem Heiligen Nikodemus zu sagen, welchen der beiden er beschützen sollte.

Galina hielt sich den Kopf, der von dem Sturz auf den Boden schmerzte, alles um sie herum drehte sich, die Dinge und Gestalten verschwammen vor ihren Augen, es war ihr, als sei sie bei wachem Verstand in einem Traum gefangen. Das Dach der Hütte sackte bedenklich durch, die Wände hüpften auf und ab, die Balken bogen sich, in den groben Rissen und Spalten bildeten sich lidlose Augen, Münder, die nach ihr schnappten. Scheppernd flog die Ofentür auf, und in dem knisternden Feuer tanzte der Samowar, den Sawornik wie eine Krone schief auf dem Kopf. Dann war es nicht mehr der Samowar, sondern die Großmutter, die in dem Höllenfeuer tanzte und krächzend rief: »Elende, sieh, was du angerichtet hast!«

Galina hielt sich die Ohren zu, kniff die Augen zusammen. Aber der Lärm und das Toben waren auch in ihrem Kopf, sie konnte es nicht abstellen. Ein Krachen und Splittern. Ein weiterer Stuhl ging entzwei, die Bank ächzte, die Truhe protestierte, scheppernd und klagend. Eine Wolke aus Staub, Holzsplittern, Spreu trieb durch die Stube, in ihrer Mitte zwei schemenhafte Gestalten, zwei wilde Tiere, die sich gegenseitig an die Kehle gingen.

Ein Orkan brauste durch die Hütte, fegte alles, was ihm zu nahe kam, mit sich fort, riss Teller und Tassen aus den Regalen, warf die

Möbel über den Haufen, machte Kleinholz aus allem, was im Weg stand. In einem Knäuel aus strampelnden Armen und Beinen, verrenkten Gliedmaßen, verdrehten Köpfen und rollenden Augen verschwanden die beiden Wüteriche hinter dem umgestürzten Tisch.

Galina blinzelte in den Nebel aus Staub, Holzsplittern und Schneeflocken, der durch die Stube trieb. Hinter dem Tisch erklang wütendes Knurren, heiseres Keuchen. Eine Gestalt tauchte hinter der Tischplatte in dem wirbelnden Staub und Dreck auf, richtete sich langsam empor. Galina rieb sich die schmutzverkrusteten Augen. Ihre erste Regung, als sie das struppige Fell, die gedrungene Schnauze, die blitzenden Zähne, die scharfen Klauen erblickte, war nicht Schrecken, sondern der ernüchternde Gedanke, dass sie recht gehabt hatte: Es *gab* Werwölfe!

Das zottige Untier reckte sich, drehte seinen Hals. Es blinzelte Galina an, etwas wie Erkenntnis leuchtete in seinem Blick. Eine blutigrote Schramme – vielleicht von der eben stattgefundenen Auseinandersetzung? – zog sich von seinem linken Auge über die Schnauze bis zum Unterkiefer hinunter.

Galina wich einen Schritt zurück.

Ein dumpfes Grollen stieg aus der Kehle des Werwolfs empor. Galina stieß mit dem Rücken gegen die Wand. Und noch immer war es nicht Angst, die sie beherrschte oder gar lähmte, sondern eine teilnahmslose, beinahe kühle Distanz zu den Vorgängen. Sie blickte dem Werwolf geradewegs ins Auge. Andrej hatte sich getäuscht; alle hatten sich getäuscht: die Professoren und Magister und gelehrten klugen Leute – sie wussten nichts, gar nichts. Sie würde sterben von der Hand eines Wesens, das es nach allen Erkenntnissen der modernen Wissenschaft nicht geben durfte.

Hinter dem Tisch hervor langte eine Hand nach dem Bein des Werwolfs und brachte ihn zu Fall. »Rasch – die Flinte!«, rief eine Stimme.

Galina wühlte in Dreck und Scherben. Wo war das Ding hingefallen? Über die Schulter sah sie, dass die beiden – der Mensch und der Werwolf – wieder ineinander verschlungen über den Boden rollten, jeder versuchte, dem anderen an die Kehle zu gehen. Da stießen Galinas Finger auf die Büchse, halb vergraben unter Trümmern. Rasch spannte Galina beide Hähne, drehte sich um. Durch den wirbelnden Staub waren die beiden Kämpfenden nur schwer auszumachen, das Untier und der Mensch zu einem zottigen Knäuel verschmolzen. Was, wenn sie den Falschen traf? Galina hob die Büchse an die Wange, zielte, setzte wieder ab, wischte sich den Dreck aus den Augen.

Der Schuss krachte, es klang wie Kanonendonner. Der Rückstoß riss Galina von den Füßen. War der Schmerzensschrei in ihren Ohren ihr eigener oder der des getroffenen Werwolfs?

Die beiden Kämpfenden fuhren auseinander.

»Du hast ihn getroffen! Schieß ihn jetzt nieder, bevor er sich wieder verwandelt«, jubelte der Jäger.

Galina blinzelte in den Nebel aus Staub und Spänen, der allmählich zu Boden sank. Vor ihr standen zwei übel zugerichtete Gesellen, über und über blutig und zerkratzt, in zerrissenen Kleidern, halb nackt, blutiger Schweiß tropfte von ihren Stirnen, ein herabgerissener Hautfetzen baumelte dem einen von der Wange, dem anderen fehlte ein Teil des Ohrs – aber wer von beiden der Werwolf und wer der Mensch gewesen, war nicht mehr auszumachen.

XIII

»Glaub ihm kein Wort, Galina, er will dich nur verwirren, er ist der Werwolf«, keuchte der Narodnik. Er sprach mit zusammengebissenen Zähnen, hielt sich die linke Schulter.

»Du bist verletzt?«

»Es ist nichts, ein Streifschuss.« Der Narodnik gab ein kurzes, trockenes Lachen von sich. »Es scheint mein Schicksal zu sein, andauernd angeschossen und verletzt zu werden.«

»Die silberne Kugel hat ihn getroffen – jetzt blutet er!«, triumphierte der Jäger.

»Natürlich blute ich – oder hast du gedacht, wir Narodniki seien gefeit gegen Kugeln? Jeder Mensch blutet, wenn er verletzt ist.«

»Nur silberne Kugeln können einem Werwolf schaden. Das ist der Beweis«, beharrte der Jäger und hob das Messer.

»Nicht!« Galina hob die Büchse. Eine Kugel steckte noch im zweiten Lauf.

»Dummes Ding! Mach keinen Fehler. Die Sache ist klar. Was zögerst du? Da steht er, der Werwolf. Du hast ihn getroffen. Jetzt bring die Sache verdammt noch mal zu Ende!«

Die Büchse schwankte. »Andrej, ich weiß nicht … was soll ich nur ... Stimmt es, was er sagt?«

Der Narodnik stöhnte. Von seiner Stirn perlten die Schweißtropfen, man sah ihm an, dass der Blutverlust ihm zu schaffen machte, dass er am Ende seiner Kräfte war. Mit zusammengebissenen Zähnen stieß er hervor:

»Du hast es doch selbst gesagt: Er ist der Werwolf. Er trinkt das Blut toter Tiere und isst die Herzen von Schafen.«

»Oho, was soll das?« Der Jäger schielte misstrauisch vom Narodnik an seiner Seite zu dem Mädchen mit dem Gewehr. »Was sagst du da?«

»Das Mädchen hat es gesehen. Mit eigenen Augen. Könnte es einen … deutlicheren Beweis geben? Sag selbst.«

Der Jäger leckte sich über die gesprungenen Lippen. »Du bist ein gerissener Hund, ich geb dir das, Rothemd. Drehst die Dinge, wie du sie willst. Redest einen schwindlig, bis man nicht mehr weiß, wo oben und unten ist. Du würdest selbst einem Muselmann noch einen Topflappen für einen Teppich verkaufen. Ein echter Potemkin. Aber alle Verstellung nutzt dir nichts mehr: Du bist der Werwolf! Die silberne Kugel hat es an den Tag gebracht.«

»Was für eine Kasuistik. Bind die Hexe und wirf sie ins Wasser. Schwimmt sie, so ist sie eine Hexe und gehört erschlagen; ertrinkt sie, war sie unschuldig. Schieß einen Menschen über den Haufen. Überlebt er, war er ein Werwolf.«

»Red du nur. Mir machst du nichts mehr vor. Ich seh doch, wie es aus dir herausfließt. Blut lügt nicht.«

Galina schwankte. Wem sollte sie glauben? Wer sprach die Wahrheit, wer log? Der Narodnik stand mit hängenden Schultern, bleich und ausgemergelt, unter der Dachluke, Schneeflocken fielen in die verfilzte Matte seiner Haare, der Lindwurm auf seiner Wange zuckte schwach wie ein verendendes Tier, zu seinen Füßen bildeten sich Pfützen …

Konnte sie ihm wirklich vertrauen? Wie hatte er all die Zeit überlebt, allein in der Wildnis, unter wilden Tieren, in eisiger Kälte und Schnee? Mit nichts als Fetzen am Leib? Und da waren die vielen Ungereimtheiten: Was hatte er bei ihrer ersten Begegnung im Wald zu suchen gehabt?

Ihm gegenüber stand der Jäger, Jossip Antonowitsch. Ein hässlicher alter Waldschrat, das Messer in der Hand. Stand seine Schuld nicht einwandfrei fest? Sie hatte ihn gesehen, wie er rohe Schafherzen aß, das Blut der erlegten Tiere trank. Er hatte die Schafe gerissen, war schuld am Tod so vieler. Wenn je ein Mensch einem Wolf geglichen hatte, dann Jossip Antonowitsch.

»Weißt du noch, wie ich dich vor dem Bären gerettet habe? Hätte ich das getan, wenn ich der Werwolf wäre? Denk doch nach, dummes Ding! Wer hat denn das Dorf die ganze Zeit vor den Wölfen beschützt?«

Der Narodnik lachte trocken auf. »Beschützt? Ausgeraubt und geplündert habt Ihr das Dorf, unter der Maske des Biedermanns habt Ihr gemordet und gebrandschatzt. Ihr wart schlimmer als jeder Werwolf.«

»Was weißt denn du? Kommst ins Dorf, schwingst deine Reden von der Gleichheit der Menschen, von Brüderlichkeit und Freiheit, bringst alles durcheinander. Ohne euch Rothemden wäre noch alles in bester Ordnung. Niemand hätte sterben müssen.«

»Solange es nur dir und deinesgleichen gutgeht! Und alle anderen nach eurer Knute springen. Dann ist die Welt in Ordnung. Aber eine neue Zeit wird kommen, eine Zeit ohne Unterdrückung und Ungleichheit. Wenn Menschen wie du der Vergangenheit angehören!«

»Unterdrücker und Unterdrückte wird es immer geben, so ist der Lauf der Welt.«

»Warte nur, du wirst deine gerechte Strafe bekommen. Mit Leuten wie dir werden wir kurzen Prozess machen, wenn die Revolution erst gesiegt hat. Mit Stumpf und Stiel werden wir dich und deinesgleichen ausrotten.«

»Ach so?« Jossip entblößte eine Reihe gelber krummer Zähne. »Wo ist da der Unterschied zur alten Zeit? Die Knute hat den Herrn gewechselt, das ist alles. Wichtig ist nur, an welchem Ende der Knute man steht. Und ich werde deren Geschenke lieber austeilen, als sie zu empfangen.«

»Und ich werde den Buckel nicht vor den Schlägen beugen.«

So standen sie sich gegenüber, unversöhnlich und zum Kampf bereit, der Jäger mit dem Messer in der Hand, der Narodnik mit geballten Fäusten.

»Das halbe Dorf habt ihr ausgerottet, in eurem Kreuzzug gegen die Werwölfe.«

»Was sollten wir tun? Die Saat des Bösen durfte nicht aufgehen. Oder hätten wir das Dorf den Werwölfen überlassen sollen?«

»Werwölfe? Wassilij, der kaum das Nadelöhr mit dem Faden fand und rechts und links nicht auseinanderhalten konnte? Und Dmitrij und seine sieben Kinder. Das Jüngste hatte noch keine Zähne. Sicher wäre es eine große Gefahr für das Dorf geworden. Ihr hattet recht, es erst gar nicht so weit kommen zu lassen. Und all die anderen, allesamt Werwölfe?«

»Was soll man machen? Man kann einem Menschen nicht ins Herz blicken. Ich war selbst überrascht, wie viele von den Leuten im Dorf …«

»Der arme Idiot, der nie jemandem etwas zuleide getan hat, als um einen Bissen Brot zu betteln. Die alte Jelena.«

»Wo gehobelt wird, da fallen Späne.«

»Jetzt zeigst du dein wahres Gesicht, Schurke.«

»Ach ja? Und du, du hast Grigorij hinterrücks ermordet. Mit dem Messer erstochen.«

»Wie kommst du darauf? Nein, das war ich nicht. Meine Hände sind rein von Grigorijs Blut.«

»Das Mädchen hat dich gesehen, in der Scheune. Sie hat es ausgesagt, vor allen anderen.«

»Galina, du weißt, dass das nicht stimmt. Grigorij hat Tatjana und mich beobachtet, ja. Aber umgebracht habe ich ihn deshalb nicht. Du hast uns auch beobachtet, Galina, habe ich dir etwas zuleide getan?«

Galina schüttelte den Kopf. Ihr schwindelte von dem Gesagten, sie konnte schon längst nicht mehr alles aueinanderhalten: Grigorij, Dmitrij Langnase, die vielen Toten, der Werwolf, die aufgebrochenen Wunden an Grigorijs Sarg, was hatte das alles zu bedeuten? Wer sprach die Wahrheit?

Jossip Antonowitsch blickte den Narodnik hasserfüllt an. »Und Semjon? Wer hat den ins Jenseits befördert?«

»Wer sagt, dass ich das war? Vielleicht warst du es ja. In jedem Fall hatte er es verdient. Er hat Tatjana und all die anderen auf dem Gewissen.«

»Regelrecht zerfetzt hat er ihn, Mädchen. Mit Klauen und Zähnen, grausam zugerichtet.«

»Er hat das bekommen, was er verdiente.«

»Da hörst du es. Er ist gefährlich.«

»In einer grausamen Zeit werden auch Schafe zu Wölfen. Galina, ich würde nie …« Der Narodnik schwankte, für einen Moment sah es so aus, als würde er zusammenbrechen. Nur mit ungeheurer Willensanstrengung hielt er sich noch aufrecht.

Der Jäger lächelte säuerlich. »Ja, red nur weiter. Aber alles Reden nützt dir nichts mehr. Dein Blut fließt aus dir heraus wie Wein aus einem angestochenen Schlauch.«

Andrej stöhnte. »Er hat recht, Galina. Ich kann nicht mehr. So oder so, bring es zu Ende. Du musst einen von uns erschießen.«

»Nein, Andrej, das …«

»Tu‘s!«

»Ziel auf sein Herz, dummes Ding. Nur wenn du sein Herz triffst, kannst du einem Werwolf den Garaus machen.«

»Drück ab!«

»Schieß endlich!«

Beide, der Jäger und Andrej, machten gleichzeitig einen Schritt auf Galina zu.

Der Schuss löste sich beinahe wie von selbst.

EPILOG

Ich sitze ihr gegenüber, am wärmenden Feuer des Ofens, und schaue hinaus in die Nacht. Wie oft schon hat sie mir die alten Geschichten erzählt, hat die alten Gestalten und Ereignisse vor meinem inneren Auge wieder lebendig werden lassen. Den Jäger, Avdotja, Dmitrij Langnase, den reichen Kulaken Semjon Semjonowitsch, den Kaufmann Afanasij, Stepan Wladimirowitsch Gromow, genannt Stipe, der das Dorf unter seiner eisernen Knute hielt, Obnoski und seine Tochter, die glutäugige Tatjana, die beiden Trunkenbolde Sergej und Nikifor, den alten Alexej, die beiden Studenten aus Petersburg, die Narodniki. Aber egal wie oft sie das Geschehene wie mit magischen Händen aus der Vergangenheit hervorzaubert, jedes Mal stockt sie an der bekannten Stelle. Noch immer – Jahre, ja: Jahrzehnte danach – quält sie die Frage, ob sie den Richtigen erschossen hat.

Vor ihr auf dem Boden wälzte sich der von der silbernen Kugel tödlich Verwundete – in menschlicher Gestalt, nicht als Werwolf. Aber das hatte sie auch nicht anders erwartet. Schließlich war es ja eine altbekannte Tatsache, durch Überlieferung und Tradition gestützt, dass sich Werwölfe im Tode wieder in den Menschen zurückverwandeln, der sie ursprünglich einmal gewesen waren.

Wer war es also, der sich da auf dem Boden der Hütte in seinem Blut wälzte? Werwolf oder Mensch? Der Sterbende richtete sich noch einmal auf, starrte sie mit trüb-verschleiertem Blick ein letztes Mal an, während er zwischen den Zähnen hervorpresste:

»Das war ein Fehler – dummes Ding!«

Wann kam ihr zuerst der Verdacht, sie könnte sich getäuscht haben? In den dumpfen Vororten Moskaus und St. Petersburgs, wo sie die meiste Zeit ihres erwachsenen Lebens in engen Zimmern und muffigen Unterkünften verbrachte, für die Revolution und ein besseres Leben arbeitend, indem sie seine Hemden wusch und Socken stopfte und bei Vollmond die Fensterläden schloss? Auf der Fahrt im Zug nach Orjol, wo er ihr erklärte, was sie im Falle eines Falles zu tun hatte, worauf es zu achten gelte? Auf der Flucht durch die Wälder, vorbei an den verschlafenen Dörfern? Oder schon in jenem Moment, da sich ihr Finger um den Abzug krümmte, als sie sich entschloss, ihrem Herzen und nicht ihrem Verstand zu folgen?

Fürchtete sie sich, wenn die Zeit des Wolfs näher rückte, wenn die Nächte wieder heller wurden? Woran dachte sie, wenn sie ihren Kopf neben dem seinen auf das Kissen legte? Fürchtete sie, das Lager mit einem Werwolf zu teilen? – Sie spricht nie darüber, kein einziges Mal hat sie, selbst mir gegenüber nicht, den schrecklichen Verdacht auszusprechen gewagt. Und doch muss er ihr gekommen sein, in ihrem noch kindlichen, von alten Vorurteilen und märchenhaften Vorstellungen geprägten Verstand: Wenn er nächtens nicht nach Hause zurückkehrte, ganze Tage wegblieb, sich auf den Barrikaden oder in den Kneipen der großen Stadt herumtrieb, agitierend, Reden schwingend, trinkend und tobend? … Wenn sie die Zeitungen aufschlug und darin von ungeklärten Mordfällen las, wenn in der Nachbarschaft Menschen verschwanden – von der Tscheka, der Geheimpolizei des Zaren, aufgegriffen oder von kleinkriminellen Banden entführt? Was dachte sie dann?

Eines Tages kehrte er nicht wieder heim. Sie wartete, Tage, Wochen, Monate, bis es zur Gewissheit wurde. Vielleicht hatte er sein Leben in den Kellern der Tscheka ausgehaucht, vielleicht war er im Streit in einer zwielichtigen Spelunke oder in einer dunklen Straße ermordet worden. Vielleicht hatte man ihn wie einen Hund erschlagen, beiseitegeschafft. Oder vielleicht hatte er einfach Reißaus genommen, war ihrer überdrüssig geworden. Sie erfuhr es nie. Sie kehrte heim in ihr Dorf, wanderte über die staubigen Landstraßen, durch endlose Wälder, entlang der Felder mit sprießendem Sommerweizen, am Saum eines breiten Flusses, denselben Weg zurück, den sie fast zwanzig Jahre zuvor in umgekehrter Richtung gegangen war. Sie fand die alte Kate unbewohnt und verlassen vor; die Dorfbewohner mieden den ehemaligen Wohnsitz des Trinkers und seiner Familie, als laste ein Fluch auf den windschiefen Wänden, dem löchrigen Dach. Vier Monate nach ihrer Ankunft gebar sie ein Kind, die Tochter des Narodniks. Sie nannte es Alexandra, nach seinem Großvater …

Und so wuchs ich im Dorf meiner Mutter und meiner Großmutter auf. Ein gemiedenes Kind, dem die Dorfbewohner mit Misstrauen begegneten, lastete doch über meiner Herkunft ein dunkles Geheimnis. Meine Mutter: eine Frau, die fast zwanzig Jahre verschwunden gewesen war, und mit einem Mal wieder zurückkehrte und ihre alten Rechte beanspruchte. Mein Vater: ein dahergelaufener Student aus St. Petersburg, ein Rothemd und Revoluzzer, einer jener Narodniki, denen man bereit war, alles zuzutrauen, eingeschlossen, dass sie Menschenfleisch verschlangen und Kinder um ihres Blutes willen aussaugten. In den Jahren, die seit dem Weggang meiner Eltern aus dem Dorf vergangen waren, war die Erinnerung an die damaligen Geschehnisse weniger verblasst als ins Groteske verzerrt und übersteigert worden. Ganze Rudel von Werwölfen hatten das Dorf belagert, die Dorfbewohner setzten sich mit Knüppeln und Dreschflegeln tapfer gegen sie zur Wehr, bis auch der letzte der unheiligen Sippschaft ausgelöscht war. Stolz berichten die wenigen Alten, die die »Säuberungsaktion« noch selbst erlebt hatten, von ihren Heldentaten. Da wollte einer gleich drei Werwölfe mit einem Stoß seiner Mistgabel durchbohrt haben – an jedem der drei Zinken hing eines der zappelnden Biester – und ein anderer meinte, er habe sich so lange auf dem Rücken eines Werwolfs in dessen Fell gekrallt, bis dieser, vom vergeblichen Versuch, ihn abzuschütteln, und vom stundenlangen Lauf über die verschneite Steppe müde geworden, tödlich ermattet zu Boden sank. In all den Geschichten und Anekdoten spielt der Jäger eine herausragende Rolle, er wird zum mythischen Helden, der ganz allein dem Ansturm der geifernden Horden standhält oder wie der kluge Rabe der Fabel seinen vierbeinigen Gegner überlistet und in die Falle lockt. Dem Jäger zur Seite stehen seine treuen Paladine, Nikifor und Sergej, kaum weniger mutig und schlau wie der Jäger. Manchmal ist es der Jäger, dem man eine besonders heroische Tat zuschreibt, manchmal sind es die beiden ehemaligen Totengräber und Trunkenbolde, die das Dorf aus der Gefahr retten. Schwer fiel es mir, hinter all dem Erfundenen und Erdichteten, dem Gespinst aus Lügen und Märchen, den Klumpen Gold zu finden, das Quäntchen Wahrheit, auf dem die ganzen Lügenpaläste ruhen. Und obwohl ich seit einigen Jahren nun schon zusammentrage, woran sich die Alten noch erinnern oder was die Nachkommen von ihren Eltern gehört haben, und es mit dem vergleiche, was meine Mutter mir erzählt, habe ich doch auch nach Abschluss meiner Arbeit nicht das Gefühl, der Wahrheit nähergekommen zu sein, sondern nur einen weiteren Baustein zu dem sich selbst wie der Kopf der Hydra vervielfältigenden Lügengebäude beigetragen zu haben, eine andere Version der Geschichte.

Seltsamerweise schweigt das Gedächtnis des Dorfes von meinem Vater, dem Narodnik. Während Jossip Antonowitsch zur mythischen Figur des Jägers herangereift ist, scheint es, als ob man seinen Widersacher vergessen habe, als ob er als Einzelperson verschwinde, ununterscheidbar in der Masse der dunklen Flut, die das Dorf überschwemmte. Nur in der Erinnerung Galinas, meines Mütterchens, da ist er weiterhin lebendig, da durchschreitet er die Wälder oder steht auf den Barrikaden, aufrecht und stolz, als Verteidiger der Freiheit und Verkünder einer neuen Zeit. Und wenn sie manchmal nachts im Schlaf leise wimmert und vielleicht in ihren Albträumen dem Jäger begegnet, der sie aus seinem gesunden Auge vorwurfsvoll anblickt, dann weiß sie es am nächsten Morgen nicht mehr.

Seit einiger Zeit treibt es auch mich hinaus in die Wälder, wie mein Vater und mein Großvater, der Trinker Suchanow, streife ich bei Mondlicht zwischen den weiß glänzenden Birkenstämmen umher, wandle im Sommer auf nackten Sohlen über das vom Tau benetzte Gras der Felder und Wiesen. Wenn ich dann gegen Morgen nach Hause zurückkehre, sehe ich im Fenster neben der Tür das Licht einer einzelnen Kerze brennen. Es leuchtet mir den Heimweg. Dahinter, ein grauer Schatten, die gekrümmte, gebeugte Silhouette einer gealterten Frau. Die ganze Nacht hat mein Mütterchen gewacht und die Kerze am Brennen gehalten, dass ich mich nicht verirre. Was sieht sie, wenn sie in der Dunkelheit nach mir Ausschau hält?

Nie hat sie ihren kindlichen Glauben an Werwölfe und andere Spukgestalten – die Baba Jaga, den Trischka, Wiedergänger aus den Grüften – gänzlich ablegen können. Über unserem Hauseingang hängt sommers wie winters eine vertrocknete Knoblauchzehe als Schutz gegen Vampire, und jeden Sonntag in der Kirche bittet sie ihren Schutzpatron, den Heiligen Nikodemus, darum, die Wind- und Sturm- und Feuergeister von unserem Dach fernzuhalten. Mein Vater hat es ihr vergeblich versucht beizubringen: Es gibt keine Werwölfe, wie oft soll ich es noch sagen? Sie glaubte ihm nicht.

Sie sitzt jeden Abend am Fenster, in der hereinbrechenden Dämmerung, in der Schwärze der Nacht, und starrt zum Saum des dunklen, geheimnisvollen Waldes hinüber. Vor ihrem Auge ziehen die vertrauten Gestalten vorbei, der Jäger mit seiner Flinte über dem Rücken, Dmitrij und seine Kinderschar, die alte Avdotja auf dem Weg zum Gottesacker, der Starost, Afanasij, Semjon Semjonowitsch, Stipe und ihr eigenes Großmütterchen, die Maria Petrowna. Und zuletzt der blonde Student mit dem Schmiss auf der Backe, mein Vater. Von ferne heulen die Wölfe den Mond an, von Jahr zu Jahr klingt ihr Heulen ferner, wie aus längst vergangen Tagen.

Was sieht sie, wenn der Morgen graut und ich unter den Bäumen hervortrete? Wenn ich meine rote Mähne schüttle und meine steifen Glieder recke? Wenn ich mit langen, raumgreifenden Sprüngen auf die Kate zueile, schneller als die Sonnenstrahlen, die über den Baumwipfeln auftauchen?

Was sieht sie dann in mir?

Was sieht sie?

Noch mehr Historisches gefällig? Gern!

Vorankündigung

Uwe Gehrmann
Derfflingers Schwert

Angesiedelt in den Jahren 1678 und 1679 spielt die Handlung im Nordischen Krieg zwischen dem Brandenburg-Preußen des »Großen Kurfürsten« und Schweden, inklusive der berühmten Jagd auf Schlitten über das vereiste Kurische Haff. In dieses barocke Ensemble mit all seinen Intrigen, politischen Winkelzügen, militärischen und diplomatischen Wirren stößt ein ebenso überraschender wie exotischer Gast: Aus dem Kaiserreich Japan erscheint ein Bote – Nakatani Kiyoshi –, der ein kostbares Geschenk, ein wertvolles Schwert, zu überbringen glaubt.

Herbst 2022!